MICHAEL BÖCKLER

Vino Criminale

EIN KULINARISCHER FALL FÜR HIPPOLYT HERMANUS

DROEMER

Die Folie des Schutzumschlags sowie die Einschweißfolie
sind PE-Folien und biologisch abbaubar.
Dieses Buch wurde auf chlor- und säurefreiem Papier gedruckt.

Bitte besuchen Sie uns im Internet:
www.droemer.de

Redaktion: Dr. Gisela Menza
Umschlaggestaltung: ZERO Werbeagentur, München
Umschlagabbildung: FinePic, München
Gestaltung und Herstellung: Josef Gall, Geretsried
Satz: Ventura Publisher im Verlag
Druck und Bindung: Ebner & Spiegel, Ulm
Printed in Germany
ISBN-13: 978-3-426-19694-6
ISBN-10: 3-426-19694-8

2 4 5 3 1

Jean Paul

*»Die Erinnerung ist das einzige Paradies,
aus dem wir nicht vertrieben werden können.«*

Davon, dass dies doch möglich ist, handelt dieses Buch!

WEINBAUREGIONEN ITALIENS

Prefazione

Zur Stärkung ihrer Kampfmoral tranken die römischen Legionäre ein bis zwei Liter Wein pro Tag. Die Trinkgewohnheiten des Hippolyt Hermanus sind sehr viel moderater, gelegentlich sogar von snobistischer Zurückhaltung. Es kommt schon mal vor, dass er sich damit begnügt, die Farbe des Weines zu betrachten, das Glas zu schwenken, an ihm zu riechen – um es schließlich ungetrunken wegzustellen. Oder er beschränkt sich auf einen Probeschluck, spitzt die Lippen, zieht etwas Luft durch den Mund, lässt ein diskretes Kauen erahnen – um den Wein wieder auszuspucken. Letzteres natürlich nicht beim Abendessen im Restaurant, sondern allenfalls im Rahmen von Verkostungen. Dass Hippolyt Hermanus den Wein, wenn er denn seinen Vorstellungen entspricht, auch gerne trinkt, versteht sich von selbst. Aber wie gesagt, kein Vergleich mit den römischen Legionären.

Hippolyt Hermanus hat ein Faible für gute Weine. Während sich diese Vorliebe im Roman *Sterben wie Gott in Frankreich* auf Tropfen französischer Provenienz beschränkte, erweist sich Hipp – wie ihn seine Freunde nennen – auf den folgenden Seiten als nicht minder begeisterungsfähig für italienische Weine. Was seinen guten Grund hat, denn nach dem französischen Abenteuer hat es ihn in die Toskana verschlagen, wo er im Selbstversuch die Folgewirkungen des *dolce far niente*, des süßen Nichtstuns, ergründen möchte.

Wozu ihm ein alter Liegestuhl unter einem noch älteren Olivenbaum und ein nicht allzu junger Brunello völlig genügen würden.

Aber das Schicksal zeigt kein Verständnis für dieses kultivierte Phlegma und verstrickt Hippolyt Hermanus erneut in ein mörderisches Spiel. Den Anfang macht ein überaus unglücklicher Zwischenfall in einer anderen, nicht weniger bedeutenden Weinregion Italiens – im Piemont. Womit bereits der Bogen vom Sangiovese zum Nebbiolo geschlagen wäre. Dass dies nicht die einzigen Rebsorten im Roman bleiben werden, versteht sich bei Hipps Passion von selbst – und ist zudem erklärte Absicht. Denn mit diesem Buch soll nicht nur eine hoffentlich spannende Geschichte erzählt, sondern auch gleichzeitig Basiswissen über italienischen Wein vermittelt werden. In Verbindung mit dem umfangreichen Anhang, in dem alle Weinbauregionen Italiens vorgestellt werden, die wichtigsten Rebsorten und bekannte Winzer, könnte die Lektüre zu begleitenden Weinproben Anlass geben. Auch wären kulinarische Exkursionen zu den Originalschauplätzen möglich, jedenfalls sind im Anhang alle vorkommenden Restaurants (und Hotels) sorgsam protokolliert. Da Hipp und seine Schutzbefohlene Sabrina – wie zudem ein gewisser Maresciallo Viberti von den Carabinieri – neben dem Wein auch dezidiert dem guten Essen zugetan sind, wird etwaigen Nachkochgelüsten mit authentischen Rezepten im Anhang entsprochen. Als kleine Hilfestellung sind alle Stichwörter im Roman, die sich im Anhang wiederfinden (zumindest bei ihrer ersten Erwähnung), mit einem * gekennzeichnet.

Genug der Vorrede. Noch glaubt Hipp, dass er sich in der Toskana einige ruhige Wochen machen könnte. Maresciallo Viberti träumt von einem feinen Risotto mit Trüffeln. Sabrina lauscht der rauchigen Stimme von Paolo Conte. Und Eva-Maria? Sie wird nicht mehr lange leben!

1

Der Tag begann viel versprechend. Sowohl für Cherubino als auch für Eva-Maria und Sabrina. Aber der Anschein trog.

Cherubino stand in seinem Weinberg, nahm den alten Strohhut vom Kopf und wischte sich den Schweiß von der Stirn. Es war heiß, aber nicht mehr so drückend wie in den letzten Tagen. Eine leichte Brise hatte eingesetzt, die von Norden kam, von den schneebedeckten Alpengipfeln, über die Langhe hinwegstreichend, Richtung Ligurien zum Golf von Genua. Die Arbeit an den Rebstöcken, sie war anstrengend, vermittelte ihm aber ein Gefühl der ruhigen Zufriedenheit. Es gab keinen Grund, sich irgendwelche Sorgen zu machen.

Auch Sabrina und Eva-Maria waren bester Dinge. Die beiden jungen Frauen fuhren im Auto, hatten die Seitenscheiben heruntergedreht, das Radio spielte einen Klassiker von Paolo Conte, »Via, via, vieni via con me …«. Sabrina war zum ersten Mal im Piemont. Sie konnte sich nicht satt sehen an den Hügelketten, die sich wie Wellen endlos fortzusetzen schienen, mal sanft aneinander geschmiegt, dann wieder steil abbrechend, immer durchzogen von streng parallel laufenden Rebstöcken. Als ob ein moderner Grafiker die Natur schraffiert hätte. »… entra in questo amore buio«, begleitete Eva-Maria, die am Steuer des Fiat

Punto saß, die rauchige Stimme des singenden Anwalts aus Asti. Ja, dieser Sonntag im Piemont, er hätte jedenfalls kaum schöner beginnen können.

Cherubino, der groß und hager war, setzte den zerfransten Hut wieder auf. Dass er jetzt aussah wie eine Vogelscheuche, störte ihn nicht. Er nahm die Schere und fuhr fort, das Laub an den Rebstöcken auszudünnen, um Luft und Licht an die Beeren zu lassen. Außerdem schnitt er komplette Trauben ab, was ihm zwar noch immer schwer fiel, aber er wusste, dass diese Ertragsreduzierung später der Qualität des Weines zugute kommen würde. Zum ersten Mal nämlich wollte er in diesem Jahr den Nebbiolo* seines Weinberges nicht mehr an die große Kellerei in Cherasco liefern, sondern selber vergären, in kleinen Barriquefässern ausbauen und später mit eigenem Etikett auf Flaschen ziehen. Da lohnte sich der Aufwand. Schließlich sollte keiner sagen, dass Cherubino einen schlechten Barolo* mache. Ganz im Gegenteil, er hoffte auf eine Auszeichnung bei einer der großen Verkostungen.

Eine knappe Stunde später war er erneut am Ende einer Reihe angelangt. Die dort blühende Rose war nicht nur als Zierde gedacht, sie zeigte ihm auch, dass keine Schädlinge am Werk waren. Aber zugegeben, vor allem sah es schön aus, alle Weinbauern, die was auf sich hielten, machten das so. Er blickte den Hang hinauf und zählte die bereits abgearbeiteten Rebreihen. Er konnte mit seinem bisherigen Tagwerk zufrieden sein. Noch drei oder vier Zeilen, dann würde er aufhören und mit seiner Vespa nach Verduno fahren, wo er wohnte. Seine Frau Giuliana, die aus Asti stammte, hatte ihm eine seiner Lieblingsspeisen versprochen: Batsoà, gebratene Schweinsfüße. Dazu eine Flasche Pelaverga* von seinem Schwager Stefano.

Sabrina fand, dass Eva-Maria zu schnell fuhr, ganz entschieden zu schnell. Mit der einen Hand versuchte sie den Sicherheitsgurt zu schließen, mit der anderen klammerte sie sich an den Griff über der Tür. Die Reifen quietschten und hinterließen in den Kurven schwarze Spuren auf dem Asphalt.

Cherubino steckte eine unreife Traube in den Mund. Noch ahnte man nur wenig von den unvergleichlichen Aromen, die sie mal entwickeln würde. Ihm gaukelten die Sinne Duftnoten von Schokolade vor, von Pflaumen und Kirschen, Tabak, Rosinen, dazu gesellten sich zarte Veilchentöne und Anklänge von Zimt. Ein Hauch von Teer stieg ihm in die Nase, ja, auch das gehörte dazu. Für ihn gab es unter den Rebsorten nichts Großartigeres als die Nebbiolo-Traube. Ihr Name sollte auf *nebbia* zurückzuführen sein, auf den Nebel, der sich im Herbst über die Weinberge zu legen pflegt. Oder spielte der Name auf den Raureif an? Wie auch immer, jedenfalls war sie nach seiner festen Überzeugung die Königin unter den roten Trauben. Und er konnte sich glücklich schätzen, dass er diesen wunderbaren Weinberg besaß, ideal nach Südwesten ausgerichtet, mit Reben bestockt, die im Durchschnitt fünfundzwanzig Jahre alt waren, mit einem Boden, der über ausreichend Kalk verfügte …

Cherubino wurde durch ein immer lauter werdendes Motorengeräusch aus seinen Gedanken gerissen. Er wandte den Kopf und blickte hinauf, dorthin, wo oberhalb seines Weinberges die kurvige Straße verlief, die von Monforte d'Alba über Castiglione Falletto nach Grinzane Cavour führte. Er hörte Bremsgeräusche, ein unangenehmes Kreischen, dann folgte ein Schlag. Ein Auto durchbrach die hölzerne Straßenbegrenzung. Er war schon immer der Meinung gewesen, dass dieses morsche Etwas den Namen Leitplanke nicht verdiente. Zunächst sah er vom Fahrzeug nur die Unterseite mit den Rädern, dann kippte es nach vorne und er erkannte, dass es sich um einen blauen Fiat handelte. Alles schien wie in Zeitlupe abzulaufen. Cherubino stand völlig starr da. Jetzt wirkte er tatsächlich wie eine Vogelscheuche, mit dem alten Strohhut auf dem Kopf, die Rebschere in der Hand, zu keiner Bewegung fähig, obwohl das Auto direkt auf ihn zukam. Er registrierte, dass es in der dritten Reihe auf seinen Rebstöcken aufsetzte, diese wie auch alle weiteren in der Falllinie platt walzte, sich dann auf die Seite drehte, um schließlich auf dem Dach durch seinen Weinberg zu pflügen. Der Fiat verfehlte ihn nur um wenige Meter. Gebremst von den Weinreben und den Pfählen, zwischen denen Draht gespannt war, verlor das Fahrzeug an Geschwindigkeit und kam schließlich zum Stillstand. Cherubino rührte sich nicht. Er musste erst verarbeiten, dass er die letzten Sekunden überlebt hatte. Mit den Augen folgte er der Spur der Verwüstung. Da würde er wohl auf einige Flaschen Barolo verzichten müssen. Und ihm stand viel Arbeit bevor, sehr viel Arbeit. Er sah wieder hinunter zum verunglückten Fiat. Irgendwo war ein Auto zu hören, weiter weg, immer leiser werdend. Wie still es auf einmal war!

Cherubino ließ die Rebschere fallen und rannte los. Ihm war plötzlich bewusst geworden, dass sich im Fahrzeugwrack Menschen befinden mussten, zumindest ein Fahrer, hoffentlich keine Kinder. In Filmen explodieren solche Autos häufig, schoss es ihm durch den Kopf. Wann passierte das? Sofort oder erst später? Wie viel Zeit blieb ihm? Er kam ins Stolpern, fiel hin, rappelte sich wieder auf, eilte weiter. Am Auto angekommen, erkannte er, dass das Dach eingedrückt war. Es roch nach Benzin. Die Frontscheibe war herausgebrochen. Cherubino legte sich auf den Bauch, kroch unter die Kühlerhaube und blickte ins Fahrzeuginnere. Er hatte noch nie einen toten Menschen gesehen. Aber dass diese junge Frau hinter dem Lenkrad nicht mehr lebte, das erkannte er sofort. Ihm wurde schlecht.

2

Wie jeden Morgen war Hippolyt Hermanus hinuntergegangen ins Dorf, um in der Bar Centrale zu frühstücken. Wenn man einen Caffè corretto, der mehr Grappa als Kaffee enthielt, und ein Cornetto als Frühstück bezeichnen wollte. Seit Wochen hielt er an diesem Tagesablauf fest. Auf dem Rückweg würde er bei Franco den *Tirreno* abholen, eine andere Zeitung gab es hier nicht, schon gleich keine deutsche. Zurück im Rustico, würde er etwas im *Tirreno* blättern, später im Garten arbeiten, es vielleicht aber auch sein lassen und es sich schließlich in dem alten Liegestuhl unter dem knorrigen Olivenbaum bequem machen. Am Nachmittag würde er eine CD auflegen, das Buch über die Medici weiterlesen – und den lieben Gott einen guten Mann sein lassen. Hipp saß am Tresen und beobachtete Sandro, wie er den Filter aus der Espressomaschine ausklopfte, mit frischem Kaffeepulver füllte und mit einer routinierten Drehbewegung wieder einsetzte. Als sein Blick in den Spiegel hinter der Bar fiel, wurde ihm erst nach kurzer Bedenkzeit bewusst, dass dieser Mann mit dem unrasierten Gesicht, den schulterlangen Haaren und der runden Nickelbrille wohl er selbst war. Er musste sich eingestehen, dass er schon mal besser ausgesehen hatte. Das Einsiedlerleben schien nicht spurlos an ihm vorüberzugehen.

»Ecco, il caffè!« Sandro stellte die Espressotasse auf die Bar.

»Grazie, Sandro, molto gentile.«

Hipp wandte sich von seinem unbefriedigenden Spiegelbild ab und drehte sich auf dem Hocker, sodass er nach draußen sehen konnte, wo unter der Markise einige weißhäutige Touristen in kurzen Hosen saßen. Das war auch nicht gerade ein ersprießlicher Anblick. Gott sei Dank würde er bald den strategischen Rückzug antreten.

War das sein Handy? Hörte sich ganz so an. Hipp kramte das Gerät, das in Italien liebevoll *telefonino* genannt wird, aus der Hosentasche und betrachtete das Display. Sollte er rangehen? Er hatte keine übermäßige Lust auf Konversation, gab sich aber dann doch einen Ruck.

»Hermanus«, meldete er sich kurz und knapp mit seinem Nachnamen.

»Ich bin's, Karl Talhammer, sei gegrüßt. Bist du in deiner Hütte in der Toskana?«

Hipp räusperte sich. »Ja, ich mache Urlaub.«

»Das trifft sich gut, ich hätte da nämlich einen kleinen Auftrag für dich …«

»Du brauchst gar nicht weiterreden«, unterbrach ihn Hipp, »ich sagte doch gerade, ich mache Urlaub.«

»Wovon machst du Urlaub? Du hast doch auch vorher kaum gearbeitet.«

»Mag sein, aber dieses Privileg gönne ich mir.«

»Seit dieser Sache mit Praunsfeld bist du zu nichts mehr zu gebrauchen.«

»Möchtest du, dass ich auflege?«, fragte Hipp.

»Nein, ich möchte, dass du für meine Versicherung einigen Diebstählen nachgehst. In der letzten Zeit sind in Norditalien mehrere Lkw-Ladungen mit teuren Weinen geklaut worden. Sassicaia*, Tignanello* …«

»Immerhin haben die Diebe einen guten Geschmack«, stellte Hipp lakonisch fest.

»Leider waren die Fuhren über unsere Tochtergesellschaft in Mailand versichert. Die Polizei kommt nicht weiter. Du könntest dich doch mal umhören. Würde dir gut tun. Zu viel Urlaub bringt auch nichts.«

»Das ist eine These, die es zu widerlegen gilt. Deshalb werde ich den Urlaub vorläufig fortsetzen. Ich bedaure.«

»Hippolyt …«

»Sei mir nicht böse, mein Akku ist leer. Ciao!«
Während Hipp das Handy ausschaltete, dachte er über seine letzten Worte nach. Mein Akku ist leer? Das war zwar eine faule Ausrede gewesen, traf aber den Nagel auf den Kopf. Sein eigener Akku war leer, nicht der vom Handy. Und er hatte noch keinen Weg gefunden, wie er ihn wieder aufladen könnte. Das war ihm schon einmal passiert, damals, als er den Job als Polizeipsychologe hingeschmissen hatte. Wegen einiger Morde, die er hätte verhindern können.
Er nahm die Espresso-Tasse und trank den Corretto. Und jetzt? Was war diesmal schief gelaufen? Er hatte sich geschworen, nie mehr in Mordfällen zu ermitteln. Deshalb hatte er sich auf die Aufklärung von Betrügereien spezialisiert, die irgendetwas mit Wein zu tun hatten. Hier konnte er das Angenehme mit dem Nützlichen verbinden. Mit Wein, da kannte er sich nun mal aus, ziemlich gut sogar. Talhammers Versicherung hatte immer wieder kleine, harmlose Aufträge. Jobs, bei denen garantiert kein Blut floss. Außerdem schrieb er gelegentlich Kolumnen für einen Wein-Newsletter. Gut, reich wurde man mit alldem nicht, im Grunde ließ sich davon nicht mal leben. Aber er hatte schon vor Jahren eine kleine Erbschaft gemacht, zu der auch eine Wohnung in Frankfurt gehörte. Diese hatte er verkauft und von dem Geld erst vor kurzem dieses bescheidene Häuschen in der Toskana erworben. Das ererbte Vermögen reichte aus, um mit Stil und einigem Komfort über die Runden zu kommen. Auf Äußerlichkeiten kam es ihm dabei wenig an, vordergründige Statussymbole waren ihm nicht nur egal, er lehnte sie sogar ab. Er hatte eine Vorliebe für ausgewaschene Polos, alte Kaschmirpullover, ungebügelte Hosen, einstmals teure, rahmengenähte Schuhe, die allerdings selten jünger als zehn Jahre waren. Für Klamotten gab er also schon seit langem kein Geld mehr aus. Als fahrbaren Untersatz hatte er eine grüne Ape, ein dreirädriges Gefährt mit Vespa-

Motor. Ein nach seiner Einschätzung überaus praktisches Fortbewegungsmittel, genügsam im Verbrauch, im Tempo seinem verlangsamten Lebensstil angepasst, mit einer großen Ladefläche für gelegentliche Transporte. Dass diese häufig aus Weinkartons bestanden, lag an seiner diesbezüglichen Passion.
Der Akku ist leer? Talhammer hatte Recht, als er den Fall Praunsfeld erwähnte. Wie lange war das jetzt her? Hipp überlegte. Vor zwölf Monaten und vierzehn Tagen hatte sich der Hauptverdächtige erschossen. Er hätte es verhindern können. Wieder einmal. Und schließlich musste er seiner damaligen Freundin noch unendlichen Schmerz zufügen. Das war's dann gewesen. Adieu mon amour! Ciao bella!

3

Maresciallo Viberti von den Carabinieri in Alba faltete die Hände und sah verzweifelt an die Decke seines Büros. Was war das für ein Tag? Nahm denn die Arbeit heute überhaupt kein Ende? Hatten sich alle gegen ihn verschworen? Wussten sie nicht, dass er einen hohen Blutdruck hatte und keinen Stress vertrug? Porca miseria. Dabei war an einem Sonntag um diese Jahreszeit normalerweise kaum etwas los. Es war viel zu heiß! Zur Trüffelmesse im Oktober, ja, da hatten sie alle Hände voll zu tun, da passierte immer einiges. Aber doch nicht jetzt, im Sommer. Viberti knüllte einen Notizzettel zusammen und warf ihn in Richtung Papierkorb. Na bitte, nicht einmal das klappte heute.

Angefangen hatte alles nach der Morgenandacht im Duomo San Lorenzo. Noch nie, solange er sich zurückerinnern konnte, war ein Klingelbeutel gestohlen worden. Incredibile, im heiligen Dom, man stelle sich vor, diese gotteslästerliche Dreistigkeit. Dann diese

Engländerin, die auf der Piazza Savona einen Schwächeanfall erlitten hatte. Nun gut, das war ein Fehlalarm gewesen. Die Carabinieri waren wirklich nicht dafür zuständig, alte Damen mit rosa gefärbten Haaren zu reanimieren. Vielleicht mit Mund-zu-Mund-Beatmung? Viberti schüttelte sich. Dafür gab es gottlob den Pronto Soccorso. Aber das Protokoll, das musste er trotzdem aufnehmen. Er war damit noch nicht fertig gewesen, da hatte ihn die Nachricht von diesem schlimmen Unfall erreicht. Gegen elf Uhr war das gewesen. Konnten diese beiden Ragazze nicht an einem anderen Tag verunglücken? Zum Beispiel morgen, da hätte er dienstfrei. Nein, es musste ausgerechnet heute sein. Was für eine Tragödie, so etwas ging ans Herz. Zwei junge Frauen, eine schöner als die andere, dafür ausersehen, Männer glücklich zu machen und entzückende Bambini auf die Welt zu bringen. Und jetzt dieses Schicksal. Die eine, wie hieß sie doch gleich? Richtig, Eva-Maria Pertini, vierundzwanzig Jahre alt, geboren in Siena, sie war sofort tot. Die andere, Sabrina Valentino, fünfundzwanzig, geboren in San Francisco, amerikanische Staatsbürgerin, italienische Vorfahren, sie hatte überlebt. Viberti schlug ein Kreuz. Grazie a Dio! Man hatte sie nach Turin in eine Spezialklinik gebracht. Über die Schwere ihrer Verletzungen wusste er nichts. Nur, dass sie im Koma lag. Warum waren die beiden Signorine auch so schnell gefahren? An einem Sonntag. Er langte sich an den Kopf. Auf einer Straße, von der jedes Kind wusste, dass sie gefährlich war! Ein Fiat Punto ist nun mal kein Ferrari. Immerhin hatte dieser Weinbauer Cherubino Glück gehabt, großes Glück. Von oben kommt eben nicht nur Gottes Segen, sondern gelegentlich auch ein Auto geflogen.

Viberti zog die Schublade seines Schreibtisches auf, entnahm ihr eine kleine Flasche Fernet Branca und trank sie in einem Zug aus. Er zog eine Grimasse, drehte den Schraubverschluss wieder drauf, zielte kurz und warf das leere Fläschchen Richtung Papierkorb.

Diesmal mit Erfolg. »Colpito in pieno!« Vielleicht wendeten sich die Dinge jetzt zum Besseren? Obwohl, die nächsten Stunden würde er noch beschäftigt sein, da kam richtig Arbeit auf ihn zu. Dabei wäre er in der Enoteca Regionale del Barolo* zu einer viel versprechenden Verkostung eingeladen. Warum nur war er zu den Carabinieri gegangen? Wegen des Diebstahls heute Nachmittag bestimmt nicht. Wie konnte man nur in der Via Vittorio Emanuele, die der Einfachheit halber Via Maestra genannt wurde, vor dem Vincafé* einen Rucksack mit allen Reiseutensilien und -dokumenten an die Hausmauer lehnen und in aller Ruhe auf die Toilette gehen? Diesem Studenten geschah es nicht anders. Grober Leichtsinn gehörte nun mal bestraft. Das würde dem jungen Mann eine Lehre sein.

Viberti sah auf die Uhr. In einer halben Stunde sollte die Suchmannschaft abfahrbereit sein. Was war passiert? Wahrscheinlich gar nichts. Nur weil Gianfranco Angelo nicht von seinem sonntäglichen Spaziergang zurückgekommen war? Vermutlich hatte er einen Freund getroffen, saß gemütlich in einer Cantina und trank Wein. Bevorzugt seinen eigenen, denn Gianfranco war einer der wichtigsten Winzer in der Barolo-Region südlich von Alba. Aber Viberti konnte verstehen, dass sich Fabri um seinen Vater Sorgen machte und auf einer Suchaktion bestand. Gianfranco pflegte durch die Weinberge zu laufen und durch den Wald unten am Bach, ohne feste Route. Vielleicht hatte er einen Schlaganfall erlitten und brauchte dringend Hilfe? Viberti musste zugeben, dass diese Möglichkeit nicht auszuschließen war. Also würden sie heute Nachmittag mit einer Hundertschaft die Region absuchen. Begleitet von Hunden, die eigentlich für die Trüffelsuche abgerichtet waren. Ob sie eine große Hilfe waren? Zwar gab es für die Hunde noch keine Tartufi bianchi zu finden, die Saison begann frühestens im September, aber schließlich gab es auch Sommertrüffel. Diese Scorzone hatten mit dem Tuber Magnatum Pico, dem weißen Alba-Trüffel, nicht viel gemein, waren nur ein fader Ersatz. Viberti rümpfte die Nase. Aber vielleicht waren sie den Hunden trotzdem lieber als die wahrscheinlich zweifelhaften Duftaromen des verschwitzten Gianfranco. Man würde sehen.

Maresciallo Viberti stand auf, zog sich die Uniformjacke an und überprüfte den Sitz seiner Krawatte. Tutto perfetto. Er legte Wert auf ein untadeliges Äußeres, schließlich repräsentierte er in Alba den Staat, das Gesetz und die Ordnung. Während er seine Uniformmütze vom Haken nahm, dachte er, dass er morgen in Turin anrufen und sich nach dem Wohlergehen dieser Sabrina Valentino erkundigen würde. Sicher, auch um den alten Gianfranco Angelo wäre es schade, aber so eine junge Signorina, die durfte nicht sterben. Schlimm genug, dass ihre Freundin an diesem Sonntag ihr Leben lassen musste. »La vita è breve!«

4

Das Buch über die Medici hatte Hipp im Schoß. Mit über der Brust verschränkten Armen lag er im Liegestuhl unter dem alten Olivenbaum und schlief. Der Tag heute unterschied sich nicht sehr vom gestrigen. Und jener war so ziemlich identisch gewesen mit dem vorgestrigen. Caffè corretto und Cornetto bei Sandro in der Bar Centrale, *Tirreno* gekauft, Spaziergang zurück zum Haus oben auf dem Hügel, in der Zeitung geblättert, Gemüsegarten und Neuanpflanzungen gewässert, einen weiteren Anruf von Talhammer abgewimmelt, der einfach nicht locker ließ und ihn unbedingt überreden wollte, sich mit den verschwundenen Weinlieferungen zu beschäftigen. Stattdessen im Medici-Buch gelesen – er war jetzt bei Lorenzo il Magnifico angelangt. Dieser hatte gerade ein Attentat überlebt, dem allerdings sein Bruder Giuliano zum Opfer fiel. Irgendwie steckte der Papst hinter dieser Verschwörung der Pazzi. Da war jedenfalls was geboten. Sollte einer sagen, in der Renaissance hätte sich alles nur um die schönen Künste gedreht, um Michelangelo oder Botticelli. Abends würde er vor dem Haus einige Tomaten ernten, diese klein schneiden, zusammen mit gehacktem Knoblauch und Zwiebeln in Olivenöl andünsten und mit dem Hackfleisch aus dem Kühlschrank zu einem Ragù für die Pici* verarbeiten, von denen er im Hängeschrank neben dem Herd größere Vorräte hortete. Dazu aus dem Weinkeller eine Flasche Chianti*, vielleicht von Fonterutoli*, oder einen Montesodi von Frescobaldi*. Das Leben war zu kurz, um schlechten Wein zu trinken. Oder einen Classico von Antinori*? Im Nachdenken über diese einzige noch anstehende Entscheidung des Tages war er eingeschlummert.

Von einer schrillen Melodie aufgeschreckt, suchte Hipp erst nach seiner Brille, die er im Gras neben dem Liegestuhl fand, dann nach dem Telefonino – er musste dringend einen neuen Signalton programmieren, dieser war ja unerträglich. Dass er das Handy schließlich in einer Astgabel des Olivenbaums entdeckte, überraschte ihn deshalb, weil er sich nicht erinnern konnte, es dort hingelegt zu haben. Oder machte er das schon seit Tagen so?

»Talhammer, jetzt reicht's«, meldete er sich. »Kann ich nicht einmal in Ruhe ein Nickerchen …«

»Who the hell is Talhammer«, unterbrach ihn eine erregte Stimme, die er trotz seines Halbschlafs Roberto Valentino zuordnen konnte, einem alten Bekannten, der im kalifornischen Napa Valley ein großes Weingut besaß. »Il tuo pisolino adesso non mi interessa affatto«, wechselte Roberto mitten im Satz aus dem Englischen ins Italienische.

»Scusa, ist ja gut, Roberto, entschuldige, ich hab einen anderen Anrufer erwartet. Was veranlasst …«

»Wo hältst du dich gerade auf?«, wurde er erneut unterbrochen, was Hipp überraschte, denn Roberto Valentino, der fast siebzig Jahre alt war, zeichnete sich normalerweise durch eine große Ruhe und Gelassenheit aus.

»In der Toskana«, antwortete Hipp.

»Allora, du musst mir helfen. Fahr sofort nach Turin, nimm ein Flugzeug, wie auch immer, nur schnell. Es ist etwas Fürchterliches passiert.«

Hipp hörte, wie Roberto einige Male tief durchatmete. Dabei fiel ihm ein, dass Roberto erst vor kurzem am Herzen operiert worden war. Die Aufregung war sicherlich nicht gut für ihn.

»Ich habe gerade einen Anruf aus dem Ospedale Le Molinette in Turin bekommen. Man hat dort Sabrina eingeliefert, schon gestern. Sie liegt auf der Intensivstation im Traumacenter, sie hatte einen schweren Verkehrsunfall.«

»Sabrina, deine Tochter?«, fragte Hipp.

»Natürlich meine Tochter, wer denn sonst? Du hast sie Anfang des Jahres bei mir kennen gelernt. Du musst sofort ins Krankenhaus, mit den Ärzten sprechen, schauen, wie es ihr geht.«

»Aber warum schickst du nicht ihren Onkel …«

»Luca Pertini? Ich habe schon mit ihm gesprochen, er ist zu nichts zu gebrauchen, der arme Mann. Er hat mein ganzes Mitgefühl.«

»Dein Mitgefühl?«

»Ja, denn mit Sabrina saß Eva-Maria im Unglücksauto, seine Tochter, du weißt schon. Sie ist bei dem Unfall ums Leben gekommen.«

»O mein Gott!«

»Torino, Le Molinette, Traumacenter, Reparto 3b. Bitte fahr sofort hin und ruf mich von dort an. Bitte!«

»Ich mach mich gleich auf den Weg«, versprach Hipp, ohne lange zu überlegen.

»Grazie. Mille, mille grazie. Das werde ich dir nie vergessen. Ich gebe im Krankenhaus Bescheid, dass du ein enger Freund der Familie bist.«

»Was etwas übertrieben ist«, sagte Hipp.

»Keine Widerrede, spätestens jetzt bist du es, un amico di famiglia. Und jetzt: Go ahead, avanti!«

»Ciao, Roberto, du wirst sehen, es wird alles gut.«

»Für Eva-Maria nicht mehr, aber hoffentlich für Sabrina.«

Die Verbindung wurde unterbrochen. Hipp legte bedächtig das Handy auf das Buch über die Medici, sah den Olivenbaum an, als ob er von ihm einen Kommentar erwarten würde – und ließ sich erschöpft zurück in den Liegestuhl sinken. Dieses Telefonat, das ihn so abrupt aus seinem Schlummer gerissen hatte, musste er erst mal verarbeiten. Sabrina? Da hatte sich Roberto getäuscht, er hatte seine Tochter nie kennen gelernt. Soviel er wusste, studierte sie in Santa Barbara Wirtschaftswissenschaft. Überhaupt war er erst zweimal bei Roberto Valentino auf seinem Weingut im Napa Valley gewesen, allerdings hatten sie sich häufig in Europa getroffen. Valentino war einer der erfolgreichen Winzer im kalifornischen Napa Valley, der es als Sohn italienischer Einwanderer von bescheidenen Anfängen zu einem kleinen, aber feinen Weinimperium gebracht hatte. Hipp hatte ihm vor einigen Jahren helfen können, als ein Importeur in Deutschland versucht hatte, Roberto übers Ohr zu hauen. Bei dieser Gelegenheit hatte der Italo-Amerikaner die Dienste von Hipp schätzen gelernt. Außerdem hatten sie sich sehr gut verstanden, das stimmte schon. Ihre Vorstellung von einem guten Wein war ziemlich identisch, so etwas brachte einen näher. Roberto Valentinos Weine hatten nichts mit den buttrigen Industrieerzeugnissen gemein, die für Kalifornien charakteristisch waren, vielmehr orientierte er sich am europäischen Stil und setzte konsequent auf Qualität. So war er einer der Ersten, der seine Weine …

Nun, das war jetzt ziemlich nebensächlich, sortierte Hipp seine Gedanken. Robertos Tochter war verunglückt, und er hatte zugesagt, umgehend nach Turin zu fahren. Das passte ihm überhaupt nicht ins Konzept. Er wollte eigentlich weiter beobachten, wie konsequentes Nichtstun sowohl sein Äußeres als auch seine Persönlichkeit veränderte. Ein außergewöhnlich interessantes Experiment, ein Selbstversuch mit nunmehr ungewissem Ausgang. Hipp nahm die Brille ab, rieb die Gläser an seinem Hemd und hielt sie prüfend gegen das Licht. Wenn man unsanft aus dem Schlaf geweckt und mit einem unerwarteten Problem konfrontiert wurde, dann machte man die unsinnigsten Versprechungen. Nun gut, allzu lange würde sein Ausflug nach Turin nicht dauern. Er musste zunächst mal herausfinden, wie er auf schnellstem Wege dorthin gelangen konnte. Seine Ape war für eine längere Wegstrecke denkbar ungeeignet. Aber unten in Cecina gab es einen Bahnhof. Und in Pisa einen Flughafen. Mit etwas Glück war er übermorgen zurück. Er stand auf, klopfte dreimal auf die Armlehne des Liegestuhls, grüßte zum Olivenbaum und sagte leise: »Ci vediamo! Wir sehen uns bald wieder!«

5

Fabri Angelo saß vornübergebeugt am Küchentisch und streichelte seiner Mutter behutsam die Hände. »Mach dir keine Sorgen«, versuchte er sie zu beruhigen, »Papà ist wohlauf, ganz bestimmt.«

»Aber wo kann er nur sein?«, flüsterte sie. »Es muss ihm etwas passiert sein. Vielleicht hatte er einen Herzinfarkt oder einen Schlaganfall?«

»Nein«, sagte Fabri, »dann hätten wir ihn gefunden. Maresciallo Viberti hat mit über hundert Mann und mit Hunden die Wein-

berge und die umliegenden Wälder absuchen lassen, dort wo Papà immer spazieren geht.«
Fabri stand auf, nahm zwei Gläser aus dem Küchenschrank, stellte sie auf den Tisch, öffnete eine Flasche Dolcetto* und goss ein. »Komm, Mamma, trink einen Schluck, das beruhigt. Und danach solltest du ins Bett gehen und versuchen zu schlafen.«
Luciana sah ihren Sohn an. »Kannst du dich erinnern, wie Papà erst vor einigen Tagen gesagt hat, irgendwann schmeiße ich alles hin und hau ab?«
Fabri nickte. »Aber das hat er doch schon oft gesagt. Du weißt, wie er sich aufregen kann, wenn nicht alles so läuft, wie er sich das vorstellt. Eine Redensart, nichts weiter.«
Luciana nahm einen Schluck. Sie schloss die Augen und fuhr sich mit der Handfläche über die Stirn. »Aber vielleicht hat er diesmal Ernst gemacht und uns einfach verlassen?«
»Mamma, was denkst du für einen Unfug. Papà würde uns nie verlassen. Und wo sollte er auch hin?«
»Ja, wo sollte er hin?« Luciana machte einen tiefen Atemzug. »Das heute ist ein schrecklicher Tag«, sagte sie. »Gianfranco spurlos verschwunden, und dann dieses furchtbare Unglück mit Eva-Maria und diesem anderen Mädchen. Che tragedia!«
Fabri sah seine Mutter traurig an. »Eva-Maria, sie ist tot. Ich begreife das noch gar nicht.«
»War sie eine sehr gute Freundin von dir?«
»Sie war ein nettes Mädchen«, antwortete Fabri, ohne sich genauer festzulegen. »Sie wollte mich heute besuchen, zusammen mit ihrer Cousine aus Amerika.«
»Sie waren hier und haben nach dir gefragt«, erinnerte sich Luciana.
»Ich weiß, du hast es mir erzählt. Du hast sie zu mir in die Cantina geschickt.«
»Sie müssen sich verfahren haben. Dabei habe ich ihnen ge-

sagt, sie sollen an der Kreuzung bei der alten Pappel rechts abbiegen.«

»Da sind sie offenbar nach links gefahren«, setzte Fabri den Gedanken fort, »die Straße über Castiglione nach Grinzane.«

»Laut Maresciallo Viberti ist Eva-Maria zu schnell gefahren.«

»Das hat sie immer gemacht«, sagte Fabri, »sie fuhr gerne schnell.«

»Und jetzt ist sie tot. Eva-Maria tot und Gianfranco verschwunden. Gott sei Dank hat diese Amerikanerin überlebt. Wie heißt sie doch gleich?«

»Sabrina Valentino«, antwortete Fabri.

»Kennst du sie?«

»Nein, ich sollte sie heute kennen lernen.«

»Auch ein hübsches Mädchen, größer als Eva-Maria. Wie geht es ihr?«

»Ich habe mit dem Krankenhaus in Turin telefoniert. Sie liegt noch im Koma, hat aber wohl gute Chancen. Genaueres hat man mir nicht gesagt.«

»Im Koma? Wie schrecklich«, sagte Luciana. »Sobald sie wieder zu sich kommt, musst du sie im Krankenhaus besuchen.«

»Das mache ich, Mamma.«

»Und die Eltern von Eva-Maria?«

»Sie sind auf dem Weg hierher. Ich werde sie morgen treffen.«

Fabris Mutter atmete tief durch. »Una domenica nera e triste!«

»Ein schwarzer Sonntag, ja, Mamma, da hast du Recht.«

6

Via, via, vieni via con me, entra in questo amore buio ...« Warum ging ihr diese Melodie nicht aus dem Kopf? «... fuori piove un mondo freddo ...« Ein schönes Lied. Wäre da nur nicht dieses fortwährende Piepen, das sie im Hintergrund hörte. Und dieses Pochen hinter den Schläfen. Sabrina machte vorsichtig die Augen auf. Zunächst nahm sie alles nur unscharf wahr, wie durch einen seidenen Schleier. Langsam wurde das Bild deutlicher. Vor ihr hing ein seltsames Dreieck. Verwundert sah sie auf ihren linken Arm. Was hatte es mit diesen komischen Plastikschläuchen auf sich? Sie folgte einem nach oben, wobei sie den Kopf leicht drehen musste, und entdeckte schließlich einen Beutel mit einer gelblichen Flüssigkeit. Das penetrante Piep-Geräusch setzte sich unablässig fort. Ganz schön nervig. Wo war sie überhaupt? Sah aus wie ein Krankenhaus. Aber ihr fehlte doch nichts? Oder vielleicht doch? Die Kopfschmerzen jedenfalls waren ziemlich unangenehm. Warum lag sie hier im Bett? Sie kniff die Augenbrauen zusammen und dachte angestrengt nach. Sabrina konnte sich an Stimmen erinnern. Wann war das gewesen? Gerade eben, vor einem Tag, vor einer Woche? Sie hatte zugehört, ohne die Augen zu öffnen. Ja, richtig, von einem Unfall hatten sie gesprochen. Und dass sie riesiges Glück gehabt habe. Ein Unfall? Was für ein Unfall?

Plötzlich hatte Sabrina das unbestimmte Gefühl, nicht alleine zu sein. Sie wendete den Kopf nach rechts und erschrak. Direkt neben ihrem Bett saß jemand auf einem Stuhl. Mit einem Dreitagebart, einer altmodischen Nickelbrille und die langen Haare im Nacken zum Zopf gebunden.

»Hallo, Sabrina.«

Sie empfand seine Stimme als warm und angenehm. Wie alt er wohl sein mochte? Vielleicht Mitte dreißig?

»Who are you?«, fragte sie.

»Mein Name ist Hippolyt Hermanus«, antwortete Hipp auf Deutsch. Er wusste, dass Sabrina dreisprachig aufgewachsen war. Deutsch konnte sie, weil ihre verstorbene Mutter eine gebürtige Südtirolerin gewesen war, die großen Wert auf ihr heimatliches Idiom gelegt hatte. »Ihr Vater hat mich geschickt«, fuhr Hipp fort.

»Mein Vater?«, fragte Sabrina, ohne nachzudenken ins Deutsche wechselnd.
»Ja, er hat mich gebeten zu schauen, wie es Ihnen geht.«
»Und? Wie geht es mir?«, fragte Sabrina.
Hipp lächelte. »Das müssten Sie eigentlich besser wissen als ich. Aber nach meinem Eindruck geht es Ihnen gar nicht so schlecht.« Er machte eine kleine Pause, um dann eine Frage anzuschließen: »Tut Ihnen irgendwas weh?«
»Der Kopf, ja, der schmerzt. Und dieses blöde Geräusch ...«
»Ihr Herzschlag. Ganz gleichmäßig. Hat doch etwas sehr Beruhigendes an sich.«
Sie versuchte ihre Hände zu bewegen und bemerkte, dass diese mit Lederriemen fixiert waren. »Warum bin ich gefesselt?«, fragte sie.
»Das ist nur zu Ihrem eigenen Schutz«, antwortete Hipp. »Die Ärzte haben erzählt, dass Sie sich letzte Nacht alle Schläuche aus dem Arm gerissen haben. So etwas kann schlimm ausgehen.«
»Können Sie die Riemen bitte losmachen?«
»Na klar, jetzt, wo Sie wieder bei Bewusstsein sind.«
»Danke. Sitzen Sie eigentlich schon lange hier?«
»Nicht lange, viereinhalb Stunden.«
»Viereinhalb Stunden? Und was haben Sie die ganze Zeit gemacht?«
»Sie angesehen, auf Ihr Herz gehört – und darauf gewartet, dass Sie aufwachen.«
»Kennen wir uns?«
Hipp zögerte mit der Antwort. »Was meinen Sie?«
Sabrina dachte eine Weile nach. »Ich glaube nicht, dass ich Sie schon mal gesehen habe, sonst hätte ich Sie doch nicht nach Ihrem Namen gefragt.«
»Aber Sie sind sich nicht sicher?«
»Nein, nicht ganz.«
»Und der Unfall?«

»Ich kann mich an keinen Unfall erinnern.«
»Das macht nichts«, sagte Hipp beruhigend. »Ist vielleicht besser so. Wer erinnert sich schon gerne an einen Unfall?«
»War das ein Unfall mit einem Auto?«, fragte Sabrina nach einiger Zeit.
»Richtig, mit einem Auto. Von der Straße abgekommen.«
»War ich …«, fing Sabrina an und machte eine Pause. »War ich alleine im Auto?«
Hipp hatte befürchtet, dass sie diese Frage stellen würde. Er überlegte kurz, dann beschloss er, bei der Wahrheit zu bleiben. »Nein«, antwortete er, »nicht alleine. Mit Eva-Maria Pertini, sie ist gefahren.«
»Eva-Maria Pertini«, wiederholte Sabrina langsam.
»Ja. Sie wissen doch, wen ich meine?«
Sabrina schüttelte den Kopf. »Um ehrlich zu sein, nein. Eva-Maria Pertini, wer ist das?«
»Ihre Cousine aus Montalcino.«
Sabrina sah ihn mit großen Augen fragend an. »Montalcino? Lebt dort mein Vater?«

7

Einige Stunden später kam Hipp gerade aus dem Arztzimmer, als er im Flur einem umherirrenden jungen Mann mit einem großen Blumenstrauß begegnete.
»Scusi, wissen Sie, in welchem Zimmer Signorina Valentino liegt?«, fragte dieser.
»Sind Sie ein Bekannter von ihr?«, antwortete Hipp mit einer Gegenfrage.
»Sì, ja, in gewisser Weise, das heißt, eigentlich nicht …«
Hipp streckte die Hand aus. »Mein Name ist Hermanus«, stellte er

sich vor, »ich bin ein Freund von Sabrina Valentinos Vater. Und Sie sind?«
»Entschuldigen Sie, mein Name ist Fabri Angelo. Ich war mit Sabrinas Freundin Eva-Maria gut bekannt. Die beiden wollten mich besuchen, als dieser schreckliche Unfall passierte.«
»Eva-Maria Pertini? Das tut mir Leid, mein herzliches Beileid.«
»Danke. Ich kann es immer noch nicht glauben, dass sie nicht mehr lebt. Ein so liebes Mädchen.«
»Das braucht seine Zeit«, stellte Hipp fest, wohl wissend, dass dies eine Plattitüde war. Er sah Fabri an. Der junge Piemonteser war ihm nicht unsympathisch. Groß gewachsen, schwarze Haare, gepflegtes Äußeres, erstaunlich helle Augen, die einen offen ansahen. Etwas nervös, was in seiner Situation aber nur zu verständlich war. »Vermute ich richtig«, fuhr Hipp fort, »dass Sie Sabrina aufgrund des Unfalls gar nicht persönlich kennen?«
Fabri schluckte. »Ja, trotzdem will ich sie besuchen, oder vielleicht gerade deshalb. Sie verstehen, immerhin war sie eine Freundin von ...«
Hipp legte Fabri beruhigend eine Hand auf die Schulter. »Natürlich, ich verstehe. Und ich finde das auch wirklich sehr nett von Ihnen.«
Fabri sah betrübt auf seine Blumen. »Die kann ich wohl wegwerfen. Ich habe gehört, dass Sabrina immer noch im Koma liegt.«
»Nicht mehr«, sagte Hipp.
»Was heißt nicht mehr? Ist sie etwa bei Bewusstsein?« Fabri sah Hipp mit großen Augen an.
»Ja, seit kurzem. Gott sei Dank, wir sind alle sehr froh. Vor allem Sabrinas Vater, mit dem ich gerade telefoniert habe. Er ist überglücklich.«
»Das ist ja auch wunderbar. Im wahrsten Sinne des Wortes – ein Wunder!«, erwiderte Fabri.
Hipp sah lächelnd auf den Strauß. »Ich weiß allerdings nicht, ob in

einem Zimmer auf der Wachstation Blumen erlaubt sind. Da müssen Sie die Schwestern fragen.«
»Natürlich, Wachstation, ich verstehe.«
»Bevor Sie zu Sabrina hineingehen, muss ich Ihnen noch was sagen.« Hipp sah Fabri ernst an.
»Was müssen Sie mir sagen?«, reagierte Fabri erschrocken. »Ist sie schlimm verletzt? Vielleicht gelähmt?«
»Nein, nicht gelähmt. Nur ihr Gedächtnis …«
»Ihr Gedächtnis?«
»Nach einem Schädel-Hirn-Trauma, wie es Sabrina beim Unfall erlitten hat, kommt es gelegentlich zu Gedächtnislücken, zu einer so genannten posttraumatischen Amnesie.«
»Posttraumatische Amnesie«, wiederholte Fabri verständnislos.
»Bei Sabrina ist das so genannte Altgedächtnis betroffen«, erklärte Hipp. »Das heißt, sie kann sich an nichts mehr erinnern, weder an den Unfall selbst noch was vorher geschehen ist. Die Ärzte sprechen hier von einer retrograden Amnesie. Diese geht bei Sabrina so weit, dass ihr auch alle biographischen Daten entfallen sind. Sie weiß nicht, wer sie ist. Sie kann sich auch an Eva-Maria nicht erinnern.«
Fabri dachte nach. »Come una pagina bianca? Wie ein unbeschriebenes Blatt?«
»So in etwa. Aber das wird vorübergehen, sagen die Ärzte. Sehr wahrscheinlich jedenfalls. Hoffen wir es. Ich erzähle Ihnen das nur deshalb, damit Sie bei Ihrem Besuch nicht überrascht sind und sich richtig verhalten. Sprechen Sie mit ihr ganz entspannt, aber stellen Sie keine Fragen. Auch Eva-Maria lassen Sie bitte unerwähnt. Am besten erzählen Sie ihr etwas ganz Unverfängliches, zum Beispiel, wie schön das Piemont im Sommer ist und dass sie sicherlich bald wieder völlig gesund wird.«
»Piemont ist nicht nur im Sommer schön, auch im Herbst und im Winter.«

»Noch besser. Und das mit der Amnesie, das behalten Sie bitte für sich.«
»Selbstverständlich, Sie können sich darauf verlassen.«
Fabri setzte sich matt auf einen der orangefarbenen Plastikstühle im Flur, den Blumenstrauß immer noch fest in den Händen.
»Entschuldigen Sie, aber das ist momentan alles ein bisschen viel für mich.«
Hipp nickte verständnisvoll. »Eva-Maria, Sabrina ...«
»Nicht nur«, unterbrach ihn Fabri. Dann erzählte er von seinem verschwundenen Vater und von seiner Mutter, die in der letzten Nacht nur mit Schlaftabletten etwas Ruhe gefunden hatte.
Hipp ließ Fabri reden und hörte aufmerksam zu. Es schien, dass der Unglückstag auch sonst unter keinem guten Stern gestanden hatte. Jedenfalls traf dies für jenen kleinen Flecken südlich von Alba zu, der sich ansonsten vermutlich durch eine friedliche Ereignislosigkeit auszeichnete.
Als sie sich schließlich verabschiedeten, nahm Hipp eine Einladung entgegen, Fabri im väterlichen Weingut zu besuchen. Er dachte, dass das keine schlechte Idee wäre, schließlich hatte er schon länger keinen Barolo* mehr verkostet. Eine sträfliche Nachlässigkeit. Und außerdem könnte er sich bei dieser Gelegenheit den Unfallort anschauen.

Einige Minuten später stand Hipp vor der Klinik Le Molinette. Er setzte die Sonnenbrille auf und überlegte, wohin er seine Schritte lenken sollte. Er war früher schon einige Male in Turin gewesen. Er mochte die frühere Residenz des Königreichs Savoyen, die auch die erste Hauptstadt des geeinigten Italien gewesen war, mit ihren endlos langen Arkadengängen, der mal barocken, dann wieder klassizistischen Altstadt, den vielen traditionsreichen Kaffeehäusern. So gesehen hatte er nichts dagegen, dass es ihn gerade hierher verschlagen hatte – wenn ihm schon

nicht vergönnt war, sein *dolce far niente* in der Toskana fortzusetzen, vorläufig jedenfalls.
Er nahm einen Bus zum Ponte Vittorio Emanuele, sah hinunter auf den träge dahinfließenden Po, dachte über Fabri nach und über dessen verschwundenen Vater, erfreute sich am Blick auf die Kirche Gran Madre di Dio und den Monte dei Cappuccini, trank unter den Arkaden der Piazza Vittorio Veneto einen Bicerin, eigentlich ein wunderbares Getränk für den Winter, aber ihm schmeckte diese göttliche Mischung aus Schokolade, Kaffee und Milch zu jeder Jahreszeit – selbst an einem schwül-heißen Sommerabend. Dabei sinnierte er über Sabrina, über ihr wiedererlangtes Bewusstsein, über ihren Gedächtnisverlust. Vor einer Stunde erst hatte er mit ihrem Vater in Kalifornien telefoniert. Überglücklich war Roberto Valentino gewesen, vor allem auch über das ärztliche Bulletin, aus dem hervorging, dass Sabrina – abgesehen vom Schädel-Hirn-Trauma und einigen Prellungen – wie durch ein Wunder keine schweren Verletzungen erlitten hatte. Am liebsten hätte Roberto das nächste Flugzeug bestiegen, aber die Ärzte hatten ihm dies strikt verboten, zu kurz erst lag seine Herzoperation zurück. Also müsse sich Hipp weiter um seine Tochter kümmern, hatte er gesagt, er werde ihn dafür bezahlen, zu dem üblichen Tagessatz, den er sonst bei seinen Ermittlungen verlange.
Hipp trank den Bicerin aus, legte einige Münzen auf den Tisch und spazierte die Via Po entlang in Richtung Piazza Castello. Dass er das Honorar mehrfach abgelehnt hatte und nur die Spesen ersetzt bekommen wollte, hatte Roberto jedes Mal energisch zurückgewiesen. Ganz offenbar wollte er Hipp in die Pflicht nehmen und sich nicht auf eine Gefälligkeit verlassen. Vor allem, da es jetzt darum ging, Sabrinas Amnesie zu überwinden. Für diese Aufgabe sei er als Psychologe ja geradezu prädestiniert. Es hatte nichts geholfen, dass Hipp ein paar Mal auf seine diesbezügliche Inkompetenz hingewiesen hatte.

Hipp blieb stehen und betrachtete im Schaufenster einer Confiserie das reichhaltige Sortiment an Schokoladen, darunter die Gianduiotti, jene berühmten Nougatpralinen, die eine Spezialität Turins waren. Morgen würde er Sabrina eine Schachtel davon ins Krankenhaus mitbringen. Ob sie Nougat mochte? Es ist schon seltsam, wenn jemand auf diese einfache Frage wahrscheinlich keine Antwort wusste.
Sabrinas Mutter war schon vor Jahren an Krebs gestorben. Dass sich jetzt Robertos ganze Liebe auf seine Tochter konzentrierte, das war mehr als verständlich. In so einer Situation konnte er ihn nicht im Stich lassen. Vor allem, da die einzigen Verwandten, die Roberto noch in Italien hatte, als Unterstützung nicht in Frage kamen. Die Eltern von Eva-Maria waren schon mit ihrem eigenen Kummer überfordert. Er hatte sie heute Morgen im Krankenhaus kennen gelernt, als sie Sabrina, die zu diesem Zeitpunkt noch im Koma lag, einen Höflichkeitsbesuch abgestattet hatten. Sie waren von Alba gekommen, wo sie vorher einen Termin bei der Polizei hatten. Nein, diese armen Menschen konnte man wahrlich mit nichts Zusätzlichem belasten. Luca Pertini machte den Eindruck eines gebrochenen Mannes. Und seine Frau Mira hatte kein Wort gesagt, nur stumm Sabrinas Wangen gestreichelt. Dann waren sie zurück in die Toskana gereist.
Und die Südtiroler Verwandtschaft ihrer verstorbenen Mutter? Nun, da gab es keine, hatte er von Roberto erfahren. Die Großeltern lebten schon lange nicht mehr, und Sabrinas Mutter hatte keine Geschwister gehabt.
Hipp sah hinüber zur Mole Antonelliana, jenem unglaublichen Gebäude, das ursprünglich eine Synagoge hätte werden sollen, sich dann aber im 19. Jahrhundert in einer eigenwilligen Architektur zum höchsten gemauerten Gebäude Europas verwandelt hatte. Wenn er noch länger in Turin bleiben sollte, würde er mal zur Aussichtsgalerie hinauffahren. Außerdem sollte es in der

Mole Antonelliana ein interessantes Filmmuseum geben, hatte er gelesen. Prompt fielen ihm einige Filmklassiker ein, von Alfred Hitchcock zum Beispiel oder von Orson Welles, wo auch jemand sein Gedächtnis verloren hatte. Manche hatten es nie mehr zurückerlangt, aber das würde in Sabrinas Fall wohl kaum passieren, vielmehr glaubte er an eine rasche Rückkehr der Erinnerung. Sobald dies geschah, könnte er beruhigt zurück in die Toskana fahren und sich wieder in den Liegestuhl unter den Olivenbaum legen.

Mittlerweile hatte er die Piazza Castello erreicht, bog links in die Via Roma ein und gelangte wenig später zur famosen Piazza San Carlo, die es nach seinem Geschmack mit den großartigsten Plätzen Europas aufnehmen konnte, mit ihren umlaufenden Arkadengängen, den Kirchen San Carlo und Santa Cristina und dem Reiterstandbild von Emanuele Filiberto I. in der Mitte. Nicht zu vergessen die beiden alten Kaffeehäuser San Carlo und Torino, zwischen denen er sich jetzt zu entscheiden hatte. Dort wollte er eine Kleinigkeit essen, einen Blick in *La Stampa* werfen, dem Treiben zusehen – und entspannen.

Später würde er wieder zu Sabrina ins Krankenhaus gehen, sich von Fabris Besuch erzählen lassen und ihr eine gute Nacht wünschen. Das zumindest hatte Roberto erreicht – er fühlte sich tatsächlich in die Pflicht genommen. Hipp schmunzelte. Obwohl es dessen vermutlich gar nicht bedurft hätte. Er hatte es bislang bei seinen Überlegungen geflissentlich versucht zu ignorieren, aber es war dennoch nicht zu leugnen. Um es zurückhaltend zu formulieren: Eine solche Tochter hätte er Roberto Valentino nie und nimmer zugetraut. Vielleicht machte er sich also was vor, wenn er davon träumte, bald wieder alleine im Liegestuhl zu liegen?

8

Das zum Weingut gehörende Haupthaus stammte aus dem 17. Jahrhundert, war dicht mit Laub bewachsen und wurde von einer Reihe hoher Zypressen flankiert. Die Tenuta del Leone, die sich im Besitz von Eva-Maria Pertinis Vater befand, erfreute sich unter Weinkennern eines vorzüglichen Rufes. Kein Wunder bei dieser bevorzugten Lage im Weingebiet von Montalcino, jenem mittelalterlichen Ort rund vierzig Kilometer südlich von Siena, der weltberühmt ist für seinen Brunello*. Zwar gäbe es auch eine Historie, die für kunstsinnige Menschen durchaus von Interesse wäre, zum Beispiel, dass Montalcino einst zur Abtei von Sant'Antimo gehört hatte, später zu Siena, dass aus dieser Zeit die gewaltige Festung Rocca stammte oder dass sich Montalcino 1559 Cosimo de' Medici und damit Florenz unterwerfen musste. Aber wen interessierte das schon? Montalcino, das war nun mal ein Synonym für Brunello, und umgekehrt Brunello für Montalcino. Ein Spitzenwein, sortenrein gekeltert aus Sangiovese grosso, üppig und körperreich, dennoch voll feiner Nuancen, mit einem leichten Brombeerduft, mindestens fünf Jahre alt, davon garantierte zwei Jahre im Holzfass ausgebaut. So gesehen war kein Medici, sondern Ferruccio Biondi-Santi* die wichtigste Persönlichkeit in der Geschichte Montalcinos. Hatte er doch im 19. Jahrhundert die Brunello-Traube, die ein Klon der Sangiovese*-Traube ist, kultiviert und entgegen den Gepflogenheiten beim Chianti* unverschnitten auf Flasche gezogen. Im Alleingang hatte Biondi-Santi im Folgenden den Ruf des Brunello aufgebaut und schließlich bis nach Amerika getragen. Mittlerweile gibt es namhafte Rivalen, die im gleichen Atemzug mit Biondi-Santi genannt werden, Pieve Santa Restituta* zum Beispiel oder Case Basse*. Die Tenuta del Leone von Luca Pertini war nicht ganz so bekannt, erfreute sich unter Kennern aber höchster Wertschätzung. Pertini machte seinen Brunello auf die traditionelle Art, er ließ die Trauben lange am Stock und lehnte den Ausbau in Barriques kategorisch ab.

Heute, an diesem schönen, aber traurigen Sommertag, da stand auf der Tenuta del Leone ausnahmsweise nicht der Wein im Mittelpunkt. Es war in der Toskana nach einem Todesfall alter Brauch, dass die nächsten Hinterbliebenen für einen Tag ein offenes Haus führten, damit Freunde und Verwandte Gelegenheit bekamen zu kondolieren. Und so fuhren auch beim Weingut von Eva-Marias Eltern seit einigen Stunden, kaum waren sie aus Turin zurückgekehrt, fortwährend Autos vor. Die Besucher blieben nicht lange, sie bekreuzigten sich vor dem Porträtphoto, das mit einer schwarzen Schleife versehen auf einem Tisch stand, nahmen Luca in die Arme, küssten Mira die Wangen, sprachen einige Worte der Anteilnahme, des Trostes, und zogen sich wieder leise zurück.
Mit dem Besucher, der jetzt auf ihn zukam, hatte Eva-Marias Vater, der in einem Lehnstuhl saß, freilich nicht gerechnet. Mehr noch, er hätte gerne auf seine Gesellschaft verzichtet. »Il Tedesco« wurde der Mann in der Region von Montalcino genannt, was in seinem Fall nicht nur darauf hindeutete, dass er ein Deutscher war, sondern auch ein Auftreten hatte, das manche Vorurteile bestätigte. Vor etwa zehn Jahren war Dr. Friedrich von Lausitz, so hieß er mit richtigem Namen, auf der Bildfläche erschienen, hatte ein renommiertes Weingut erworben, das direkt an jenes von Pertini angrenzte, und setzte seitdem seinen ganzen Ehrgeiz und beträchtliche Finanzmittel ein, um einen hochklassigen Brunello zu erzeugen. Sehr zum Ärger von Luca Pertini und vielen anderen eingesessenen Weinbauern gelang ihm das von Jahr zu Jahr immer besser. Das alleine wäre noch kein Grund für Mira gewesen, beim Auftauchen von Dr. Lausitz sofort den Raum zu verlassen. Aber sie wusste, dass der Tedesco seit Monaten versuchte, Luca zum Verkauf seines Weingutes zu bewegen, wobei er immer massiveren

Druck ausübte, sogar vor kaum verschleierten Drohungen nicht zurückschreckte.

»Signor Pertini, ich möchte Ihnen und Ihrer Frau mein tiefstes Mitgefühl zum Ausdruck bringen«, sagte Dr. Lausitz in perfektem Italienisch, aber mit deutlich deutschem Akzent. Die ausgestreckte Hand blieb unbeantwortet, sodass er sie mit einem leisen Lächeln zurückzog. »Ein schreckliches Unglück«, fuhr er fort, »ein schlimmer, ein unglaublicher Verlust. Seien Sie meiner Anteilnahme versichert. Eva-Maria, ihr einziges Kind, eine junge Frau in der Blüte ihres Lebens.«

»Sì, un incidente incredibile«, wiederholte Luca Pertini die Worte, die er in den letzten Stunden schon so oft gehört hatte.

Dr. Lausitz sah sich im Raum um und stellte fest, dass sie alleine waren. Er räusperte sich. »Nun, Signor Pertini, das ist sicherlich der falsche Augenblick …«

»Es ist definitiv der falsche Augenblick«, unterbrach ihn der trauernde Vater.

»… aber ich will Ihnen bei dieser Gelegenheit in Erinnerung rufen«, sprach Dr. Lausitz unbeirrt weiter, »dass ich es sehr begrüßen würde, wenn Sie mir Ihr Weingut baldmöglichst verkaufen.«

»No, mai! Niemals!«

»Zu einem angemessenen Preis, versteht sich von selbst. Gerade jetzt offenbart sich Ihnen doch, wie vergänglich alles ist. Und nach dem bedauernswerten Tod Ihrer Tochter ist niemand mehr da, der die Familientradition fortsetzen könnte. Wofür wollen Sie sich noch aufopfern?«

»Verlassen Sie diesen Raum!« Luca Pertini deutete mit ausgestrecktem Arm zur Tür. »Fuori!«

»Ich bin schon im Gehen begriffen«, sagte Dr. Lausitz, »aber merken Sie sich meine Worte: Nicht jedes Unglück kommt von selbst, oft hat eine höhere Macht ihre Hand im Spiel. Nennen Sie es Schicksal, oder glauben Sie an die Wege des Herrn, die unerforschlich sind, das ist Anschauungssache. Aber niemand, auch Sie nicht, lieber Luca Pertini, sollte sich dieser höheren Fügung widersetzen. Denken Sie darüber nach! Arrivederla, e le faccio le mie condoglianze.«

9

Es war irgendwann nach Mitternacht, als Sabrina aufwachte. Das heißt, so ganz sicher war sie nicht, ob sie vorher geschlafen hatte. Oder schlief sie jetzt, und sie träumte nur, wach zu sein? Ihr Atem ging flach, hinter den Schläfen pochte es. Gott sei Dank hatte man die akustischen Signale an den Apparaturen abgestellt. Das stimmte doch? Ja, sicher, daran konnte sie sich erinnern. Außerdem war nichts zu hören. Daran erinnern? Sabrina ließ den vergangenen Tag Revue passieren. Ab jenem Moment, wo sie das Bewusstsein wiedererlangt hatte, konnte sie sich an alles erinnern, ganz genau, bis ins letzte Detail. Dieser Hipp, der im Auftrag ihres Vaters an ihrem Bett gesessen war. Von ihm ging eine große Ruhe aus, das hatte ihr gut getan. Dann die hektischen Arztvisiten am Nachmittag. Die dicke Stationsschwester Carlotta. Das Auswechseln der Infusionsflasche. Der neue Kopfverband. Der Besuch von Fabri, der ihr Blumen gebracht und begeistert vom Piemont erzählt hatte. Ein netter Kerl. Auf ihre Frage nach Eva-Maria antwortend, hatte er auch von ihr berichtet. Schien ein sympathisches Mädchen zu sein. Obwohl Fabri bei ihrem Namen irgendwie traurig geguckt hatte. Egal, sie freute sich schon darauf, ihre Cousine kennen zu lernen.

Sabrina atmete tief durch. An alles konnte sie sich erinnern – ab heute! Aber was war vorher in ihrem Leben geschehen? Von Hipp wusste sie, dass sie Amerikanerin war, aber aus einer italienischen Familie stammte, mit einer Mutter aus Südtirol, weshalb sie

offenbar gleich drei Sprachen beherrschte. Na ja, immerhin etwas. In welcher dachte sie eigentlich? Englisch oder Italienisch oder Deutsch? Sie war sich nicht im Klaren darüber. Ihr Vater lebte in Kalifornien und hatte gerade eine neue Herzklappe bekommen. Deshalb durfte er nicht fliegen, sonst wäre er schon längst hier, hatte Hipp gesagt. Ihr Vater? Sie hatte keine Erinnerung an ihn. Wie er wohl aussah? Groß oder klein, mit einem Bäuchlein, vielleicht hatte er eine Glatze, einen Schnurbart? Warum nur konnte sie sich an nichts und niemanden erinnern? Und was war eigentlich mit ihrer Mutter? Sie merkte genau, dass irgendetwas in ihrem Kopf nicht stimmte. Das war ziemlich beunruhigend.
Sabrina sah zum weißen Vorhang am Fenster. Hatte der sich gerade bewegt? Da, ein flüchtiger Schatten an der Wand. Ein Geräusch, nur ganz leise, wie von einer Gummisohle auf Linoleum. Traum oder Wirklichkeit? Sie hielt die Luft an. Jetzt glaubte sie ganz deutlich zu spüren, dass sie nicht alleine war. »Hipp, sind Sie es?«, fragte sie mutig in den dunklen Raum. Eine Antwort blieb aus. War sie jemand, der sich im Dunkeln ängstigte? Schon seltsam, wenn man so wenig von sich wusste, sich selbst so vertraut war wie eine Fremde. Hatte sie sich als Kind gefürchtet, in den Keller zu gehen, konnte sie nur einschlafen, wenn Licht im Zimmer brannte? Oder war sie ein kleines Mädchen gewesen, das frohen Mutes pfeifend durch den finsteren Wald spazierte?
Sie hörte erneut ein leichtes Quietschen schräg hinter ihr. Das war doch keine Einbildung? Jetzt pochte es nicht nur in ihrem Kopf, sie spürte auch ihr Herz schlagen. Am liebsten hätte sie sich aufgesetzt, das Licht angemacht und sich im Zimmer umgesehen. Aber da sie keine Ahnung hatte, wo der Lichtschalter war, blieb sie wie paralysiert liegen. Konnte es sein, dass sich jemand ganz langsam an sie heranschlich, im Zeitlupentempo? Mit welcher Absicht sollte jemand so etwas tun? Es sprach nicht viel dafür, dass ein solcher Besucher ihr nur einen freundschaftlichen Kuss auf die Stirn

geben wollte, die zudem hinter einem Kopfverband verborgen war. Stattdessen glaubte sie zu sehen, wie jemand ein großes Kissen in der Hand hielt, um sie damit zu ersticken. Warum hatte sie solche Assoziationen? Gab es Feinde in ihrem Leben? Nicht einmal auf diese einfache Frage wusste sie eine Antwort. Oder hielt der unbekannte nächtliche Besucher statt des Kissens eine Spritze in der Hand, mit einem tödlichen Nervengift?

Sabrina kniff die Augen zu. Vor ihr hing dieses Dreieck, an dem sie sich hochziehen konnte. Sie konnte es im Halbdunkel ganz deutlich erkennen. Vor allem sah sie den Druckknopf, der mit einem Kabel in diesem Dreieck verknotet war. »Siamo sempre in servizio«, hatte die dicke Stationsschwester gesagt. Sie müsse nur auf den Knopf drücken, und Sekunden später helfe man ihr.

Hinter ihr stand jemand, da gab es überhaupt keinen Zweifel. Sie glaubte den Atem zu hören, so nah war ihr dieser Mensch bereits gekommen. Also musste sie schnell sein, sehr schnell. Waren ihre Hände noch angegurtet? Nein, nicht mehr. Links waren die Infusionsschläuche angeschlossen, aber rechts konnte sie agieren, vor allem da ihr Arm, wie sie zu ihrer großen Erleichterung feststellte, nicht unter, sondern auf der Bettdecke lag. Wenn es ihr jetzt gelang, auf den Knopf für den Notruf zu drücken, wenn sie das Plastik zwischen den Fingern spürte, spätestens dann wusste sie, ob das gerade ein Traum war oder Realität.

Ansatzlos schoss sie mit der rechten Hand nach oben, sich gleichzeitig aufstützend, schon den Knopf erreichend. Über der Tür ging ein rotes Licht an. Sie hörte im Flur ein Summgeräusch. Die Vase mit Fabris Blumen fiel zu Boden. Ein Schatten glitt die Wand entlang, die Tür wurde aufgerissen, sie sah, wie jemand ihr Zimmer verließ. Von hinten erkannte sie nur einen grünen Arztkittel und eine Haube, wie sie Chirurgen im Operationssaal trugen. Dann fiel die Tür ins Schloss. Jetzt war sie alleine, wirklich alleine. Sabrina ließ sich ins Kopfkissen zurückfallen und atmete tief durch. Das war kein Traum gewesen, keine Halluzination. Wer hatte da hinter ihrem Bett gestanden, was hatte er von ihr gewollt? Hatte er wirklich ein Kissen gehabt, um sie zu ersticken, oder eine tödliche Spritze? Oder entsprangen diese bedrohlichen Bilder ihrem durch den Unfall verwirrten Geist?

»Hanno suonato, Sie haben geläutet. Geht es Ihnen nicht gut, was kann ich für Sie tun?« Die Schwester in der Tür machte das Licht an und kam mit einem freundlichen Lächeln auf sie zu. »Ich bin Schwester Margherita«, stellte sie sich vor, »die Nachtschwester.«

10

Fabri wischte sich mit der Serviette den Mund ab. »Grazie, Mamma, il risotto era buonissimo«, lobte er gewohnheitsmäßig die Kochkünste seiner Mutter. Er saß ihr an dem Holztisch in der großen Küche gegenüber, wo sie unter der Woche gemeinsam ihren *pranzo* einzunehmen pflegten.

Luciana, die während des ganzen Essens kein Wort gesagt und nur stumm auf den Teller gestarrt hatte, zog aus dem Ärmel ein Taschentuch und schnäuzte sich. »Nein, mein Lieber, das Risotto war schrecklich. Ich habe es zu lange gekocht und außerdem die Zucchini vergessen.«

Fabri langte über den Tisch und nahm ihre Hand. »Macht doch nichts, Mamma, mir hat es geschmeckt.«

»Ich war mit den Gedanken …«

»Ich weiß, du warst mit deinen Gedanken bei Papà. Und jetzt macht es dich traurig, dass wir hier nur zu zweit am Tisch sitzen. È veramente triste.«

»Gianfranco hat uns verlassen«, sagte Luciana mit einem Schluchzen in der Stimme, »er ist weg, auf und davon. Nach achtundzwanzig Jahren Ehe.«

»Papà, nie und nimmer, das würde er nicht tun.«
»Doch, ganz sicher.«
»Das glaube ich nicht.«
»Heute Morgen habe ich sein Nachtkästchen aufgeräumt.«
»Sein Nachtkästchen? Na und?«
»In der Schublade müsste sein Reisepass liegen.«
Fabri zog fragend die Augenbrauen nach oben. »Sein Reisepass?«
»Ja, da liegt er immer, aber jetzt ist er weg. Gianfranco hat seinen Reisepass mitgenommen.«
»Wirklich? Bist du sicher?«
»Ja, den Reisepass.«
»Das muss nicht viel besagen«, versuchte er seine Mutter zu beruhigen.
»Außerdem ist die Schatulle leer.«
»Was für eine Schatulle?«
»Die alte Schatulle vom Nonno im Versteck unter dem Bett.«
»Vom Großvater? Unter eurem Bett? Davon weiß ich ja gar nichts.«
»Dort haben wir Bargeld aufbewahrt. Und Goldmünzen. Für schlechte Tage. Man kann nie wissen.«
»Und diese Schatulle, sie ist leer?«
Luciana schluchzte. »Ja, das heißt, nicht ganz. Leider.«
»Nicht ganz?«
Sie schüttelte verzweifelt den Kopf. »Es ist so unglaublich. Nach achtundzwanzig Jahren Ehe.«
Fabri stand auf, ging um den Tisch herum, beugte sich zu seiner Mutter hinunter und nahm sie in die Arme.
»Nun sag schon, was ist in dieser Schatulle?«
»La sua fede.«
»Sein Ehering?«
»Ja, kein Wort des Abschieds, keine einzige Zeile, nur sein Ehering.«

11

Entspannt gegen den Fenstersims gelehnt, die Arme über der Brust verschränkt, hatte sich Hipp von Sabrina die Erlebnisse der vergangenen Nacht schildern lassen. Von einem unbekannten Besucher hatte sie erzählt, vom Quietschen seiner Sohlen auf dem Linoleumboden, vom Schatten an der Wand, von ihrer Angst, dass er ihr etwas antun könnte, von ihrem beherzten Griff zum Knopf mit dem Notruf, von der daraufhin flüchtenden Gestalt im grünen Arztkittel. Und davon, dass der Nachtschwester im Flur niemand begegnet sei.

»Die Ärzte glauben mir nicht«, sagte Sabrina mit leiser Stimme. Sie sah Hipp Hilfe suchend an. »Was ist mit Ihnen? Denken auch Sie, dass ich phantasiere?«

Hipp wartete eine Weile mit der Antwort. »Ich glaube, dass Sie das alles genauso wahrgenommen haben, wie Sie es erzählen. Gleichwohl muss es nicht der Realität entsprechen …«

»Also denken auch Sie, dass ich mir diesen Besucher ausgedacht habe«, unterbrach sie ihn enttäuscht.

»Nein, ausgedacht haben Sie sich ihn gewiss nicht. Ich sagte ja, Sie haben das so wahrgenommen.«

Sabrina langte sich an die Stirn. »Was ist mit mir los? Bin ich verrückt? Ich weiß nicht, wer ich bin, wo ich herkomme. Ich bilde mir Figuren ein, die es nicht gibt. Habe ich den Verstand verloren?«

Hipp setzte sich auf die Bettkante. »Da können Sie ganz beruhigt sein, Sie sind genauso wenig verrückt wie ich oder wie zum Beispiel der Chefarzt auf dieser Station. Man hat Ihnen doch den medizinischen Befund erklärt?«

»Schädel-Hirn-Trauma mit nachfolgendem Gedächtnisverlust«, sagte Sabrina, »eine tolle Diagnose, da wäre ich wahrscheinlich auch selbst draufgekommen.«

Hipp lächelte. »Davon bin ich überzeugt. Aber Sie sollten das positiv sehen: Freuen Sie sich zunächst mal, dass Sie den Verkehrsunfall ohne schlimmere Verletzungen überstanden haben. Das ist ein kleines Wunder.«
»Ein kleines Wunder? Ich kann mich doch an den Unfall überhaupt nicht erinnern.«
»Macht nichts. War wahrscheinlich kein so besonders schönes Erlebnis. Besser, Sie können sich nicht daran erinnern.«
Sabrina nickte. »Mag sein. Ich will ja auch nicht undankbar sein und bin wirklich froh, dass ich keine schlimmeren Verletzungen erlitten habe. Die Beine sind noch dran und ich kann meine Zehen bewegen. Aber was hilft mir das, wenn ich nicht weiß, wer ich bin?«
»Es wird Ihnen wieder einfallen. Und freuen Sie sich darauf, ich glaube, es wird Ihnen Spaß machen, sich selbst kennen zu lernen.«
»Glauben Sie?«
Hipp musste schmunzeln. »Nach allem, was ich von Ihnen weiß, ganz bestimmt.«
»Und wie soll das gehen? Ist plötzlich alles wieder da?«
»Auch das kann passieren. Aber wahrscheinlich brauchen Sie etwas Geduld, es kann einige Wochen oder Monate dauern, bis Sie wieder alles präsent haben.«
»Ich glaube, Geduld ist nicht gerade eine meiner hervorstechenden Charaktereigenschaften«, stellte Sabrina fest.
»Sehen Sie, schon haben Sie etwas von sich entdeckt«, freute sich Hipp. »Übrigens, Ihr Vater möchte, dass ich mich in der nächsten Zeit um Sie kümmere, dass ich auf Sie aufpasse und Ihnen dabei helfe, Ihre Erinnerung wiederzuerlangen. Sind Sie damit einverstanden?«
Sabrina sah Hipp an. »Natürlich bin ich das. Mir scheint, ich brauche vorläufig ein Kindermädchen, spätestens, sobald ich hier entlassen werde.«

»Was schon in einigen Tagen der Fall sein kann.«
»Hui, endlich eine positive Nachricht.« Sabrinas Freude hielt nur kurz an. »Falls ich das überhaupt erlebe. Dieser Mann von der letzten Nacht ...«
»Angstattacken sind nach einem traumatischen Erlebnis völlig normal. Es wäre sogar erstaunlich, wenn Sie keine hätten. Also, um ehrlich zu sein, ich glaube nicht, dass wirklich jemand in Ihrem Zimmer war. Und schon gleich nicht, dass dieser Mensch Ihnen etwas antun wollte.«
»Aber wenn doch?«, ließ Sabrina nicht locker. »Sie haben gesagt, mein Vater möchte, dass Sie auf mich aufpassen.«
Hipp grinste. »Ihr Kurzzeitgedächtnis funktioniert jedenfalls schon wieder ganz hervorragend.«
»Und ich weiß, was ich nachts gesehen habe.«
»Nun gut, ich komme heute Abend gegen zehn Uhr und setze mich während der Nacht auf die Bank vor Ihrer Tür. Würde Sie das beruhigen?«
»Nein, nicht vor die Tür, vielleicht kommt er durchs Fenster.« Sabrina deutete auf den Besucherstuhl im anderen Eck des Zimmers. »Könnten Sie sich nicht dort hinsetzen? Bitte. Nur für die nächste Nacht.«
Hipp schaute skeptisch auf den Metallstuhl. »Sieht nicht sehr bequem aus.«
»Gut so, Sie sollen ja auch nicht schlafen, sondern Wache halten.«
»Mir scheint, wir lernen schon wieder eine Wesensart von Ihnen kennen.«
»Und die wäre?«
»Sie sind unbarmherzig und ohne Mitgefühl.«
Sabrina lächelte. »Jetzt übertreiben Sie aber.«

12

Friedrich von Lausitz stand in seinem Weinkeller inmitten hunderter Barriquefässer aus französischer Eiche. Er zog bei einem Zweihundertfünfundzwanzig-Liter-Fass einen Spund heraus, entnahm mit einer langen Glaspipette, die von italienischen Winzern *ladro* (Dieb) genannt wird, eine Probe, füllte diese in ein Glas, schwenkte es, roch daran, hielt es gegen das Licht, betrachtete die Schlieren, die träge am Glasrand hinabliefen, nahm schließlich einen Schluck, schlürfte und schmatzte, ließ den Wein im Mund erwärmen, bis auch die flüchtigen Aromen über den Rachen den Weg in die Nasenhöhle fanden und die letzten Geheimnisse des noch jungen Weines preisgaben.

»Che profumo, che carattere!«, zeigte sich Lausitz höchst erfreut. »Ein wunderbarer Jahrgang.«

Weil er wusste, dass auch Serafino Panepinto viel von Wein verstand, ließ er ihn vom heranreifenden Brunello* probieren.

»Meraviglioso«, murmelte dieser anerkennend, »magnifico.«

Panepinto war einen Kopf kleiner als Lausitz, hatte einen grauen Anzug an, mit einem zur Krawatte passenden Einstecktuch. Er sah aus wie ein erfolgreicher Geschäftsmann. Was aber nicht wirklich stimmte. Ein Geschäftsmann, das war er schon, aber spezialisiert auf ganz besondere Geschäfte. Außerdem war Panepinto ein Angestellter von Lausitz, nicht irgendein Angestellter, sondern seine rechte Hand und sein einziger Vertrauter.

Dr. Friedrich von Lausitz, mit blauem Blazer und Khakihose im gepflegten Freizeitlook, setzte sorgfältig den Stopfen auf das Spundloch und stellte fest, dass der Wein in den Barriquefässern vom Kellermeister wieder nachgefüllt werden müsse. »Der Wein atmet durch die Fassdauben, aber er verdunstet auch«, sagte er, um schließlich die von Panepinto längst erwartete Frage zu stellen: »Allora, was gibt es zu berichten?«

»Tutto a posto«, fing Panepinto so an, wie er das fast immer tat. Lausitz setzte sich auf einen Holzschemel und hörte zu. »Die beiden Lkw vom Speditionsparkplatz in Florenz sind letzte Nacht umgeladen worden. Der Diebstahl wurde erst vor zwei Stunden bemerkt. Mittlerweile ist die Weinlieferung längst in Livorno auf dem Schiff. Einige tausend Flaschen Felsina*, Isole e Olena*, Poliziano*.«
»Fast zu schade für den amerikanischen Markt«, stellte Lausitz mit leichtem Bedauern fest.
»Aber überaus einträglich.«
»Wohl wahr. Was macht die Fuhre aus dem Piemont?«
»Ist alles in die Wege geleitet, sie wird ihren Bestimmungsort in Deutschland nicht erreichen.«
»Perfetto, Serafino, das höre ich gerne. Ich liebe es, Besitzstände umzuverteilen. Wie sagt der Philosoph? Panta rhei, alles fließt! Das bringt mich zu meinem Lieblingsprojekt. Wie kommen wir mit der Tenuta del Leone voran? Ich habe Luca Pertini gestern kondoliert und mein Angebot erneuert. Aber ich fürchte, er hat nicht verstanden.«
»Eva-Marias Tod hat nichts bewirkt?«
»Sieht ganz so aus. Aber wahrscheinlich steht er noch zu sehr unter Schock.«
Serafino Panepinto sah nachdenklich auf seine manikürten Fingernägel. »Wir müssten ihm andeuten, dass das vielleicht kein Unfall war. Und dass sich so etwas jederzeit wiederholen kann.«
Lausitz nickte. »Andeuten, ja, das könnten wir. Nur, wie lässt sich diese Botschaft überbringen?«
»Es gibt Mittel und Wege, ich werde darüber nachdenken«, antwortete Panepinto.
»Ich möchte die Tenuta del Leone haben, koste es, was es wolle.«
»Ad ogni costo!«
Lausitz roch versonnen am ausgetrunkenen Glas, das er immer

noch in den Händen hielt. »Konzentrierte Frucht, Veilchen«, beschrieb er entzückt seine Sinneswahrnehmung, »und etwas Leder.«

»Eva-Maria saß nicht alleine im Auto«, erwähnte Panepinto.

»Ich weiß, du hast es mir erzählt. Sabrina war ihr Name, oder? Sabrina Valentino, eine entfernte Cousine von Eva-Maria aus Amerika. Wirklich erstaunlich, dass sie diesen Crash überlebt hat.«

»Ja, sehr erstaunlich, fast unverletzt. Aber sie hat eine Amnesie, kann sich an nichts mehr erinnern.«

»Schön für sie.«

»Aber vielleicht stirbt sie doch noch, das kann man nie wissen«, gab Panepinto zu bedenken, »zum Beispiel an einem unerwarteten Blutgerinnsel.«

»Che sarà, sarà. Das Schicksal dieser Sabrina Valentino ist mir ziemlich egal. Wichtig ist nur, dass Pertinis Tochter, sein einziges Kind, nicht mehr am Leben ist. Wenn er begreift, dass sein Leben keine Perspektive mehr hat und dass er zudem einer fortwährenden Bedrohung ausgesetzt ist, dann wird er hoffentlich verkaufen.«

»Er wird es begreifen, dafür sorge ich.«

»Sehr schön, Serafino, ich weiß, dass ich auf dich zählen kann …« Fast im gleichen Atemzug sagte er: »Mit einem Hauch von Tabak.«

Serafino Panepinto schaute verständnislos. »Scusi?«

»Der Brunello, mein Lieber. Waldbeeren, Veilchen, Leder und ein Hauch von Tabak. Wirklich sehr viel versprechend.«

13

Auf der Fahrt mit dem Leihwagen von Turin nach Alba kämpfte Hipp mit der Müdigkeit. Zwar war er in der vergangenen Nacht trotz des unbequemen Stuhls zwischenzeitlich eingenickt, aber er hatte sich schon mal frischer gefühlt. Immerhin hatte Sabrina gut geschlafen. Damit war dieses Opfer nicht ganz umsonst erbracht. Denn dass es keinen gewalttätigen Besucher abzuwehren galt, davon war er sowieso ausgegangen. Heute früh hatten sie wie bereits gestern mit Sabrinas Vater in Kalifornien telefoniert, wo es spät am Abend war. Sabrina liebte diese Gespräche »mit dem fremden alten Mann«, dessen Stimme ihr so vertraut war.

Er fuhr über Poirino und Canale die Landstraße nach Alba, schon deshalb, weil er keine Autobahnen mochte, und außerdem hielten ihn die vielen Kurven wach. Ihm fiel das Buch ein, in dem er letzte Nacht einige Kapitel gelesen hatte. Vor allem die Geschichte über die Marchesa Giulia Falletti hatte ihm gefallen. Schon amüsant, dass der große Barolo* auf eine gebürtige Französin zurückging. Giulietta Vitturnia Colbert di Maulévrier hieß sie mit vollem Namen, verheiratet mit dem Marchese Falletti, der 1838 starb und ihr nicht nur die Burg von Barolo, sondern auch einen riesigen Grundbesitz mit Weinbergen hinterließ. Die Marchesa ließ sich von den Bordeaux-Weinen ihrer Heimat inspirieren und veranlasste, dass ihr Nebbiolo* trocken ausgebaut wurde, nicht lieblich, wie bisher in der Langhe üblich. Sie versicherte sich dabei der Dienste des französischen Weinexperten Oudart, der eigentlich für Camillo Benso tätig war, den legendären Grafen von Cavour, der später als Ministerpräsident des Königreichs Piemont-Sardinien den italienischen Nationalstaat mit begründete. Auch wenn der junge Graf, der im Ruf stand, ein Frauenheld zu sein, überhaupt nicht zur erzkatholischen Marchesa Falletti passte, waren die beiden dennoch eng befreundet. Und so kam es, dass unter der Ägide der Marchesa der erste echte Barolo entstand, der bald in langen Karawanen von Ochsenkarren, von denen jeder mit einem großen Weinfass beladen war, nach Turin an den Hof von König Carlo Alberto geliefert wurde. Aus dem König der Weine, wie der Barolo

im Piemont genannt wird, wurde der Wein der Könige. Übrigens hatte die Karawane der Marchesa immer genau dreihundertfünfundzwanzig Karren – so viele Tage wie das Jahr minus die vierzig Tage Fastenzeit. Und den Wein, den benannte sie nach ihrer Burg: Barolo.
Barolo, da wollte Hipp heute als Erstes hin. Das heißt, der Ort interessierte ihn weniger, vielmehr die Straße, die ganz in der Nähe von Monforte d'Alba nach Grinzane Cavour führte, und da speziell eine Kurve, unter der sich ein Weinberg befinden musste.

Eine gute Stunde später parkte Hipp sein Auto am Straßenrand. Er ging die kurze Strecke zurück, wo die durchbrochene hölzerne Leitplanke mit zwei Stecken und einem roten Band gekennzeichnet war. Hier also musste es passiert sein. Auf der Straße waren Bremsspuren zu sehen, durch die Rebstöcke zog sich eine Schneise der Verwüstung nach unten, zu einer Stelle, wo es offenbar gebrannt hatte. Weiter links sah man noch eine scharfe Kurve, von der aus vermutlich die Sanitäter und die Polizei zum Wrack vorgedrungen waren. Jedenfalls war auch dort alles zerstört. Irgendwie musste man ja später das Auto aus dem Weinberg geschafft haben.
Hipp entdeckte zwischen den Rebstöcken einen hageren Mann mit einer seltsamen Kopfbedeckung, die entfernt an einen Strohhut erinnerte. Das musste Cherubino sein, jener Weinbauer, der Sabrina aus dem zerstörten Auto gezogen hatte, kurz bevor das Wrack explodiert war.
Hipp drehte sich um, setzte sich auf die noch intakte Leitplanke direkt neben der Unfallstelle und schaute sich die Straße an. Er schloss die Augen, stellte sich den Fiat vor, wie er mit überhöhter Geschwindigkeit von oben auf ihn zukam. Er glaubte den Motor zu hören, das plötzliche Bremsen, das Quietschen der Reifen auf dem Asphalt, er sah den verzweifelten Versuch von Eva-Maria, das Auto auf der Straße zu halten, die Räder nach links einge-

schlagen, vergeblich, dann das Krachen gegen die Leitplanke … Hipp machte die Augen wieder auf. Seltsam, der Film in seinem Kopf und diese Straße vor ihm, das passte irgendwie nicht zusammen. Der Streckenabschnitt von der vorangegangenen Kurve war viel zu kurz, um die erforderlich hohe Geschwindigkeit erreichen zu können. Er stand auf und studierte die Bremsspuren, die zum Durchbruch in der Leitplanke führten. Nein, auch diese wollten nicht so recht zu seinem Film passen. Wie war dieser scharfe Knick zustande gekommen? Und warum gab es von oben gesehen links daneben weitere Bremsspuren? Nun gut, diese konnten älteren Datums sein, oder sie waren ganz neu. Aber dieser Knick? Hipp machte wieder die Augen zu und ließ erneut den Film ablaufen. Er schüttelte den Kopf, stieg über die Leitplanke und kletterte den Weinberg hinunter zu Cherubino. Nach anfänglicher Zurückhaltung gab dieser bereitwillig Auskunft, schilderte, wie der blaue Fiat geradeaus durch die morsche Leitplanke gebrochen und zunächst mit allen vier Rädern nach unten auf den Rebstöcken gelandet sei. Erst danach habe sich der Wagen gedreht, um schließlich auf dem Dach nach unten zu pflügen.
Hipp musste nicht erneut die Augen schließen, um festzustellen, dass dieser Hergang mit dem Film in seinem Kopf nicht übereinstimmte. Das Auto hätte bei einer überhöhten Geschwindigkeit nie im rechten Winkel, also geradeaus durch die Leitplanken brechen dürfen, schon eher irgendwie schräg oder noch viel wahrscheinlicher komplett mit der Breitseite, um sich dann sofort zu überschlagen. Irgendetwas stimmte hier nicht. Um dies herauszufinden, musste man kein Experte für Verkehrsunfälle sein. Ihm war egal, was Cherubino von ihm dachte, und er machte erneut die Augen zu. Er probierte es mit einem anderen Film. Plötzlich schien alles zu passen.
»Haben Sie außer dem verunglückten Fiat ein weiteres Auto gesehen?«, fragte er unvermittelt.

Cherubino schüttelte den Kopf, um dann nach einer kurzen Bedenkzeit zu sagen: »Vista no, ma sentita.«
»Gehört?«
»Ja, das fällt mir erst jetzt wieder ein, weil Sie mich danach fragen. Aber das Motorengeräusch ist schnell leiser geworden. Außerdem bin ich da schon losgerannt, hinunter zum Unglücksauto.«
Hipp unterhielt sich noch einige Minuten mit dem Weinbauern. Er versprach, irgendwann mit Sabrina vorbeizukommen, bei Cherubino zu Hause in Verduno, bestimmt wolle sie sich persönlich bei ihrem Lebensretter bedanken. Aber noch sei sie zu schwach dafür. Dann verabschiedete er sich und stieg den Weinberg hinauf zur Straße. Dabei gingen ihm einige Gedanken durch den Kopf, die zumindest eines gemeinsam hatten: Sie wollten ihm nicht gefallen!

14

Sind Sie müde?«, fragte Fabri, als er Hipp gähnen sah.
»Ja, ein klein wenig, tut mir Leid«, entschuldigte er sich. »Ich habe letzte Nacht ziemlich schlecht geschlafen.«
»Aber Sie probieren trotzdem von den Weinen unserer Cantina?«
»Aber natürlich«, versicherte Hipp, »deshalb bin ich doch hier. Nochmals vielen Dank für Ihre Einladung.«
»Es ist mir ein Vergnügen. Sie interessieren sich doch ein wenig für Wein?«, fragte Fabri vorsichtig nach, während er hinter der Degustationstheke aus einer langen Reihe von Flaschen bedächtig ausschenkte und die Gläser vor Hipp nebeneinander aufbaute.
»Ja, durchaus«, antwortete Hipp.
»Sie müssen die Gläser nicht alle austrinken«, sagte Fabri lächelnd und deutete auf einen silbernen Kübel. »Ausspucken wird von mir nicht als Beleidigung empfunden.«

»Das ist erfreulich. Im anderen Fall könnte ich mich hier gleich zur Ruhe betten. Übrigens soll ich Sie von Sabrina grüßen.«
»Vielen Dank, das freut mich. Wie geht es ihr?«
»Eigentlich ziemlich gut, ich denke, dass sie schon in wenigen Tagen entlassen wird.«
»Che bello! Wenigstens hat es das Schicksal mit Sabrina gut gemeint, wenn schon Eva-Maria …« Fabri sprach den Satz nicht zu Ende, schüttelte den Kopf und nahm das nächste Glas, um es mit Wein zu füllen. »Und was ist mit Sabrinas Amnesie?«, fragte er. »Kann sie sich mittlerweile an ihre Vergangenheit erinnern oder was am Tag des Unfalls geschehen ist?«
»Nein, noch nicht. Ich denke, das wird dauern.«
Fabri schenkte die Flaschen so aus, dass sie von der Theke verdeckt wurden. Das machte er bei Degustationen meistens so, um die Neugier seiner Gäste anzustacheln und um Spannung aufzubauen.
»Gibt es Neuigkeiten von Ihrem verschwundenen Vater?«, wechselte Hipp das Thema.
»Nein, sein Verschwinden ist uns allen ein Rätsel.«
»Glauben Sie, dass ihm etwas zugestoßen sein könnte?«
»Natürlich wäre das möglich, aber es ist nicht sehr wahrscheinlich. Wir haben intensiv nach ihm gesucht. Viberti hat alle umliegenden Weinberge und Wälder durchkämmt.«
»Maresciallo Viberti von den Carabinieri in Alba?«
Fabri sah Hipp erstaunt an. »Sie kennen ihn?«
»Nein, aber wir haben telefoniert und sind nachher zum Mittagessen verabredet. Er hat den Unfall von Eva-Maria und Sabrina aufgenommen.«
»Richtig, ein guter Mann, sehr gewissenhaft. Aber um Ihre Frage zu beantworten, meine Mutter und ich glauben, dass sich mein Vater eine kurze Auszeit nimmt.«
»Eine Auszeit?«

»Ja, ich würde das so bezeichnen. Und jetzt«, Fabri deutete auf das Glas links außen, »wollen Sie mit der Verkostung beginnen?«
»Aber gerne.« Hipp nahm das Glas, neigte es, betrachtete kurz die Farbe, roch am Wein, brachte ihn im Glas zum Kreisen, schnupperte zum zweiten Mal – und stellte das Glas wieder ab.
»Eine Auszeit? Was meinen Sie damit?«
Fabri sah sein Gegenüber erstaunt an – nicht wegen der Frage, sondern weil Hipp den Wein nicht probierte. »Ich denke, dass mein Vater, dem gelegentlich alles zu viel wird, spontan für einige Tage weggefahren ist. Ohne uns etwas zu sagen, was natürlich eigenartig ist, aber vielleicht lässt sich das psychologisch erklären, was dann in Ihr Fach fallen würde, wie ich von Sabrina weiß. Übrigens, wollen Sie den Wein nicht kosten? Das ist kein schlechter …«
»… Dolcetto*, ich weiß, ein oder zwei Jahre alt, schönes Purpurrot, leichte Schokoladenaromen. Ein angenehmer Auftakt.«
»Accidenti! Stimmt, ein Dolcetto, zwei Jahre alt. Sie verblüffen mich. Sabrina sagte mir, Sie sind Psychologe, dass Sie ein Weinexperte sind, hat sie mir verschwiegen.«
Hipp lächelte. »Erstens schließt erfreulicherweise das eine das andere nicht aus, zweitens wollen wir meine bescheidenen Weinkenntnisse nicht überbewerten, und drittens habe ich Sabrina von meiner diesbezüglichen Passion noch nicht berichtet.«
»Ich kann gut verstehen, dass Sie diesen Dolcetto nicht probieren …«
»Ich habe ihn probiert, mit der Nase«, korrigierte Hipp.
»… er ist leider tatsächlich etwas flach und überaus gerbstoffarm. Ich hätte ihn bei dieser Verkostung besser weggelassen. Früher haben wir großartigen Dolcetto gemacht, aber dieser bleibt hinter seinen Möglichkeiten zurück. Ich bin neugierig, ob Sie den nächsten Wein erraten.«

»Soll das eine Blindverkostung werden?«, fragte Hipp.
»Warum nicht? Scheint nicht Ihre erste zu sein.«
»Nun gut, machen wir ein Spiel. Wenn ich die Sorte oder die Herkunft eines Weines errate, beantworten Sie mir jedes Mal eine Frage?«
»Darauf kann ich mich gerne einlassen«, sagte Fabri lachend, »die Fragen würde ich Ihnen auch so beantworten.«
»Warten wir es ab.« Hipp nahm das nächste Glas, vollzog das übliche Ritual der optischen Prüfung, der ersten und der zweiten Nase und nahm einen kleinen Schluck.
»Nun? Schwierig, oder?«, sagte Fabri.
»Haben sich Ihre Mutter und Ihr Vater häufig gestritten?«, fragte Hipp unvermittelt.
»Das ist eine sehr persönliche Frage«, stellte Fabri fest, »dazu würde ich lieber nichts sagen.«
»Helles Rot, zarte Zitrusaromen, leicht bitter, vermutlich ein Grignolino* aus den Basso-Monferrato-Bergen.«
Fabri schüttelte verwundert den Kopf. »Stimmt ganz genau. Erstaunlich, sehr erstaunlich. Dann muss ich wohl. Ja, meine Mutter und mein Vater haben sich zuweilen gestritten. In der letzten Zeit häufiger. Mein Vater neigt zu Jähzorn, und darunter leidet meine Mutter, obwohl sie ihn liebt.«
»Kannte Ihr Vater Eva-Maria?«
»Ja, natürlich, schon seit sie ein Kind war. Unsere Familie ist mit den Pertinis befreundet.«
»Mochte er sie?«
»Ja, sehr. Er hat sie immer *il mio bel girasole* genannt.«
»Meine hübsche Sonnenblume? Sehr romantisch. Klingt ganz so, als ob er sie wirklich gern gehabt hat.«
Hipp nahm das nächste Glas, versetzte den Wein in Rotation, ließ die Aromen in die Nase steigen. »Wissen Sie, ob Eva-Maria oder Sabrina Feinde haben?«

»Feinde? Eva-Maria und Sabrina?« Fabri sah Hipp verständnislos an. »Wie kommen Sie denn darauf?«

»Ein Barbera*, im Eichenfass ausgebaut«, konstatierte Hipp und nahm erst jetzt einen Schluck. »Kein Bricco dell'Uccellone von Bologna*«, fuhr er mit seiner Kommentierung fort, »aber durchaus gelungen, sehr geschmeidig.«

»Danke. Ja, es handelt sich um einen Barbera, genauer gesagt um einen Barbera d'Alba Superiore«, bestätigte Fabri unaufmerksam, den die zutreffende Charakterisierung schon nicht mehr zu überraschen schien. »Nein, Eva-Maria hatte keine Feinde, ganz bestimmt nicht. Sie war ein so liebenswertes Mädchen, ich habe sie sehr gemocht. Bei Sabrina weiß ich es natürlich nicht, ich habe sie ja erst im Krankenhaus kennen gelernt. Aber können Sie sich vorstellen, dass Sabrina Feinde hat?«

Hipp spuckte den Wein in den Eimer. »Nein, kann ich nicht«, bestätigte er.

»Wie kommen Sie eigentlich darauf, dass …?«

»Der Logik Ihres Arrangements folgend, würde ich annehmen, dass sich im nächsten Glas ein Barbaresco* befindet«, unterbrach ihn Hipp. Er nahm das Glas und schnupperte daran.

»Können Sie Gedanken lesen?«

»Also, tatsächlich ein Barbaresco«, sagte Hipp mit einem Grinsen. Er setzte das Glas an die Lippen, nahm einen Schluck, zog etwas Luft durch die Zähne und ließ ein leichtes Schlürfen hören. »Jetzt beginnt die Verkostung interessant zu werden. Mein Kompliment, ein opulenter Barbaresco, vielleicht noch etwas ungeschliffen, aber ausgesprochen viel versprechend.«

»Er braucht noch zwei oder drei Jahre«, bestätigte Fabri.

»Hatten Sie ein Verhältnis mit Eva-Maria?«

»Sie stellen merkwürdige Fragen und sind nicht besonders diskret. Außerdem wäre bei Eva-Maria, die in meinem Herzen weiterlebt, etwas Pietät angebracht.«

»Tut mir Leid, aber wir haben uns auf Spielregeln geeinigt. Es wäre doch langweilig, wenn ich harmlose Fragen stellen würde.«

»Aber ob ich mit Eva-Maria geschlafen habe – ich bitte Sie, das geht wirklich zu weit.«

»Sie haben sich bei diesem Barbaresco am Santo Stefano von Bruno Giacosa* orientiert, sehr traditionell, geradezu klassisch«, sagte Hipp, um übergangslos fortzufahren: »Sie haben also nicht mit ihr geschlafen, hätten es aber gerne. Hatte Eva-Maria einen Freund, von dem ihre Eltern nichts wussten?«

Fabri sah Hipp mit großen Augen an. »Sie werden mir langsam, aber sicher unheimlich.«

»Das liegt nicht in meiner Absicht, verzeihen Sie mir. Aber ich liebe nun mal solche Spiele.«

»Nicht ich, sondern mein Vater hat Bruno Giacosa zum Vorbild, er hat bei ihm gelernt. Woher wissen Sie das mit dem Freund?«

»Ich weiß es nicht. Ihre Eltern sagten mir, sie hätte keinen Freund gehabt. Aber das scheint mir unwahrscheinlich. Noch zwei Gläser. Sie machen es mir leicht. Bleibt eigentlich nur noch der Barolo*.«

Hipp nahm mit beiden Händen jeweils ein Glas, roch abwechselnd daran, überlegte.

»Jetzt bin ich wirklich neugierig«, sagte Fabri. »Vor allem will ich wissen, welcher Wein Ihnen besser gefällt.«

»Sie sind mir noch den Freund schuldig.«

Fabri zögerte, gab sich dann aber einen Ruck. »Sein Name ist Giovanni Martino. Er lebt in Castellina in Chianti, er hat dort eine Enoteca. Eva-Maria hat sich letzte Woche von ihm getrennt.«

Hipp ließ den Wein in beiden Gläsern rotieren. »Von ihm getrennt? Hat ihm das gefallen?«

»Im Gegenteil. Dieser Stronzo war zutiefst in seiner Macho-Ehre gekränkt. Giovanni ist fast Amok gelaufen, er hat Eva-Maria gedrängt, wieder zu ihm zurückzukehren. Aber sie wollte nicht, hatte die Nase voll von ihm.«

»Und jetzt haben Sie sich Hoffnung gemacht, richtig?«

»Nun probieren Sie schon. Welcher Wein ist besser?«, sagte Fabri.

»Ja, ich habe mir Hoffnung gemacht. Eva-Maria wollte mich sehen, deshalb war sie ja auf dem Weg zu mir. Wir haben uns immer gut verstanden.«

»In beiden Gläsern ist ein Barolo, beide sind hervorragend, und doch sind sie ganz anders. Was für ein Typ Mensch ist dieser Giovanni? Ist er aggressiv? Neigt er wie Ihr Vater zu Jähzorn?«

»Lassen Sie bitte meinen Vater aus dem Spiel. Aber Sie haben Recht, Giovanni ist oft unbeherrscht, aggressiv. Ich kann ihn nicht ausstehen.«

»Ich muss sagen, diese Weinprobe ist sehr aufschlussreich«, stellte Hipp fest, der immer noch abwechselnd an den beiden Gläsern schnupperte, »und zwar in jeglicher Hinsicht. Tut mir Leid, dass ich Ihnen so zugesetzt habe, das lag nicht in meiner Absicht. Sie sind mir wirklich sympathisch, aber ich bin nun mal ausgesprochen neugierig und habe zudem einen schlechten Charakter. Sobald Sabrina wieder bei guter Gesundheit ist, sollten wir gemeinsam essen gehen. Ich möchte Sie gerne einladen.«

»Mille grazie, würde mich freuen.«

»Der linke Wein trägt die Handschrift Ihres Vaters, der rechte Barolo könnte Ihr Werk sein«, sagte Hipp.

Fabri lächelte. »Stimmt genau. Wie kommen Sie darauf?«

Hipp nahm aus dem linken Glas einen Schluck, kaute kurz und spuckte in den Eimer. Dann der Wein aus dem rechten Glas, ein kurzes Schlürfen, dann schluckte er ihn hinunter.

»Ganz vorzüglich, alle beide. Aber wie ich schon sagte, der rechte Wein ist von Ihnen, er ist internationaler im Charakter. Obwohl wahrscheinlich aus demselben Jahrgang, ist er deutlich konzentrierter, gleichzeitig rund und geschmeidig, schon gut trinkbar. Der linke Wein ist klassisch, traditionell im großen Holzfass ausgebaut, ganz ähnlich wie vorhin der Barbaresco. Er braucht noch einige Jahre, um die harten Tannine zu mildern, deshalb wohl ein Kind Ihres Vaters. Dagegen haben Sie bei Ihrem Wein moderne Techniken eingesetzt, wie zum Beispiel Maischeerwärmung, eventuell auch die Umkehr-Osmose zur Konzentration. Die Vanille- und Röstaromen kommen vom Barriquefass. Außerdem scheint mir, dass Sie etwas Cabernet Sauvignon beigegeben haben.«

»Absolut richtig. Ihnen bleibt nicht viel verborgen.«

»Ich schaue nun mal gerne hinter die Kulissen, nicht nur beim Wein. Haben Sie die Beeren vor dem Pressen angefroren?«

Fabri hatte es längst aufgegeben, sich zu wundern. »Kryoextraktion? Nur bei einem Teil. Wollen Sie bei uns als Berater anfangen?«

Hipp lächelte. »Nein, vielen Dank für dieses charmante, wenngleich nicht ernst gemeinte Angebot. Außerdem wissen Sie selbst sehr gut, wie man einen vorzüglichen Barolo herstellt.« Er hob das Glas und prostete Fabri zu. »Quod erat demonstrandum.«

15

Marco schaltete herunter, um die Geschwindigkeit seines schweren Sattelzugs zu vermindern. Er schnippte eine Zigarettenkippe durch das offene Fenster und sah auf die Uhr. Er war etwas später dran als normal, trotzdem würde er an seiner alten Gewohnheit festhalten und auf der A21 kurz nach Alessandria eine Pause einlegen. Ein Caffè macchiato an der Bar der Stazione Tortona Sud, ein Gespräch mit Carlo über die Fußballergebnisse vom Wochenende, er konnte es immer noch nicht verstehen, dass Juve gegen Inter verloren hatte, dann Pinkeln und wieder zurück auf die Autostrada, über Milano und Verona Richtung Brenner. Der drei-

achsige Auflieger seiner Zugmaschine war voll geladen mit Weinflaschen, gestapelt in Kisten und Kartons auf Europaletten.
Marco trat auf die hydraulische Bremse und brachte den Vierzigtonner auf dem großen Parkplatz hinter dem Rasthaus zum Stehen. Er ließ den Turbolader des Diesels kurz abkühlen, dann stellte er die Maschine ab, öffnete die Tür und kletterte aus dem Führerhaus.

Hätte er an der Bar nicht seinen alten Freund Carlo begrüßt, der wie immer an der Espressomaschine stand, sondern wäre er am Eingang stehen geblieben und hätte durch die Glasscheibe geschaut, dann hätte Marco mit etwas Glück nur wenig später einen Sattelzug wegfahren sehen, der seinem eigenen verteufelt ähnlich war. Stattdessen debattierte er mit Carlo die Berechtigung des Elfmeters in der zwölften Spielminute. Sie waren gerade bei der Halbzeit angelangt, da rollte sein Laster bereits durch die Mautstelle von Tortona.
Ungefähr zu dem Zeitpunkt, als Marco mit seinem Caffè und mit der Nachspielzeit fertig war, stand der Dreiachser in einem Waldstück, wo gerade die Zugmaschine ausgewechselt wurde. Der auffällig rote Iveco wich einem blauen Scania. Gleichzeitig versah ein eingespieltes Team den Sattelauflieger mit großen Aufklebern, auf denen »Fratelli Calprano« geschrieben stand, und außerdem »Olio extra vergine«. Schon waren die hinteren Kennzeichen ausgewechselt und über die Laderampe bereitstehende Kartons mit Olivenöl zugeladen.

Als Marco von der Toilette kam, noch eine Schachtel Nazionali kaufte, sich von Carlo verabschiedete, um dann zum Parkplatz zu schlendern, da war seine Ladung schon wieder auf der Autobahn – allerdings in entgegengesetzter Richtung mit Ziel Genua, wo im Containerhafen die Frachtbriefe bereitlagen. Noch am Abend würde die »Principessa« auslaufen. Irgendwo unter der Ladung würden sich teure Weine von ausgesuchten Winzern aus dem Piemont befinden: Barbera*, Barolo* und Barbaresco* unter anderem von Pio Cesare*, La Spinetta*, Domenico Clerico* und Bruno Giacosa*.

16

Die Osteria dell'Arco* an der Piazza Savona war Maresciallo Vibertis Lieblingslokal in Alba. Er pflegte die Osteria allerdings nur dann aufzusuchen, wenn er sicher davon ausgehen konnte, dass jemand anders die Rechnung bezahlen würde. So gesehen hatte er gegen das Mittagessen mit diesem Signor Hermanus überhaupt nichts einzuwenden. Auch wenn er keine Ahnung hatte, was es eigentlich zu besprechen gab. Aber das war nun wirklich nebensächlich, gemessen an der viel wichtigeren Frage, ob der Spumante aus Asti*, den er als Aperitivo bevorzugte, die richtige Temperatur hatte.

»Nein danke, ich hätte lieber vorneweg einen Caffè doppio, und danach trinke ich nur Wasser«, wehrte Hipp das Glas mit dem Schaumwein ab.

Viberti sah ihn entsetzt an. »Sind Sie etwa Antialkoholiker? Vielleicht auch noch Vegetarier? Das wäre eine denkbar schlechte Ausgangssituation für unser Gespräch.«

»Da kann ich Sie beruhigen«, erwiderte Hipp lachend, »ich bin weder das eine noch das andere, ich komme sogar gerade von einer Weinprobe.«

»Von einer Weinprobe? Wunderbar, dann sind Sie ja perfekt eingestimmt. Ich habe mir für einen kurzen Augenblick ernste Sorgen gemacht.«

»Aber ich muss noch Auto fahren, und Sie als Hüter des Gesetzes werden verstehen, dass ich ungern bei einer Alkoholkontrolle ...«

»Eine Alkoholkontrolle? In Alba? Am helllichten Tag?« Viberti schlug die Hände zusammen. »Da kann ich Sie beruhigen, davon müsste ich schließlich wissen. Ich habe keine angeordnet.«
»Aber ich muss bis nach Turin.«
Viberti nahm kopfschüttelnd eine Visitenkarte aus seiner Uniformjacke. »Falls Sie angehalten werden, geben Sie diese den Beamten und sagen, dass sie mich sofort anrufen sollen. Ich erteile Ihnen hiermit eine befristete Sondererlaubnis im Zuge wichtiger Ermittlungen. So, und nun machen Sie keine weiteren Schwierigkeiten und trinken Sie mit mir diesen wunderbaren Asti. Für danach habe ich bereits eine Flasche Roero Arneis* bestellt.«
Maresciallo Viberti freute sich zu sehen, dass Hipp das Glas entgegennahm und mit ihm anstieß. Dieses Problem wäre also gelöst. Er ließ sich doch von solchen unqualifizierten Bedenken kein viel versprechendes Mittagessen zunichte machen. Am Ende musste er selbst aus purer Solidarität ausschließlich Wasser trinken. Ein grauenvoller Gedanke. Außerdem wusste er nicht, ob er diese einseitige Flüssigkeitszufuhr überhaupt vertrug, er hatte das noch nie ausprobiert. Immerhin lebte er in Alba, inmitten der schönsten Weinberge Italiens. Was heißt schon Italiens? Von Europa, nein, von tutto il mondo! Hier bekamen schon die kleinen Kinder täglich ein Schlückchen Wein. Sozusagen in unmittelbarer Fortsetzung der Muttermilch.
»Bei den Antipasti dürfen wir keinesfalls unser viel gerühmtes Carne cruda all'albese* vergessen«, widmete sich Viberti der Menüfolge. »Und dann müssen wir unbedingt Tajarin* essen, con zucchine e pomodorini. Kennen Sie Tajarin? Das ist bei uns im Piemont eine Spezialität, ähnlich wie Tagliatelle, einfach delizioso!«
»Tajarin, sehr gerne«, sagte Hipp, dem zunehmend klar wurde, dass dieses Mittagessen länger dauern und einige Ansprüche an seine Kondition stellen würde.

»Als Alternative gäbe es die Tajarin auch al burro e salvia«, stellte Viberti mit Blick in die Karte fest. »Als Hauptspeise vielleicht Tonno di coniglio, zartes Kaninchenfleisch, in Gemüsebrühe gekocht, mit Knoblauch und Lorbeer. Oder Faraona al rosmarino, Perlhuhn mit Rosmarin. Dazu natürlich ein Gläschen Barbaresco …«

»Natürlich«, meinte Hipp amüsiert. »Ein Gläschen Barbaresco, nach dem Asti und nach dem Roero Arneis, das habe ich richtig verstanden?«

»Ganz genau, und hinterher, nach der Panna cotta con fragole, eine Grappa* zur Verdauung.« Viberti lehnte sich zufrieden zurück. Der Tag war gerettet.

»Klingt sehr viel versprechend«, sagte Hipp, der sich vornahm, den Weinkonsum vor allem der uniformierten Staatsgewalt zu überlassen, einer Aufgabe, der dieser Maresciallo zweifellos gewachsen war. Schließlich wollte Hipp im Anschluss zurück nach Turin, um die Nacht erneut in Sabrinas Krankenzimmer zu verbringen. Diese Vorsichtsmaßnahme schien ihm nach den vormittäglichen Eindrücken unbedingt angesagt. Er wollte morgen nicht mit der Nachricht konfrontiert werden, dass seine Schutzbefohlene nächtens auf gewaltsame Weise zu Tode gekommen war – mit einem Kissen erstickt, mit einem Stethoskop erdrosselt oder mit einer Spritze ins Jenseits befördert.

»Wo waren Sie bei der Weinprobe?«, fragte Viberti.

»Bei Fabri Angelo«, antwortete Hipp. »Wir haben uns über Eva-Maria Pertini unterhalten und über seinen Vater.«

Viberti nickte. »Eva-Maria, die Arme, Gott sei ihrer Seele gnädig. Und über Gianfranco haben Sie gesprochen? Der Gute hat sich aus dem Staub gemacht. Er wird schon wissen, warum. Aber sein Barbaresco* ist hervorragend, finden Sie nicht?«

»Ja, mit sehr feinen Fruchtaromen und unaufdringlicher Eleganz«, bestätigte Hipp.

Viberti sah Hipp interessiert an. »Sie kennen sich mit Weinen aus?«
»Ein wenig, aber zugegebenermaßen habe ich mehr Erfahrung mit französischen Weinen.«
Viberti wirkte fassungslos. »Wie konnte das passieren?«
»Das hat sich so ergeben«, antwortete Hipp ausweichend mit entschuldigendem Unterton. Er fürchtete, dass er gerade unabsichtlich das falsche Stichwort gegeben hatte.
»Sie wissen, dass die Gallier ...«, Viberti deutete mit dem Daumen verächtlich über die Schulter, dorthin, wo er Frankreich vermutete, »dass die Gallier den Wein uns Italienern verdanken. Ohne die alten Römer gäbe es im Bordeaux oder Burgund vielleicht Getreidefelder für Baguette, aber keinen einzigen Rebstock.«
»Das mag sein«, räumte Hipp ein, »aber eigentlich wollte ich mit Ihnen über den Unfall mit Eva-Maria ...«
Viberti hob dozierend den Zeigefinger. »Kaiser Aurelius Probus hat später in Frankreich viele Rebstöcke ausreißen lassen, um unser nationales Kulturgut zu schützen, doch leider hat er nur unvollständige Arbeit geleistet. Vielleicht wurde er deshalb umgebracht?«
»Ich denke, französische und italienische Weine können sehr gut parallel existieren, sozusagen in friedlicher Koexistenz«, ging Hipp auf Viberti ein, um danach seinen angefangenen Satz fortzusetzen: »Über den Unfall wollte ich mit Ihnen reden, bei dem Eva-Maria Pertini getötet und Sabrina Valentino verletzt wurde.«
»Ja, ein tragisches Unglück«, sagte der Maresciallo unaufmerksam. »Die beiden jungen Frauen sind zu schnell gefahren.« Er sah auf die Teller, die gerade serviert wurden. Oliven, fein geschnittener Prosciutto, eingelegte Artischocken ...
»Ich glaube auch, dass sie schnell gefahren sind«, versuchte Hipp das Gespräch endlich in die gewünschte Richtung zu lenken, »aber nicht schnell genug, um deshalb zu verunglücken.«

… gegrillte Zucchini, Funghi porcini in Olivenöl. »Übrigens verdanken die Franzosen uns nicht nur den Wein, sondern überhaupt jegliche Art von Esskultur«, fuhr Viberti fort. »Ohne unsere Caterina de' Medici wäre Frankreich noch heute ein kulinarisches Entwicklungsland.«

»Ich kenne diese Geschichte«, sagte Hipp, um das Thema abzukürzen. »Bei ihrer Vermählung mit dem späteren König Henri II. hat Caterina de' Medici ihre gesamte Küchenbrigade und ihre italienischen Rezepte nach Frankreich mitgebracht.«

Viberti sah Hipp erfreut an. »Endlich mal jemand, der über eine fundierte historische Bildung verfügt.« Er machte eine kurze Pause und dachte nach. »Und warum sind sie dann von der Straße abgekommen?«

»Ich vermute, dass ein anderes Auto den Fiat abgedrängt hat.«

»Wie kommen Sie denn darauf?«

Hipp merkte, dass er Vibertis Interesse zumindest vorübergehend vom Prosciutto, den Zucchini und der italienischen Grandezza abgelenkt hatte. »Ich habe mit Cherubino geredet und mir den Unfallort angesehen. Alles spricht dafür.«

»Wofür? Für ein anderes Auto?«

»Fragen Sie Cherubino, er wird Ihnen bestätigen, dass er ein zweites Auto gehört hat. Außerdem lässt der Winkel, in dem der Fiat die Abgrenzung durchbrochen hat, auf ein Fremdverschulden schließen.«

Viberti wischte mit einem Stück Brot die letzten Speise- und Soßenreste vom Teller. »Sie meinen, ein Raser hat sie überholt und abgedrängt?«

Hipp zuckte mit den Schultern. »Ein Raser oder jemand, der das mit Absicht getan hat.«

Viberti blieb fast das Brot im Hals stecken. »Mit Absicht? Aber ich bitte Sie, wir sind doch hier nicht in der Bronx, nicht einmal in Neapel. Bei uns gibt es nur friedfertige Menschen …«

»Die sich gegenseitig die Trüffelhunde vergiften«, brachte Hipp ein Gegenbeispiel, das ihm spontan einfiel und ihm tauglich erschien, Vibertis Behauptung zu erschüttern. Im selben Augenblick wusste er, dass er erneut einen Fehler gemacht hatte, denn der Maresciallo würde bei dem Reizwort »Trüffel« wieder vom Thema abgelenkt werden.
»Trüffelhunde vergiften? Das mag gelegentlich vorkommen und hat sehr spezielle Gründe, die ein Straniero nicht verstehen kann. Aber erstens handelt es sich dabei um Hunde, nicht um Menschen. Zweitens beginnt die Saison erst Ende September. Und drittens haben Sie ein gutes Stichwort gegeben: Unser Tartufo bianco ist ein weiterer Beleg für die Überlegenheit der italienischen Küche ...«
»Die ich doch nie in Frage gestellt habe«, wollte Hipp die Notbremse ziehen.
»Vergleichen Sie doch mal den Tuber Magnatum Pico aus Alba mit einem ordinären französischen Périgord-Trüffel. Das ist, als ob ...«, Viberti suchte händeringend nach einem Vergleich, »als ob Sie einen Ferrari gegen einen alten 2 CV auf die Rennstrecke schicken.«
»Aber den Ferrari kann man nicht auf Pasta hobeln.«
Viberti zuckte mit den Schultern. »Weder auf Pasta noch auf ein Risotto, richtig. Aber das war ja auch nur ein Versuch, Ihnen den großen Qualitätsunterschied begreiflich zu machen. Bei einem Périgord-Trüffel würden unsere Hunde nicht einmal mit dem Schwanz wedeln ...«
»Darf ich zu dem Unfall zurückkehren, der nach meiner Einschätzung keiner war?«
Viberti probierte vom Weißwein. »Roero Arneis, schön frisch, passt perfekt zu unserer Carne cruda. Der Unfall? Nun, ein Raser, das könnte sein«, gab er zu. »Aber kein Mensch mit bösen Absichten, glauben Sie mir. Warum interessieren Sie sich eigentlich so

dafür? Der Signorina Valentino geht es doch schon wieder besser, oder?«
»Ihr Vater hat mich beauftragt, auf Sabrina aufzupassen. Außerdem war ich früher bei der Polizei ...«
»Un collega, ein ehemaliger Kollege? Sie stecken voller Überraschungen.«
»Nicht direkt ein Kollege, ich bin Psychologe und habe in einer Sonderkommission gearbeitet.«
»Sie sind ein Psychologe? Vielleicht können Sie mir sagen, warum Gianfranco seine Familie im Stich gelassen hat? «
»Nein, kann ich nicht. Mich hat schon Fabri darauf angesprochen, aber da sind viele Motive denkbar ...«
»Ich glaube, seine Frau hat ihn genervt. Doch, das wird es gewesen sein. Ich kann ihn gut verstehen.«

Zwanzig Minuten und zwei Portionen Carne cruda später wurde schließlich die Pasta aufgetischt. Viberti fächelte sich mit beiden Händen den aufsteigenden Duft in die Nase. »Sie müssen mal im Herbst kommen. Tagliatelle al tartufo ...«
Maresciallo Viberti unterbrach sich und suchte in seiner Uniformjacke, die er über die Rückenlehne gehängt hatte, nach seinem Handy. Ob das die Marschmusik der Carabinieri war?
»Pronto!«, meldete er sich mit verärgertem Gesichtsausdruck. Viberti hasste es, beim Essen gestört zu werden. Hipp beobachtete, wie er beim Zuhören immer wehmütiger auf den Teller mit den Tajarin blickte. Sah ganz so aus, als ob ihr Menü eine rüde Unterbrechung erfahren würde. Nun, ihn störte das nicht weiter. Längst war ihm klar geworden, dass er mit dem Maresciallo zwar seine Kenntnisse der Piemonteser Küche vertiefen könnte, aber sonst wohl kaum zu neuen Einsichten gelangen würde.
»Sì, sì, vengo subito. Ciao!«, beendete der Maresciallo das Gespräch. Für einen kurzen Moment schaute es so aus, als ob er sein

Handy in die Nudeln werfen würde. Er sah Hipp entschuldigend an. »Mi dispiace. Aber die Pflicht ruft. Man hat einen Lastwagen gestohlen, bei Alessandria. Das fällt zwar nicht in meinen Verantwortungsbereich, aber er kam leider aus Alba. Und er war randvoll mit Barbera, Barolo und Barbaresco. Ich muss die Frachtbriefe überprüfen und hier vor Ort die Ermittlungen koordinieren.«

Einen Lastwagen gestohlen? Mit Wein? Hipp fielen die Anrufe seines Freundes Talhammer ein, der ja von solchen Diebstählen berichtet hatte und unbedingt wollte, dass er bei der Aufklärung half. Wozu er freilich alles andere als Lust hatte. Warum nur war er vor einigen Tagen in der Toskana ans Telefon gegangen? Im Liegestuhl unter dem Olivenbaum war es so gemütlich gewesen. Und jetzt? Jetzt kam es ihm so vor, als ob alles eine eigene Dynamik entwickeln würde, die nur ein Ziel kannte – ihn nicht mehr zur Ruhe kommen zu lassen.

Viberti war bereits aufgestanden und knöpfte seine Jacke zu.

»Tut mir wirklich Leid, ich hätte Ihnen gerne weitergeholfen. Aber vielleicht können wir dieses Essen bei Gelegenheit wiederholen und unser Gespräch fortsetzen? Das Kaninchen ist wirklich delizioso, und der Barbaresco, den ich ausgewählt habe …«

Hipp gab Viberti die Hand. »Natürlich, das machen wir. Ich rufe Sie morgen an. Und viel Erfolg bei Ihren Ermittlungen.«

»Da sehe ich schwarz«, sagte Viberti, »die Schurken kommen sicher nicht aus Alba.«

Dass Viberti wenig zur Aufklärung des Weindiebstahls beitragen würde, davon war auch Hipp überzeugt. Schon deshalb, weil es in seinem Verantwortungsbereich grundsätzlich keine Verbrecher zu geben schien.

Der Maresciallo der Carabinieri, ein Dienstgrad, der einem Vice Ispettore entsprach und zu den Unteroffizieren zählte, setzte die Uniformmütze auf. »Arrivederci. E mille grazie per l'invito!«

17

Einige Tage später war Hipp am frühen Morgen mit dem ersten Zug von Turin über Siena nach Montalcino gefahren. Gerade noch rechtzeitig war er auf dem Friedhof San Giorgio eingetroffen, um Eva-Marias Eltern mitfühlende Grüße von Sabrina und ihrem Vater auszurichten, der allerdings kurz zuvor selber bei Luca Pertini angerufen hatte. Jetzt stand Hipp etwas abseits der Trauergemeinde, so richtig gehörte er ja nicht dazu. Er hatte wohl als Einziger Eva-Maria nicht einmal gekannt. Aber er wollte einen Eindruck gewinnen von ihrer Familie, von den Freunden, wollte sehen, wo sie aufgewachsen war – und wohin sie nie mehr zurückkehren würde. Pater Sebastiano faltete die Hände. »Siamo qui riuniti per congedarci da Eva-Maria Pertini …«

Hipp hörte den salbungsvollen Worten des Paters nur unaufmerksam zu. Was er sah, interessierte ihn viel mehr. Zum Beispiel, dass Luca Pertini vor wenigen Minuten einem groß gewachsenen blonden Trauergast den Handschlag verweigert hatte. Oder dass Fabri Angelo, den Hipp zuvor begrüßt hatte, von Eva-Marias Eltern liebevoll in die Arme genommen wurde.

»Ci chiediamo il perché. Solo il nostro Signore sa la risposta, il nostro Dio …«

Ob unter den Trauergästen auch der Freund war, von dem sich Eva-Maria erst vor kurzem getrennt hatte und von dem ihre Eltern nichts wussten? Jener Giovanni Martino aus Castellina in Chianti, den Fabri für einen Stronzo hielt und der ähnlich wie sein Vater zur Aggression neigte? Hipp suchte nach einem jungen Mann, der keinen vertrauten Kontakt zu seinen Nebenpersonen hatte. Zwei, drei Kandidaten fielen ihm ins Auge. Er nahm sich vor, nach der Trauerfeier Fabri zu fragen. Von Sabrinas Vater in gewisser Weise offiziell in die Familie eingeführt, war er hinterher auf die Tenuta del Leone eingeladen. Den blonden

Trauergast würde er dort wohl ebenso wenig antreffen wie Giovanni.
Pater Sebastiano bekreuzigte sich. »In nome del Padre, del Figlio e dello Spirito santo ...«
Hipp dachte an seine Theorie, dass der Wagen von Eva-Maria und Sabrina nicht zufällig von der Straße abgekommen war. Was wäre, wenn wirklich jemand versucht hatte, eine von beiden umzubringen? Vielleicht dieser Giovanni? Jedenfalls wäre es nicht das erste Mal in der Menschheitsgeschichte, dass ein verstoßener Liebhaber seiner Verflossenen nach dem Leben trachtete. Oder der Vater von Fabri? Ja, auch daran hatte er schon gedacht. Und nach der Tat hatte Gianfranco Angelo die Flucht angetreten. Aus welchem Motiv sollte er das getan haben? Beweggründe konnte man fast immer finden, es bedurfte nur etwas Phantasie.
Aber wer sagte, dass Eva-Maria das Zielobjekt war? Vielleicht hatte irgendjemand versucht, Sabrina umzubringen, und Eva-Maria, vor deren Grab sie heute standen, war quasi aus Versehen ums Leben gekommen beziehungsweise der Mörder hatte ihren Tod billigend in Kauf genommen. In diesem Fall wäre Sabrina immer noch in höchstem Maße gefährdet und der nächtliche Besucher keine Einbildung. Hipp fand es ausgesprochen beruhigend, dass er in Turin einen ehemaligen Polizisten gefunden hatte, der sich mit ihm bei der Bewachung von Sabrinas Krankenzimmer abwechselte. Auch jetzt saß er im Flur auf der Bank. Aber wer sollte einen Grund haben, Sabrina umzubringen? Er traute sich nicht, ihren herzkranken Vater danach zu fragen. Und sie selbst, sie konnte sich ja immer noch nicht an ihre Vergangenheit erinnern. Aber in diesem Punkt war er zuversichtlich. Es war nur eine Frage der Zeit, bis es gelingen würde, den Schleier des Vergessens etwas zu lüften.
Hipp versuchte, sich einige auffällige Gesichter der Trauergemeinde einzuprägen. Er konnte das gut, fast hatte er so etwas wie ein

photographisches Gedächtnis. Der Vorgang war so ähnlich, als ob er einen imaginären Film in seinem Kopf belichten würde. Seinen ehemaligen Kollegen in der Sonderkommission war diese Fähigkeit eher unheimlich gewesen. Ihm kam das ganz selbstverständlich vor. Er musste sich nicht einmal besonders konzentrieren.
Vielleicht täuschte er sich, und es war doch ein Unfall? Oder Viberti hatte Recht, und es war ein Raser, der danach Fahrerflucht begangen hatte? Oder irgendjemand aus dem Umfeld von Eva-Maria und Sabrina hatte sich einen schlechten Scherz erlaubt, wollte ihnen einen Schrecken einjagen und hatte sie dabei versehentlich von der Straße gedrängt?
Es gab viele Möglichkeiten, allzu viele. Es wurde Zeit, dass er diese reduzierte, schließlich wollte er zurück in seinen Liegestuhl. Und da gab es noch diese Mappe, die er sich von Talhammer hatte schicken lassen, mit den Informationen zu den Weindiebstählen. Hier waren Profis am Werk, das sah man auf den ersten Blick. Wo war ihre Schwachstelle? Da man ihn nicht in Ruhe ließ, war es schon egal, ob er noch über ein weiteres Problem nachdachte.

Eine Stunde später standen sie auf der großen Terrasse der Tenuta del Leone. Die Trauergemeinde hatte sich nur unwesentlich reduziert. Wie vermutet war der blonde Mann auf der Strecke geblieben. Und einer jener potentiellen Stronzi, die er ins Auge gefasst hatte, und zwar jener, der vor der kleinen Kapelle gestanden hatte.
Hipp ging zu Fabri, nahm ihn am Ellbogen und zog ihn zur Seite.
»Darf ich Sie etwas zu den Trauergästen fragen?«
»Ich kenne selber nur die wenigsten«, antwortete Fabri.
»Was ist mit Giovanni Martino, Eva-Marias Exfreund aus Castellina?«
»Er ist nicht mehr da.«
»Aber er war hier, unten auf dem Friedhof?«
»Ja.«

»War das der kräftige junge Mann, der alleine vor der Kapelle stand?«
»Vor der Kapelle? Richtig, ich glaube, dort habe ich ihn gesehen. Woher wissen Sie, dass das Giovanni war?«
»Weil er jetzt nicht mehr bei uns ist.« Hipp rief sich das Bild von Giovanni in Erinnerung. Zirka einsachtzig groß, muskulös, wahrscheinlich Sportler, schwarze Haare, lange, spitz zulaufende Koteletten.
»Wollen Sie noch was wissen?«, fragte Fabri.
»Ja. Da war ein großer blonder Mann, den Luca Pertini wohl lieber nicht auf dem Friedhof gesehen hätte ...«
»Sie meinen den Tedesco, ein Deutscher, ich glaube, er heißt Lausitz oder so ähnlich. Er besitzt ein Weingut hier in Montalcino. Sein Brunello ist gar nicht mal schlecht.«
»Warum kann ihn Luca Pertini nicht ausstehen?«
»War das so deutlich zu sehen?«
»Absolut, nicht nur, dass er ihm den Handschlag verweigert hat, er ist sofort auf Distanz gegangen, was bei einer Trauerfeier mehr als ungewöhnlich ist. Und auch die Körpersprache war eindeutig.«
»Sie sind ein außergewöhnlich guter Beobachter. Zufällig weiß ich, warum Luca den Tedesco nicht mag. Eva-Maria hatte mir schon davon erzählt, und gerade erst«, Fabri deutete auf die Terrasse, »hat man darüber gesprochen. Der Tedesco möchte Luca unbedingt die Tenuta del Leone abkaufen. Luca denkt nicht im Traum daran. Aber dieser Deutsche will das nicht wahrhaben und übt ziemlichen Druck auf ihn aus. Genaueres weiß ich nicht. Aber Luca hasst den Mann.«
»Und Eva-Marias Mutter würdigt ihn keines Blickes«, fügte Hipp hinzu.
»Ich war gestern bei Sabrina im Krankenhaus«, wechselte Fabri das Thema.
»Ich weiß, sie hat es mir erzählt.«

»Immerhin kann sie sich daran erinnern«, sagte er erfreut.
»Sie kann sich an alles erinnern«, erwiderte Hipp, »von dem Augenblick an, in dem sie nach dem Unfall aus dem Koma erwacht ist.«
»Sabrina hat mir gesagt, dass Sie als ehemaliger Polizeipsychologe heute private Ermittlungen durchführen. Stimmt das?«
»Gelegentlich mache ich das, richtig.«
»Wir haben uns ja schon über meinen Vater unterhalten und über die möglichen Gründe, warum er uns plötzlich verlassen hat. Meine Mutter und ich würden ihn gerne finden, mit ihm sprechen und ihn überreden, wieder zurückzukommen, nach Hause, zu seiner Familie und zu seinem Wein.«
»Das kann ich gut verstehen.«
»Können Sie uns dabei helfen? Haben Sie Erfahrung mit Menschen, die sich plötzlich davonmachen?«
»Wie jener sprichwörtliche Mann, der zu seiner Frau sagt, er gehe nur schnell Zigaretten kaufen? Nein, mit solchen Fällen habe ich keine Erfahrung. Tut mir Leid. Außerdem geht mir momentan schon genug durch den Kopf, jedenfalls für einen Mann, der eigentlich im Urlaub ist.«

18

Sabrina und Hipp saßen auf einer Bank im Parco del Valentino, der nicht weit vom Krankenhaus entfernt lag. Sabrina ging es gut, sie freute sich auf den morgigen Tag, an dem sie endlich aus dem Hospital entlassen werden würde. Ihrem Vater hatte sie am Telefon noch einen zeitlich unbestimmten Erholungsurlaub in Italien abgetrotzt. Sozusagen zur Rehabilitation, obwohl er sie am liebsten im nächsten Flugzeug nach Kalifornien gesehen hätte. Allerdings hatte er zur Auflage gemacht, dass Hipp auf sie aufpassen müsse. Wogegen sie überhaupt nichts einzuwenden hatte, ganz im Gegenteil.

»Fangen wir an?«, fragte Hipp.

Sabrina wusste, was er meinte. Schon seit Tagen machten sie Erinnerungsübungen. Bislang ohne jeglichen Erfolg. Aber auch wenn ihr Gedächtnis sie immer noch im Stich ließ, so lernte sie sich auf diese Weise wenigstens besser kennen.

»Ihr Vater hat neue Photos geschickt«, sagte Hipp und hielt ihr das erste hin. Ein lachendes Mädchen war darauf zu sehen, vielleicht sechzehn Jahre alt, im Sattel eines Pferdes.

Sabrina studierte das Bild hochkonzentriert, wie sie das immer tat. »Ich nehme an, das bin ich«, sagte sie. »Ähnliche Bilder hatten wir schon. Ist das mein Pferd?«

»Was meinen Sie? Versuchen Sie mit Ihrem Bauch zu denken, nicht mit dem Kopf.«

»Mit dem Bauch?« Sabrina schloss die Augen, dann sah sie wieder das Photo an. »Ja, das ist mein Pferd«, sagte sie mutig.

Hipp lächelte. »Stimmt. Eine Stute, sie heißt Chardonnay.«

»Chardonnay, so wie der Wein?«

»Sie wissen, dass Chardonnay ein Wein ist?«

Sabrina lachte frech, fast wie auf dem Bild. »Ich bin doch nicht blöd!«

»Nur ein bisschen«, sagte Hipp grinsend.

»Wollen Sie mich beleidigen?«

»Nein, nur etwas provozieren. Das könnte helfen. Ihr Vater hat das Pferd nach einer Rebsorte benannt, die er im Napa Valley anbaut.«

»Da wäre ich auch von alleine draufgekommen«, stellte sie fest.

Hipp nahm ein weiteres Photo aus der Mappe, schaute es sich kurz an, las auf der Rückseite die Erläuterung, dann reichte er es Sabrina.

»Wer ist das?«, fragte sie. »Ein Freund von mir? Mein Verlobter?«

»Sie sind nicht verlobt, das habe ich Ihnen doch schon gesagt.«

»Richtig, ich bin ein Single. Glaubt jedenfalls mein Vater. Aber Väter wissen nicht alles.«

»Womit Sie wohl Recht haben«, sagte Hipp, dem Eva-Marias Exfreund Giovanni einfiel.

»Soll ich wieder mit dem Bauch denken?«

»Versuchen Sie es.«

Sabrina ließ das Photo auf sich wirken. »Hoffentlich sage ich jetzt nichts Falsches«, meinte sie nach einer Weile, »aber ich habe irgendwie gemischte Gefühle.«

»Es bleibt alles unter uns.«

»Ich glaube, dass ich ihn kenne. Vielleicht mag ich ihn auch, aber nicht so sehr wie das Pferd.« Sie zögerte. »Ich denke, dass wir uns nicht immer gut verstehen, dass wir gelegentlich auch Streit miteinander haben.«

»Sein Name ist Bill.«

»Bill, Bill?« Sabrina schüttelte den Kopf. »Hat er auch einen Nachnamen?«

»Valentino.«

»Valentino? So wie ich?«

»Bill ist Ihr Stiefbruder, aus der ersten Ehe Ihres Vaters. Aber Sie haben wenig Kontakt. Bill lebt in Los Angeles und hat irgendetwas mit Filmen zu tun. Das schreibt jedenfalls Ihr Vater, mehr weiß ich auch nicht.«

»Haben Sie noch weitere Photos?«

»Habe ich, ja, aber die würde ich mir gerne für morgen aufheben. Was halten Sie davon, wenn wir ein kleines Experiment machen?«

»Klingt spannend.«

»Ich habe in meiner Tasche drei Flaschen Wein und Gläser. Sie machen jetzt die Augen zu, ich werde den Wein eingießen und Sie an den Gläsern riechen lassen.«

»Trinken darf ich nichts davon?«

Hipp lachte. »Doch, später, aber erst möchte ich, dass Sie nur daran riechen.«
Sie lehnte sich zurück und machte die Augen zu. »Hoffentlich schlafe ich nicht ein.«
Er holte die Flaschen aus der Tasche, entkorkte sie, stellte drei Gläser auf die Bank, goss etwas Wein hinein, jeweils aus einer anderen Flasche, schwenkte die Gläser und schüttete den Wein in die Wiese. Jetzt füllte er sie zu einem Drittel, ließ den Wein im ersten Glas rotieren und hielt ihn Sabrina unter die Nase.
»Nur riechen, nichts sagen.«
Sabrina, die die Augen zusammengekniffen hatte, schnupperte am Glas und nickte.
»Jetzt das zweite Glas.«
Sabrina roch daran, steckte ihre Nase tief in das Glas, roch erneut.
»Und nun das dritte Glas.«
Sabrina roch nur kurz daran. »Darf ich bitte noch mal den zweiten Wein haben.«
Hipp lächelte zufrieden. Es sah ganz so aus, als ob das Experiment erfolgreich verlaufen würde.
Sabrina roch am Wein, ihre Gesichtszüge entspannten sich. Sie schnupperte immer intensiver. »Darf ich den Wein probieren?«
»Nur zu!«
Sabrina nahm einen Schluck, behielt ihn lange im Mund, ließ ihn auf ihre Geschmacksnerven wirken, die Duftaromen von innen in die Nase aufsteigen.
»Ich weiß auch nicht, was mit mir los ist«, sagte sie, nachdem sie den Wein schließlich hinuntergeschluckt hatte. »Ich erinnere mich an diesen Duft ganz intensiv, er ist mir so vertraut, als ob er mich mein ganzes Leben begleitet hätte. Er weckt Assoziationen, ich sehe einen Weinkeller mit vielen Fässern. Wie kann das sein? Das ist doch nur ein Wein?«

»Die beiden anderen Gläser, ja, das sind nur Weine, übrigens keine schlechten, einer aus Piemont, einer aus der Toskana. Aber im zweiten Glas, das ist nicht nur ein Wein. Sie haben sich zum ersten Mal wirklich an etwas erinnert. Das ist ein Cabernet Sauvignon aus dem Weinkeller Ihres Vaters. Diesen Wein macht er, seit Sie auf der Welt sind. Sie sind mit diesem Geruch groß geworden.«
»Warum kann ich mich an den Geruch eines Weines erinnern, aber an kein einziges Bild?«
»Weil Gerüche etwas ganz Besonderes sind. Ihre Erinnerung geht viel tiefer und reicht weiter zurück als optische Eindrücke. Wenn Sie einverstanden sind, möchte ich noch etwas probieren.«
»Darf ich die Weinflasche behalten?«
»Aber natürlich. Trinken Sie ein Glas, bevor Sie einschlafen. Mal sehen, wie sich das auf Ihre Träume auswirkt. Jetzt machen Sie bitte erneut die Augen zu und geben Sie mir Ihre linke Hand.«
Hipp holte ein weißes Fläschchen aus der Tasche, öffnete es und verrieb einige Tropfen auf Sabrinas Handrücken. »Und nun riechen Sie an Ihrer Hand.«
Sabrina führte ihre Hand an die Nase, zuckte zusammen, roch so intensiv daran, wie sie nur irgend konnte, versuchte den Duft auf ihren Wangen zu verteilen – und begann zu weinen.
Hipp sagte kein Wort und wartete ab. Er sah, wie sie etwas flüsterte. Weil er ahnte, was sie sagen wollte, verstand er es.
»Daddy«, flüsterte Sabrina, und immer wieder: »Daddy.«
»Er hat dieses Aftershave schon benutzt, als er Sie als Baby im Arm gehalten hat«, erklärte Hipp. »Und er nimmt es bis heute. Ich habe lange suchen müssen, bis ich es in Turin gefunden habe.«
Hipp reichte Sabrina ein Taschentuch.
»Ich erinnere mich daran, wie mein Vater riecht«, sagte sie und wischte sich die Tränen von den Wangen.
»Wir machen Fortschritte.«

19

Die Osteria L'Oca Fola* in der Nähe des Turiner Gerichtsgebäudes hatte ihm Fabri empfohlen. Hipp saß im großen Speisesaal der »Verrückten Gans« an einem kleinen Ecktisch und studierte die typisch piemontesische Speisekarte. Vor ihm stand ein Teller mit Crostini, die man ihm als Antipasto unaufgefordert serviert hatte – geröstete Weißbrotscheiben, abwechselnd belegt mit Geflügelleber und klein gehackten Tomaten, dazu ein Glas mit trockenem Spumante. Ja, hier schien er gut aufgehoben. Nur schade, dass Sabrina nicht bei ihm sein konnte. Er hätte gerne mit ihr auf ihre Genesung angestoßen. Unglaublich, wie schnell sie sich von dem Unfall erholt hatte. Zumindest physisch – und alles andere würde sich finden. Dies im wahrsten Sinne des Wortes, denn ihre Erinnerung war nicht verloren, davon war er fest überzeugt, sie war allenfalls gut versteckt, man musste sie nur suchen.

Risotto, Gnocchi, Pasta e fagioli ... Die Wahl fiel schon bei den Primi Piatti schwer. Er entdeckte auf der Karte das Symbol einer Schnecke. Ihm fiel die Slow-Food-Bewegung ein, die im Piemont Ende der achtziger Jahre von Carlo Petrini als Gegenentwurf zum modernen Fast Food gegründet wurde und immer mehr Anhänger findet. Im Zeichen der Schnecke propagieren Feinschmecker die Wiederbelebung kulinarischer Traditionen. Sie geben heimischen Produkten den Vorzug und pflegen eine Esskultur ohne Hektik. Sozusagen eine gastronomische Wiederentdeckung der Langsamkeit. Das kam seinem persönlichen Lebensgefühl ziemlich nahe. Auch bei Sabrina machte es rein therapeutisch wenig Sinn, aufs Tempo zu drücken. Mit kleinen Schritten kamen sie am sichersten voran.

Als der Ober erschien, entschied sich Hipp spontan für Agnolotti*, gefüllte Teigtaschen. Danach ein Risotto mit Radicchio.

Aber bitte nur eine kleine Portion. Und als Secondo den berühmten piemontesischen Rinderbraten, in Wein geschmort – Brasato al Barolo*. Ob er zu den einzelnen Gerichten jeweils einen dazu passenden »vino raccomandato dalla casa« trinken wolle? Aber sicher, glasweise ausgeschenkter Wein auf Empfehlung des Hauses war selten schlecht. Das ersparte ihm den Blick in die Weinkarte. Stattdessen schlug er die Mappe auf, die er von Talhammer bekommen hatte. Akribisch waren die Diebstähle der Weintransporte aufgelistet, die in den letzten Wochen allesamt in Norditalien erfolgt waren. Er konnte Talhammers Versicherung, die in Mailand ansässig war, gut verstehen. Es machte keinen Spaß, für diese Verluste aufzukommen – vor allem, wenn sich die Serie fortsetzen sollte.

Hipp las zum wiederholten Mal die Polizeiprotokolle, danach die Angaben in den Versicherungspolicen. Merkwürdig, dass Weintransporte aus ganz unterschiedlichen Regionen betroffen waren, aus der Toskana, dem Friaul, Veneto, der Lombardei und jetzt schon zum zweiten Mal aus dem Piemont. Jedes Mal waren die kompletten Lastwagen geklaut worden, die ausnahmslos Weine von Spitzenwinzern geladen hatten. Die Liste las sich wie das *Who is who* der italienischen Wein-Elite: Unter anderem die Tenuta San Guido*, Castello Banfi*, Isole e Olena*, Fattoria di Felsina*, Marchese Antinori* aus der Toskana. Im Veneto zum Beispiel Masi*, Allegrini*, Maculan*, Bertani*, Pieropan*. Im Friaul – er hätte es sich denken können – unter anderem Vinnaioli Jerman* und Livio Felluga*. Und aus dem Piemont natürlich Angelo Gaja*, Domenico Clerico*, Bruno Giacosa*, Pio Cesare* ... Zumindest war klar, dass mit diesen Diebstählen nicht der Massenmarkt bedient wurde. Gut möglich, dass die Weine für Amerika bestimmt waren, oder sie gingen nach Asien, auch Russland kam in Frage. Dürfte schwierig sein, hier eine Spur zu finden, dazu war alles zu professionell durchgeführt worden.

Hipp legte die Mappe zur Seite, um Platz für die Agnolotti zu machen. Sahen köstlich aus, mit einer feinen Soße, die nach Salbei duftete. Er nahm einen Schluck vom Chardonnay, sehr angenehm. Er würde sich morgen bei Fabri für die Empfehlung dieser Osteria bedanken.
Während er eine Teigtasche zerteilte und in den Mund schob, dachte er darüber nach, wie schwierig es war, diese Diebstähle zu organisieren. Die Bande tauchte an den unterschiedlichsten Plätzen auf, das Timing war jedes Mal perfekt, alles lief wie am Schnürchen. Es gab keine sichtbare Verbindung zwischen diesen Aktionen. Es waren verschiedene Transportunternehmen betroffen, die Fahrer schienen sich untereinander nicht zu kennen. Auch bei den Lieferadressen gab es keine Übereinstimmungen. Wo also war die Verbindung? Irgendeine musste es doch geben. Hipp stutzte. Natürlich, eine gab es, diese war für jeden offensichtlich.
Er aß die Agnolotti auf, nahm sein Handy aus der Tasche und versuchte Maresciallo Viberti auf dem Polizeirevier in Alba zu erreichen. Zu seiner Überraschung war er sogar zugegen. Viberti beklagte sich, dass er Spätschicht hatte. Wo er doch im Castello von Cavour zum Abendessen eingeladen sei. Das Schicksal meine es einfach nicht gut mit ihm. Hipp sprach ihn auf den Diebstahl der Weinlieferung an, an dem ihr gemeinsames Mittagessen gescheitert war. Warum er sich dafür interessiere, wollte der Maresciallo wissen. Hipp erzählte von Talhammer, von seiner Versicherung, zu der auch eine Compagnia d'assicurazione in Mailand zählte. Und dass er gerade eine Mappe mit allen Ermittlungsunterlagen neben seinem Teller liegen habe.
»Sagten Sie gerade Teller?«, unterbrach ihn Viberti. »Sind Sie etwa beim Essen?«
»Ja, in einer vorzüglichen Osteria in Turin.«
»Das hätten Sie nicht sagen dürfen, Sie quälen mich«, jammerte der Maresciallo.

»Tut mir Leid, das lag nicht in meiner Absicht. Ich hätte eine Frage …«

»Was gibt es zu essen?«

Hipp merkte, dass er schon wieder in die Falle gegangen war. Pflichtschuldigst antwortete er: »Agnolotti …«

»Mit Hackfleisch- oder Gemüsefüllung?«

»Ich würde sagen, mit beidem.«

Hipp hörte, wie der Maresciallo stöhnte. »Und danach?«

»Ich möchte Sie nicht noch mehr quälen.«

»Machen Sie nur, ich bin ein kulinarischer Masochist.«

»Risotto mit Radicchio und danach Brasato al Barolo.«

»Buonissimo!«

»Ich würde gerne von Ihnen wissen, wie viele derartige Überfälle es in der letzten Zeit gegeben hat?«, versuchte Hipp auf den Grund seines Anrufes zurückzukommen.

»Und zum Dessert vielleicht Panna cotta?«

»Ich habe mich noch nicht entschieden.«

»Doch, Panna cotta passt sehr gut, am besten mit frischen Frutti di bosco und einer feinen Himbeersauce. Übrigens bin ich nicht befugt, Ihre Frage zu beantworten, bei aller Wertschätzung Ihrer Person.«

Erstaunlich, dachte Hipp, dass der Maresciallo dann doch immer die Kurve zum eigentlichen Thema fand.

»Habe ich mir schon gedacht«, sagte Hipp. »Ich könnte diese Information über die Versicherung anfordern, aber das dauert mir zu lange. Was halten Sie davon, wenn ich Ihnen die Fälle vorlese, die mir bekannt sind? Und Sie sagen mir nur, ob das alle sind oder ob es noch weitere gibt?«

»Sie könnten natürlich statt dem Panna cotta auch einen piemontesischen Schoko-Pudding bestellen, er heißt Bonet. Oder eine Torta di Nocciole, ein Haselnusskuchen, der mit Zabaione serviert wird. Eine Köstlichkeit. Sie lesen mir die Ihnen bekannten Fälle

vor? Ja, so können wir es machen, die Akte liegt vor mir auf dem Tisch. Moment, hier habe ich die Liste. Schießen Sie los!«
Hipp las ihm alle Diebstähle vor, mit Datum, Ort und polizeilichem Aktenzeichen.
»Allora, es ist kein Geheimnisverrat, wenn ich Ihnen sage, dass Sie ausgesprochen gut informiert sind und alle Fälle genannt haben, die von den italienischen Ermittlungsbehörden in Zusammenhang mit dem letzten Diebstahl untersucht werden. Weitere sind uns nicht bekannt.«
Na also, dachte Hipp, der Maresciallo beherrschte neben der Terminologie der Speisekarten auch die Behördensprache. »Ich danke Ihnen für Ihre Kooperation«, sagte er, »und ich hoffe, Maresciallo, wir können unser Essen baldmöglichst nachholen.«
»Das hoffe ich auch. Sie denken an den Käse?«
»Wie bitte?«
»Vor dem Dessert dürfen Sie keinesfalls den Käse vergessen. Fragen Sie nach Robiola di Roccaverano, einen Frischkäse, den Sie unbedingt probieren müssen. Und Bros, der ist fürs Piemont typisch.«
Mit dem Versprechen, sich weder beim Käse noch beim Dessert zurückzuhalten, beendete Hipp das Telefonat.
Da das Risotto noch auf sich warten ließ – die Küche nahm die Verpflichtung mit der Schnecke womöglich allzu ernst –, rief Hipp bei Talhammer an. Er hatte Glück, er erwischte ihn zu Hause vor dem Fernseher. Talhammer war es gewohnt, dass sich Hipp auch in geschäftlichen Angelegenheiten zu den unmöglichsten Tageszeiten meldete. Das machte nichts, schließlich waren sie befreundet. Allerdings gefiel ihm nicht, was Hipp zu sagen hatte, nämlich dass es wahrscheinlich nur eine einzige Verbindung zwischen allen Fällen gab, und das war Talhammers Assicurazione in Mailand.
»Was willst du damit andeuten?«, fragte Talhammer, der sehr wohl ahnte, worauf Hipp hinauswollte.

»Wir haben hier eine Serie von Weindiebstählen, die alle nach dem gleichen Muster ablaufen, ansonsten keine erkennbaren Gemeinsamkeiten aufweisen. Aber sie sind ausnahmslos alle bei eurer Versicherungstochter in Mailand versichert. Das, mein Lieber, kann kein Zufall sein, denn ich nehme an, es gibt noch andere Gesellschaften, die Weintransporte versichern.«

»Natürlich gibt es andere«, bestätigte Talhammer kleinlaut.

»Ich vermute, ihr habt euch das auch schon überlegt. Es spricht viel dafür, dass der Schlüssel in Mailand zu finden ist. In den Versicherungspolicen müssen doch wahrscheinlich genauere Angaben zu den Transporten gemacht werden ...«

»Nicht so genau, wie es nötig wäre, um einen Diebstahl zu planen.«

»Das habe ich auch nicht erwartet, aber immerhin gibt es wichtige Basisinformationen ...«

»Soll ich mit dem Geschäftsführer in Mailand über deinen Verdacht reden?«, unterbrach ihn Talhammer, der damit indirekt bestätigte, dass ihm Hipps Theorie nicht gänzlich abwegig erschien. »Oder willst du ihn besuchen und dich dort mal umsehen?«

»Weder noch. Vielleicht später mal. Wie viele Mitarbeiter habt ihr in eurem Mailänder Büro in der betreffenden Abteilung?«

»Vielleicht dreißig, ganz genau weiß ich es nicht.«

»Tu mir doch bitte einen Gefallen und veranlasse, dass alle Personalakten für mich abholbereit am Empfang liegen. Ich komme vorbei und hole sie ab.«

»Du fährst also doch nach Mailand?«

»Ja, aber nicht wegen dir. Klappt das mit den Personalakten?«

»Aber sicher. Auch wenn ich mir nicht vorstellen kann, dass einer unserer Mitarbeiter in diese Geschichte verwickelt ist.«

»Ich kann mir so etwas immer vorstellen«, sagte Hipp. »Und bitte sorge dafür, dass in den Akten die Passbilder nicht fehlen.«

»Aber natürlich. Und danke, dass du dich doch um den Fall kümmerst, auch wenn du auf dem Holzweg bist.«
Hipp lachte. »Mal sehen. Wetten wir eine Kiste Sassicaia?«
»Muss es gerade Sassicaia sein? Geht nicht stattdessen ein einfacher Chianti classico?«
»Natürlich, solange es keiner aus der Bastflasche ist«, ging Hipp auf Talhammers Vorschlag ein.
Da gerade das Risotto serviert wurde, überließ Hipp seinen Freund wieder dem Fernseher, kostete vom neuen Wein und gab sich dem Risotto hin. Er liebte Risotto mit Spargel oder Scampi, vor allem aber mit Radicchio. Doch er aß nicht gern alleine. Zu zweit war die Nahrungsaufnahme entschieden lustbringender. Nun, ab morgen würde er für einige Zeit Gesellschaft beim Essen haben. Eine sehr gut aussehende zudem. Um zehn Uhr würde er Sabrina im Hospital abholen. Sie hatten vereinbart, eine kleine Reise durch Norditalien anzutreten – zu Plätzen, die ihr vertraut sein müssten, weil sie nach Auskunft ihres Vaters schon mal da gewesen war. Vielleicht half das ihrem Gedächtnis auf die Sprünge? Nur noch eine Nacht, in der Claudio auf sie aufpassen würde. Hipp war neugierig, was die nächsten Tage bringen würden. Er hatte das sichere Gefühl, dass sie für einige Überraschungen gut waren.

20

Obwohl sie mit den Grissini ihr Laken und Kopfkissen voll bröselte, konnte sie nicht davon ablassen, sich aus der Schachtel, die ihr Hipp am Nachmittag mitgebracht hatte, zu bedienen. Diese Brotstängel, die auf den Turiner Adel im 17. Jahrhundert zurückgingen, hatten zweifellos etwas Suchtgefährdendes an sich. Sabrina lag im Bett, es war gegen zehn Uhr abends, der Fernseher lief, ohne Ton, aber so fühlte sie sich nicht ganz alleine.

Angst hatte sie keine mehr, sie wusste, dass vor ihrem Zimmer Claudio, ein pensionierter Polizist, Wache hielt. Das war sicher überflüssig, vermittelte aber ein beruhigendes Gefühl. Denn noch immer träumte sie von dem nächtlichen Besucher in ihrem Zimmer, nicht wirklich wissend, ob es ihn überhaupt gegeben hatte. Morgen war es also so weit, sie würde aus dem Ospedale Le Molinette entlassen werden. Natürlich freute sie sich darauf. Aber sie war nicht frei von Beklemmungen. Wie würde sie sich draußen zurechtfinden? Welche Überraschungen hielt ihr Gedächtnis bereit? Wem würde sie aus der Vergangenheit begegnen? Vor allem, würde sie wieder zu sich selbst finden? Nun gut, sie musste dieses Abenteuer nicht alleine bestehen, glücklicherweise hatte sie Hipp an ihrer Seite. Sie vertraute ihm, er würde ihr helfen. Sabrina sah auf die Uhr. In wenigen Minuten würde die Nachtschwester kommen und ihr wie jeden Abend eine Kanne mit Pfefferminztee, *tè alla menta,* bringen. Und dann würde sie schlafen, tief schlafen.

Während Sabrina ein Grissino aus der Schachtel zog und mit ihren Gedanken beim morgigen Tag war, näherte sich ein Mann ihrer Krankenstation. Er hatte, um in den zweiten Stock zu gelangen, nicht den üblichen Lift genommen, sondern den Umweg über das Treppenhaus gewählt. Er wollte niemandem begegnen. Was nicht schwierig war, denn die Flure des Krankenhauses waren zu dieser späten Stunde wie ausgestorben. Das wusste er, immerhin war er vor einigen Tagen schon einmal unentdeckt bis in Sabrinas Zimmer vorgedrungen. Dort war dann nicht alles nach Plan gelaufen, was ausschließlich sein Fehler war. Er hatte sich zu viel Zeit gelassen, hatte gezögert, mit seinem Gewissen gerungen. Dies würde ihm heute nicht passieren. Er hatte womöglich nur noch diese eine Chance. Er würde sie nutzen, weil ihm keine andere Wahl blieb. Er schlich den Gang entlang, man hörte nur das leise Quietschen seiner Gummisohlen auf dem Linoleumboden. Er hatte einen

Arztkittel an, um seinen Hals hing ein Stethoskop. Auf der Nase balancierte eine alte, halbrunde Lesebrille. Das musste als Verkleidung ausreichen, falls ihm doch jemand über den Weg lief. Jetzt näherte er sich dem Knick des Flures, unmittelbar dahinter befand sich das Schwesternzimmer. Und etwa zwanzig Meter weiter auf der linken Seite war Sabrinas Zimmer. Vorsichtig spähte er um die Ecke. Ein Gummibaum gab ihm etwas Deckung. Wie erwartet, saß auf der Bank vor Sabrinas Zimmer der pensionierte Polizeibeamte. Neben sich hatte er einen Stapel Illustrierten liegen. Es sah ganz so aus, als ob Claudio eingenickt wäre, aber darauf wollte er sich lieber nicht verlassen.

Vor dem Schwesternzimmer stand ein Wägelchen mit einigen Wasserflaschen, Tabletten und einem Infusionsbeutel. Bald würde Margherita, so hieß die Nachtschwester, ihre übliche Runde durch die Krankenzimmer beginnen. Noch hörte er sie im Schwesternzimmer hantieren. Jetzt kam sie heraus und stellte eine rote Thermoskanne auf das Wägelchen. Er spürte, wie sein Herz schlug. Auf diese Kanne hatte er gewartet. Unbewusst tastete er in der Tasche seines Arztkittels nach der kleinen Glasflasche, die er mitgebracht hatte. Margherita war wieder im Schwesternzimmer verschwunden. War das die Gelegenheit? Sollte er jetzt gleich?

Während er noch darüber nachdachte, kam Margherita wieder heraus und schob das Wägelchen den Gang entlang zum ersten Krankenzimmer.

Der alte Polizist wachte auf und winkte Margherita zu. »Tutto a posto, bellissima?«, fragte er.

»Ma certo, come sempre, Claudio«, antwortete sie. »Ho fatto un caffè per te.«

Claudio stand auf und streckte sich. »Ein Caffè, sehr gut, vielen Dank, den kann ich brauchen.«

Der heimliche Besucher erschrak, als sich der Mann plötzlich in Bewegung setzte und direkt auf ihn zukam. Er wich zurück, drückte sich hinter dem Gummibaum an die Wand und hielt den Atem an. Erleichtert hörte er eine Tür, die verriegelt wurde. Das konnte nur die Toilette neben dem Schwesternzimmer sein. Erneut spähte er um die Ecke. Er sah, wie Margherita mit dem Infusionsbeutel in einem Krankenzimmer verschwand. Das würde etwas Zeit in Anspruch nehmen. Wie lange brauchte Claudio in der Toilette? Egal, es gab Momente im Leben, da musste man alles auf eine Karte setzen. Die Situation war günstig. Mit wenigen Schritten hatte er das Wägelchen der Nachtschwester erreicht, schon war die rote Thermoskanne geöffnet, es roch nach Pfefferminztee, jetzt die kleine Glasflasche aus seiner Tasche, der Plastikstopfen klemmte, so, nun den gesamten Inhalt in die Thermoskanne schütten. Er hörte, wie in der Toilette das Wasser gezogen wurde. Hoffentlich wusch sich Claudio die Hände. Mit fliegenden Fingern schraubte er den Deckel auf die Thermoskanne. Hektisch trat er den Rückzug an. Keine Sekunde zu früh. Die Toilettentür wurde entriegelt. Seine Lesebrille rutschte von der Nase und fiel auf den Boden. Er drehte sich um, hob sie auf, machte die letzten eiligen Schritte zum Gummibaum, umkurvte ihn und drückte sich schwer atmend gegen die Wand. Verdammt, das war gerade noch einmal gut gegangen.

Er hörte, wie Claudio auf dem Flur mit Margherita sprach, Porzellan klapperte, wahrscheinlich nahm er gerade seine Kaffeetasse vom Wagen. Nun war es egal, ob der Mann auf der Bank einschlief oder wach blieb. Fast hätte er laut gelacht. Es war vollbracht. Geschafft, erledigt. Diesmal hatte er nicht versagt. Nur noch wenige Minuten, dann würde Sabrina die Tasse mit dem Pfefferminztee an die Lippen führen.

Er löste sich von der Wand und eilte den Flur entlang zum Treppenhaus. Hatte er ein schlechtes Gewissen? Tat es ihm um Sabrina Leid? Es machte wenig Sinn, sich diese Fragen zu stellen. Natürlich bedauerte er, dass er zu diesem äußersten Schritt gezwungen war.

Ja, um Sabrina tat es ihm Leid. Aber es gab nun mal keine Alternative. Wenn *er* weiterleben wollte, dann war *ihr* Tod unvermeidbar.

21

Sie hielt die Hand vor den Mund und gähnte. Bald würde sie schlafen, es wurde ja auch Zeit. Sie warf einen Blick zum Fenster, stand auf, streckte sich, ging die wenigen Schritte durchs Zimmer, sah hinunter in den Innenhof mit dem kleinen Garten, kippte das Fenster, um etwas frische Luft hereinzulassen, lief zurück und setzte sich für einen Moment auf den Stuhl neben dem kleinen Tisch. Sie nahm die rote Thermoskanne, schraubte den Verschluss ab und goss sich eine Tasse ein. Schön warm war der Pfefferminztee, aber nicht zu heiß, so mochte sie ihn. Sie hielt die Tasse unter die Nase. Dass der Tee heute leicht nach bitteren Mandeln roch, fiel ihr nicht auf. Das intensive Aroma der Minze überlagerte diese Duftnote.
Sie dachte an den frühen Abend, als sich Hipp Hermanus verabschiedet hatte. An die Grissini, die er ihr als Geschenk mitgebracht hatte, das war eine nette Idee gewesen. Die Schachtel war schon fast leer. Sie dachte an den pensionierten Polizisten, der im Gang Wache saß. Sicherlich überflüssig, aber erstens beruhigte dies Sabrina, und zweitens war Claudio ein netter Mann, mit dem sie, wenn ihr langweilig wurde, auch mal ein Schwätzchen halten konnte. Sie führte die Tasse an den Mund und nahm einen ersten kleinen Schluck. Das tat gut. Ihr Gaumen war wie ausgetrocknet, sie hatte in den letzten Stunden wohl zu wenig getrunken. Sie bemerkte, dass der Pfefferminztee etwas bitter schmeckte. Aber wer wusste schon, was vorher in der Kanne war? Sie trank die Tasse in einem Zug leer, goss sich eine zweite ein und lehnte sich entspannt zurück. Sie freute sich auf ihr Bett. So müde hatte sie sich schon

lange nicht mehr gefühlt. Sie nahm die Schachtel mit den Grissini, holte die letzte Stange heraus und biss ab.
Der Hustenreiz kam gleichzeitig mit einer plötzlichen heftigen Atemnot. Mit einem krampfartigen Reflex zerbrach sie den Brotstängel zu kleinen Bröseln. Die geblümte Tasse mit dem Pfefferminztee fiel zu Boden. Sie rang verzweifelt nach Luft. Sie spürte, wie ihr Gesicht glühend heiß wurde. Mit der rechten Hand langte sie sich an den Hals, mit der linken umklammerte sie das Tischchen. Ihre Augen richteten sich auf die rote Thermoskanne, die einen wilden Tanz aufführte, dabei hämisch lachend. Ihre Pupillen weiteten sich, der Raum schien plötzlich von einem grellen Licht durchflutet.
Ihr Leben, sie spürte es, es war vorbei. Von einem Augenblick auf den anderen. Ihr Röcheln war so erstickt, dass man es draußen auf dem Flur nicht hören konnte. Aber für Hilfe war es ohnehin zu spät. Das Zyankali hatte seine tödliche Wirkung bereits entfaltet. Ihr Körper krampfte sich zusammen. Im Niederstürzen riss sie das Tischchen um. Sie schnappte nach Luft. Außerdem war ihr jetzt fürchterlich schlecht. In den letzten Sekunden ihres Lebens musste sie sich, zusammengekrümmt auf dem Linoleum liegend, noch übergeben. Dann war es vorbei. Der Tod hatte sie von ihren kurzen, aber heftigen Qualen erlöst.

22

Am nächsten Morgen kam Hipp gegen neun Uhr am Krankenhaus an. Sofort merkte er, dass etwas nicht stimmte. Da standen einige Polizeiwagen zu viel herum. Als er den Aufzug im zweiten Stock verließ, begegnete er uniformierten Polizisten. Ärzte standen beieinander. Hinten im Flur entdeckte er Claudio, der wild gestikulierend auf einen Mann im grauen Anzug einredete. Hipps Schritte beschleunigten sich. Einen Polizisten, der ihn aufhalten wollte, schob er energisch zur Seite. Claudio entdeckte Hipp, ließ den Mann im Anzug stehen und eilte auf ihn zu.

»Was ist passiert? Wie geht es Sabrina?«, rief ihm Hipp entgegen.

»Il tè alla menta«, antwortete Claudio, »es war der Pfefferminztee. Wahrscheinlich Blausäure. Und jetzt ist sie tot!«

Hipp blieb abrupt stehen. Er musste sich an einem Handlauf festhalten, weil er plötzlich das Gefühl hatte, dass sich der Flur zu drehen begann. »Pfefferminztee, Blausäure«, wiederholte er monoton.

»Sie hat nicht lange leiden müssen.«

»Sabrina ist tot«, flüsterte Hipp.

Der pensionierte Polizeibeamte schüttelte den Kopf. »Nein, nicht Sabrina.«

Durch Hipp ging ein Ruck. »Nicht Sabrina?«

»Nicht Sabrina ist tot, sondern Margherita, die Nachtschwester!«

»Margherita? Sabrina lebt also?«

»Ja, natürlich. Das heißt, so natürlich ist das nicht. Sie hat heute Nacht großes Glück gehabt.«

»Wie kannst du mir einen solchen Schrecken einjagen?«

»Ich dachte, du weißt …?«

»Woher soll ich das wissen?« Hipp deutete fragend auf ihre Tür. »Ist sie da drin?«

»Ja, es geht ihr gut.«

Ohne anzuklopfen betrat Hipp Sabrinas Zimmer. Sie saß auf dem unbequemen Metallstuhl, der eigentlich für Besucher gedacht war. Hipp atmete tief durch. Die letzten Sekunden hatten ihn ganz schön mitgenommen. Waren das erste Alterserscheinungen, oder gab es dafür andere Gründe? Er würde bei Gelegenheit darüber nachdenken.

Sabrina stand auf und ließ sich von Hipp in die Arme nehmen.

»Für einen Augenblick habe ich gedacht, du wärst tot«, sagte er, ohne zu merken, dass er sie das erste Mal duzte.
»Vielleicht wäre es besser so.«
»So etwas darfst du nicht einmal denken.«
»Der Wein von meinem Vater hat mir das Leben gerettet«, sagte sie.
»Der Cabernet Sauvignon?«, fragte Hipp verständnislos.
»Ich hatte die angebrochene Flasche im Nachtkästchen stehen.«
»Was hat der Wein mit dem Pfefferminztee zu tun?« Eigentlich war es Hipp gewohnt, Zusammenhänge schnell zu durchschauen, aber heute schien er nicht in Form.
»Gestern Abend, ich war wohl eingenickt, jedenfalls bin ich aufgewacht, als Margherita die Thermoskanne mit dem Pfefferminztee auf das Nachtkästchen gestellt hat. Sie hat mir eine gute Nacht gewünscht, den Fernseher ausgemacht und ist gegangen. Ich habe die Kanne genommen und den Deckel aufgedreht. Plötzlich ist mir der Wein im Nachtkästchen eingefallen. Und weil das doch mein letzter Abend im Krankenhaus war, beschloss ich, meinen Abschied zu feiern. Ganz alleine, mit mir selbst – und mit dem Wein meines Vaters. Also hab ich die Thermoskanne mit dem Tee zurückgestellt und stattdessen den Wein getrunken. Er hat mir köstlich geschmeckt, und danach habe ich geschlafen wie ein Baby.«
»Wein statt Pfefferminztee, eine Entscheidung fürs Leben«, sagte Hipp, jetzt wieder gefasst. Den Rest der Geschichte konnte er sich zusammenreimen. »Jemand hat deinen Tee mit Blausäure vergiftet«, schlussfolgerte er, »du hast aber den Wein getrunken und die Thermoskanne stehen lassen. Und irgendwann in der Nacht hat Margherita …«
»Es muss etwa um sechs Uhr am Morgen gewesen sein, da hat Margherita wie üblich auf den Zimmern das Geschirr, die Flaschen und die Gläser eingesammelt«, sagte Sabrina.
»… und sie hat bemerkt, dass die Thermoskanne mit dem Pfeffer-

minztee noch voll war. Zurück im Stationszimmer, hat sie sich dann eine Tasse eingegossen. Richtig?«

Sabrina nickte. »So ungefähr muss es gewesen sein, hat Claudio erzählt, der gehört hat, wie sie zu Boden gestürzt ist. Die Symptome waren wohl unübersehbar, jedenfalls haben die Ärzte sehr schnell auf eine Vergiftung mit Cyanid getippt. Sie haben den Pfefferminztee sichergestellt und die Polizei verständigt.«

»Margherita, das tut mir wirklich Leid. Ich hab sie gestern Abend beim Weggehen noch gesprochen. Sie hat sich für die Schachtel Grissini bedankt. Du weißt schon, die gleiche, die ich auch dir mitgebracht habe. Warum hat mich Claudio nicht sofort angerufen?«

»Mir ist ja nichts passiert. Und Claudio hat seinen alten Kollegen bei den Ermittlungen geholfen. Außerdem ist das alles keine zwei Stunden her.«

»Hat Claudio jemanden beobachtet? Hat die Polizei einen Verdacht?«

»Nein, es ist ihnen ein Rätsel, wie das Gift in den Tee gekommen ist.«

»Vielleicht hat das alles gar nichts mit dir zu tun?«, zog Hipp diese theoretische Möglichkeit in Erwägung. Zwar glaubte er nicht daran, aber für Sabrina mochte dieser Gedanke eine Beruhigung sein. »Es könnte ja sein, dass der Anschlag Nachtschwester Margherita gegolten hat. Oder sie hat aus Versehen selber …«

»Nein, die Blausäure war für mich bestimmt«, sagte Sabrina entschieden. »Es war mein Pfefferminztee, da sind sich Claudio und seine Kollegen ganz sicher. Es gibt nur eine rote Thermoskanne auf diesem Stockwerk.«

»Ich glaube, ich muss in Zukunft noch besser auf dich aufpassen«, sagte Hipp leise.

»Glaubst du mir jetzt, dass vor einer Woche jemand in meinem Zimmer war, der mich töten wollte?«

»Das glaube ich dir schon länger. Warum wohl habe ich Claudio zu deinem Schutz bestellt?«
Sabrina sah zum Fenster hinaus. »Ich kann mich an nichts erinnern, und irgendjemand trachtet mir nach dem Leben«, sagte sie. »Und nun ist die arme Margherita tot. Um ehrlich zu sein, ich fühle mich nicht sehr wohl in meiner Haut.«

23

Die hoch gewachsene Zypresse stand in exponierter Lage auf einem kleinen Hügel. Von hier hatte man einen herrlichen Blick auf die Weinberge Montalcinos, die sich auch heute wie so häufig pastellfarben im Dunst verloren. Dr. Friedrich von Lausitz ging fast jeden Tag mindestens einmal zu der Zypresse, um dieses unvergleichliche Gemälde zu genießen. Es bedurfte keiner Leinwand, und doch war es eine Komposition, die von Menschenhand geschaffen wurde, denn schon die alten Etrusker hatten Hügel gepflügt, Bewässerungssysteme angelegt, Wälder gerodet, Siedlungen gegründet, Weinreben gepflanzt. Über die Jahrhunderte ist in der Toskana wohl kein Stein auf dem anderen geblieben. Die Ästhetik der Toskana, sie ist nicht naturgegeben, sondern das Resultat menschlicher Gestaltungsfähigkeit.
»Weißt du, wie ich als Kind gelernt habe, Zypressen und Pinien voneinander zu unterscheiden?«, fragte Lausitz, der mit Serafino Panepinto an seinem Lieblingsplatz stand. »Es gab mal einen Berliner Bildhauer, der hat gesagt, Zypressen sehen aus wie jeschlossene Regenschirme, Pinien wie ufjeklappte.«
»Un cipresso sembra un ombrello chiuso?«, wiederholte Panepinto mit einem langen Blick auf den Baum, so als ob er zum ersten Mal eine Zypresse sähe. »Das stimmt, aber ich würde sagen, dass es sich eher um Sonnenschirme handelt.«

Lausitz lachte. »Einverstanden. Kommen wir zum Geschäft. Was gibt es Neues?«

»Nicht viel. Unsere vorzügliche Weinlieferung aus dem Piemont ist auf dem Weg nach Amerika. Übrigens war das die bisher einträglichste Aktion dieser Art. Wann starten wir die nächste?«

»Vorläufig gar nicht. Wir machen eine kleine Pause.«

Panepinto wunderte sich. Sein Chef war doch sonst nicht so zurückhaltend, vor allem, wenn alles gerade so gut lief. »Unsere Abnehmer hätten noch Bedarf«, merkte Panepinto an.

»Das glaube ich gerne. Trotzdem werden sie sich etwas gedulden müssen. Die Umleitung von Weintransportern ist für uns nicht mehr als ein kleiner, vergnüglicher Nebenerwerb. Es wäre idiotisch, hier größere Risiken einzugehen.« Lausitz hob einen Zapfen auf und warf ihn über die niedrige Hecke. »Außerdem möchte ich meine Informationsquelle nicht gefährden.«

Panepinto grinste. »Ihre Informationsquelle hat blonde, schulterlange Haare?«

»Richtig, und sie ist sehr leidenschaftlich, wenn du verstehst, was ich meine.«

Panepinto bohrte sich mit dem Zeigefinger in die rechte Backe, was bei ihm nicht nur im Restaurant Ausdruck höchster Wertschätzung war.

Lausitz deutete nach links, wo hinter einer Hecke ein großes, dicht mit Laub bewachsenes Weingut zu sehen war. »Hast du mit dem alten Starrkopf gesprochen?«, fragte er.

»Ja, natürlich, aber er will immer noch nicht verkaufen.«

»Das missfällt mir sehr. Ich möchte zur Weinernte auf der Tenuta del Leone ein großes Fest geben.«

»Zur Vendemmia? Da haben wir nicht mehr viel Zeit.«

»Du sagst es. Wie hat er den Tod von Eva-Maria verkraftet? Auf der Beerdigung hat er einen sehr angeschlagenen Eindruck gemacht.«

»Luca Pertini ist zweifellos ein gebrochener Mann, aber er will seine Tenuta dennoch nicht hergeben.«

»Das ist doch völliger Quatsch«, sagte Lausitz aufbrausend. »Für wen will er sie denn behalten? Eva-Maria war sein einziges Kind.«

»Keine Ahnung, vermutlich hält er sich für unsterblich.«

»Wie kann er das glauben? Der Tod von Eva-Maria hat ihm doch gerade die Vergänglichkeit des irdischen Daseins drastisch vor Augen geführt.«

Panepinto zuckte ratlos mit den Schultern.

Lausitz dachte nach. »Was passiert, wenn wir seine komplette Weinernte vernichten? Könnte er das wirtschaftlich überleben?«

»Nein, vermutlich nicht. Aber wie wollen Sie das bewerkstelligen?«

»Kein Problem. Wir könnten auf Sardinien eine Truppe Banditi anheuern, sie mit Pumpgeräten ausrüsten und in der Nacht alle Rebstöcke der Tenuta del Leone mit einem Pflanzengift besprühen.«

»Das könnte klappen. In zwei Wochen ist Neumond, da ist es schön dunkel. Wir brauchen etwa zwanzig Mann und entsprechend viele Sprühapparaturen.«

»Das wäre mir das Vergnügen wert.«

»Soll ich alles organisieren?«

»Nein, noch nicht. Das wäre sozusagen die Ultima Ratio. Außerdem würde ich mir auf diese Weise mein geplantes Fest zur Weinernte verderben. Serafino, mach doch bitte Folgendes: Leg Luca in den nächsten Tagen einen abgeschnittenen Pferdekopf vors Schlafzimmer.«

»Einen Pferdekopf?«

»Ja, das habe ich aus dem *Paten*. Du kennst doch das Buch von Mario Puzo?«

»Ich kenne die Filme mit Marlon Brando.«

»Sehr schön. Marlon Brando hat den Don Vito Corleone wirklich hervorragend gespielt, sehr gut auch Al Pacino als sein Sohn Michael. Zurück zum Pferdekopf, das ist eine meiner Lieblingsszenen. So ein Pferdekopf ist wirklich schauerlich und in höchstem Maße bedrohlich. Vielleicht hat Luca ein Pferd, an dem er besonders hängt, dann sollten wir dieses nehmen.«

Panepinto wirkte im Gesicht etwas blass. »Ich fürchte, diese Aufgabe muss ich ablehnen.«

»Wie das? Dir macht es doch erfahrungsgemäß wenig aus, einem Menschen beide Beine zu brechen.«

»Das kann man doch nicht vergleichen«, protestierte Panepinto. »Bei einem minderwertigen Stronzo etwas Überzeugungsarbeit zu leisten ist eine Sache, einem treuherzigen Cavallo den Kopf abzuschneiden eine andere. Ich bin doch kein Metzger.«

»Nun gut, dann delegiere diese Arbeit eben. Ist vielleicht wirklich etwas für einen Spezialisten. Und an dem Tag, nachdem du den Pferdekopf zugestellt hast, führst du mit Luca Pertini ein eindringliches Vieraugengespräch. Dann lassen wir ihm etwas Bedenkzeit. Sollte dabei nichts herauskommen, gebe ich dir eine Telefonnummer auf Sardinien.«

Panepinto nickte. »D'accordo. Auf Plan A folgt Plan B, das nenne ich deutsche Gründlichkeit.«

»Warum glaubst du, dass Deutschland wirtschaftlich erfolgreicher ist als Italien? Wir haben immer einen Plan B.«

»In Italien haben wir meist überhaupt keinen Plan«, erwiderte Panepinto, »aber wir beherrschen die hohe Kunst der Improvisation.«

24

Maresciallo Viberti blieb stehen, zupfte bedächtig eine Traube vom Rebstock und rollte sie konzentriert zwischen den Fingern.

»Le uve promettono bene quest'anno«, stellte er mit Kennerblick fest.
Fabri, der neben Viberti zwischen den Rebzeilen des alten Weinberges der Familie Angelo stand, nickte bestätigend. »Sì, molto bene, der Sommer hat es bisher ausgesprochen gut mit uns gemeint, die Trauben haben die perfekte Größe, die Haut ist dünn, aber fest, die Farbe für diese Jahreszeit genau richtig, das Fruchtfleisch wird von Tag zu Tag saftiger und süßer. Wenn es der Himmel will, dann bekommen wir beim Barolo einen großen Jahrgang.«
»Ja, der Wein ist zuallererst ein Geschöpf der Natur, der Sonne und des Bodens«, sagte Viberti bedeutungsvoll und biss in die noch unreife Beere. Die Mütze hatte er unter den Arm geklemmt, die Uniformjacke aufgeknöpft und den Krawattenknoten gelockert. Der Tag war noch nicht weit fortgeschritten, aber schon legte sich eine bleierne Hitze über die Weinberge der Langhe.
Fabri sah den Maresciallo fragend an. »Aber Sie sind doch nicht nur deshalb gekommen, um mit mir über den Nebbiolo zu sprechen?«
Viberti wischte sich den Schweiß von der Stirn. »Auch das gehört im weitesten Sinne zu meinen polizeilichen Aufgaben«, sagte er, wobei Fabri nicht klar war, ob er das wirklich ernst meinte. »Als Maresciallo«, fuhr er fort, »muss ich in meinem Bezirk über alles Bescheid wissen. Und was gibt es rund um Alba Wichtigeres als den Wein?«
Fabri lächelte. »Da haben Sie Recht, Maresciallo.«
»Natürlich muss ich auch über unsere Trüffel informiert sein und über die Haselnüsse.«
»Meine Mutter liebt Giandujotti.«
»Wer nicht?« Er schmatzte genüsslich mit den Lippen. »Meine Aufmerksamkeit gilt selbstverständlich auch dem Honig und den Pilzen.« Viberti machte eine kurze Pause, murmelte leise etwas

von »Gnocchi con funghi porcini«, um dann unvermittelt das Thema zu wechseln. »Sie haben Recht, ich bin gekommen, um über Ihren Vater zu reden. Und ich bin sehr froh, dass wir das unter vier Augen machen können, inmitten dieser wunderbaren Weinstöcke.«

»Haben Sie eine Spur? Wissen Sie, wo er sich aufhält?«, fragte Fabri ungeduldig.

Viberti winkte ab. »Nein, da muss ich Sie leider enttäuschen, keine Spur. Aber wir haben einige neue Erkenntnisse.«

»Erkenntnisse?«

Viberti nickte. »Sì, Erkenntnisse, die vielleicht weniger für die Ohren Ihrer geschätzten Frau Mama bestimmt sind.«

»Wie das?«

»Wussten Sie, dass Ihr Vater eine Freundin hat?«

Fabri schaute Viberti ungläubig an. »Mein Vater? Eine Freundin? In seinem Alter?«

»Ja, warum nicht? Und zwar schon seit einigen Jahren. Sie heißt Carlotta Benedotti und lebt in Asti.«

»Carlotta Benedotti?«

»Sie ist Mitte dreißig«, sagte Viberti.

»Mitte dreißig? So jung?«

Viberti hob die Hände. »Natürlich. Welcher Mann nimmt sich freiwillig eine alte Freundin? Außerdem sieht sie gut aus, una bella ragazza. Gianfranco, dieser vecchio Casanova, er hat einen prima Geschmack.«

»Und bei dieser Carlotta, da ist er jetzt?«

»Nein, auch sie weiß nicht, wo er ist.«

»Jetzt verstehe ich gar nichts mehr.«

»Vielleicht hat er eine neue Freundin, die noch schärfer aussieht?«

»Das ist Ihre Theorie?«

»Wäre doch möglich, oder? Jedenfalls verstehen Sie jetzt, warum ich mit Ihnen alleine reden wollte.«

»Ja, vielen Dank. Ich würde mir wünschen, dass meine Mutter nie etwas davon erfährt.«
»Warum sollte sie? Übrigens hat Signora Benedotti eine SMS von Ihrem Vater bekommen.«
»Sie also auch!«
Jetzt war es an Maresciallo Viberti, überrascht zu gucken. »Wollen Sie damit sagen …?«
»Ja, damit will ich sagen, dass auch ich von meinem Vater eine SMS bekommen habe. Davon hätte ich Ihnen noch berichtet. Was hat er dieser Carlotta geschrieben?«
»Ich zitiere aus dem Gedächtnis.« Viberti räusperte sich. »Carissima. Mir geht es gut. Mache Ferien. Muss über einiges nachdenken. Ich melde mich. Pass auf dich auf. Bacino. Gianfranco.«
»Kann man herausfinden, von wo diese SMS abgeschickt wurde?«
»Gute Frage. Ja und nein. Wir wissen, dass die SMS von einem telefonino con scheda prepagata in Turin abgeschickt wurde. Aber bei diesen Handys mit Prepaid-Karte ist kein Besitzer registriert.«
»Schade.«
»Wann haben Sie die SMS von Ihrem Vater erhalten?«
»Letzte Nacht, exakt um zwei Uhr elf.« Fabri nahm sein Telefonino aus der Brusttasche seines Hemdes, tippte auf einige Tasten und zeigte Viberti das Display.
»Caro Fabri«, las er. »Bitte verzeiht mir. Aber ich brauche eine Pause. Nimm Mamma in die Arme. Kümmere dich um das Geschäft. Ich liebe Euch. Bis bald. Il tuo Papà.«
Viberti suchte in der Uniformjacke nach seinem Block, fand schließlich auch einen Kuli, schrieb den Text vom Display ab und notierte sich die Empfangszeit. Er fragte nach der Handy-Nummer von Fabri und schrieb auch diese auf. Man könne diese SMS gewiss zurückverfolgen, erklärte er, aber er verspreche sich nicht viel davon, wahrscheinlich würden sie wieder bei diesem anonymen

Telefonino landen. Interessant sei nur, ob sein Vater immer noch in Turin weile.

Fabri klappte das Handy zu und steckte es wieder in sein Hemd.

»Und nun?«, fragte er.

»Und nun?«, wiederholte Viberti. »Nun können wir uns wieder über Wein unterhalten.«

»Und was ist mit meinem Vater?«

»Was soll mit ihm sein? Ihm geht es offenbar gut, er hat beneidenswerterweise mindestens eine Freundin, er war oder ist in Turin, er hat kein Verbrechen begangen. Sie und Ihre Mutter, Sie machen sich Sorgen, das kann ich verstehen, aber dafür sind nicht die Carabinieri zuständig. Wir sind ein freies Land.«

»Mein Vater kann also einfach zur Tür hinausgehen und nicht wiederkommen?«

»Natürlich kann er das. Aber ich denke, er wird wiederkommen, er hat schließlich nur von einer Pause gesprochen. Außerdem dürfen Sie sich freuen, offenbar traut er Ihnen zu, dass Sie die Geschäfte alleine führen können. Das ist heutzutage nicht selbstverständlich.«

Fabri riss von einem Rebstock ein Blatt ab und rieb es nachdenklich zwischen den Handflächen.

»Wenn ich das nächste Mal in Asti bin, kann ich ja bei dieser Carlotta vorbeischauen«, sagte Viberti.

»Um sie zu verhören?«

»Nein, natürlich nicht, aber ich kann ihr diskret einige Fragen stellen. Vielleicht hat sie eine Idee, wo sich Gianfranco aufhalten könnte.« Viberti hüstelte. »Außerdem könnte es sein …« Er unterbrach sich und rückte seinen Krawattenknoten zurecht.

»Was könnte sein?«

»Allora, wo jetzt Gianfranco nicht mehr bei ihr ist. Sie verstehen, was ich meine?« Viberti wirkte etwas verlegen. »Wie ich schon sagte, sie sieht sehr gut aus. Ich bin zwar mehr oder weniger glücklich verheiratet, aber ich denke, ich bin in einem Alter, wo auch ich …«

25

Das traditionsreiche Caffè Baratti & Milano* an der Turiner Piazza Castello war wie an jedem Nachmittag gut besucht. Im hinteren Eck des Jugendstilsalons hatten sie mit Glück noch einen freien Tisch gefunden. Sabrina trank Latte macchiato. Hipp stellte fest, dass er in den letzten Tagen fast süchtig nach Bicerin geworden war. Neben dem Tisch standen einige Einkaufstüten auf dem Boden, von Benetton und Calvin Klein Jeans. Dort hatte sich Sabrina mit den nötigsten Klamotten eingedeckt, schließlich war ihre Reisetasche ein Raub der Flammen geworden.

Nach dem Krankenhaus hatte Hipp Sabrina zunächst in die Villa Sassi* gebracht, ein ruhiges Hotel in den nahe gelegenen Colline, in dem er zwei Zimmer mit einer Verbindungstür reserviert hatte. Denn so viel stand fest, er würde in den nächsten Tagen so gut wie irgend möglich auf sie aufpassen. Der für Eva-Maria tödliche Unfall mit dem Auto, der nächtliche Besucher in Sabrinas Krankenzimmer, der vergiftete Tee von heute Morgen – irgendjemand trachtete seiner Schutzbefohlenen mit großer Beharrlichkeit nach dem Leben. Und es lag an ihm zu verhindern, dass der nächste Versuch erfolgreich war. Zugegeben, der Job gefiel ihm nicht, er war nun mal alles andere als ein Bodyguard, aber er konnte sich kaum aus dieser Verantwortung stehlen. Und schon beim Gedanken daran, dass Sabrina etwas zustoßen könnte, bekam er Bauchschmerzen.

Er war mit ihr übereingekommen, dass sie ihrem Vater nichts von alldem erzählten. Wer nach einer Herzoperation nicht fliegen durfte, sollte wohl auch sonst geschont werden.

»Wie soll's jetzt weitergehen?«, fragte Sabrina.
»Ich sehe keinen Grund, unsere Pläne zu ändern«, antwortete Hipp. »Morgen fahren wir nach Mailand, dann in den nächsten Tagen ganz gemütlich über Franciacorta nach Venedig.«
»Die ›Gedächtnistour‹, von der du gesprochen hast?«
»Ganz genau, sozusagen eine Gedächtnistour auf den Spuren deiner Erinnerung. Wir werden Orte aufsuchen, an denen du nach Information deines Vaters schon mal gewesen bist. Dort werden wir versuchen, einige Türen zu öffnen.«
»Türen?«
»Ja, im übertragenen Sinn. Türen in deinem Gedächtnis, die derzeit verschlossen sind, hinter denen sich Räume mit Erinnerungen verbergen. Ich bin mir ziemlich sicher, dass wir Erfolg haben werden. Die ersten Türen werden die schwersten sein, sie sind jene mit den massivsten Schlössern. Mit jedem neuen Raum, den wir betreten, wird es leichter werden, flutet Licht ins Haus, öffnen sich wie von selbst Flure und Durchgänge, gehen Jalousien hoch, weichen Vorhänge zur Seite, schweift der Blick hinaus ins Freie, entstehen neue Perspektiven.«
»Klingt schön, aber trotzdem fürchte ich mich davor. Wie kann ich wissen, ob mir alles gefällt, was ich sehen, woran ich mich erinnern werde?«
»Möglicherweise wird dir nicht alles zusagen, das gehört zum Leben, aber gewiss das meiste.«
»Vielleicht klappt's auch gar nicht«, blieb Sabrina skeptisch, »und wir scheitern schon an der ersten Tür.«
»Wohl kaum, schließlich hast du dich bereits an einen Wein und an das Aftershave deines Vaters erinnert. Außerdem wusstest du vorhin beim Einkaufen nicht nur deine Konfektionsgrößen, sondern auch sehr genau, was dir gefällt.«
»Blaue Jeans und weiße T-Shirts, nicht sehr originell.«
»Egal, die ersten Schlösser sind längst entriegelt.«

»Ich fange an, dir zu glauben.«
»Du musst an dich selbst glauben.«
Sabrina lächelte. »Alles nacheinander, ich beginne mal mit dir. Du erscheinst mir vertrauenswürdiger.«
Hipp grinste. »So kann man sich täuschen.«

Sabrina rührte nachdenklich in ihrem Latte macchiato. Hipp, der mit dem Rücken zum Lokal saß, observierte im Spiegel die anderen Gäste. Seltsam, die vielen Menschen vermittelten ein Gefühl der Sicherheit, machten es schwer zu glauben, dass es jemand in mörderischer Absicht auf Sabrina abgesehen haben könnte.
»Hoffentlich komme ich nicht zu Tode, bevor ich mich an alles erinnern kann«, sagte Sabrina unvermittelt. »Das fände ich höchst unerfreulich.«
»Du entwickelst einen schwarzen Humor. Übrigens wäre ein gewaltsames Ableben auch später wenig erstrebenswert. Keine Sorge, wir werden das zu verhindern wissen.«
»Dein Wort in Gottes Ohr.«
Sabrina schloss die Augen und dachte nach. Hipp wusste nicht, warum, aber er ahnte, dass nun die Frage kommen würde, auf die er schon seit Tagen wartete.
Sie machte die Augen wieder auf und sah ihn konzentriert an. »Ich will endlich die Wahrheit wissen. Du hast mir an dem Tag, als ich aus dem Koma erwacht bin, erzählt, dass ich beim Unfall nicht alleine im Auto war.«
»Richtig. Am Steuer saß eine Freundin von dir, genauer gesagt eine entfernte Cousine, Eva-Maria Pertini aus Montalcino in der Toskana.«
»Ich hatte nicht den Mut zu fragen. Warum hat mich Eva-Maria nie im Krankenhaus besucht? Ist sie bei dem Unfall ums Leben gekommen? Was ist passiert? Ich möchte nicht so lange warten, bis ich mich daran vielleicht mal erinnern kann.«

Hipp zögerte nur kurz mit der Antwort. »Wir wollten dich damit nicht belasten. Aber deine Ahnung trifft leider zu, Eva-Maria ist tot. Sie musste nicht leiden, sie hat sich beim Unfall das Genick gebrochen.«
»O mein Gott.«
»Ihr seid mit dem Auto von der Straße abgekommen, habt eine Leitplanke durchbrochen und seid in einem relativ steilen Weinberg gelandet. Kurz bevor das Auto, das schließlich auf dem Dach zum Stillstand kam, explodiert ist, hat dich ein Weinbauer durch die herausgebrochene Frontscheibe aus dem Fahrzeug gezogen. Er hat dir das Leben gerettet. Eva-Maria war zu diesem Zeitpunkt schon tot.«
»Ein Weinbauer?«
»Ja, er heißt Cherubino. Ich habe ihm gesagt, dass wir ihn gemeinsam besuchen werden, sobald du wieder völlig gesund bist.«
Sabrina nahm die Serviette vom Tisch und wischte sich einige Tränen ab. »Ich kann mich an Eva-Maria nicht erinnern, weiß nicht, wie sie aussah, wie sehr wir uns gemocht haben, aber ich bin so traurig, als ob ich eine Schwester verloren hätte.«
»Ich war auf ihrer Beerdigung. Die Familie erwartet uns. Aber wir sollen uns Zeit lassen. Du musst erst zu dir selbst finden und dich besser fühlen.«
»Mir geht es doch gut«, protestierte sie.
»Dir geht es relativ gut, aber nicht wirklich.«
»Ich will in eine Kirche und für Eva-Maria eine Kerze anzünden.«
»Bist du gläubig?«
»Keine Ahnung. Ist hier eine Kirche in der Nähe?«
»Natürlich, sogar mehrere, wir sind in Italien.«
»Vorher noch eine Frage.«
»Ja, bitte.«
»Warum sind wir mit dem Auto von der Straße abgekommen? Haben die Bremsen versagt? Ist die Lenkung ausgefallen? Ist Eva-

Maria zu schnell gefahren? Hat den Unfall jemand anders verursacht?«

Hipp beschloss, seine Theorie für sich zu behalten, wenigstens vorläufig. Sabrina hatte heute wahrlich genug mitgemacht.

»Wir wissen es nicht. Es gibt keine Zeugen. Die Polizei geht davon aus, dass Eva-Maria zu schnell gefahren ist, das entsprach wohl auch ihrem Naturell.«

Sabrina langte sich an die Schläfen. »Wenn ich mich nur daran erinnern könnte.«

Hipp nahm ihre Hand. »Du wirst dich daran erinnern, irgendwann einmal. Das hat Zeit, das ist nicht wichtig. Es ist alles vorbei.«

»Es ist eben nicht alles vorbei«, widersprach Sabrina. »Jemand versucht mich umzubringen.«

»Morgen fahren wir nach Mailand«, sagte Hipp übergangslos. »Ich habe Karten für die Scala, weil ich weiß, dass du die Oper liebst.«

»Ist das so? Ich liebe die Oper? Was steht auf dem Spielplan?«

»*Othello* von Verdi.«

Sabrina summte eine Melodie, die ihr spontan in den Sinn kam. War das die Ouvertüre? »Ja, könnte tatsächlich sein, dass ich etwas für die Oper übrig habe. Aber jetzt möchte ich gehen und für Eva-Maria eine Kerze anzünden.«

26

Er saß vornübergebeugt am Holztisch, den Kopf in die angewinkelten Arme gestützt, und starrte hochkonzentriert auf ein großes bauchiges Weinglas. Die Farbe des Weines war von einem satten, tiefgründigen Rubinrot, am Rand leicht ins Bräunliche changierend. Er ahnte die verführerische Nase nach reifen Beeren. Er spürte am Gaumen feine Bitternoten und robuste Tannine. Und im langen Finale Noten von dunkler Kirsche. Warum konnte der Wein nur von sich selbst erzählen? Was würde er dafür geben, wenn man mit diesem Weinglas wie bei einer Kristallkugel eines Wahrsagers in die Zukunft schauen könnte? Aber auch wenn er sich noch so sehr anstrengte, erkannte er im Glas nur die Spiegelung der Tür in seinem Rücken. Die Tür? Sie ging plötzlich auf, und eine Krankenschwester kam herein. Er drehte sich erschrocken um. Aber die Tür von seinem Zimmer war geschlossen. Hatte dieses Weinglas doch übersinnliche Kräfte? Nein, natürlich nicht. Seine Gedanken waren nur wieder in jener Nacht, als er bei Sabrina im Krankenzimmer gestanden hatte, fest entschlossen, sie mit einem Kissen zu ersticken. Aber das war, wie sich herausstellte, leichter geplant als getan. Er hatte noch nie jemanden mit kalter Berechnung umgebracht. Kam bei Sabrina erschwerend hinzu, dass er sie mochte. Sie war jung und schön. Deshalb hatte er sich lange in ihrem Krankenzimmer aufgehalten, viel zu lange. Er hatte ihr schlafendes Gesicht betrachtet, war im Zimmer hin und her geschlichen, hatte verzweifelt mit seinem Gewissen gerungen. Er wusste, dass es keine Alternative gab, Sabrina musste sterben. Aber würde er es wirklich schaffen, sie mit den eigenen Händen zu ermorden? Sie würde sich wehren, um ihr Leben kämpfen. Plötzlich war Sabrina aufgewacht. Er hatte zu diesem Zeitpunkt genau hinter ihrem Bett gestanden. Ihm war sofort klar geworden, dass er seine Chance verpasst hatte. Eine Sabrina, die ihn mit offenen Augen ansah, würde er nicht umbringen können. Dann hatte sie den Notruf betätigt …

Er fasste das Weinglas mit zwei Fingern am Stiel und begann es langsam zu drehen. Das Spiegelbild der Tür verharrte immer an derselben Stelle. Jetzt blieb die Tür geschlossen. Sah er da ein Aluminiumwägelchen mit Gummirädern und einer roten Thermoskanne? Er dachte an seinen erneuten Versuch. Gift war etwas für Feiglinge, hatte er gelesen. Nun gut, dann war er eben ein Feigling.

Aus sicherer Distanz tötete es sich leichter. Alles hatte zunächst perfekt geklappt, das Schicksal hatte ihm geradezu in die Hände gespielt. Aber dann war irgendetwas schief gelaufen. Warum hatte Sabrina in jener Nacht keinen Pfefferminztee getrunken? Warum nur? Alles wäre längst vorbei und erledigt. Er könnte aufatmen und der Zukunft entspannt und hoffnungsvoll entgegensehen. Und jetzt? Warum, verdammt noch mal, konnte er nicht in die Zukunft sehen? Was würde passieren, wenn er Sabrina am Leben ließ? Er kniff die Augen zusammen und starrte aufs Weinglas. Blut hatte eine ähnliche Farbe, war aber nicht so dünnflüssig und schmeckte süß. Nein, es gab keine andere Möglichkeit. Sabrina musste sterben, ob es ihm gefiel oder nicht. Nichts und niemand würde ihn davon abhalten. Er holte aus und schlug mit dem Handrücken das Glas vom Tisch. Es zersplitterte, der Rotwein spritzte gegen die weiß getünchte Wand. Er stand auf und betrachtete seine Hand. Sie zitterte nur leicht. Im Zimmer roch es intensiv nach Beeren, nach Wald und Moos, nach frischem Zedernholz. Klebrig rann der Wein in langen Schlieren die Wand hinunter. Schade um ihn.

27

Wie hast du geschlafen?«, fragte Hipp beim Frühstück am nächsten Morgen.
»Dank der Schlaftablette ziemlich gut«, antwortete Sabrina. Sie brach ein Stück von der Brioche ab und tunkte es in ihren Caffè latte. »Außerdem war es sehr beruhigend, dich hinter der offenen Verbindungstür schnarchen zu hören.«
»Ich habe geschnarcht?«, fragte Hipp, der fast die ganze Nacht wach gelegen hatte, verwundert.
»Keine Ahnung«, erwiderte Sabrina lachend, »war ein Scherz. Aber ich denke, alle Männer schnarchen.«

»Du kannst dich an schnarchende Männer in deinem Leben erinnern?«
»Nein, nicht konkret.«
»Schade, diese Rückblende wäre schon wieder ein kleiner Fortschritt gewesen. Übrigens muss ich dich enttäuschen. Wie mir mehrfach glaubwürdig bestätigt wurde, schlafe ich stumm und still wie ein Fisch.«
»Von wem weißt du das?«
Hipp lächelte verschmitzt. »Zum Beispiel von meiner Mutter.«
»Ach so, natürlich.«
Sabrina rollte die Serviette zusammen und legte sie neben ihren Teller. »Ich möchte gerne unser Gespräch von gestern Nachmittag fortsetzen.«
»Ich habe dir alles erzählt, was ich über den Unfall weiß.«
»Dann erzähl mir, was du nicht weißt, aber was du denkst. War das wirklich ein Unfall? Oder wollte mich jemand umbringen und Eva-Maria ist statt meiner gestorben? Wer könnte es sein, der mir nach dem Leben trachtet?«
»Das sind viele schwierige Fragen auf einmal«, sagte Hipp. »Können wir dieses Thema nicht verschieben?«
»Sag mir nur, was du denkst. Darüber diskutieren können wir ein anderes Mal.«
Hipp spürte, dass sie nicht lockerlassen würde. Er beschloss, ihr wenigstens zum Teil reinen Wein einzuschenken. »Nun gut. Also, um ehrlich zu sein, ich glaube nicht, dass es ein ganz normaler Unfall war. Ich habe mir den Ort genau angeschaut und mit Cherubino gesprochen …«
»Dem Weinbauern?«
»Richtig. Und auch mit Maresciallo Viberti von den Carabinieri. Es spricht aus meiner Sicht einiges dafür, dass euch jemand mit einem anderen Auto von der Straße gedrängt hat.«
Sabrina flüsterte: »Danke.«

»Danke? Wofür?«
»Dass du mir die Wahrheit sagst.«
»Ich weiß nicht, ob es die Wahrheit ist«, schränkte Hipp ein. »Du hast mich gebeten zu sagen, was ich denke.«
»Es wäre gut, wenn ich mich an den Unfall erinnern könnte, oder? Dann wüssten wir es.«
»Ja, vermutlich. Aber du darfst dich damit nicht belasten. Wenn du ständig krampfhaft in deiner Erinnerung wühlst, dann erreichst du nur das Gegenteil und verstärkst die Blockade. Nicht du wirst dein Gedächtnis wiederfinden, sondern umgekehrt wird die Erinnerung dich finden.«
»Warten wir es ab. Bleibt die Frage: Wer hat versucht, mich umzubringen?«
»Sabrina, bitte keine vorschnellen Schlüsse. Es kann trotz alldem ein Unfall gewesen sein. Irgendein Wahnsinniger, der euch an dieser Stelle überholen wollte. So etwas gibt es.«
»Mein Gefühl sagt nein. Und was ist mit dem nächtlichen Besucher in meinem Zimmer? Und der vergiftete Pfefferminztee? Das war ja wohl keine Einbildung. Erst stirbt Eva-Maria an meiner Stelle, dann Margherita.«
»Auch das wissen wir nicht. Vielleicht hatte es jemand auf Eva-Maria abgesehen. Übrigens kann auch eine nette Nachtschwester wie Margherita Feinde haben.«
»Das glaubst du doch selber nicht.«
»Nein, nicht wirklich«, musste Hipp zugeben.
»Und jetzt die Verdächtigen!«, ließ Sabrina nicht locker.
»Wie bitte?«
»Du wirst dir doch überlegt haben, wer hinter diesen Anschlägen stecken könnte. Oder etwa nicht?«
»Doch, natürlich.«
»Also?«
»Nein, nicht heute«, wehrte Hipp ab. »Du hattest einen schweren

Unfall, du lagst im Koma, hast dich unglaublich schnell erholt, hast eine retrograde Amnesie, bist rekonvaleszent und heute den ersten kompletten Tag nicht mehr im Krankenhaus. Wir beginnen sozusagen gerade mit der Rehabilitation. Du weißt seit gestern, dass deine Freundin Eva-Maria bei dem Unfall ums Leben gekommen ist. Wir haben den dringenden Verdacht, dass auch dein Leben gefährdet ist. Ich denke, wir sollten es nicht übertreiben. Lass es uns etwas langsamer angehen.«

»Vielleicht hast du Recht«, sagte sie mit leiser Stimme.

»Ich habe Recht, ganz sicher. So, und jetzt gehen wir aufs Zimmer, packen unsere Taschen und fahren los. Die Mailänder Scala wartet auf uns.«

»*Othello*.«

»Logenplätze. Und ich verspreche, nicht zu schnarchen.«

28

Der alte Kastanienbaum stand schon immer hier, seit Menschengedenken. Und wohl jeder in der Familie verknüpfte Erinnerungen mit ihm. Als Kind war Fabri in seinen Ästen herumgeklettert. Zu Pasquetta, dem »kleinen Ostern« am Ostermontag, hatte sich früher unter seiner weit ausladenden Krone die ganze Verwandtschaft traditionell zum ersten Picknick des Jahres versammelt. Damals, als die Großeltern noch lebten und Tante Alberta, die Schwester seines Vaters. In den mächtigen Stamm waren Herzen und Initialen geritzt. Sie reichten über Generationen zurück. Einige ließen sich mit etwas Phantasie und guter Kenntnis der Familiengeschichte noch heute zuordnen. Der Baum, er konnte romantische Geschichten aus der Vergangenheit erzählen. Daran, dass er auch seine Schattenseiten hatte, dachte nur selten jemand. Wie etwa an die Partisanen, die

im Zweiten Weltkrieg an einem seiner großen Äste aufgehängt wurden.
»Weißt du, dass ich hier zum ersten Mal deinen Vater geküsst habe?«, fragte Luciana, die neben ihrem Sohn auf einer Holzbank saß.
»Ja, das weiß ich«, antwortete er. Um dann frech hinzuzufügen: »Vielleicht habt ihr mich hier sogar gezeugt?«
»Aber Fabri«, reagierte sie entrüstet. »Woran du nur denkst, über so etwas spricht man doch nicht.«
Amüsiert sah er, wie seine Mutter vor Scham errötete.
»Jedenfalls danke ich dir, dass du diese Bank errichtet hast«, wechselte sie eilig das Thema.
Er klopfte zufrieden auf das Holz. »Ist schön robust. Ich muss sie nur noch mit witterungsbeständiger Farbe anstreichen, dann ist sie fertig.«
»Ob ich hier wohl mal zusammen mit Gianfranco sitzen werde?«, fragte Luciana nachdenklich. »Der Platz, er würde ihm gefallen.«
»Warum nicht?«, sagte Fabri. »Ich bin mir sicher, er wird wiederkommen. Es dauert nur etwas länger, als wir ursprünglich gedacht haben.«
»Wenn ich nur wüsste, was in seinem Kopf vorgeht. Ich verstehe ihn einfach nicht.«
»Was heißt, du verstehst ihn nicht? Hast du mit ihm gesprochen?«
»Nein, aber er hat mir einen Brief geschrieben.«
»Einen Brief?«
»Ja, ich habe ihn dabei.« Luciana entnahm ihrer Handtasche einen Umschlag und reichte ihn ihrem Sohn.
Fabri schaute zunächst auf den Poststempel. Turin. An das Schreiben war ein Photo geheftet. Es zeigte Gianfranco in einem roten Hemd, lächelnd, vor einem blauen Himmel.
»Das Hemd ist neu«, sagte sie. »Gianfranco hatte nie rote Hemden. Aber er sieht gut aus, findest du nicht?«

»Ja, es scheint ihm nicht schlecht zu gehen. Darf ich lesen?«
»Natürlich. Ist zwar ganz privat an mich gerichtet, aber du bist immerhin unser Sohn.«
Fabri las, wie sich sein Vater bei seiner Mutter entschuldigte, wie er versuchte zu erklären, dass er eine Pause brauche, dass er vorher nicht den Mut gehabt habe, mit ihr darüber zu sprechen, dass er sich deshalb einfach davongestohlen habe. Das mit dem Ehering tue ihm Leid, da habe er überreagiert. Er liebe sie immer noch, schrieb er. Auch Fabri, seinen Sohn. Aber sie müsse Verständnis für ihn haben, er komme wieder, wisse aber noch nicht, wann. Sie solle gut auf sich aufpassen und sich mit allen Problemen an Fabri wenden. Ihm gehe es gut, zum ersten Mal seit vielen Jahren. »Ti abbraccio e ti chiedo perdono, il tuo Gianfranco.«
Fabri faltete den handgeschriebenen Brief zusammen, betrachtete noch einmal das Photo, steckte ihn wieder in den Umschlag und gab diesen seiner Mutter zurück.
»Ich weiß nicht, was in ihn gefahren ist«, sagte sie. »Glaubst du, er hat eine Freundin?«
»Eine Freundin? Papà? Nein, das glaube ich nicht.«
Dass es in Asti eine Carlotta Benedotti gab, ließ er unerwähnt. Auch dass Maresciallo Viberti es für möglich hielt, dass sein Vater mittlerweile eine neue Liebschaft hatte.
»Leider kann man auf dem Photo nicht sehen, wo er sich aufhält«, sagte sie.
»In Turin. Jedenfalls war er da bis vor kurzem. Der Poststempel ist von dort. Außerdem habe ich eine SMS bekommen …«
»Was hast du bekommen?«
»So eine Textnachricht auf dem Telefonino, du weißt schon, die man auf dem Display lesen kann. Papà hat sie geschickt. Nur ganz wenige Worte, dass er eine Pause brauche, dass er uns liebe und dass ich dich in die Arme nehmen solle. Auch diese Nachricht hat er aus Turin geschickt.«

»Woher weißt du das? Hat er das dazugeschrieben?«

»Nein, aber Maresciallo Viberti hat die SMS zurückverfolgt, sie wurde in Turin abgeschickt.«

»Was macht Gianfranco in Turin? Das ist doch wirklich keine schöne Stadt. Die viele Industrie. Und das Meer ist so weit weg. Du weißt doch, wie sehr es Gianfranco liebt, am Wasser zu sitzen und den Wellen zuzusehen.«

»Ich könnte mir vorstellen, dass er sich in Turin nur die ersten Tage aufgehalten hat. Vielleicht ist er längst in Portofino, in Cesenatico oder auf Capri, wer weiß?«

»Giglio«, sagte sie.

»Die Isola del Giglio?«

»Ja, Gianfranco hat immer von dem türkisfarbenen Meer an den Stränden von Giglio geschwärmt. Er war da mal als Kind gewesen und wollte immer wieder hin.«

»Aber wir können nicht überall nach ihm suchen«, sagte Fabri.

»Er hat mir auch mal von Salina erzählt. Die Insel ist mit dem Tragflächenboot von Neapel aus schnell zu erreichen. Und der Malvasia* schmeckt nicht schlecht.«

»Vielleicht schickt er dir noch so eine Nachricht auf dein Telefonino und sagt dir, wo er ist. Dann fahren wir hin und suchen ihn. Versprochen?«

»Versprochen, Mamma, natürlich, das machen wir.«

29

Auf dem Weg nach Mailand nahm Hipp die Ausfahrt zur Stazione Tortona Sud. Sie mussten zwar noch nicht tanken, aber Sabrina hatte gegen einen Cappuccino an der Bar nichts einzuwenden. Dass Hipp gerade hier Pause machte, war beabsichtigt. Zwar rechnete er nicht damit, dass ihm etwas auffallen würde, aber es konnte ja nicht schaden, mal persönlich den Ort in Augenschein zu nehmen, wo sich ein schwerer Sattelzug mit einer teuren Flaschenfracht in erstaunlich kurzer Zeit verflüchtigen konnte.

Während Sabrina für kleine Mädchen ging, wohin er sie bei aller Fürsorge wohl kaum begleiten konnte, schlenderte Hipp über den Lkw-Parkplatz. Erwartungsgemäß schaute dieser aus wie tausend andere in Italien. Von der Bar aus konnte man ihn jedenfalls nicht einsehen. Es war also mit einem Zweitschlüssel oder bei entsprechender Qualifikation im Überbrücken der Wegfahrsperre kein Kunststück, den Lastwagen zu entwenden, ohne dass es der Fahrer merkte. Und wenn es stimmte, dass Marco hier immer einkehrte, dann war es nicht schwer, entsprechende Vorbereitungen zu treffen – vor allem hinsichtlich des Wechsels der Zugmaschine in nicht allzu großer Entfernung.

Hipp betrat das Ristorante, ging an die Bar, bezahlte an der Kasse zwei Cappuccini und reichte den Bon an den Barista weiter. Auf die Frage, ob er Carlo sei und Marco, den Lastwagenfahrer, kenne, reagierte dieser zunächst abweisend, um dann doch damit herauszurücken, dass Marco hier regelmäßig Pause mache, um mit ihm über die aktuellen Fußballergebnisse zu sprechen. Ja, auch an dem bewussten Tag hätten sie über Fußball geredet, vor allem über das Derby zwischen Juventus Turin und Inter Mailand. Den Elfmeter in der zwölften Spielminute verstehe er bis heute nicht.

Mittlerweile war Sabrina eingetroffen. Sie nahmen die Cappuccino-Tassen und stellten sich an einen der runden Tische.

»Interessierst du dich für Fußball?«, fragte sie.

»Nein, nicht besonders.« Hipp deutete über die Schulter zur Bar. »Aber Carlo tut es.«

»Du kennst ihn?«

»Nein. Ich habe mich mit ihm nur kurz über einen Lkw-Fahrer unterhalten. Ein Freund von mir, für den ich gelegentlich arbeite, hat mich gebeten, in einer bestimmten Angelegenheit etwas zu recherchieren.«

»Und dieser Freund ist Lkw-Fahrer?«

»Nein, er ist im Vorstand einer Versicherung. Zufällig ist hier an dieser Station …«

»Zufällig?« Sabrina zog spöttisch eine Augenbraue nach oben.

Hipp grinste. »Na ja, sagen wir so, es ist kein Zufall, dass wir gerade hier einen Cappuccino trinken. Vor einigen Tagen ist von diesem Parkplatz ein Lastwagen mit einer Ladung exklusiver Weine gestohlen worden. Mein Freund, bei dessen Firma die Fuhre versichert war, hätte es gerne, dass ich ihm bei der Aufklärung helfe. Aber keine Sorge, ich habe momentan nur einen richtigen Job – und der steht gerade vor mir und trinkt Cappuccino. Aber ich kann ja mal so tun, als ob ich auch auf diese Weindiebstähle …«

»Du sprichst im Plural?«

»Du bist sehr aufmerksam, Sabrina. Ja, es waren mehrere. Also, ich kann mich ja wenigstens mal umsehen, wenn sich unsere Wege mit diesen Vorfällen kreuzen. Das ist auch schon alles.«

»Klingt aufregend, du musst mir später alles darüber erzählen«, sagte sie, »aber vorläufig interessiert mich mehr, warum mich dieser Typ an der Theke andauernd fixiert. Das macht mich ganz nervös.«

Ohne sich umzudrehen, fragte Hipp: »Der Mann ganz links, Ende zwanzig, mit Schnauzer und einem gelben Polohemd über der ausgebeulten Khakihose, meinst du den?«

Sabrina sah Hipp irritiert an. »Hast du hinten Augen im Kopf, oder ist hier irgendwo ein Spiegel?«

»Weder noch, aber das weiß ich, ohne hinzusehen. Neben ihm steht ein dickliches Geschöpf, vermutlich weiblichen Geschlechts, in einem rosa geblümten Kleid, richtig?«

Sabrina nickte.

»Beide sind vorhin aus einem Opel mit holländischem Kennzeichen ausgestiegen und haben eine kleine Tochter, die gerade auf dem Klo ist. Dein unheimlicher Verehrer dürfte also harmlos sein.«

Sabrina sah Hipp merkwürdig an. »Das ist nicht normal, oder?«

»Was soll nicht normal sein?«

»Wer steht rechts neben den beiden Holländern?«, antwortete Sabrina mit einer Gegenfrage. »Aber bitte nicht umdrehen.«

Hipp nahm einen Schluck vom Cappuccino. »Wenn sich an der Reihenfolge in der letzten Minute nichts geändert hat, zunächst ein junger Italiener mit seiner nicht unaparten Freundin, beide haben einen Brillanten im rechten Ohr, das Mädchen trägt bemerkenswert unbequeme, dafür aber sehr modische Schuhe. Es folgen …«, Hipp schloss kurz die Augen, um sich zu konzentrieren, »… drei passionierte Windsurfer, jedenfalls haben sie auf dem Kleinbus, mit dem sie gekommen sind, mit Bielefelder Nummernschild, drei, nein, sogar vier Surfbretter. Der linke von ihnen hat einen kahl rasierten Kopf und …«

»Das ist definitiv nicht normal«, unterbrach ihn Sabrina. »Hast du ein photographisches Gedächtnis?«

»Nein, natürlich nicht.« Hipp zuckte mit den Schultern. »Na ja, vielleicht ein kleines bisschen. Zumindest meinte man das in der Sonderkommission, in der ich früher gearbeitet habe. Ich kann mir jedenfalls Bilder gut einprägen, übrigens auch Gerüche, das hilft beim Wiedererkennen von Weinen. Das geschieht ganz von selbst, ohne mein Zutun. Mit etwas Glück kann ich die gespeicherten Informationen einen gewissen Zeitraum aus meinem Gedächtnis abrufen. So wie dieses merkwürdige Ensemble von Menschen hinter mir an der Bar. Das ist alles, nichts Aufregendes.«

»Funktioniert das so ähnlich wie bei einem Computer?«

Hipp lachte. »Keine Ahnung. Jedenfalls wäre das ein entsetzlich schlechter Computer. Oft lässt er sich nicht starten, das Programm stürzt ständig ab, die Daten werden nach dem Zufallsprinzip abgelegt, der Arbeitsspeicher ist schnell voll, die Festplatte hat einen Schlag, und wenn man den Stecker herauszieht, sind alle Daten futsch.«

»Bei mir hat auch irgendjemand einen Stecker rausgezogen«, sagte Sabrina. »Außerdem wurden alle Daten von meiner Festplatte gelöscht.«

»Um bei der Analogie zu bleiben, ich habe gelesen, dass die Daten auch bei einer gelöschten Festplatte in Wahrheit noch vorhanden und reaktivierbar sind. Nach meiner Überzeugung ist das bei einem Menschen nicht anders.«

»Hoffentlich.«

30

Luca Pertini stand vor seiner großen Entrappungsmaschine. Zur Weinernte wurden mit diesem Ungetüm die Beeren von ihren Stielen getrennt. Luca hatte die Maschine gerade von einem Spezialisten überholen lassen, jetzt wollte er ihre Funktionsfähigkeit überprüfen. Die Verschalung war abgenommen und er konnte die lange Schnecke sehen, mit der die angelieferten Trauben zur Mühle transportiert wurden. Dort führten Gummiwalzen die Trauben auf eine brachiale Mechanik, die die Stiele abschlug und über ein dickes Rohr ins Freie schleuderte. Die Maische lief dann nach unten zu einer Pumpe und wurde von dort über einen dicken Schlauch direkt zu den Gärtanks befördert.

Er beugte sich über den offenen Käfig und betrachtete die Spindel mit den Metallstiften zum Entrappen. Aber mit seinen Gedanken war er woanders. Immer wieder fiel ihm dieses grausame Bild von heute Morgen ein. Seine Frau hatte noch geschlafen, er hatte den Vorhang geöffnet, um nach dem Wetter zu sehen. Da hatte er gelegen, auf dem weißen Kies des Vorhofs – ein abgetrennter Pferdekopf in einer großen dunklen Blutlache. Er hatte zwar keine besondere Beziehung zu Pferden, er mochte sogar ihr Fleisch, am liebsten als Bistecca vom Grill, aber so ein abgetrennter Pferdekopf ging auch ihm ans Gemüt. Als ob es nicht genug nervliche Belastungen in den letzten Wochen gegeben hätte. Und jetzt dieser Testa di cavallo. Wer hatte das getan? Was sollte das bedeuten? War das eine versteckte Botschaft? Natürlich, was sollte es sonst sein. Aber wir lebten doch nicht mehr im Mittelalter. Und außerdem hatte er keine Ahnung, wie er diese Nachricht verstehen sollte. Man wollte ihm drohen, ja, so sah es aus. Aber warum? Er hatte sich nichts zuschulden kommen lassen, er hatte gerade seine Tochter bei einem Autounfall verloren, seine Frau Mira hatte schlimme Depressionen. Was wollte man von ihm?

Gott sei Dank war es ihm gelungen, den Pferdekopf entfernen zu lassen, bevor Mira aufwachte. Den großen Flecken im Kies hatten sie mit einem geplatzten Ölkühler eines Traktors erklärt. Luca drückte auf den grünen Knopf. Die Maschine sprang mit Getöse an. Die rote Endlosschnecke begann immer schneller zu rotieren, die Gummiwalzen drehten sich, die Entrappungsspindel peitschte mit ihren Stahlstiften ins Leere. Aus dem Schlauch kam etwas Wasser, also schien auch die Pumpe, die ihnen im letzten Jahr so viel Ärger gemacht hatte, zu funktionieren. Er drückte auf den roten Knopf, der Motorlärm erstarb, die auf höchste Belastung ausgelegte Mechanik kam langsam zum Stillstand.

Es gab nicht mehr viel, worauf er sich freuen konnte, aber die nächste Vendemmia sehnte er geradezu herbei. Für einen Weinbauern war das der Höhepunkt eines jeden Jahres. Die Trauben wurden in seinen Weinbergen noch auf gute alte Art von Hand gelesen. In der Tenuta roch es dann überall nach frischem Most. Und es herrschte heitere Betriebsamkeit. Wenn das Wetter weiter mitspielte, könnte es sogar ein großer Jahrgang werden.

»Buongiorno, Signor Pertini, che piacere incontrarla qui!«

Luca drehte sich um. Beim Lärm der Maschine hatte er nicht gehört, dass er Besuch bekommen hatte. Auf diese Gesellschaft hätte er allerdings gerne verzichtet. Serafino Panepinto war zwar immer höflich, aber ein schmieriger und undurchsichtiger Typ. Vor allem hatte er den falschen Arbeitgeber: Wer für den Tedesco tätig war, hatte bei ihm verschissen.

»Was machen Sie hier?«, reagierte er denn auch ziemlich unwirsch.

»Entschuldigen Sie die Störung. Ich möchte mich nur kurz mit Ihnen unterhalten. A quattr'occhi.«

»Unter vier Augen? Ich wüsste nicht, worüber ich mit Ihnen sprechen sollte.«

»Mir ist zu Ohren gekommen, dass Sie heute früh ein unangenehmes Erlebnis hatten?«

»Ich weiß nicht, was Sie meinen«, spielte Luca den Unwissenden.

»Allora, ich persönlich möchte vor meinem Schlafzimmer keinen abgeschnittenen Pferdekopf vorfinden. Che schifo!«

Lucas Gesicht lief rot an. »Sind etwa Sie für diese Schweinerei verantwortlich?«

Panepinto hob beschwichtigend die Hände. »Beruhigen Sie sich. Ich bin grundsätzlich für nichts verantwortlich. Außerdem liebe ich Pferde. Aber an Ihrer Stelle würde ich schon darüber nachdenken, was das zu bedeuten hat.«

Luca, dem plötzlich etwas schwindlig war, hielt sich am Schaltpult fest. »Was soll schon ein abgeschnittener Pferdekopf bedeuten? Das hier ist nicht Siena und der Palio, ich gehöre auch keiner der Contraden an. Mit Pferden habe ich nichts am Hut. Das war ein schlechter Scherz. Basta!«

»Ich bin entschieden anderer Auffassung. Sie sollten davon ausgehen, dass dies eine ernst zu nehmende Warnung war. Es gibt Leute, die möchten, dass Sie die Tenuta del Leone verkaufen, mächtige Leute – con molta influenza e senza scrupoli. Diesmal war es nur ein Pferdekopf.«

Luca verspürte einen unangenehmen Druck unter der Schädeldecke, und außerdem sah er plötzlich alles doppelt. Er dachte, dass er seine Tenuta del Leone nie im Leben verkaufen würde. Und schon gleich nicht an diesen Tedesco. Nur über seine Leiche. Was waren das für mächtige Leute, von denen Panepinto sprach? Glaubte der, dass er auf diesen Unsinn hereinfiel? Als ob Lausitz mit der Mafia in Verbindung stünde? Das war ja geradezu lächerlich. Dem würde er gerne die Meinung sagen. Wären da nur nicht diese Kopfschmerzen. Und warum war ihm plötzlich speiübel?

Er hörte wie durch Watte Panepinto, der davon faselte, dass das Leben so schnell zu Ende gehen könne. Dann fragte ihn Panepinto, ob sich mit dem grünen Knopf diese wunderbare Maschine einschalten lasse. Er hörte, wie die Motoren ansprangen. Luca dachte an seine Frau Mira, er sah seine Tochter Eva-Maria, wie sie ihn liebevoll anlächelte. Die Entrappungsanlage hatte mittlerweile ihre volle Leistung erreicht. Die schnell drehende Förderschnecke produzierte ein hässliches Pfeifgeräusch, die Spindel mit den vielen Stahlstiften rotierte auf Hochtouren.

Die Kopfschmerzen wurden immer unerträglicher. Das Pfeifen in seinen Ohren wurde immer lauter. Luca spürte, wie die Beine unter ihm nachgaben. Er versuchte sich am Schaltpult festzuklammern, aber seine tauben Hände fanden am glatten Metall keinen Halt. Er sah, wie Panepinto auf ihn zukam. Sein letzter Blick fiel hinunter in die Entrappungsanlage …

31

Mi basta un lampo sol di quel sorriso per trascinare Otello alla ruina …« Hipp drehte den Kopf und betrachtete Sabrina, die hochkonzentriert dem zweiten Akt von Verdis *Othello* folgte. Ihre Lippen bewegten sich fast synchron zu den Worten Jagos, der gerade seine tödliche Intrige in Szene setzte. Ein kurzes Zucken ihrer linken Hand kam genau zum Paukenschlag aus dem Orchestergraben. Mit dem rechten Zeigefinger gab sie den Einsatz für die Streicher. Ja, Sabrina schien wirklich etwas für die Oper übrig zu haben. Und bei *Othello* kannte sie offenbar einige Arien fast auswendig.

Mit schwarz geschminktem Gesicht hob Othello beschwörend die Hände. »Pria del dubbio l'indagine, dopo il dubbio la prova, dopo la prova, amore e gelosia vadan dispersi insieme …« Mit der Eifersucht verschwindet die Liebe? Damit wäre dann auch die Eifersucht erloschen? Eine gewagte These. Er erinnerte sich an sein Versprechen, in der Mailänder Scala nicht einzuschlafen. Hoffentlich konnte er Wort halten. Ihn beschlich schon jetzt eine unerklärliche Müdigkeit. Dabei war das eine der großartigsten Opern überhaupt. So stand das auch im Programm, und angesichts der dramatischen Stimme Othellos, der sich gerade mit beiden Händen ans Herz fasste, hatte er keinen Grund, an dieser Einschätzung zu zweifeln. 1887 war Giuseppe Verdis *Othello* im Teatro alla Scala uraufgeführt worden. So viel wusste er, auch dass sich Rodrigo unsterblich in Desdemona verliebt hatte, bei ihr aber nicht landen konnte, und dass Jago den venezianischen Feldherrn Othello zu Fall bringen wollte und deshalb Cassio beim Mohren Othello des Ehebruchs bezichtigt hatte, weshalb Othello aus blinder Eifersucht Desdemona erdrosselt hatte – so oder so ähnlich war seiner Erinnerung nach die Handlung. Und irgendwie spielte in diesem perfiden Geschehen noch ein Taschentuch eine Rolle. Es war lange her, dass er Shakespeares Tragödie gelesen hatte, die Verdis Oper zugrunde lag.

Kinder liefen über die Bühne und streuten Blumen auf den Boden. »T'offriamo il giglio soave stel che in man degl'angeli fu assunto in ciel, che abbella il fulgido manto e la gonna della Madonna e il santo vel.«

Hipp dachte darüber nach, dass das Erdrosseln und Ersticken noch heute zu den bevorzugten Tötungsarten bei Eifersuchtsdramen zählten. Da hatte sich seit Shakespeare und Verdi nicht viel geändert. Auch das Erstechen und Vergiften war in unseren Tagen kaum minder populär als in der Antike oder in der Renaissance einer Lucrezia Borgia. Aber dank der Segnungen des technischen Fortschritts waren neue, sehr effiziente Methoden hinzugekommen. Vor allem hatte sich der Gebrauch der Schusswaffe bei partnerschaftlichen Auseinandersetzungen als überzeugendes Argument erwiesen. Auch das Überfahren mit dem Auto wäre bei einem neuzeitlichen Othello eine denkbare Variante, seine vermeintlich untreue Desdemona ins Jenseits zu befördern. Obwohl das für die Bühne der Mailänder Scala rein inszenatorisch wohl weniger geeignet wäre. Und wer würde unter die Räder gekommen noch Arien singen?
Das Auto als Tatwaffe? Hipps Gedanken schweiften immer weiter ab. Man konnte mit dem eigenen Auto auch ein anderes Gefährt von der Straße drängen. Und warum sollte das Motiv dabei nicht Eifersucht sein? Desdemona, Eva-Maria – vielleicht gab es auch in diesem Stück einen verschlagenen Jago oder einen verblendeten Othello? Ob das Gianfranco Angelo war, dieser Schwerenöter, der eine Freundin in Asti hatte, der vielleicht auch Eva-Maria – obwohl viel zu jung für ihn – in Liebe zugetan war und sich nach vollbrachter Tat aus dem Staub gemacht hatte? Oder jener Giovanni Martino aus Castellina, dem Eva-Maria kürzlich den Laufpass gegeben hatte? Hipp fiel Venedig ein und dass es am Canal Grande die Casa di Desdemona gab, wo nach der Legende Cristoforo Moro sein Eheweib hingemeuchelt hatte. In wenigen Tagen würden sie dort sein, Venedig stand auf ihrem Reiseprogramm.

Wer sagte eigentlich, dass Eva-Maria die Rolle der Desdemona in diesem virtuellen Eifersuchtsdrama spielte? Was wusste er von Sabrinas Liebesleben? Dass ihre letzte feste Beziehung schon länger zurücklag, wie ihr Vater meinte. Aber Väter waren in diesem Punkt die denkbar schlechtesten Informanten. So wusste auch Eva-Marias Vater nichts von dem verstoßenen Liebhaber seiner Tochter in Castellina.

Hipp warf erneut einen Blick zur Seite. Sabrina bemerkte es, lächelte ihn kurz an, glücklich und entspannt, um sich dann wieder der Aufführung zuzuwenden. Er betrachtete ihr Profil, ihre Wimpern, die Nase, die vollen Lippen, den schlanken Hals. Ja, auch von der Seite sah sie gefährlich gut aus. Gefährlich? Hipp schaute zur Decke der aufwändig restaurierten Scala. Schöne Kronleuchter hatten sie hier, und erst diese Stuckaturen, auch die goldenen Engel …

Was hatte er ihrem Vater hoch und heilig versprechen müssen? Dass er Sabrina nie als junge, begehrenswerte Frau ansehen würde, sondern nur als beschützenswertes Wesen und als eine Patientin, der er helfen sollte, ihr Gedächtnis wiederzuerlangen. Hipp schloss die Augen. Dieses Versprechen hatte er etwas übereilt und unbedacht gegeben, es stellte seine Willenskraft auf eine harte Probe. Nun, im Krankenhaus war die Gefährdung noch vergleichsweise gering gewesen, aber jetzt, da sie gemeinsam auf eine Reise gegangen waren, die ihr das Gedächtnis wiederbringen sollte, jetzt sah die Sache entschieden anders aus. Er musste auf sie aufpassen, durfte ihr nicht von der Seite weichen. Dagegen wäre ja nichts zu sagen, ganz im Gegenteil, wäre da nur nicht dieses idiotische Versprechen.

Jago intrigierte bei Othello, bekam zunächst selbst den Auftrag Cassio zu ermorden, scheiterte, weshalb Othello … Ganz schön kompliziert, wie im richtigen Leben. Nur selten spiegelten einfache Erklärungen die Wirklichkeit wider. Vielleicht war es Sabrina, die einen heimlichen Verehrer wie Rodrigo hatte oder einen Jago, der erst dem Rivalen Cassio, dann ihr selbst nach dem Leben trachtete? Nein, korrigierte sich Hipp, das war ja Othello. Oder Sabrina und Eva-Maria waren aufeinander eifersüchtig gewesen, weil sie sich in denselben Mann verliebt hatten. Zu diesem Thema gab es sicherlich auch eine berühmte Oper, wahrscheinlich sogar mehrere. Und jetzt kam er selbst ins Spiel, als ständiger Begleiter, der sich zur Neutralität verpflichtet hatte. War er nur Zuschauer, oder gehörte er zum Ensemble? Eine interessante Frage.

Warum nur war Sabrina nicht alt und hässlich? Das würde manches einfacher machen. Hipp lächelte. Na ja, besser nicht. Er dachte an ihren Spaziergang heute Nachmittag und wie er ihre Nähe genossen hatte. Den Mailänder Dom hatten sie besichtigt, diese größte gotische Kirche Italiens mit ihrer prachtvollen Fassade, von den Terrazzi aus hatten sie den Blick über die Stadt genossen, durch die mit ihren Glaskuppeln im Belle-Époque-Stil architektonisch immer noch faszinierende Galleria Vittorio Emanuele II. waren sie geschlendert, hatten im modischen Karree rund um die Via della Spiga und Via Monte Napoleone die Schaufenster der großen Modemarken betrachtet, Armani, Gucci, Prada, Dolce & Gabbana, Versace, hatten den Delikatessenladen Peck* besucht und in dessen Italian Bar einen Imbiss genommen. Hipp war überrascht gewesen, wie unternehmungslustig und leistungsfähig Sabrina so kurz nach ihrem Klinikaufenthalt bereits war. Aber seinen Vorschlag, sich vor der Oper noch etwas hinzulegen, den hatte sie nach kurzem Sträuben dann doch gerne angenommen. Im zentral gelegenen Hotel de la Ville* hatte er zwei Zimmer mit Verbindungstür reserviert.

Als er gesehen hatte, wie Sabrina nach wenigen Minuten tief eingeschlafen war, hatte er sich davongestohlen und war zur Via Carducci hinübergelaufen, wo Talhammers Versicherung ihr Büro hatte. An der Rezeption hatte wie verabredet ein Karton mit den Personalakten der Mitarbeiter für ihn bereitgelegen. Die Empfangsdame wollte ihn zwar umgehend beim Geschäftsführer für ein Gespräch anmelden, offenbar war sie entsprechend instruiert worden, er aber hatte entschieden abgelehnt, etwas von übergroßer Eile erzählt, hatte sich den Karton unter den Arm geklemmt und war zurück ins Hotel gegangen. Während Sabrina immer noch schlief, hatte er die Personalakten der insgesamt zweiunddreißig Mitarbeiter einer ersten kurzen Durchsicht unterzogen, aber ohne dass ihm etwas Spezielles aufgefallen wäre.

Desdemonas Stimme holte ihn zurück in die Aufführung der Mailänder Scala, die von keinem Geringeren als Riccardo Muti dirigiert wurde. Desdemona kniete mit gefalteten Händen im Betstuhl. Sie fühlte ihre letzte Stunde nahen. »Nell'ora della morte nostra«, sang sie, «... prega per noi. Ave Maria. Nell'ora della morte. Ave! Amen ...« Ganz schön ergreifend. Wo wohl Sabrina mit ihren Gedanken war? Ob sie sich erinnern konnte, wann und wo sie diese Oper schon mal gehört hatte? Das wäre dann wieder ein Steinchen im Mosaik. Ganz ähnlich wie heute Nachmittag, als sie in der Enoteca Cotti schon von größerer Entfernung alleine aufgrund der Gestaltung des Etiketts einige große italienische Weine identifizieren konnte. Wobei sie sich beim goldenen Stern des Sassicaia* spontan daran erinnert hatte, schon mal auf der Tenuta San Guido* in Bolgheri gewesen zu sein – vor vielen Jahren, zusammen mit ihrem Vater.

Jetzt war es um Desdemona geschehen. Othello hatte sie soeben eindrucksvoll erdrosselt. Nun betrachtete der Mohr wehmütig ihren regungslosen Körper. »Silenzio di tomba«, stellte er fest. Still wie ein Grab? Von wegen. Als Emilia kurz darauf die Bühne betrat, tat die verblichene Desdemona in makellosem Sopran kund, dass sie unschuldig hingemordet wurde: »Muoio innocente.« Und dann: »Al mio Signor mi raccomando. Muoio innocente. Addio.«

Hipp schaffte es, bis zum Schlussakkord wach zu bleiben, eine Leistung, auf die er in gewisser Weise stolz war. Zurück im Hotel, wartete er, bis Sabrina in ihrem Zimmer das Licht ausgemacht hatte, dann aber schlief auch er rasch ein. Es mochten einige Stunden vergangen sein, als er mitten in der Nacht aufschreckte. Irgendetwas stimmte nicht, das spürte er. Hatte sich jemand an der Tür zu schaffen gemacht, die mit einem Stuhl unter der Klinke gesichert war? Nein, das war es nicht. Oder das gekippte Fenster hinter dem weißen Vorhang? Plötzlich merkte er, was ihn irritiert hatte. Neben ihm lag eine junge Frau in seinem Bett, eng an ihn gekuschelt, mit einem warmen Körper, mit schwarzen, zart nach Aprikosen duftenden Haaren, im Schlaf tief und gleichmäßig atmend. War das Sabrina? Ja, natürlich war das Sabrina, wer denn sonst. Wie kam sie hierher? Hatte er …? Nein, er hatte nicht, natürlich nicht. Er erinnerte sich an sein Versprechen, das er ihrem Vater gegeben hatte. Aber Sabrina machte es ihm schwer, ausgesprochen schwer. Zum ersten Mal kamen ihm nachdrückliche Zweifel, ob er seinen leichtfertigen Schwur würde halten können. Nun gut, er durfte Sabrinas beunruhigende Nähe nicht falsch interpretieren. Vermutlich hatte sie Angst gehabt, was nach ihrem erlittenen Trauma nur allzu verständlich war, und dann war sie im Halbschlaf, Schutz und Geborgenheit suchend, unter seine Decke gekrochen. Dies kam keiner Aufforderung gleich, mit ihr zu schlafen. Nein, ganz gewiss nicht. Das heißt, miteinander schlafen sollten sie schon. Das wäre auch für ihn das Beste, nämlich sofort wieder einzuschlafen. Wäre da nur nicht …? Hipp hob vorsichtig die Decke. Sabrina hatte zwar gottlob ein T-Shirt an, aber von einem Slip konnte er nichts entdecken, dagegen sah er ihren nackten Hintern, wie er sich an ihn presste. Um Himmels willen, er war doch kein Falsett singender Eunuche. Wie sollte er diese Nacht überstehen? Er versuchte an den schwarz geschminkten Mohren Othello zu denken, an den Fähnrich Jago und an Cassio in seiner Uniform. An Desdemona? Nein, an Desdemona dachte er besser nicht.

32

Er zuckte zusammen, als ihn in der dunklen Gasse eine Katze anfauchte. Es schepperte eine Mülltonne. Dann war es wieder still. Natürlich nicht wirklich, denn in einer Großstadt wie Mailand gab es auch in der Nacht um drei fortwährend Geräusche. In der Ferne eine abklingende Polizeisirene. Irgendwo ein Motorroller. Ein Rollladen wurde heruntergelassen. Der Widerhall von lachenden Nachtschwärmern. Vielleicht hatte er deshalb nicht schlafen können? Nein, wohl weniger, weil es draußen laut war, vielmehr wollte sein Kopf nicht zur Ruhe kommen. Er hatte sich angezogen und war losspaziert. Ohne Ziel. Einfach so. Er musste seine Gedanken sortieren, und das konnte er nun mal am besten beim Gehen. Das Viertel Ticinese war ihm nicht sonderlich vertraut. Aber das machte nichts, Hauptsache, er fand wieder zurück zum Hotel. Noch einige Stunden, hoffentlich mit etwas Schlaf, dann würde er aufbrechen, er musste weiter. Seine Mission, sie war gescheitert. Wenigstens vorläufig, hoffentlich nicht für immer. Er hatte das Schicksal herausgefordert, und jetzt musste er die Konsequenzen tragen. Koste es, was es wolle. Es gab keinen Weg zurück.

Den ganzen gestrigen Nachmittag war er den beiden gefolgt, in den Mailänder Dom, durch die Galleria Vittorio Emanuele II., zur Via Monte Napoleone. Immer in großem Abstand, ab und zu hatte er den Anschluss verloren, sie dann vor einem Laden wieder entdeckt. Er hatte eine alberne blonde Perücke aufgehabt und eine dunkle Sonnenbrille, schließlich wollte er kein Risiko eingehen. Aber auch so fühlte er sich alles andere als wohl. Dieser Hipp machte ihn nervös, der Mann neigte dazu, sich unvermittelt umzudrehen. Auch schien er in Schaufenstern weniger die Auslagen zu betrachten als die Spiegelungen des Geschehens in seinem Rücken. Vielleicht bildete er sich das auch nur ein, aber diese Verunsicherung hielt ihn davon ab, näher aufzurücken. Allerdings wäre genau das notwendig gewesen, um eine sich ergebende günstige Situation auszunützen. Einmal, da verschwand Hipp in einem Caffè, während Sabrina alleine zur nächsten Kreuzung schlenderte. Ganz eng fuhren dort die Autos am Gehsteig vorbei, ein Linienbus näherte sich mit hohem Tempo. Er schätzte gerade die Chancen ab, ein schneller Sprint zu Sabrina, ein beherzter Stoß in ihren Rücken, ein Aufschrei, der rote Bus … Aber da sah er Hipp schon aus dem Caffè treten – die Gelegenheit, wenn es denn eine war, sie war verpasst. Spätestens in diesem Moment war ihm klar geworden, dass er in Mailand nicht zum Zuge kommen würde. Hätte er die beiden vielleicht von den Terrazzi des Doms stürzen sollen? Wie sollte das gehen? Und das Gewehr in seinem Kofferraum? Er konnte wohl kaum mit einer Jagdbüchse durch Mailand spazieren und etwa bei Giorgio Armani über den Lacktisch mit den schwarzen Hemden hinweg auf sie anlegen? Oder vor dem Hochaltar im Duomo Santa Maria Nascente? Inmitten einer japanischen Reisegruppe? Nein, dafür brauchte er freies, menschenleeres Gelände. Außerdem war er kein geborener Killer. Ihm fehlte es nicht nur an Erfahrung, sondern auch an krimineller Phantasie – wobei Letztere entwicklungsfähig schien, wie er mit durchaus gemischten Gefühlen feststellen konnte.

Aus einem Hauseingang sprach ihn eine Frauenstimme an: »Ciao, tesoro, hai voglia di farti una bella scopata?« Ob er Lust auf eine schnelle Nummer habe? Nein, bedaure, kein Bedarf. Mit Eva-Maria, ja, da hätte er jetzt Lust gehabt. Aber dazu war es zu spät. Eigentlich auch mit Sabrina, doch bedauerlicherweise musste er sie umbringen. Und das würde ihm wohl kaum gelingen, wenn er mit ihr ins Bett ginge. Obwohl? Der Gedanke erregte ihn.

33

Desdemona saß kichernd am Steuer eines Automobils. Sie hatte eine weiße Toga an, und ihre Fingernägel waren rot lackiert. Neben ihr räkelte sich Sabrina, halb nackt, die gespreizten Beine auf dem Armaturenbrett. Im Rückspiegel war eine Kutsche zu erkennen, die den Kleinwagen verfolgte. Othello hatte eine Peitsche in der Hand und feuerte die Pferde an. Sein Mohrengesicht war schweißüberströmt. Das Orchester setzte ein …

Hipp wühlte sich aus dem Kopfkissen und öffnete vorsichtig die Augen. Was war denn das für ein abgefahrener Traum? Noch im Halbschlaf beschloss er, auf eine psychologische Analyse zu verzichten. Ihm schwante, dabei würde nichts Gutes herauskommen. Vor allem diese lüsterne … Wo war sie eigentlich? Dass Sabrina heute Nacht bei ihm im Bett gelegen hatte, war kein Traum, da war er sich sicher. Außerdem roch das Kopfkissen nach ihr. Wie spät war es eigentlich? Er peilte zur Digitalanzeige über dem Nachtkasten. Zehn Uhr? Na, Respekt, da hatte er mal wieder ordentlich verschlafen. Das passierte ihm häufig, er war alles andere als frühaktiv, so etwas wie eine senile Bettflucht würde es bei ihm nie geben. Langes Schlafen war ein Privileg seines an keinen Terminkalender gebundenen Lebens. Außerdem hasste er es, frühmorgens mit Problemen und übelgesichtigen Menschen konfrontiert zu werden. Diesem unabwägbaren Risiko entging man am besten durch konsequentes Ausschlafen, wie er das bis vor wenigen Tagen auch in der Toskana mit Erfolg praktiziert hatte. Aber da war noch keine

Sabrina an seiner Seite, auf die er aufzupassen hatte, weil sie in höchstem Maße …
Schlagartig war Hipp hellwach. Er stand auf, lief durch die offene Verbindungstür in Sabrinas Zimmer, sah im Bad nach, kam zurück und entdeckte einen Zettel. »Buongiorno. Bin am Pool!« Am Pool? Hipp ging unter die Dusche, verzichtete nach kurzem Nachdenken darauf, sich zu rasieren, zog sich an, entdeckte beim Hinausgehen ein »Don'tdisturb«-Schild an der Türklinke seines Zimmers, drehte dieses um, fuhr mit dem Lift hinunter zur Rezeption und brachte dort in Erfahrung, dass es im Hotel de la Ville tatsächlich einen Pool gab, sogar mit Sonnenterrasse, und zwar oben auf dem Dach. Außerdem händigte man ihm einen Umschlag aus, der eine überraschende Nachricht enthielt. Der Tag versprach interessant zu werden. Er sah hinüber zu einer auf Leinwand erstarrten Renaissance-Dame in goldenem Rahmen, davor ein sorgfältig arrangiertes Blumenbukett, Stuckaturen an der Wand, ein schwerer Teppichboden, gerüschte Vorhänge an den Fenstern, zur akustischen Untermalung die *Vier Jahreszeiten* von Vivaldi, alles sehr gediegen, vornehm und elegant. Aber der Liegestuhl unter dem Olivenbaum in der Toskana wäre ihm jetzt entschieden lieber gewesen. Ob dieses Hotel Sabrinas Lebensgefühl entsprach? Ihr Vater, mit dem er am Telefon jede Etappe ihrer Reise durchgegangen war, hatte ihm das Hotel de la Ville* empfohlen. Nun gut, es konnte einem Schlimmeres passieren.
Während er sich im Frühstücksraum ein Cornetto holte und eine Tasse Cappuccino, betrachtete er skeptisch die Gäste, die sich am reichhaltigen Büfett labten. Nein, das war nicht seine Welt, das heißt, einerseits schon, schließlich liebte er feines Essen und teure Weine, andererseits schätzte er den Purismus des einfachen Lebens, die Reduktion aufs Wesentliche. Zugegeben, das war in gewisser Weise schizophren, aber nicht wirklich, denn das eine schloss das andere nicht aus. Gerade die vermeintlichen Gegen-

sätze waren für ihn reizvoll. In alten Bermudas auf einem morschen Steg sitzen, wie heute unrasiert, die Füße im Wasser – dazu eine Flasche Tignanello, ein Korkenzieher und ein Glas von Riedel. Obwohl, zwei Gläser wären noch besser. Es wurde Zeit, dass er nach Sabrina sah. Er fuhr im Lift hinauf und betrat die Dachterrasse. Tatsächlich, ein kleiner Pool unter freiem Himmel, von einer niedrigen Hecke umsäumt, und mit Blick auf den Mailänder Dom. Erleichtert entdeckte er Sabrina, die sich auf einer Liege sonnte. Wo hatte sie nur diesen Bikini her? Hipp stellte fest, dass sie alleine waren. Er ging leise zu ihr hin, widerstand der unerklärlichen Versuchung, ihr einen Kuss zu geben, räusperte sich stattdessen und setzte sich auf die Nachbarliege. Er stellte die Cappuccino-Tasse auf den Holzboden und biss vom Cornetto ab.

»Ausgeschlafen?«, fragte Sabrina, ohne die Augen zu öffnen.

»Die Frage kann ich dir erst beantworten, wenn ich wach bin.«

»Verstehe.«

Täuschte er sich, oder war Sabrina heute Morgen irgendwie abweisend? Ob sie trotz ihrer geschlossenen Lider ahnte, dass er ihren Körper betrachtete? Genussvoll wanderte sein Blick von den Füßen und den Fesseln über ihre Beine, die in seinem Traum von vorhin so aufreizend gespreizt waren, zum knappen Slip, dann der Bauchnabel, der Rippenbogen, die Brüste, bei denen er etwas verharrte, der Hals bis zu ihrem Gesicht. Dort entdeckte er ein leises Lächeln, das ihre Mundwinkel umspielte.

»Fertig?«, fragte sie, noch immer mit geschlossenen Augen.

»Womit?«, entgegnete er scheinheilig und steckte sich das restliche Cornetto in den Mund.

Sabrina setzte sich auf und sah ihn an. »Ich möchte etwas klarstellen«, sagte sie, wobei sie alles andere als locker wirkte.

»Nur zu!«

»Das heute Nacht, das war nichts, hat nichts zu bedeuten.«

»Heute Nacht? Was soll da gewesen sein?«, sagte Hipp. »Ich glaube, da war wirklich nichts, oder?«
Sabrina nickte. »Ganz genau. Nichts, gar nichts!«
Hipp nahm seine Cappuccino-Tasse. »Entspann dich, es gibt nichts klarzustellen. Du hast dich einsam gefühlt, bist zu mir im Halbschlaf ins Bett gekommen, hast wie ein kleines Kind menschliche Wärme gesucht. Das alles hat nichts mit mir zu tun, ich weiß.«
Sabrinas sichtbare Anspannung lockerte sich. »Ich bin froh, dass du das so siehst. Ich möchte nämlich nicht, dass du denkst, ich wäre ein Mädchen, das …«
»Was für ein Mädchen?«
»Also, ich weiß ja selber nicht, was ich für eine Frau bin«, stotterte Sabrina. »Ob ich früher viel mit Männern, also mit vielen Männern, oder nicht, verstehst du, was ich meine?« Jetzt war sie wieder da, die Verkrampfung.
Hipp stellte die Tasse ab, nahm ihre Hände und schaute ihr in die Augen. »Sabrina, es hat wenig Sinn, darüber nachzudenken, wie du dich in der Vergangenheit gegenüber Männern verhalten hast. Ob du extrem prüde warst, was ich nicht annehme, oder besonders locker, was ich auch nicht glaube. Wahrscheinlich warst und bist du ganz normal. Außerdem lebst du in der Gegenwart und für die Zukunft. Folge einfach deinen Gefühlen, du hast dein Gedächtnis verloren, aber nicht deine Emotionen.«
»Aber das ist ja genau das Problem.« Sabrina machte eine kurze Pause. »Was machen übrigens deine Emotionen?«, fragte sie unvermittelt.
Hipp lachte. »Heute Nacht hatte ich sehr starke Emotionen, wenn du das meinst. Auch vor wenigen Augenblicken, als ich dich in diesem aufreizend knappen Bikini von der Zehen- bis zur Nasenspitze …«
Sabrina schmunzelte. »Bis zur Nasenspitze?«

»Du hast eine sehr schöne Nasenspitze, sie ist nicht mehr so weiß wie im Krankenhaus. Zugegeben, ich bin emotional nicht ganz unbeteiligt, habe mich aber unter Kontrolle.«
Sie gab sich einen Ruck. »Also, was steht heute auf dem Programm?«
»Wir haben einen kurzfristigen Termin«, antwortete Hipp, dem der Themenwechsel gelegen kam. »Wir treffen jemanden um zwölf Uhr bei Zucca* in der Galleria Vittorio Emanuele. Ich habe die Nachricht erst vorhin erhalten.«
Sabrina zog fragend die Augenbrauen nach oben.
»Lass dich überraschen«, sagte Hipp.
»Ich hasse Überraschungen!«
»Bravo. Schon wieder etwas für die Liste deiner selbst herausgefunden Charaktereigenschaften.«
»Du willst mir wirklich nicht sagen, wen wir treffen?«
Hipp lächelte. »Nein, aber nicht aus Gemeinheit, sondern aus gutem Grund. Es wird interessant sein zu beobachten, wie du auf jemanden reagierst, den du kennen solltest.«
»Nun gut, einverstanden, dann spiele ich halt wieder mal das Versuchskaninchen.«
»So würde ich das nicht nennen.«
»Haben Versuchskaninchen bei der Gestaltung des Experiments eigentlich irgendein Mitspracherecht?«, fragte sie.
»Üblicherweise wohl weniger, aber bei dir mache ich womöglich eine Ausnahme.«
»Auf unserer Tour der Erinnerungen steht als nächstes Venedig auf dem Programm, oder?«
»Erst Franciacorta, dann der Gardasee und schließlich Venedig, richtig.«
»Ich möchte vorher einen Abstecher nach Südtirol machen«, sagte sie.
»Warum? Du warst dort nur einmal als kleines Kind.«

»Mag sein, aber meine verstorbene Mutter stammte aus Südtirol. Stimmt doch, oder?«

»Korrekt, und zwar aus der Gegend bei Naturns. Dort hat sie dein Vater anlässlich eines Geschäftstermins kennen gelernt, sie ist mit ihm nach Amerika gereist, sie haben nach kurzer Zeit geheiratet, und neun Monate später bist du auf die Welt gekommen.«

»Wie sich das in einer katholischen Familie gehört.«

»Aber du hast in Südtirol keine Verwandtschaft mehr, das weißt du? Deine Großeltern sind schon vor deiner Geburt gestorben. Deine Mutter hatte keine Geschwister. Es gibt nach den Unterlagen deines Vaters weder Onkel und Tanten noch irgendwelche Vettern oder Cousinen. Und erinnern wirst du dich auch an nichts.«

»Trotzdem«, beharrte Sabrina auf ihrem Vorschlag. »Ich möchte dorthin, wo meine Mutter geboren wurde, möchte die Luft atmen, die Hügel mit den Burgen und Schlössern sehen, die mittelalterlichen Orte mit ihren Laubengassen, die Dolomiten ...« Sie zeigte Hipp ein Magazin, in dem sie offenbar gerade geblättert hatte. »Schau her, das ist der Kalterersee, sieht herrlich aus. Und das hier«, sie deutete begeistert auf ein Photo, »das ist die alte Kirche von Naturns. Vielleicht wurde meine Mutter hier getauft. Könnte doch sein?«

»Ja, könnte sein. Dort willst du also hin?«

»Nach Südtirol, nur ganz kurz, für ein oder zwei Tage«, bettelte sie.

»Da spricht nichts dagegen«, ging Hipp auf ihren Wunsch ein. »Außerdem gibt es dort gute Weine, die es sich immer zu verkosten lohnt.«

»Genau, auch das steht in diesem Artikel. Der Vernatsch* soll gut sein, auch der Lagrein*.«

»Stimmt, und der Blauburgunder. Nicht zu vergessen die Weißen wie Gewürztraminer*, Pinot Bianco oder Sylvaner.«

34

Mit einer Länge von knapp über zwanzig Metern war Lausitz' Yacht eines der kleineren Schiffe, die an diesem herrlichen Vormittag in der Cala di Volpe ankerten. Wie in jedem Sommer hatten sich zur Hochsaison die Schönen und die Reichen an der Costa Smeralda eingefunden, um sich den Strapazen der High Society zu unterziehen. Also etwa mit dem Jetski die eigene Yacht zu umrunden, zum Champagnerfrühstück aufs Sonnendeck zu laden, sich mit anderen Prominenten für die Klatschpresse photographieren zu lassen oder im Billionaire bis in die Morgenstunden zu feiern. Lausitz war vor einigen Tagen mit seiner Yacht von Punta Ala in der Toskana hinüber nach Sardinien gefahren. Sein Schiff hieß *Brunello* und verfügte als Besonderheit über einen klimatisierten und exquisit sortierten »Weinkeller«. Seine gelegentlichen Einladungen zu Degustationen in der »Cantina di Brunello« erfreuten sich auch beim Jetset großer Wertschätzung. Wann hatte man schon mal Gelegenheit, unter Deck, auf Barriquefässern sitzend, einen alten Brunello zu verkosten und gleichzeitig durch eine Glasscheibe die von Bootsscheinwerfern angestrahlte Unterwasserwelt zu bestaunen? Dr. Lausitz verstand sich auf solche Inszenierungen, die er als PR-Maßnahmen einschätzte, die letztlich wieder dem Geschäft zugute kamen.

Heute Vormittag freilich, da genoss er an Deck das schöne Wetter, das türkisblaue Wasser, den gekühlten Champagner – und die Gesellschaft von Melissa, einer betörend gut aussehenden Mailänderin, mit der Lausitz seit etwa einem Jahr befreundet war. Da Melissa einem Beruf nachging, trafen sie sich nur sporadisch, aber seiner Meinung nach konnte das in einer Beziehung nur von Vorteil sein. Obwohl, eine Frau, die so gigantisch aussah, zudem Champagner – wie gerade eben – bevorzugt nackt zu trinken pflegte, ein solches Weib sollte sich eigentlich weniger rar machen.

Lausitz sah, dass sich ein weißes Schlauchboot seiner Yacht näherte, und da er wusste, dass mit der *Tender to Brunello* Serafino Panepinto anlegen würde, bat er Melissa, sich etwas überzuziehen.
Da war er konservativ, man musste nicht alles mit anderen Menschen teilen, und der uneingeschränkte Anblick von Melissas Körper zählte gewiss dazu. Außerdem hatte sich Serafino eine solche Erfolgsgratifikation wohl kaum verdient.

Einige Minuten später saß Panepinto mit Lausitz und Melissa am Deckstisch. Melissa hatte ein weißes Shirt an, das mit »Crew di Brunello« bedruckt war.
»Nun, was gibt es Neues?«, fragte Lausitz, das Champagnerglas bedächtig zwischen den Fingern drehend.
Panepinto zuckte mit den Schultern. »Nichts!«, antwortete er.
Lausitz sah ihn ernst an. »Nichts? Das ist irgendwie nicht optimal.«
»Nein, nicht optimal«, gab Panepinto zu, »aber was hätte ich tun sollen? Der alte Pertini stand nun mal direkt neben der schnell laufenden Entrappungsmaschine.«
»Ein schrecklicher Tod!«
»Absolut, stell dir vor, sein Körper in kleine Stücke zerhackt und portionsweise zum Abfallrohr hinausgeblasen.«
»Igitt.« Melissa schüttelte sich.
»Das konnte ich doch nicht zulassen, also habe ich ihn im letzten Moment zurückgerissen, sein rechtes Bein wäre fast noch in die Entrappung geraten. Dann habe ich die Maschine gestoppt und Hilfe geholt …«
»Ich weiß, du musst mir nicht alles doppelt und dreifach erzählen.«
»Ich will ja nur, dass du verstehst, warum …«
»Ist ja in Ordnung. Es ist nur so, dass ich diesen Akt der Nächsten-

liebe von dir überhaupt nicht erwartet hätte. Und die Situation ist dadurch nicht einfacher geworden.«

»È vero, Pertini liegt immer noch auf der Intensivstation. Der Schlaganfall hat ihn ganz schön mitgenommen …«

»Ich dachte, er hatte einen Herzinfarkt?«

»Irgendwas war auch mit dem Herzen, aber das Hauptproblem ist der Schlaganfall. Er scheint halbseitig gelähmt zu sein, und außerdem kann er nicht sprechen.«

»Wie soll er in diesem Zustand seine Tenuta an mich verkaufen? Er kann ja keinen Vertrag unterschreiben. Da wäre er besser tot. Seiner trauernden Witwe wäre kaum etwas anderes übrig geblieben, als mein Geld anzunehmen.«

»Aber Luca Pertini lebt«, stellte Panepinto fest.

»Wenn man diesen Zustand als Leben bezeichnen kann. Und nun?«

»Und nun? Wir müssen abwarten.«

»Ich hasse es zu warten.«

»Warum sind Sie so auf die Tenuta del Leone fixiert? Ich hätte da ein herrliches Weingut auf Sardinien an der Hand. Wir könnten es noch heute anschauen, ist nicht weit von hier, gleich hinter Olbia in den Hügeln der Gallura. Zwanzig Hektar in bester Lage, also pro Jahr über hunderttausend Flaschen erstklassiger Vermentino*, dazu roter Cannonau*, ein Wein mit hohem Qualitätspotential …«

Lausitz unterbrach ihn mit einer energischen Handbewegung. »Wie heißt dieses Schiff?«, fragte er.

»*Brunello*«, antwortete Panepinto.

»Na siehst du, meine Yacht heißt weder *Vermentino* noch *Cannonau*, was übrigens viel zu sehr nach Kanu klingt und für ein Schiff dieser Größe reichlich deplatziert wäre.«

»Das hat doch mit dem Namen Ihrer Yacht nichts zu tun. Der Vermentino aus der Gallura hat eine herrliche strohgelbe Farbe, ver-

fügt über ein fein strukturiertes Aroma, am Gaumen mit leicht bitteren Anklängen …«
»Du musst mir den Vermentino nicht schmackhaft machen, ich trinke ihn gerne, nicht nur hier auf Sardinien, aber ich habe kein Interesse, ihn selber zu produzieren.«
»Und erst der Cannonau, er hat einen schönen Körper …«
»Melissa hat einen schönen Körper«, unterbrach Lausitz erneut. Was Panepinto nicht davon abbrachte, weiter die Vorzüge des sardischen Rotweins zu preisen.
»… er kann ausgesprochen muskulös sein …«
»Melissa ist muskulös!«
»… hat fruchtige Aromen und ein viel versprechendes Bukett.«
»Hat Melissa auch, vor allem zwischen ihren Schenkeln.«
»Sei uno sporcaccione!«, protestierte Melissa.
»Wie bitte, wer ist ein Schweinigel?«, fragte Panepinto, der sich so in Rage geredet hatte, dass er die anzüglichen Zwischenbemerkungen von Lausitz überhaupt nicht mitbekommen hatte.
»Noch einmal, mein lieber Serafino, zum Mitschreiben: Ich will kein Weingut auf Sardinien, punto. Ich will die Tenuta del Leone. Capice?«
»Va bene, la Tenuta del Leone, ho capito!«, sagte Panepinto resignierend. Er nahm das Champagnerglas und trank es in einem Zug aus.
»Nachdem dieser wesentliche Punkt geklärt wäre, was gedenkst du in der Angelegenheit zu unternehmen?«, fragte Lausitz.
»Allora, ich spreche mit der Witwe.«
»Ich denke, wir haben uns darauf geeinigt, dass Pertini noch lebt?«
»Leider, ja, mi dispiace. Also, ich spreche mit Mira Pertini, seiner sorgenvollen Ehefrau …«
»… die jetzt sicher Hilfe im Weingut braucht«, brachte Melissa den Satz zu Ende.

Lausitz nickte. »Genau. Weibliche Intuition. Biete ihr jegliche Unterstützung an. Vielleicht kommen wir auf die sanfte Weise weiter.«

»D'accordo, ich probiere es. Und womöglich stirbt Luca Pertini doch noch. Es geht ihm wirklich schlecht. Halbseitig gelähmt …«

»Besser als entrappt!«

Panepinto sah, wie Melissa aufgrund dieser geschmacklosen Bemerkung von Lausitz eine Grimasse zog.

»Und was machen wir mit den Weinlieferungen?«, fragte Panepinto. »Sind keine neuen Lkws unterwegs, die wir in unser Eigentum überführen könnten? Die Nachfrage ist ungebrochen.«

»Das glaube ich gerne«, antwortete Lausitz, »aber ich bleibe dabei, wir machen eine Pause. Das ist ein Nebengeschäft, da will ich kein Risiko eingehen. Außerdem …«, Lausitz hob sein Champagnerglas und prostete seiner Freundin augenzwinkernd zu, »… außerdem brauche ich Melissas Talente derzeit auf einem anderen Gebiet!«

35

Seit einigen Minuten saßen Sabrina und Hipp in der Galleria Vittorio Emanuele II. an einem der kleinen Tische vor dem wie immer gut besuchten Zucca* und warteten auf ihre Verabredung. Nur wenige Schritte – due passi – waren es von ihrem Hotel gewesen. Dabei hatten sie über ihren gestrigen Abend in der Scala gesprochen, über die Arie von Othello im zweiten Akt und darüber, dass schon Giuseppe Verdi im 19. Jahrhundert diesen Weg gegangen war, um sich in diesem Caffè mit Puccini zu treffen.

»Mann oder Frau?«, fragte Sabrina, während sie die Passanten beobachtete. Es machte sie nervös, dass sie nicht wusste, nach wem sie Ausschau halten sollte. War es jemand aus ihrer verloren gegangenen Vergangenheit? Dann war das wirklich so etwas wie ein Experiment. Würde sie die betreffende Person erkennen?

»Ein Mann«, antwortete Hipp knapp, ohne einen weiteren Hinweis zu geben.

Während er ein Gespräch auf seinem Handy entgegennahm, unterzog sie die männlichen Wesen, die auf das Caffè zukamen, einer eingehenden Musterung. Kannte sie vielleicht diesen grauhaarigen Mann mit dem Schnauzbart aus ihrem früheren Leben? Oder diesen dicken Glatzkopf mit den geschmacklosen Shorts und Gummilatschen – na, hoffentlich nicht.

»Nein, mein Lieber«, hörte sie Hipp sagen, »ich habe noch keinen Verdächtigen. Ja, die Akte habe ich bekommen, ich habe sie bereits durchgesehen. Ja, sicher, ich bleibe an der Sache dran. Ob ich auch andere Möglichkeiten in Erwägung ziehe? Aber natürlich, Karl, obwohl ...«

Sabrinas Blick fiel auf einen jungen Mann im grauen Anzug, mit Sonnenbrille, schwarzem Polohemd und blonden Haaren. Dieses Gesicht hatte sie schon mal gesehen, war ihr irgendwie vertraut, aber nicht besonders. Sollte sie sich zum ersten Mal an jemanden erinnern? Ihr Puls beschleunigte sich. Tatsächlich, der Mann näherte sich ihrem Tisch. Er grinste und hob die Hand zum Gruß. Fast war Sabrina enttäuscht, als ihr einfiel, woher sie ihn kannte. Nein, sie erinnerte sich nicht von früher an seine Person, sondern nur an sein Photo. Hipp hatte es ihr gezeigt, erst vor einigen Tagen, auf einer Bank im Parco del Valentino. Der junge Mann, der sie wahrscheinlich gleich in die Arme nehmen würde, war ihr Bruder, genauer gesagt ihr Stiefbruder, von der ersten Frau ihres Vaters. Wie hieß er doch gleich? Richtig, Bill war sein Name, Bill Valentino aus Los Angeles. Ihr Stiefbruder, zu dem sie laut Hipps Unterlagen nur noch wenig Kontakt hatte. Wenn dem so war, was machte er dann in Mailand?

Hipp beendete sein Telefongespräch, Bill nahm seine Sonnen-

brille ab, Sabrina stand auf. Die Umarmung war herzlich, jedenfalls von seiner Seite, Sabrina dagegen blieb etwas steif, sie wusste auch nicht, warum.
»Hey, sister. Wie geht's dir? Alles okay?« Sein Lachen war offen und einnehmend. Er schüttelte Hipp die Hand. »Und Sie sind Hippolyt Hermanus, richtig? Freut mich, Sie kennen zu lernen. Ich bin wirklich froh, dass Sie sich um Sabrina kümmern.«
Er setzte sich auf den freien Stuhl, beugte sich nach vorne und stupste Sabrina mit dem Zeigefinger auf die Nase. »Gut schaust du aus. Nicht zu glauben, was du hinter dir hast. Tausend Küsse und Grüße von unserem Vater soll ich dir ausrichten.« Etwas verunsichert, weil Sabrina kaum reagierte, fragte er: »Du kannst dich doch an mich erinnern? Du weißt, wer ich bin? Bill, dein Bruder!«
»Stiefbruder«, korrigierte sie.
Bill lachte. »Besserwisserisch wie immer. Du hast dich nicht verändert.«
»Nein, ich kann mich nicht an dich erinnern«, sagte sie, »nur an ein Photo von dir, das mir Hipp vor einigen Tagen gezeigt hat.«
»Ist das wahr?« Bill schaute Sabrina fassungslos an. »Du hast wirklich einen totalen Blackout? Das gibt's also echt? Wir haben zusammen gespielt, du hast mir mal mein Skateboard geklaut und zu Bruch gefahren, ich durfte nie auf deinem Pferd reiten … Das alles weißt du nicht mehr?«
Sabrina schüttelte den Kopf. Nein, an nichts von dem konnte sie sich erinnern.
Bill wandte sich an Hipp. »Aber unseren Vater würde sie schon erkennen, oder?«
»Vom Photo, ja, wie bei Ihnen, aber ich fürchte, nicht wirklich.«
»Unfassbar. Und wie lange hält dieser Zustand an?«
»Wenn ich das wüsste«, antwortete Hipp. »Ich hoffe, nicht mehr allzu lange, so etwas kann ganz plötzlich gehen.«

Bill sah Sabrina grinsend an. »Vielleicht muss man ihr erneut einen kräftigen Schlag auf den Kopf geben?«
Hipp lächelte. »Könnte funktionieren.«
»Ich halte das für keine so gute Idee«, protestierte Sabrina.
Ob er extra wegen ihr von Amerika nach Mailand gekommen sei, wollte sie wissen. Wie es ihrem Vater mit seinem kranken Herzen gehe?
Bill erzählte, dass er gestern einen geschäftlichen Termin in London gehabt und den heutigen Rückflug nach Los Angeles über Mailand gelegt habe, um sie zu treffen. Er sah auf die Uhr. In einer knappen Stunde müsse er leider schon wieder aufbrechen, um seinen Anschlussflieger zu erreichen. Ihrem Vater gehe es nach seiner Herzoperation relativ gut, er mache sich nur wahnsinnige Sorgen um Sabrina. Aber Gott sei Dank hätten sie ja Hipp, der auf sie aufpasse.
»Wie war eigentlich das Wetter heute Morgen in London?«, fragte Hipp beiläufig.
»Das Wetter? Regen, natürlich Regen. Und relativ kühl.« Er schüttelte sich. »In London möchte ich nicht leben. Außerdem ist mir die Santa Monica Beach entschieden lieber als die Themse.«
»Sie sind im Filmbusiness?«
»Ja, ich handle mit Filmrechten. Meine Firma verhökert Hollywood in die ganze Welt.«
»Das ist sicher sehr einträglich?«
Bill lehnte sich selbstzufrieden zurück. »Ziemlich einträglich, ja. Das ist ein Millionen-Dollar-Business.«
Auf Bills Frage berichtete Sabrina, was sie als Nächstes vorhatten. Zum Beispiel, dass sie nach Südtirol fahren würden, wo ja ihre Mutter herkam. Und dass Hipp mit täglichen Gedächtnisübungen, aber auch mit vertrauten Plätzen und persönlichen Vorlieben versuche, ihrer Erinnerung auf die Sprünge zu helfen.

Gestern seien sie in der Scala gewesen, *Othello* von Verdi. Sie beschrieb das phantastische Bühnenbild, die Kostüme der Desdemona, den wunderbaren Tenor von Othello, die Präsenz des Orchesters …

»Hat euer Vater eigentlich ein Testament gemacht?«, fragte Hipp unvermittelt.

Sabrina unterbrach verwirrt ihre Schilderung. »Woher soll ich das wissen?«

Auch Bill sah Hipp irritiert an. »Was soll diese Frage?«

»Nur so, das interessiert mich halt. Bill, Sie wissen doch bestimmt, ob Ihr Vater ein Testament gemacht hat? Also, vor so einer Herzoperation, da kann man eigentlich sicher davon ausgehen, dass er …«

»Stimmt, er hat vor der Operation ein Testament bei unserem Familienanwalt hinterlegt.« Bill kniff die Augen zusammen. »Aber was hat das mit der Mailänder Scala zu tun? Oder mit Sabrinas Unfall? Ich fürchte, ich kann Ihnen nicht folgen.«

Hipp ließ sich mit der Antwort Zeit. »Da besteht natürlich kein Zusammenhang. Ist mir nur gerade mal so durch den Kopf gegangen.«

»Okay, mein Vater hat erzählt, dass Sie oft eigenartige Fragen stellen.«

»Hat er das? Dann kann ich ja weitermachen. Was steht im Testament drin?«

»Wie bitte? Sie wollen wirklich wissen, was mein Vater in seinem letzten Willen verfügt hat?«

Hipp nickte. »Ja, das interessiert mich. Vermutlich hat Roberto mit Ihnen über den Inhalt seines Testaments gesprochen.«

»Natürlich hat mein Vater mit mir darüber geredet, übrigens auch mit Sabrina …«

»Die sich daran nicht mehr erinnern kann«, warf Hipp ein.

»Aber das ist nun wirklich sehr privat«, fuhr Bill fort, »und ich kann nicht erkennen, warum der letzte Wille unseres Vaters für Sie von Wichtigkeit sein könnte.«

»Ich auch nicht«, gab Sabrina ihrem Stiefbruder Recht.

Hipp deutete auf sein Handy auf dem Tisch. »Es ist leider an der Westküste noch zu früh, sonst würde ich Roberto anrufen und ihn selbst fragen. Ich hole das später nach. Ich bin mir sicher, er wird mir Auskunft geben. Warum auch nicht? Ich mache keinen Gebrauch davon.«

»Sabrina erbt neunzig Prozent vom Vermögen«, gab Bill nach kurzem Zögern Auskunft, »ich bekomme zehn Prozent. Und das ist gut so, schließlich soll sie in Zukunft die Leitung unseres Weinguts übernehmen, während ich mich um meine Filme kümmern möchte.«

Sabrina langte sich erschrocken an die Brust. »Wirklich? Ich soll unser Weingut führen? Kann ich das denn?«

Bill lächelte. »Sicher besser als ich. Ich kann einen Barolo* kaum von einem Nebbiolo* unterscheiden.«

»Weil ein Barolo aus Nebbiolo besteht«, belehrte ihn Sabrina.

»Na, siehst du«, sagte Bill grinsend.

»Aber nicht jeder Nebbiolo ist ein Barolo«, kommentierte Hipp.

»Umso schlimmer.«

36

Die Bar im Erdgeschoss des Lokals La Salita* in Monforte d'Alba war dicht umlagert. Während die Touristen im ersten Stock darüber nachdachten, welcher Wein wohl am besten zu Carne cruda* oder zu Tajarin* passte, ahnten sie nicht, dass direkt unter ihnen einige der renommiertesten Winzer der Region beieinander standen. In bester Laune erzählten sie sich Witze, schäkerten mit den Bedienungen. Domenico Clerico*, einer der großen Barolo-Revolutionäre, bekam von Emilio gerade

Champagner eingeschenkt, sein Kollege Gianfranco Alessandria* ließ einen Rotwein im Glas rotieren. Maresciallo Viberti, der neben Fabri Angelo auf einem Hocker saß, nahm seine Uniformmütze ab und lockerte den Krawattenknoten. Ob er ein Glas Weißwein möchte, wurde er von Fabri gefragt. Vielleicht von Angelo Gaja*? Che buon idea! Ja, hier verstand man es zu leben. Er wusste, dass alle hier während des Tages hart arbeiteten, im Weinberg oder in der Cantina, aber abends ließen sie es sich gut gehen. Questa è l'arte del vivere! Er beglückwünschte sich zu seinem Einfall, nach Monforte zu fahren, um sich hier mit Fabri zu treffen. Erstens waren das Überstunden, die extra vergütet wurden. Zweitens bekam er in seinem grau gestrichenen Amtszimmer allzu leicht Depressionen. Drittens musste man sich fortwährend weiterbilden – auch und gerade auf dem Gebiet der Weinkunde. Und viertens musste ein guter Carabiniere im Volk schwimmen wie ein Fisch im Wasser. Viberti lächelte: Aber nicht wie ein träger Karpfen, sondern wie ein Respekt einflößender Raubfisch. Vielleicht sollte er doch wieder die Uniformmütze aufsetzen? Ob ihm der Gaja & Rey schmecke, unterbrach Fabri diesen Gedankengang. Viberti schwenkte das Glas mit dem Chardonnay, steckte die Nase hinein, nahm einen Schluck, schmatzte. »Meraviglioso, buonissimo. Forse un pò di tappo? No, perfetto!«

Fabri stieß mit dem Maresciallo an, was er wie viele Winzer mit viel Schwung tat, die dünnen Gläser einem erstaunlichen Härtetest unterziehend.

»Allora, Maresciallo Viberti, was hat Sie hierher geführt?«, fragte er.

»Die Pflicht, mein lieber Fabri, il dovere, solo il dovere. Übrigens bin ich der Meinung, dass der Chardonnay gut in den Rebsortenspiegel des Piemont passt. Er entwickelt hier einen eigenen, subtilen Charakter.«

»Stimmt, leider ist der Chardonnay eine Allerweltstraube geworden, aber …«
»Aber im Piemont haben wir die Legitimation für eine Rebsorte aus dem Burgund. Das ist nun mal ein historisches Faktum. Immerhin stammten unsere Savoyer aus Chambéry. Und auch unser großartiger Camillo Benso di Cavour, dem wir unser geeintes Italien verdanken, war französischer Abstammung, Gott sei's geklagt. Und sein Kellermeister Louis Oudart war gar ein waschechter Franzose, was zu bedauern, aber nicht mehr zu ändern ist. Wie auch immer, jedenfalls verstehen wir einiges von Terroir und …«
»Sie sagten, die Pflicht habe Sie hierher geführt?«, unterbrach Fabri Maresciallo Vibertis Redefluss.
»Natürlich, was denn sonst? Die Pflicht und mein Verantwortungsgefühl. Ich habe Ihnen etwas mitgebracht …« Viberti stellte das Glas ab, holte ein zusammengefaltetes Blatt Papier aus seiner Uniformjacke und setzte ein bedeutungsvolles Gesicht auf. »Wir haben eine Spur Ihres Vaters.«
»Wo ist er?«, fragte Fabri aufgeregt. »Geht es ihm gut?«
»Wie es scheint, geht es ihm hervorragend. Hoffentlich übernimmt er sich nicht.«
Fabri versuchte vergeblich, Viberti das Papier aus der Hand zu nehmen. »Wobei soll er sich nicht übernehmen?«
»Habe ich Ihnen schon erzählt, dass ich seine Exfreundin Carlotta in Asti besucht habe? Dio mio, ein Vollblutweib.«
»Sagen Sie das nur nie meiner Mutter.«
Viberti bekreuzigte sich. »Und Sie nicht meiner Frau.«
»Ist mein Vater also wieder bei ihr?«
»Nein«, der Maresciallo hüstelte, »erfreulicherweise nicht. Wir haben eine anonyme E-Mail bekommen, von jemandem, der Ihren Vater vor einigen Tagen in Venedig gesehen hat, in Begleitung zweier blonder Frauen.«
»In Venedig? Mit zwei Frauen?«

Viberti verdrehte genussvoll die Augen. »Sì, Venezia, la Serenissima, ein perfekter Ort für eine Romanze mit zwei vollbusigen Weibern.«

»Wer sagt, dass sie vollbusig sind? Steht das auch in dieser E-Mail?«

»Das steht natürlich nicht drin. Aber ich kenne Carlotta, ich bin mir sicher, die beiden Frauen an seiner Seite haben …«, er machte eine ausholende Bewegung, »… solche Ohren, wenn Sie verstehen, was ich meine. Könnte ich noch etwas Weißwein haben?«

»Gerne, aber nur, wenn Sie mir endlich diese verdammte E-Mail geben.«

»Ich bin nicht bestechlich, aber bitte, hier, lesen Sie.«

Fabri faltete das Blatt auf und überflog die wenigen Zeilen. Tatsächlich behauptete der Absender, seinen Vater in Venedig gesehen zu haben. Nicht nur das, er habe sogar mit ihm gesprochen. Dem alten Gianfranco Angelo gehe es gut. Viel zu gut für einen Mann, der seine Familie schmählich im Stich lasse, um sich zu amüsieren. In Begleitung zweier junger Frauen, die sich von dem Figlio di puttana aushalten lassen. Deshalb sehe es der Zeuge als seine christliche Pflicht an, die Carabinieri in Alba zu verständigen. Es könne doch nicht angehen, dass ein offenbar geistig verwirrter Winzer sein erspartes Geld mit jungen Flittchen durchbringt, während seine verlassene Frau in der Kirche Santa Maria darum betet, dass ihr Mann zurückkehrt.

»Stimmt das? Betet Ihre Mutter in der Chiesa Santa Maria?«, fragte Viberti.

»Ja, sie tut das fast jeden Tag«, bestätigte Fabri.

»Der Zeuge scheint glaubwürdig«, stellte Viberti zufrieden fest.

»Aber warum hat er dann seinen Namen nicht genannt? Kann man keinen Absender feststellen?«

»Die E-Mail wurde in einem Internet-Café in Venedig aufgegeben. Er hat ein spezielles Programm verwendet, in diesem Fall gibt es keinen Absender. Warum der Zeuge seinen Namen nicht genannt hat? Wollen Sie meine persönliche Meinung hören?«

»Sì, certo.«

»Nun, ich habe, wie Sie sich denken können, viel Lebenserfahrung. Als Maresciallo bei den Carabinieri sind mir alle Facetten der menschlichen Existenz vertraut. Also, warum hat der Zeuge seinen Namen nicht genannt?« Viberti zog die Augenbrauen bedeutungsvoll nach oben und nahm einen Schluck aus dem Weinglas. »Die Erklärung ist einfach. Meine These: Auch unser anonymer Moralapostel ist nicht frei von Sünde. Er war selbst in Begleitung einer Frau, von der sein Eheweib nichts wissen darf. Das kommt in Venedig häufig vor. Das Plätschern am Canal Grande, die Gondeln, Vivaldi ... È cosi semplice.«

»Aber warum hat er dann meinen Vater angeschwärzt?«

»Aus Neid. In fast allen Fällen ist Neid ein wesentliches Motiv. Weil Gianfranco gleich zwei Frauen bei sich hatte, die zudem wahrscheinlich viel jünger und schöner als seine Begleitung waren. Ganz abgesehen von ...«, Viberti schnalzte mit der Zunge und formte zwei große Halbkreise in die Luft, «... von, Sie wissen schon. Außerdem hatte Ihr Vater den Mut, auszubrechen und das Leben zu genießen, was sich unser Zeuge in dieser Konsequenz nicht traut.«

»Klingt plausibel. Und? Was gedenken Sie jetzt zu tun?«, fragte Fabri.

»Nichts. Wie ich Ihnen schon mal sagte, Italien ist ein freies Land. Wenn Ihr Vater in Venedig ordnungsgemäß die Hotelrechnung bezahlt und kein öffentliches Ärgernis darstellt, dann gibt es keinen Grund, ihn zu behelligen. Lassen Sie ihm noch etwas Zeit. Irgendwann wird's ihm zu anstrengend, dann kommt er reumütig zurück. Auch das sagt mir meine Lebenserfahrung.«

»Mag sein, aber in der Zwischenzeit ist meine Mutter an gebrochenem Herzen gestorben. Nein, ich werde ihr sagen, dass man unseren Papà in Venedig gesehen hat. Wir werden ihn gemeinsam suchen, wir fahren schon morgen hin.«

»Ich weiß nicht, ob das eine gute Idee ist«, versuchte Viberti Fabri zu bremsen. »Stellen Sie sich vor, Sie treffen ihn in Begleitung dieser beiden Frauen. Auch das würde Ihrer Mutter das Herz brechen.«

»Meine Mutter ist sehr kurzsichtig. Wenn er wirklich noch in Venedig sein sollte, dann sehe ich ihn bestimmt zuerst und kann ihn warnen.«

»Buona fortuna!«

37

Trotz der kurzen Krise im Gespräch, die sich aus Hipps Frage nach dem Testament ergeben hatte, dachte Sabrina gerne an das gestrige Zusammentreffen mit Bill zurück. Es mochte schon sein, dass sie zu ihrem Stiefbruder kein besonders inniges Verhältnis hatte, auch schien er eine eher oberflächliche Wesensart zu haben, aber es war ein schönes Gefühl, einem engen Verwandten zu begegnen und über ihn eine positive Rückkopplung zu erfahren. Es war dringend an der Zeit gewesen, dass sie nicht nur aus irgendwelchen Unterlagen oder indirekt über Hipp etwas über sich erfuhr, sondern dass jemand aus ihrer Vergangenheit ihre Identität zweifelsfrei bestätigte. Denn manchmal hatte sie sich schon gefragt, so albern dieser Gedanke auch schien, ob sie wirklich die Person war, die man ihr präsentierte. Dieser Mann am Telefon, woher wusste sie, dass das ihr Vater war? Die Photos, sie könnten allesamt gefälscht sein. Und Hipp? Vielleicht war er nur dazu da, sie zu manipulieren. War ihr Name wirklich Sabrina Valentino? Der überraschende Besuch von Bill hatte ihr bei dieser Selbstfindung geholfen. Obwohl auch er, wie sie zugeben musste, kein wirklicher Beweis für ihr wahres Ich war. Auch Bill könnte zu einer Inszenierung gehören. Aber ihr Gefühl sprach dagegen, sie spürte, dass sie diesen Menschen von klein auf kannte. Und das war beruhigend. So beruhigend, dass sie beschloss, mit Hipp über ihre irrationalen Ängste gar nicht erst zu reden.

Jedenfalls hatte sich Bill nach einer knappen Stunde verabschiedet und war mit einem Taxi zum Flughafen gefahren, um seinen Anschlussflug über New York nach Los Angeles zu erreichen. Mit Hipp war sie danach im Dominikanerkloster Santa Maria delle Grazie gewesen, um sich das weltberühmte *Abendmahl* von Leonardo da Vinci anzuschauen. Nicht deshalb, weil sie in dieser Kirche am Corso Magenta vielleicht schon mal gewesen war, nein, sondern weil sich ihr Vater am Telefon als großer Bewunderer des Cenacolo Vinciano erwiesen hatte. Eine fast schon kultische Verehrung, die sie jetzt ein klein wenig nachvollziehen konnte.

Am Nachmittag hatte sie etwas geschlafen. Später hatte sie von Hipp erfahren, dass Eva-Marias Vater mit einem Schlaganfall auf der Intensivstation lag. Es sah ganz so aus, als ob sich die unheimliche Unglücksserie fortsetzen sollte. Abends waren sie im Exploit* zum Essen gewesen und heute Vormittag schließlich hierher in die Franciacorta gefahren. Jetzt saßen sie im Hotel L'Albereta* auf einer kleinen Terrasse vor der Bar.

Hipp las in einer Zeitung, während Sabrina ihren Gedanken nachhing. Dabei sah sie immer wieder verstohlen zu Hipp hinüber, der ihre Blicke nicht zu bemerken schien. Sie musste sich eingestehen, dass sie ihn mochte. Wenn man einmal davon absah, dass sie nicht richtig fand, wie er Bill behandelt hatte. Auch legte er mitunter merkwürdige Verhaltensweisen an den Tag. So pflegte er, wenn sie unterwegs waren, gelegentlich rechts ranzufahren, alle nachfolgenden Fahrzeuge passieren zu lassen, oder er wendete, obwohl sie sich gar nicht verfahren hatten. Letzteres schien ihm ohnehin nie zu passieren. Zum Beispiel in Mailand, da hatte er sich wenige Minuten den Stadtplan konzentriert angeschaut, ihn dann zusammengefaltet und fortan alle Straßen in ihrem Viertel im Kopf gehabt. Die Via Carducci? Kein Problem, vierte Querstraße links. Ein wenig unheimlich war das schon. Oder die Speisekarte? Hipp sah sie sich meist nur kurz an, um sie dann wegzulegen. Erst dann dachte er darüber nach, was er bestellen wollte. Bei Bedarf konnte er ihr alle Beilagen zum fünften Gericht auf der dritten Seite sagen. Was war sonst an ihm auffällig? Dass er sehr gut aussah, obwohl sie bei Männern keinen Zopf mochte. Auch entsprach eine runde Nickelbrille kaum ihrem Schönheitsideal. In diesem Punkt war sie sich ausnahmsweise mal ziemlich sicher. Was noch? Am Morgen kam er regelmäßig schwer in die Gänge. Und sonst? Eigentlich wusste sie nicht viel von ihm. Sie lächelte. Vielleicht sollte sie den Spieß mal umdrehen und zur Abwechslung in seiner Vergangenheit nach dem Rechten sehen? Das war sicherlich kurzweilig. Außerdem musste es da einige Vorkommnisse gegeben haben. Warum hätte er sonst seinen Job als Psychologe bei der Polizei hingeschmissen? Und was war mit den Frauen in seinem Leben? Merkwürdig, aber auch dieses Thema interessierte sie zunehmend. Ob er …

»Hier, ein Artikel über Ca' del Bosco«, unterbrach Hipp ihre Gedanken, indem er ihr die Zeitung reichte. Sie wusste, dass sie dort in einer Stunde einen Termin hatten. Wohl weniger, um von den exquisiten Weinen zu probieren, was sie aber hoffentlich dennoch tun würden, sondern weil sie mit Maurizio Zanella verabredet waren, dem Gründer von Ca' del Bosco*, den sie von früheren Begegnungen persönlich kannte – behauptete zumindest ihr Vater.

»Alles begann 1965«, stand in dem Beitrag, »als Annamaria Clementi Zanella in die Franciacorta übersiedelte. Dort entstand die Leidenschaft ihres Sohnes Maurizio, besonders edle und erlesene Weine zu erzeugen …«

Annamaria Clementi? So hieß doch auch die Spitzencuvée von Ca' del Bosco! Ein strohgelber Schaumwein von großer Eleganz.

Woher kam es, dass sie so viele Dinge wie selbstverständlich wusste, nur nichts, was mit ihrer Biographie zusammenhing? Annamaria Clementi? Zarte Düfte von Früchten stiegen ihr in die Nase. Sie schloss die Augen. »Birne, Pfirsich, Orangen«, flüsterte sie, »ein Hauch von Vanille.«

»Und Zimt sowie im Finale dezente Hefe«, ergänzte Hipp ihre Sinneswahrnehmung. »Dein olfaktorisches Gedächtnis funktioniert ganz hervorragend«, lobte er. »Ich kann deinen Vater gut verstehen, dass er dich für qualifizierter hält, euer Weingut zu übernehmen, als deinen Bruder.«

»Ich glaube, ich mag die Schaumweine aus der Franciacorta«, sagte Sabrina, ohne auf Bill einzugehen.

»Kein Wunder, nicht von ungefähr gilt die Franciacorta* als die Champagne Italiens. Vor einigen Jahren hat eine deutsche Wochenzeitung Experten gebeten, über vierzig Schaumweine aus elf Ländern blind zu verkosten. Wer ist im Test auf Platz eins gelandet und hat unter anderem dreizehn Champagner übertroffen? Ca' del Bosco aus der Lombardei!«

»Warum bestellen dann so viele Leute fast automatisch einen Prosecco, wenn sie als Aperitif einen italienischen Schaumwein möchten?«

»Ohne dem Prosecco* zu nahe treten zu wollen, der gewiss seine Meriten hat, aber das ist auch mir ein Rätsel. Der Prosecco aus Venetien hat es irgendwie geschafft, im Ausland zum Synonym für guten italienischen Schaumwein zu werden. Dabei gibt es auch sonst in Italien ganz ausgezeichneten Spumante. Und die edelsten Perlen kommen nun mal aus der Franciacorta, natürlich nicht nur von Ca' del Bosco, sondern zum Beispiel auch von Bellavista* …«

»Der Gran Cuvée Brut ist göttlich.«

»… oder von Uberti*.«

»Da gibt's den Comarì del Salem, richtig?«

»Korrekt, übrigens ein hervorragender Jahrgangs-Spumante. Es dürfte nicht viele Amerikanerinnen geben, die das wissen.«

»Erstens bin ich die Tochter eines italienischstämmigen Weinbauern«, relativierte Sabrina ihre Leistung, »und zweitens würde ich auf diese privilegierten Kenntnisse gerne verzichten, wenn ich stattdessen wüsste, wer ich bin, was ich in der Vergangenheit erlebt habe – und was an jenem Tag passiert ist, an dem Eva-Maria ihr Leben lassen musste.«

»Diese Erinnerung gibt's leider nicht im Austausch für eine andere, wir müssen uns also in Geduld üben«, sagte Hipp.

Sabrina sah ihn zweifelnd an. »Geduld? Gehört es eigentlich zu dieser Tugend, aggressive Fragen zu stellen?«

»Wie meinst du das?«

Eigentlich hatte sie nicht darüber sprechen wollen. Aber wenn sie ihre Harmonie bewahren wollten, war es wohl richtig, Diskrepanzen schon im Ansatz auszuräumen. »War es nötig, Bill nach dem Testament meines Vaters zu fragen? Das war weder charmant noch in irgendeiner Weise zum Ziel führend.«

»Nein, charmant war es nicht. Sollte es auch nicht sein. Tut mir Leid, wenn es dich gestört hat.«

»War es nötig?«, wiederholte sie.

Hipp dachte nach. »Ob etwas nötig war, weiß man oft erst hinterher. Leider überlagern sich durch unser permanentes Zusammensein …«

»Das ich trotz meiner Kritik als durchaus angenehm empfinde.«

»Vielen Dank. Leider überlagern sich zunehmend therapeutische Zielsetzungen, die deiner Erinnerung auf die Sprünge helfen sollen, mit dem Interesse, den Fall aufzuklären, hinter die Motive zu kommen und den Schuldigen zu finden.«

»Den Schuldigen?«

»Ja, denjenigen, der euer Auto von der Straße gedrängt und damit Eva-Marias Tod verschuldet hat. Mit Vorsatz oder aus Leichtsinn.

Der Schwester Margherita vergiftet hat. Der dir womöglich nach dem Leben trachtet. Unterstellt, es handelt sich in jedem Fall um dieselbe Person. Männlichen oder weiblichen Geschlechts. Um das herauszufinden, muss ich gelegentlich uncharmante Fragen stellen. Apropos …«

»Ja?«

»Auch ich empfinde unser Zusammensein als überaus angenehm.«

»Das haben wir beide aber schön formuliert. Sehr distanziert.«

Hipp schmunzelte. »Die Sprache spiegelt nicht immer die wahren Gefühle wider.«

Sabrina zog eine Augenbraue nach oben. »Was uns erneut zu Bill bringt. In seinem Fall war deine Sprache jedenfalls sehr direkt. Fast könnte man glauben, du hieltest ihn für verdächtig.«

»Warum nicht? Jeder ist verdächtig.«

»Das ist doch absurd«, reagierte Sabrina leicht aufgebracht. »Wir haben einen gemeinsamen Vater, Bill war zur Zeit meines Unfalls in Amerika, und während des Giftanschlags, der womöglich mir gegolten hat, in London. Er ist geschäftlich erfolgreich, hat kein Interesse am Weingut, profitiert nicht von meinem Tod. Er hat also, wie es so schön heißt, weder ein Motiv, noch hatte er die Gelegenheit zur Tat. Ergo war es nicht nötig, ihn so hart anzugehen.«

»Mag sein. Ich bitte um Entschuldigung, wenn ich deine Gefühle verletzt habe.«

»Nachdem Bill von der Liste der Verdächtigen gestrichen ist, können wir …«

»Ist er nicht!«

»Wie bitte?«

»Eigentlich lasse ich andere Menschen ungern an meinen Überlegungen teilhaben, die ja häufig hypothetischen Charakter und nichts mit Sympathien zu tun haben. Aber am Beispiel Bill möchte ich mal darlegen, wie leicht man sich täuschen kann.«

»Da bin ich aber neugierig.«

»Kein Motiv und keine Gelegenheit zur Tat? Irrtum, mein liebe Sabrina. Ich habe, während du gestern Nachmittag schliefst, einige Recherchen angestellt. Du erinnerst dich an meine Frage nach dem Wetter in London? Nun, die Tage vorher hat es tatsächlich geregnet, aber gestern Morgen schien in London die Sonne von einem wolkenlosen Himmel, und es war schwülwarm. Da hat Bill schon mal eine falsche Auskunft gegeben. Woraus man den Schluss ziehen könnte, dass er gar nicht aus London gekommen ist. Tatsächlich war auf keinem Flug gestern Morgen von London nach Mailand ein Bill Valentino gebucht. Was aber nichts zu besagen hat, es ist schwierig genug, an die Passagierlisten heranzukommen, und sie sind auch nicht immer korrekt. Aber es könnte immerhin sein, dass dein lieber Bruder schon seit längerer Zeit in Italien weilt – und vielleicht immer noch hier ist, denn auch über New York nach Los Angeles war sein Name auf keiner Passagierliste.«

»Das ist allerdings wirklich seltsam. Aber er hat trotzdem kein Motiv.«

»Ich wusste, dass in London schönstes Wetter war, weil ich vor unserem Treffen im Fernsehen auf dem Zimmer kurz BBC laufen hatte …«

»Ich erinnere mich.«

»Also wurde ich misstrauisch und habe kurz entschlossen nach dem Testament gefragt, um seine Reaktion zu testen. Er hat, wie ich mittlerweile von deinem Vater weiß, nur die Hälfte erzählt. Es stimmt, dass du neunzig Prozent erbst und er zehn Prozent. Aber falls du vor Bill stirbst, so steht es im Testament, bekommt er neunzig Prozent, der Rest geht an eine gemeinnützige Organisation. So etwas nennt man gemeinhin ein Motiv.«

»Das ist kein Motiv«, suchte Sabrina nach einer Entlastung. »Bill ist beruflich erfolgreich und am Weingut nicht interessiert.«

»Richtig, das hat er uns erzählt. Ist dir aufgefallen, dass er uns dabei nicht angesehen hat? Weil er nämlich gelogen hat! Der Handel mit Filmrechten ist gewiss ein Millionen-Dollar-Business, aber Bills Firma hat auf die falschen Filme gesetzt und steht kurz vor der Insolvenz. Außerdem ist dein lieber Bruder …«

»Stiefbruder«, korrigierte Sabrina, die auf diese Differenzierung plötzlich wieder Wert legte.

»… dein lieber Stiefbruder privat hoch verschuldet. Man hat mir berichtet, er sei allzu oft in Las Vegas. Dass man ein Weingut auch verkaufen kann, vor allem ein so renommiertes wie das deines Vaters, muss ich zur Entkräftung deines letzten Arguments wohl nicht extra erwähnen.«

»Das hast du alles herausgefunden, während ich geschlafen habe?«, fragte Sabrina ungläubig.

»Nein, aber bis heute Morgen hatten meine alten Freunde, die ich kontaktiert habe, alles beieinander.«

»Alte Freunde?«

»Ja, zum Beispiel beim Bundeskriminalamt und bei Interpol.«

»Solche Freunde hast du?« Sabrina wirkte blass. »Du glaubst also wirklich, dass Bill hinter allem steckt?«

Hipp schüttelte den Kopf. »Nein, glaube ich nicht. Er steht nur bis zum Beweis seiner Unschuld auf der Liste der potentiell Verdächtigen. Ich will dich nicht beunruhigen, wirklich nicht. Ich hätte es dir auch nicht erzählt, aber nach deinem Vorwurf wollte ich dir an seinem Beispiel verdeutlichen, warum ich mich gelegentlich anders verhalte, als es dir lieb wäre. Und ich möchte dich bitten, dies im Wiederholungsfall zu bedenken. Ohne dass ich mich erneut rechtfertigen muss.«

»Aber wenn er es nicht ist, wer denn dann? Eigentlich kann doch nur Bill hinter allem stecken?«

Hipp schüttelte langsam den Kopf. »Sabrina, wir sollten eine Arbeitsteilung vereinbaren. Du kümmerst dich mit meiner bescheidenen Hilfe um deine Rekonvaleszenz und um dein Erinnerungsvermögen, ich sorge für deine Sicherheit und führe parallel einige Ermittlungen durch. Es macht wenig Sinn, Letztere im Detail zu diskutieren, die Beschäftigung damit schadet nur deiner Genesung.«

Sabrina sah Hipp zweifelnd an. »Bist du dir da sicher?«

»Ziemlich, ja.«

»Einverstanden, aber unter zwei Bedingungen: Erstens, sobald du stichhaltige Beweise hast, sagst du mir Bescheid.«

Hipp lächelte. »Okay. Und zweitens?«

»Damit ich Bill nicht vorverurteile, nenn mir noch mindestens zwei weitere mögliche Täter. Meinetwegen ohne eine Begründung.«

»Du bist hartnäckig.«

»Nur ein bisschen.«

»Na gut. Hast du schon mal den Namen Giovanni Martino gehört?«

Sabrina dachte angestrengt nach. »Nein, Fehlanzeige. Wer ist das?«

»Eva-Marias Exfreund. Sie hat ihm vor kurzem den Laufpass gegeben. Giovanni besitzt eine Enoteca in der Toskana. Manche Männer mögen es nicht, wenn sie von ihren Freundinnen verlassen werden.«

»Was habe ich damit zu tun?«

»Du sagtest, ohne eine Begründung.«

»Uuups. Okay, und der zweite mögliche Täter?«

»Gianfranco Angelo, Fabris Vater. Er ist seit dem Unfall untergetaucht, man könnte auch sagen, er ist auf der Flucht. Gianfranco war Fabris Mutter nie treu, er hat eine ausgeprägte Vorliebe für junge Frauen, so jung wie Eva-Maria.«

»Ich bin kaum älter als Eva-Maria.«

»Du sagst es.«

»Warum läuft es mir kalt den Buckel herunter?«
»Dafür gibt es keinen Grund. Ich passe doch auf dich auf.«

38

Bàcari, so heißen in Venedig die Weinschenken, die im Tagesablauf vieler Venezianer eine wichtige Rolle spielen. Hier trifft man sich schon am Vormittag auf ein Gläschen Wein, um ein kleines Schwätzchen zu führen oder einen Blick in die Zeitung zu werfen. Dazu wird von den Cicheti genascht, kleinen, oft auf Zahnstochern aufgespießten herzhaften Köstlichkeiten, die auf Tellern an der Bar bereitstehen. Ombra nennen die Venezianer dieses Gläschen Wein, Schatten. Und weil fast alles in Venedig eine Geschichte hat, so rankt sich auch um diesen Namen eine Legende. Er soll auf den Schatten des Campanile von San Marco zurückgehen, dem einst die Weinhändler auf der Piazza mit dem Gang der Sonne folgten. Wenn es in Venedig jemanden danach gelüstet, von einer Weinschenke zur anderen zu ziehen, ein durchaus übliches Ritual, das vor allem der Pflege sozialer Kontakte dient, dann spricht er von einer Giro de ombre. Betrunken wird dabei kaum einer, so klein sind die Gläser.

Fabri Angelo und seine Mutter Luciana waren kurz nach Mittag in Venedig eingetroffen. Sie hatten ihr Auto auf der Isola del Tronchetto geparkt und waren von dort mit dem Vaporetto zur Stazione Madonna dell'Orto gefahren, von wo es nur wenige Schritte zu ihrem kleinen Hotel beim Campo dei Mori war. In einer guten Stunde wollten sie mit ihrer ganz persönlichen Giro de ombre beginnen. Schließlich kannten sie Gianfrancos Vorliebe für Weinschenken, dort hofften sie am ehesten eine Spur von ihm zu finden. Während sich Luciana hinlegte, um sich von der strapaziösen

Anreise zu erholen, verabschiedete sich Fabri, um das Internet-Café aufzusuchen, von dem die anonyme E-Mail abgeschickt worden war. Zurück im Hotel berichtete er seiner Mutter, dass dort ein solcher Trubel herrsche, Rucksacktouristen aus Amerika, eine Gruppe Studenten aus Bologna, dass sich jede Frage nach dem Absender der E-Mail erübrigt habe. Außerdem, was half es, wenn sie herausfanden, wem Gianfranco in Venedig begegnet war? Wahrscheinlich war es irgendjemand aus ihrem entfernteren Bekanntenkreis.

Von früheren gemeinsamen Aufenthalten, die aber schon länger zurücklagen, kannte Luciana einige traditionsreiche Bàcari, die Gianfranco besonders mochte. Ihr Weg führte sie zum Al Baco* an der Fondamente delle Cappuccine, zum Do Spade*, in dem schon Casanova einzukehren pflegte, und natürlich zum Do Mori*, dem wohl bekanntesten Bàcaro von Venedig in der Nähe vom Mercato di Rialto.

Überall sprachen sie mit den Wirten, zeigten ein Photo von Gianfranco – vergeblich. Luciana erzählte, dass sie mit Gianfranco ihren zehnten Hochzeitstag in Venedig gefeiert habe, damals, als die Welt noch in Ordnung war und der Himmel voller Gondeln hing. Auf Fabris Frage, wo sie damals gewohnt hätten, nannte sie das altehrwürdige Luxushotel Danieli. Ja, früher, da habe Gianfranco sie noch auf Händen getragen.

Einige Minuten später standen sie an der Rezeption in der beeindruckenden Empfangshalle des Danieli*. Luciana stockte fast der Atem, als sie hörte, dass tatsächlich vor einigen Tagen ein Gianfranco Angelo ein Zimmer reserviert hatte. Er sei dann aber nicht gekommen, sodass sie die Stornogebühren von seiner Kreditkarte abbuchen würden, die Nummer habe er bei der Reservierung durchgegeben. Fabri nahm seine Mutter in die Arme. Es war ein seltsames Gefühl, dem eigenen Vater und Ehemann hinterherzuspionieren. Aber immerhin, sie hatten ein erstes kleines Erfolgser-

lebnis. Auch wenn Gianfranco, was die Unterbringung betraf, offenbar kurzfristig umdisponiert hatte. Ohne vorher abzusagen, was früher nicht seine Art gewesen wäre.
Sie fuhren hinauf zur Dachterrasse des Danieli, tranken Espresso und dachten über ihre weiteren Schritte nach. Wo könnte er stattdessen gewohnt haben? Behutsam deutete Fabri die Möglichkeit an, dass Gianfranco nicht alleine nach Venedig gereist sein könnte, dass er vielleicht in weiblicher Begleitung … Zu seiner Überraschung reagierte seine Mutter relativ entspannt. Dass Gianfranco ihr nicht treu gewesen sei, das habe sie schon seit langem gewusst. Luciana sah hinüber zur Klosterkirche San Giorgio Maggiore. Sich bekreuzigend sagte sie, dass sie Gianfranco diese Fehltritte vergeben habe, schweren Herzens. Non commettere adulterio, du sollst nicht ehebrechen, in nome del Padre, del Figlio, dello Spirito Santo! Fabri dachte laut darüber nach, wo sein Vater mit einer Freundin in Venedig hingehen könnte. Dass er der E-Mail nach gleich zwei Frauen im Schlepptau hatte, verschwieg er diskret.
»In Harry's Bar*«, sagte Luciana plötzlich. »Ganz bestimmt. Dort ist er auch mit mir hingegangen, als wir noch jung und verliebt waren. An der Bar Bellini trinken, neben sich eine Frau, das gefällt ihm, da kommt er sich vor wie Hemingway.«
Fabri zahlte und stand auf. »Also dann, gehen wir zu Harry's Bar.«
»Geh du und frag. Ich habe zu viele Erinnerungen. Wir treffen uns im Caffè Florian, einverstanden?«
Fabri nickte, gab seiner Mutter einen Kuss und machte sich auf den Weg. Luciana sah wieder hinüber nach San Giorgio Maggiore. Auch dort war sie mit Gianfranco gewesen. Sie erinnerte sich an den Kreuzgang des Klosters – und an Tintorettos Bild mit Christus im Kreise seiner Jünger. Währenddessen eilte Fabri an der Seufzerbrücke vorbei, am Palazzo Ducale, über die Piazzetta mit den beiden monolithischen Säulen. Venezianer vermieden es, zwischen

ihnen hindurchzugehen, denn hier wurden früher die Todesurteile vollstreckt, das brachte Unglück.

Luciana, die an einem der Tische vor dem Caffè Florian* wartete, sah ihrem Sohn schon beim Näherkommen an, dass seine Nachforschungen Erfolg hatten. War Gianfranco wirklich in Harry's Bar gewesen? Hatte sie mit ihrer Vermutung Recht gehabt? War Fabri ihm vielleicht sogar begegnet? Sie glaubte ohnehin fortwährend, ihn irgendwo in der Menge zu erkennen, was sich aber regelmäßig als Trugschluss herausstellte. Außerdem hatte sie schlechte Augen.
»Tre giorni fa«, begann Fabri seinen Bericht schon im Hinsetzen, »vor drei Tagen ist er da gewesen. Alessandro, der Barkeeper, hat ihn auf dem Photo zweifelsfrei erkannt. Er wusste sogar den Namen von unserem Papà. Sie haben sich lange über Wein unterhalten.«
»War er in Begleitung?«
Fabri nahm die Hände seiner Mutter und sah sie traurig an. »Sì, Mamma, in Begleitung.«
»Und? Sie war jünger als ich, du kannst es ruhig sagen.«
»Sì, jünger, viel jünger. Sie hatte blonde Haare.«
Luciana fasste sich an die Schläfen. »Una bionda? Gianfranco, caro Gianfranco, was machst du für Sachen?«
Sie hörten einige Minuten wortlos den Klängen der Kapelle zu, die einen Walzer von Johann Strauß spielte. Dann fragte Luciana: »Und jetzt? Che cosa facciamo adesso?«
»Ich fürchte, es macht keinen Sinn, hier weiter nach ihm zu suchen.«
»Perché?«
»Weil er Alessandro erzählt hat, dass er überraschend wieder abreisen müsse. Er habe einen wichtigen Termin in Mailand.«

39

Auf der Autofahrt von Erbusco nach Verona, auf der A4 an Brescia vorbei, an Desenzano und Peschiera am Gardasee, ließ Sabrina den gestrigen Tag Revue passieren. Ein Tag voller objektiver Höhen und subjektiv empfundener Tiefen. Wer, so dachte sie, in einem luxuriösen Hotel wie dem L'Albereta* wohnt, dort im Pool schwimmt, abends im Lokal von Gualtiero Marchesi sein berühmtes Safran-Risotto und andere Köstlichkeiten serviert bekommt, der sollte eigentlich nicht von Tiefen sprechen. Nein, wirklich nicht. Auch der Besuch bei Ca' del Bosco* war zweifellos ein Highlight gewesen. Schon der Fußweg vom Parkplatz über die romantische Brücke hinauf zum Hügel mit der modernen Plastik. Der herzliche Empfang durch Maurizio Zanella, die Führung durch den spektakulären Weinkeller, die große, unterirdische Kuppel, die Verkostung der Weine mit der unvergleichlichen Franciacorta Cuvée Annamaria Clementi an der Spitze. Ein Tag, wie er eigentlich hätte kaum schöner sein können. Wäre da nicht? Ja, wäre da nicht die Tatsache, dass sie Maurizio Zanella zweifellos kannte, er ihr aber vorgekommen war wie ein Fremder, wie jemand, dem sie noch nie begegnet war. Die Kuppel? Noch nie gesehen! Das Hotel, in dem sie schon einmal mit ihrem Vater gewohnt hatte? Kein Déjà-vu. Dabei hatte man ihr sogar den alten Eintrag im Gästebuch gezeigt, mit dem sie sich für den angenehmen Aufenthalt bedankt hatten. Nun, das immerhin war positiv gewesen, wenn auch schon fast ein wenig unheimlich.

Nach dem Abendessen nämlich hatte ihr Hipp einen Zettel hingeschoben, ihr einen Stift gegeben und sie aufgefordert zu unterschreiben. Sofort und ohne nachzudenken. Weil sie nicht mehr ganz nüchtern gewesen war, hatte sie diesem Wunsch unverkrampft entsprochen. Erst dann waren sie zur Rezeption gegangen, und Hipp hatte ihr das Gästebuch gezeigt. Sie spürte die Trä-

nen in ihren Augen, als sie den kurzen Text gelesen hatte. Vom großen Glück, mit seiner wunderbaren Tochter hier nächtigen zu dürfen, hatte ihr Vater geschrieben.
Wortlos hatte Hipp dann den Zettel aus dem Restaurant auf das Gästebuch gelegt. Ihre Unterschrift, sie war identisch, bis hin zu diesem albernen Schnörkel am Ende ihres Nachnamens. Am liebsten hätte sie die Seite aus dem Gästebuch herausgerissen. Diese war nicht nur ein zweifelsfreies Dokument aus ihrer Vergangenheit, sondern auch eine Liebeserklärung ihres Vaters – und ein Beweis, dass sie sich doch an etwas aus ihrer Biographie erinnern konnte, auch wenn es vorläufig nicht sehr viel mehr war als ihre Unterschrift.
Ein Tag also war das gewesen mit Höhen und Tiefen. Mit Tiefen? Das Gespräch mit Hipp über die potentiell Verdächtigen war ihr nicht aus dem Kopf gegangen. Bill, ihr Stiefbruder, er war zumindest ein Lügner, wenn nicht sogar mehr. Eva-Marias Exfreund, wie hieß er doch gleich, Giovanni Martino, ein eifersüchtiger Liebhaber, der in seinem Stolz verletzt war? Und schließlich Fabris untergetauchter Vater Gianfranco, der offenbar jüngere Frauen mochte. Jüngere Frauen, die in ihrem eigenen Alter waren. Könnte es sein, dass Gianfranco Angelo auch hinter ihr hergewesen war, dass sie vielleicht sogar ….? Nein, das konnte und durfte nicht sein. Sie versuchte, diesen ekelhaften Gedanken zu verdrängen.
Sabrina blickte hinüber zu Hipp am Steuer ihres Leihwagens. Er fuhr ruhig und entspannt. Nicht allzu schnell, sehr gleichmäßig, ohne häufig zu bremsen oder hektisch Gas zu geben. Sie fühlte sich sicher. Das wiederum sollte sie als Erfolgserlebnis werten, denn nach ihrem schweren Unfall hätten ja zweifellos traumatische Ängste zurückbleiben können. So gesehen waren bereits diese Autofahrten ein bedeutender Behandlungserfolg. Hipp warf einen Blick zur Seite, sah sie an und lächelte. Immerhin, auch eine Form der Kommunikation. Denn dass er kaum sprach, damit war

sie mittlerweile vertraut. Es war ja noch Vormittag, da war Hipp wie immer ziemlich wortkarg. Hipp war wie ein guter Wein, der nach dem Dekantieren erst langsam aus dem Schlaf erwachte, zu atmen begann und gemächlich seinen wahren Charakter entwickelte.

Sabrina dachte an die vergangene Nacht, wie sie lange wach gelegen und überlegt hatte, ob sie erneut zu Hipp ins Bett kriechen sollte. In der Stimmung wäre sie gewesen. Um ehrlich zu sein, nicht nur um zu kuscheln. Aber Hipp schien das Versprechen, das er ihrem Vater gegeben hatte, ernst zu nehmen, allzu ernst. Dass er ihre weiblichen Attribute sehr wohl zur Kenntnis nahm, nun, daran bestanden keine Zweifel. Sie erinnerte sich an die Dachterrasse des Hotels in Mailand, wo er sie im Bikini gemustert hatte. Oder gestern Abend, als er sie im Flurspiegel verfolgt hatte, als sie nackt aus dem Badezimmer gekommen war. Sie hatte seinen Blick genau gespürt. Frauen können das, auch mit dem Rücken. Was brauchte es noch, um ihn aus der Reserve zu locken und ein lächerliches Versprechen vergessen zu lassen? Eigentlich hatte sie nach ihrem provokanten Gang vom Bad ins Schlafzimmer erwartet, dass die männlichen Hormone den Rest erledigen und er bald zu ihr kommen würde. Aber entweder war er ausgesprochen willensstark und unnatürlich pflichtbewusst, oder es stimmte was nicht mit ihm – was sie nicht hoffte.

Gegen ein Uhr liefen sie durch Verona, über die weitläufige Piazza Brà mit der großartigen Arena hinüber zur Via Mazzini. Das Phänomen war ihr mittlerweile vertraut und ganz ähnlich wie mit dem Wein. Ebenso selbstverständlich, wie sie wusste, dass Sangiovese* die prägende Rebsorte im Chianti* war, in ihrer Spielart Prugnolo Gentile auch für den Vino Nobile di Montepulciano* und als Sangiovese grosso für den Brunello* verantwortlich, mit der gleichen Sicherheit konnte sie Hipp erklären, dass das Amphitheater aus dem ersten Jahrhundert stammte, damit eines der ältesten Italiens war, und dass in der Arena Giuseppe Verdis Oper *Aida* erstmals 1913 aufgeführt wurde, und zwar zu seinem hundertsten Geburtstag. Auch hatte sie den Weg zum Parkhaus an der Piazza Cittadella gekannt. Aber sobald es persönlich wurde, ließ ihr Gedächtnis sie prompt im Stich. Ob sie unter den grünen Markisen schon mal einen Cappuccino getrunken hatte? Ob sie in der Arena eine Oper besucht hatte, und wenn ja, mit wem? Fehlanzeige. Daran konnte sie sich partout nicht erinnern.

Eine halbe Stunde später saßen sie in der Bottega del Vino*, zusammen mit Fabri und seiner Mutter, die sich auf der Rückreise von Venedig ins Piemont befanden. Fabri hatte diese Osteria im Herzen des Centro storico vorgeschlagen, was kaum überraschend war, wenn man sah, mit welcher Hingabe hier Weinflaschen entkorkt, an Korken geschnuppert und in Gläsern geschwenkt wurde. Dass es dazu auch eine deftige Küche gab, Sabrina hatte als Hauptgericht Costolette di agnello alla griglia con pesto di rucola bestellt, passte zum Ambiente. Fabri ließ es sich nicht nehmen, etwas über die Weine der Region zu philosophieren, über den so häufig unterschätzten Soave*, der an seinem Billigimage freilich selbst schuld sei, über den Bianco di Custoza* und den Valpolicella*, der es als schwergewichtiger Amarone* durchaus mit einigen Weinen aus dem Piemont aufnehmen könne, und über den Bardolino*, der noch einiges aufzuholen habe, aber als Superiore ganz in Ordnung sei. Sich an dessen Weinkenntnisse erinnernd, überließ er es Hipp, zunächst einen Weiß- und dann einen Rotwein zu bestellen. Ohne die Weinkarte anzusehen, entschied sich Hipp für einen Capitel Croce von Anselmi* und einen Valpolicella Classico Superiore von Bertani*. Eine Wahl, die Fabris uneingeschränkte Zustimmung fand. Sabrina merkte, dass sich die beiden hinsichtlich ihrer Weinvorlieben gut verstanden.

Später erzählte Fabri vom Ergebnis ihrer Recherchen in Venedig. Seine Mutter hörte ihm dabei mit traurigen Augen zu. Dass sie schließlich im Danieli und in Harry's Bar auf Gianfrancos Spur gestoßen seien, berichtete er. Auch dass sein Vater vor einigen Tagen überstürzt abgereist sei, vorgeblich, weil er einen Termin in Mailand habe. In Mailand? Da waren sie auch gerade gewesen, dachte Sabrina. Ein Zufall, der vielleicht keiner war und der sie wieder einmal schaudern ließ. Fabri verschwieg nicht, dass sich Gianfranco in Begleitung einer jungen Blondine befunden hatte. Sabrina blickte zu Luciana, die keine Regung zeigte.
Einer spontanen Eingebung folgend, bat Sabrina um das Photo, mit dem Fabri und seine Mutter in Venedig nach Gianfranco gesucht hatten. Sie hielt den Atem an, als sie das Bild entgegennahm. Aber der Mann, der sie anlächelte, wie sollte es anders sein, sie konnte sich nicht an ihn erinnern. Obwohl, der Blick hatte etwas Vertrautes, und doch auch wieder nicht. Gianfranco sah jünger aus, als sie erwartet hatte. Seltsam, der Mund kam ihr bekannt vor. Nach kurzer Anspannung wusste sie, warum. Sie musste nur zu Fabri hinübersehen, er war seines Vaters Sohn. Ob Eva-Maria mit Gianfranco ein Verhältnis gehabt hatte? Vielleicht nachdem sie Giovanni zurück nach Castellina geschickt hatte? Möglich wäre es, manche Frauen standen auf reife Männer. Und was war mit ihr? Nein, da glaubte sie sich plötzlich hundertprozentig sicher, sie würde es spüren, wenn sie mit diesem Mann auf dem Photo je intim gewesen wäre. Das waren Erinnerungen, die waren nachhaltiger als eine Unterschrift.

40

Eigentlich war es rund um die Fattoria des Dr. Lausitz heute eher ungemütlich, denn von Norden fegte ein scharfer Wind über die Weinberge bei Montalcino. Der Tramontana rüttelte an den Fensterläden, riss von der alten Pinie neben dem Brunnen einen morschen Zweig, versuchte vergeblich, die noch unreifen Oliven aus den Bäumen zu schütteln, unterzog die Zypressen einem erstaunlichen Biegetest. Wie ein modernes Ballett wiegten sie sich synchron in den Böen. Das hatte nach Dr. Lausitz' Eindruck immerhin großen ästhetischen Reiz. Er verband mit den Winden der Toskana gemischte Gefühle. Er fand es sympathisch, dass sie alle Namen trugen und von ihrer Herkunft zeugten wie gute alte Bekannte, die immer wieder mal zu Besuch kamen, fast immer unangemeldet, oft lästig, meist blieben sie zu lange und gelegentlich hinterließen sie eine Spur der Verwüstung. Gewiss, der Tramontana war im Sommer wegen seiner trockenen Luft gar nicht mal unangenehm, aber im Frühjahr brachte er Spätfröste und stellte für die Reben im Weinberg eine Gefahr dar. Außerdem erhöhte sich mit ihm die Feuergefahr. Und im Herbst sowie im Winter, da war er eine ziemliche Zumutung. Als Gegenspieler des Tramontana galt der Scirocco, ein südöstlicher Wind, der aus Afrika warme, klebrige Luft heranführte. Wie im Treibhaus fühlte man sich dann. Und zum Abschied hinterließ der Scirocco meist Regen und spülte Saharasand auf die Reben. Auch nicht gerade das, wonach sich ein Winzer sehnte. Während es der trockene Maestrale, aus dem südlichen Frankreich kommend und an den Mistral erinnernd, meist nicht so richtig bis Montalcino schaffte, konnte der Libeccio recht heftig ausfallen. Er kam aus Südwesten von Libyen über das Meer, und wenn er Regen vor sich herpeitschte, dann zeigte sich, dass die Fenster an der Südfassade seines Hauses alles andere als dicht waren und dringend renoviert werden mussten. Und auf den Grecale, der bevorzugt im Herbst und im Winter zuschlug, auf diesen Ostwind konnte er ohnedies verzichten. Aber der Wein war immerhin zu dieser Jahreszeit schon in Sicherheit, nämlich dort, wo er sich am wohlsten fühlte – in den Holzfässern.

Aus alter Erfahrung hatten die einheimischen Vorbesitzer der Fattoria die Terrasse so angelegt, dass eine hohe Mauer ziemlich gut vor dem Nordwind schützte. Und so konnten Dr. Friedrich von Lausitz, seine Freundin Melissa und Serafino Panepinto trotz des Tramontana draußen sitzen, ohne dass es die noch leeren Weingläser vom Tisch blies. Feierlich zeigte Lausitz die vorbereitete Flasche Wein in die Runde – ein Brunello* von Case Basse*! Zwar ließ er nur wenig Gutes an den Weinen der anderen Winzer, aber bei Soldera machte er eine Ausnahme. Obwohl oder vielleicht gerade weil er ihn für ziemlich verrückt hielt. Wie konnte man die Gärung unkontrolliert in traditionellen Bottichen ablaufen lassen, nur mit Mist düngen, sich als Weinbauer um den Erhalt von Nistplätzen für Singvögel kümmern, Rosmarinhecken pflanzen und Bienen ansiedeln? Und was veranlasste einen, nach der Weinernte Jahre zu warten, bis man lächerlich wenig Flaschen auf den Markt brachte? In seinen Augen war das alles ausgemachter Unfug, doch einer von hohen Graden. Denn aus welchen Gründen auch immer, der Brunello von Soldera, dem großen Eigenbrötler unter den Winzern von Montalcino, war auch nach Lausitz' kritischer Einschätzung eine Offenbarung. Und da vor wenigen Tagen der neue Jahrgang in den Verkauf gelangt war, wollte er ihn sofort verkosten, wohl wissend, dass man ihn besser noch etwas ruhen lassen sollte. Aber warum sollte es dem Wein von Case Basse besser ergehen als ihm? Auch ihn störte man mit schöner Regelmäßigkeit im falschen Moment. Er warf einen Blick auf Melissas von der Sonne Sardiniens gebräunte Beine und dachte an den heutigen Morgen, als ihn ein Telefonanruf davon abgehalten hatte, die Innenseiten dieser göttlichen Oberschenkel … Er kniff die Augen zusammen und versuchte sich auf den Wein zu konzentrieren. Während er die Flasche abstellte und mit dem Sommeliermesser den oberen Teil der Kapsel abschnitt, fragte er Panepinto nach dem Fortgang in Sachen der Tenuta del Leone.

»Promette bene, molto bene, sehr viel versprechend«, antwortete dieser mit einem verheißungsvollen Lächeln.
Lausitz setzte den Korkenzieher an. »Mach es nicht so spannend. Was gibt es Neues?«
»Allora, ich habe mit Dino gesprochen ...«
»Dem Kellermeister von Luca Pertini?«
»Giusto! Dino ist natürlich beunruhigt, was den Gesundheitszustand seines Chefs betrifft.«
»Wie wir alle!« Lausitz hatte den langen Korken herausgezogen und roch an ihm.
»Deshalb wäre Dino bereit, seinen Job bei der Tenuta del Leone zu kündigen und zum nächstmöglichen Termin bei uns anzufangen.«
Lausitz verlor für einen Augenblick das Interesse am Flaschenkorken. »Aber damit hätte Luca Pertini ...«
»... der unglückseligerweise halbseitig gelähmt auf der Intensivstation liegt«, setzte Panepinto den Satz fort, »und mehr denn je auf seinen Kellermeister angewiesen ist ...«
»... seine wichtigste Kraft verloren!«, stellte Lausitz zufrieden fest. »Damit wäre die Bastion, um sich einmal militärisch in der Sprache meiner Vorfahren auszudrücken, sturmreif geschossen.«
»So könnte man es ausdrücken. In Italien würden wir vielleicht eher sagen, la fortuna ci assiste.«
»Das liebe ich an den Italienern, sie haben immer ein freundliches Lächeln auf den Lippen, auch wenn sie gerade einen Widersacher mit Betonklötzen an den Beinen im Meer versenken.«
»Sobald Dino bei Pertini gekündigt hat und die Banken, auch dafür habe ich gesorgt, den laufenden Kredit nicht mehr verlängern, bleibt ihnen nichts anderes mehr übrig«, Panepinto klatschte freudig in die Hände, »als an uns zu verkaufen.«
»Ben fatto, mein Kompliment«, lobte Lausitz, der sich nun wieder

in bester Stimmung auf den Wein konzentrierte. Er goss eine kleine Menge in sein Glas, schwenkte dieses, schloss erwartungsvoll die Augen und roch daran. »Ich weiß nicht, wie dieser Soldera das immer wieder hinbringt«, sagte er, gleichermaßen verzückt wie verwirrt. »Vielleicht sollte ich mich doch mal um Nistplätze für Singvögel kümmern. Offenbar hören die Trauben am Rebstock gerne den Gesang von Rotkehlchen oder Nachtigallen, womöglich setzt das zusätzliche Aromen frei?«

»Das kann nicht funktionieren«, brachte Panepinto einen entscheidenden Einwand vor. »Wir Toskaner pflegen auf Singvögel zu schießen, sie in Rotwein zu schmoren und im Kreise guter Freunde zu verzehren.«

»Stimmt, ich habe vergessen, ihr seid ein Volk von Jägern.«

Panepinto, der selbst gerne im Herbst mit der Schrotflinte ins Unterholz zog, nickte stolz. Den leisen Spott in Lausitz' Stimme hatte er überhört.

Ohne vom Wein gekostet zu haben, goss Lausitz nun eine angemessene Menge in alle drei Gläser und machte eine einladende Handbewegung. »Ich bin auf euren Kommentar gespannt. Melissa, probier du zuerst.«

Seine Freundin nahm das Glas, führte es rasch zum Mund, trank es aus und stellte es wieder ab. Lausitz beobachtete diesen Vorgang mit amüsierter Missbilligung.

»Was war denn das?«

Melissa sah ihn verständnislos an. »Ich habe den Wein probiert, sollte ich doch, oder?«

Lausitz schüttelte den Kopf. »Ich weiß nicht, was du gerade gemacht hast, aber eine Weinverkostung war das ja wohl nicht. Du hast diesen göttlichen Rebensaft hinuntergeschluckt wie Wasser.«

»Ja, natürlich, ist doch zum Trinken da, oder?« Melissas Augenaufschlag half ihr nicht weiter.

»Meine liebe Melissa, lass es uns mal mit einer Analogie versuchen. Du hast auf sexuellem Gebiet bemerkenswerte Fähigkeiten …«
Panepinto, der in Gedanken noch bei der Fasanenjagd war, wurde aufmerksam. Das Gespräch begann interessant zu werden.
Melissa hauchte Lausitz ein Küsschen zu. »Schön, dass du das sagst.«
»Was ist beim Akt der Liebe das Wichtigste?«, fragte er unvermittelt.
Melissa dachte nach. »Meinst du den Höhepunkt?«
»Nein, vorher.«
»Das Vorspiel?«
»I giochetti, völlig überflüssig«, flüsterte Panepinto.
»Richtig«, stimmte Lausitz seiner Freundin zu, »und für das Vorspiel nimmt man sich Zeit. So wie du den Wein verkostet hast, ist das schlichte Pornographie. Der wahre Genuss sieht anders aus. Sinnliche Erfahrung bedarf bestimmter Rituale, muss sich langsam steigern, auch beim Wein. Vom optischen Eindruck über das Kreisen wie im Tanz, dann der Geruch bis hin zum ersten Kontakt mit der Zungenspitze, nun gemächliches Eintauchen, die Aromen der Glückseligkeit, die harten Tannine körperlicher Fleischeslust, schließlich der Höhepunkt und dann der wohlige Nachklang, je länger, desto besser. So sieht ein guter Beischlaf aus – und genauso wird ein großartiger Wein verkostet.«
Melissa lächelte. »Ich glaube, ich habe verstanden, was du meinst«, sagte sie.
Lausitz nickte. »Ich bin mir sicher.«
»Ich auch«, kommentierte Panepinto.
»Darf ich dich nun erneut bitten, den Wein zu probieren«, sagte Lausitz. »Aber jetzt unter meiner Anleitung und mit den nötigen Sinnen.« Er nahm ihr geleertes Glas und füllte es zu einem Drittel mit Wein. »Zunächst der optische Eindruck.« Er hob sein Glas, be-

trachtete es erwartungsvoll, neigte es nach vorn, begutachtete die Farbe, murmelte etwas von Sexappeal, von betörendem Violett.

Melissa folgte seinem Beispiel, spreizte dabei aber ihre Beine, sodass ihr ohnedies kurzer Rock – sehr zu Panepintos Wohlgefallen – gefährlich weit nach oben rutschte.

Lausitz führte das Glas an die Nase. »Ein erstes Beschnuppern. Feststellen, ob man sich riechen kann, ob die Sexualhormone stimmen. Dann schwenken, der Wein beginnt im Glas zu tanzen wie beim Walzer, er kreist quasi im Dreivierteltakt, schafft gute Laune, macht neugierig, beschleunigt den Puls. Und jetzt die Augen schließen, den Geruch des Partners mit der Nase aufnehmen, auf Nuancen achten, der Phantasie freien Lauf lassen, von roten Früchten träumen, von einer Bergwiese im Morgentau, von zwei nackten Körpern auf einem Bett von Pflaumen.«

Melissa flüsterte: »Ich rieche exotische Früchte, sehe, wie ein muskulöser Jüngling mit Beeren im Haar, das Gesicht zwischen meinen Schenkeln …«

»Konzentriere dich auf den Wein!«, ermahnte Lausitz, der es plötzlich ausgesprochen schade fand, dass Panepinto zugegen war. Andernfalls hätte er diese Lektion gerne lustbringender gestaltet. Sogar im Freien und dem Tramontana zum Trotz. Aber so fuhr er fort: »Und nun einen ersten kleinen Schluck nehmen, durch die Lippen ziehen, schmatzen und kauen. So, und jetzt darfst du den Wein hinunterschlucken. Achte auf den Nachklang, wie die Sinneslust langsam abebbt, wie sich die Wogen der Erregung glätten.«

Melissa fuhr sich mit der Zunge über die Lippen, stellte das Glas ab und schlug ihre entblößten Beine übereinander.

»So, war das nun richtig?«, fragte sie.

»Besser, viel besser. Du musst ja nicht jedem sagen, woran du dabei denkst. Das wäre vielleicht peinlich. Ich meine, der muskulöse Jüngling …«

»… der so riecht, als ob er aus einem Brombeerbusch hervorgekrochen kommt? Nein, der wäre eh nicht nach meinem Geschmack. Ich hab's gerne etwas reifer. Am besten gefallen mir an diesem Wein die leichten Tabakaromen und die anschmiegsamen Tannine.«

»Phantastisch, du bist auch auf diesem Gebiet ein Naturtalent«, lobte Lausitz. »Ich werde den wunderbaren Brunello mit einem Vakuumstöpsel versehen, und wir wiederholen die Verkostung heute Abend im Schlafzimmer. Mir fallen da noch einige Varianten ein, die wir unbedingt …«

»Bitte nichts verraten.«

»Ganz bestimmt nicht«, sagte Lausitz mit Blick auf Panepinto, der betont desinteressiert einem Ast hinterhersah, den der Tramontana über den Terrakotta-Boden der Terrasse fegte. Dabei dachte er an sein Abendprogramm. Während sich sein Chef mit dieser Melissa vergnügte und diesen wunderbaren Brunello zweckentfremdete, indem er ihn womöglich aus ihrem Bauchnabel schlürfte, eine überaus reizvolle Vorstellung, würde er mit Dino zum Abendessen gehen und dessen beruflichen Wechsel besprechen. Irgendetwas machte er im Leben falsch. Warum war Dino keine Frau? Aber mit seinen krummen Beinen und den Haaren auf der Nase wäre Dino auch als Frau kein Gewinn. Schade, dass Eva-Maria nicht mehr lebte. Die Tochter von Luca Pertini, ja, die hätte ihm schon gefallen. Wieder schickte der Tramontana einen Windstoß übers Land, diesmal heftiger als die vorangegangenen. Die schlanke Zypresse bog sich so stark, dass sie mit dem Wipfel fast den Boden berührte, geschmeidig wie ein junges Mädchen, elastisch, gleichzeitig voller Spannung und mit der Fähigkeit, gleich wieder zurückzufedern in eine aufrechte, kerzengerade Position – unschuldig, als ob nichts gewesen wäre.

41

Am nächsten Morgen waren sie früh aufgestanden, jedenfalls nach dem verzögerten Zeitgefühl von Hipp. Denn während er sich noch schlaftrunken im Hotelzimmer orientierte, musste er zur Kenntnis nehmen, dass Sabrina bereits im Pool geschwommen war. Ihr nasser Bikini hing an der Türklinke und er hörte sie unter der Dusche singen. Wie sie wohl von der Tür ins Bad gelangt war? Es schien, dass er das Beste verpasst hatte. Na ja, war vielleicht gut so. Ihm fiel ein, dass er eigentlich rund um die Uhr auf seine Patientin aufpassen wollte. Da musste er wohl gewisse Nachlässigkeiten einräumen, die mit seinem natürlichen Schlafbedürfnis zusammenhingen. Diese grobe Missachtung der selbst auferlegten Aufsichtspflicht beschränkte sich allerdings auf eine Zeit, in der Sabrina hoffentlich keiner größeren Gefährdung ausgesetzt war. Wie es seit Verlassen der Klinik in Turin ja ohnehin keinen konkreten Anhaltspunkt für irgendeine Bedrohung gegeben hatte. Wäre da nicht dieses ungute Gefühl, das ihn einfach nicht verlassen wollte, und wären da nicht grundsätzliche Überlegungen, die bei aller Widersprüchlichkeit nichts Gutes erwarten ließen. Es wurde Zeit, dass Sabrina ihr Gedächtnis wiedererlangte, denn dann – in diesem Punkt war er sich sicher – wäre es mit dem Spuk schnell vorbei. Der Schlüssel für eine friedvolle Zukunft lag in der Vergangenheit.

Das Frühstück auf der Terrasse des Hotels Madrigale* in Marciaga oberhalb von Garda und mit Blick auf den See nahmen sie gemeinsam ein. Wie fast immer begnügte sich Hipp mit einem Cornetto und einer Tasse Cappuccino, während sich Sabrina hemmungslos am Büfett bediente. Panini, Prosciutto, Salame, Formaggio, Marmellata … Man könnte glauben, sie hätte in den letzten Tagen gehungert, sah man mal vom Fünf-Gänge-Menü bei Marchesi ab,

vom gestrigen Mittagessen in der Bottega del Vino, das Costolette di Agnello hatte kaum auf den Teller gepasst, und ließ man das Abendessen im Tre Camini* außer Acht, inklusive des Tiramisu zum Dessert. Wie konnte man bei dieser Völlerei so schlank bleiben? Vielleicht waren das Spätfolgen des Autounfalls? Aber von einer posttraumatischen Fresssucht bei gleichzeitiger Bewahrung einer formidablen Figur hatte er noch nie etwas gehört.
Hipp riss sich von Sabrinas überbordendem Teller los und sah über die Dächer von Garda hinaus auf den See. Im Dunst ahnte man die schmale Landzunge von Sirmione, einige Segelboote warteten auf die Ora, die wie jeden Tag erst am späten Vormittag einsetzen würde. Hier hätte er es noch einige Tage aushalten können. Aber ihr Programm sah vor, dass sie nach Südtirol weiterfuhren, um dort zunächst Freunde ihres Vaters zu besuchen, in der vagen Hoffnung, dass sich Sabrina diesmal erinnern würde. Aber Hipp war wenig zuversichtlich. Warum sollte es Sabrina bei Michael Graf Enzenberg und seiner Frau Sophie anders ergehen als bei Maurizio Zanella oder ihrem Bruder Bill? Auf eine spontane Wiedererkennung bekannter Gesichter zu hoffen machte wenig Sinn. Aber den Abstecher nach Südtirol machte er ja vor allem deshalb, weil ihn sich Sabrina so sehnlich gewünscht hatte, weil sie sehen wollte, wo ihre Mutter geboren und aufgewachsen war. Wenn es Sabrina gut tat, wenn eine sentimentale Stimmung dabei half, ihre Gedanken nach rückwärts zu richten, nun, dann war gegen diese Exkursion erst recht nichts einzuwenden.

Am frühen Nachmittag desselben Tages verabschiedeten sich Sabrina und Hipp in Kaltern auf dem Weingut Manincor* von der gräflichen Familie Enzenberg. Auf der Terrasse des historischen Ansitzes aus dem Jahre 1608 hatten sie eine typisch Südtiroler Jause genossen, die an der Etsch Marende heißt, mit Schüttelbrot, Speck und einem hausgemachten Apfelstrudel. Dazu hatten sie die köstlichen Weine von Manincor verkostet, den Sauvignon LiebenAich, den Pinot Nero Mason, die Cuvée Sophie und Réserve del Conte. Beeindruckt war Sabrina auch von der spektakulären Architektur des Weinkellers von Manincor gewesen, der unterirdisch in den Weinberg hineingebaut ist, modernes Industriedesign mit raffinierter Technik verbindet – und doch gleichsam von der Natur wie unter einer Tarnkappe versteckt wird. Dass es bei ihrem Vater im Valley einen ganz ähnlichen Degustationsraum gab, mit einem langen Tisch und mit moderner Kunst, daran konnte sich Sabrina freilich ebenso wenig erinnern wie an ihre Gastgeber, die sie erst vor wenigen Monaten in San Francisco bei einem Abendessen mit ihrem Vater kennen gelernt hatte.

Jetzt fuhren sie über die Weinstraße an Sankt Michael und Girlan vorbei Richtung Bozen, dann über die neue Schnellstraße nach Meran, von dort weiter ins Vinschgau, wo sie hinter Naturns nach rechts auf eine kleine einsame Forststraße abzweigten, die nach wenigen hundert Metern von einem Gatter versperrt wurde. Sie parkten unter Latschen neben einem Marterl mit einer weißen Madonna, stiegen aus und sahen sich um. Sie waren ganz alleine, kein anderes Auto, keine Menschenseele. Schön, diese Ruhe. Sabrina hatte eine Wanderkarte in der Hand, auf der die Alm eingekringelt war, die laut Fax ihres Vaters einst der Familie ihrer Mutter gehört hatte. Irgendwo da oben am Berg war also ihre Mamma geboren. Wie es dort wohl ausgesehen hatte? Etwa so kitschig wie in alten österreichischen Heimatfilmen? Mit einem Geweih am Holzbalken über dem niedrigen Eingang, mit Kühen im Stall, Feuer im offenen Kamin, Gänsen unter dem Küchentisch? Sie fragte sich, ob es so etwas gab wie eine vererbte Erinnerung. Wenn schon ihr eigenes Gedächtnis nicht funktionierte, vielleicht erinnerten sich ihre Gene an diese Umgebung? Wenn sie erst mal oben war, vor der alten Alm stehend über das Tal nach Süden zum Stilf-

serjoch sehen und die Bergwiese riechen konnte, dann würde sie es wissen.
Wie man ihnen erzählt hatte, wurde die Almhütte bewirtschaftet. Wanderer und Mountainbiker kehrten dort gerne ein. Besucher konnten es sich aber auch einfacher machen und mit einer Materialseilbahn hinauffahren. Das war zwar nicht ganz legal, aber in Südtirol gängige Praxis. An einem langen Stahlseil, das ohne Stütze durch den Wald und über die Berghänge hinaufführte, hing eine große hölzerne Kiste, die eigentlich für Transporte gedacht war, zum Beispiel für die frische Milch, die in ihr allmorgendlich zu Tal gebracht wurde.
Sie zogen feste Schuhe an, schlossen das Auto ab und setzten sich erwartungsvoll in die Transportkiste, die sogar über eine kleine Bank verfügte, damit es die Fahrgäste nicht ganz so unbequem hatten.
»Sieht wenig Vertrauen erweckend aus«, sagte Hipp mit skeptischem Blick auf die abenteuerliche Konstruktion der Talstation, die diesen Namen kaum verdiente und im Wesentlichen aus einem U-förmigen verrosteten Stahlträger, einem Antriebsmotor und einem großen Umlaufrad bestand. Das Ganze wurde mit Stahlseilen, die an Bäumen festgemacht waren, und einigen in den Boden betonierten Winkeleisen mehr recht als schlecht in einer einigermaßen vertikalen Position gehalten. »Jetzt wird's spannend.« Er drückte auf einen Knopf. Es tutete kurz, der Motor sprang an, und der Lift setzte sich mit erstaunlichem Tempo bergwärts in Bewegung. »Hab ich dir schon erzählt, dass ich Höhenangst habe?«, gab Hipp, der sich am Förderkasten festklammerte, ein Geheimnis preis.
»Wie James Stewart in Hitchcocks *Vertigo?*«, fragte Sabrina neugierig.
»Nicht ganz so schlimm.«
»James Stewart und Kim Novak. Auf Deutsch heißt der Film übrigens *Aus dem Reich der Toten*.«

»Sehr beruhigend, ich danke dir für diesen Hinweis«, erwiderte Hipp.
Schon war die Lichtung, auf der sie das Auto geparkt hatten, entschwunden, auch die Talstation war von tief hängenden Zweigen verdeckt. Dafür kam der Berg immer näher, und es ging zunehmend steiler nach oben. Plötzlich gab es einen scharfen Ruck, das Zugseil blockierte, Sabrina schleuderte nach vorne. Im letzten Augenblick bekam Hipp, der mit der linken Hand guten Halt hatte, sie mit der rechten zu fassen und riss sie zurück in den Transportkasten, der jetzt nach hinten schwang. Einige Tannenzweige schrammten über ihre Köpfe. Es gab einen Schlag, als die Holzkiste gegen einen Baumstamm prallte, dann pendelte sie wieder zurück und kam erst langsam zum Stillstand. Sabrina lag auf dem Rücken, schwer atmend und zitternd. Noch immer hatte Hipp ihren rechten Oberarm fest im Griff. Nach unten sehend, realisierte er, dass sie gerade mächtiges Glück gehabt hatten. Vielleicht zwanzig Meter unter ihnen, die Höhe war von hier schwer abzuschätzen, ragten einige spitze Felsen aus dem Waldboden.
»Alles okay?«, fragte er, Sabrina loslassend.
»Danke, geht so«, antwortete sie, »ich glaube, du hast mir gerade das Leben gerettet.«
»War mir ein Vergnügen.«
Sie langte sich an den Hinterkopf. »Mir brummt der Schädel, scheint meine Schwachstelle zu sein.«
»Die Bank ...«, sagte Hipp, der sich seiner Höhenangst zum Trotz weit aus dem Kasten lehnte, um einen Blick auf die Talstation zu erhaschen. »Du hast dir an der Bank den Kopf angeschlagen.«
Sabrina setzte sich vorsichtig auf. Dabei versuchte sie möglichst wenig zu schaukeln, denn umgekehrt würde sie Hipp wohl kaum festhalten können.
»Jetzt weiß ich, warum diese Art von Lift nicht für Personentransporte zugelassen ist«, sagte sie. »Die Technik ist ja noch schlechter,

als sie aussieht. Damit dürfte man in Amerika nicht einmal Hotdogs befördern.«

»Immerhin hat das Seil gehalten, und unser Kasten ist in der Verankerung geblieben. Wir sollten dieser archaischen Technik von Herzen dankbar sein.«

»Aber sie hat uns fast in den Tod befördert.«

»Da bin ich mir nicht so sicher«, sagte Hipp.

»Wie meinst du das?«

»Leider lässt sich unsere Talstation von hier kaum erkennen, aber ich glaube, da ist jemand. Hat einen roten Pulli an.«

»Vielleicht hilft er uns?«

»Oder auch nicht«, flüsterte Hipp.

»Wie bitte?«

»Ich halte es für denkbar«, sagte er, »dass die betreffende Person für unseren Zwischenfall verantwortlich ist und wenig Interesse hat, uns zu helfen, ganz im Gegenteil.«

»Du meinst …?«

»Ganz genau, das meine ich.«

»Wir sollten die Polizei anrufen«, sagte sie.

»Geht leider nicht, das Handy liegt im Auto auf dem Rücksitz.«

Ein Ruck ging durch das Stahlseil. Erneut begann der Kasten hin und her zu schwingen.

»Das finde ich nicht witzig«, sagte sie und sah ängstlich nach unten, »überhaupt nicht witzig!«

42

Von Sankt Josef am See war er hinter ihnen hergefahren. Über die romantische Weinstraße, die er von früheren Besuchen in Südtirol gut kannte. Er erinnerte sich an Weinproben bei Schreckbichl* in Girlan, an den vollmundigen Pinot Grigio, der hier Ruländer genannt wurde, an den süffigen Lagrein* und den kraftvollen Gewürztraminer*, der in Südtirol seine Heimat hatte. Bei Sankt Michael-Eppan* dachte er an die großen Holzfässer im Keller, an den strohgelben Weißburgunder Schulthauser und den eleganten Pinot Nero Sanct Valentin. Und natürlich kam ihm der Südtiroler Winzer Alois Lageder* in den Sinn, der weiter südlich in Margreid mit dem Weingut Casòn Hirschprunn und dem Ansitz Löwengang charaktervolle Weine vom täglichen Genuss bis hin zur Extraklasse produzierte. Mal im Stil französischer Château-Weine als Cuvées, vor allem aber reinsortige Weine, von denen er insbesondere Hochgewächse wie den Cabernet Cor Römigberg zu schätzen wusste.

Aber er war nicht hier, um sich mit Weinen zu beschäftigen. Nein, ganz und gar nicht. Leider gab es für ihn momentan andere Prioritäten. Dazu musste vor allem zählen, nicht entdeckt zu werden. Er hielt großen Abstand und achtete darauf, dass sich immer mindestens vier, fünf Autos zwischen ihnen befanden. Kurz vor Bozen verlor er sie aus den Augen. Auf gut Glück zweigte er Richtung Meran ab. Das Schicksal meinte es heute gut mit ihm, nach einigen Minuten hatte er sie wiederentdeckt. Kurz hinter Naturns waren sie plötzlich verschwunden. Er fuhr einige Kilometer weiter, drehte um, sah auf dem Parkplatz eines Wirtshauses nach, das mit seinen frischen Forellen Werbung machte, und bog schließlich in einen kleinen Forstweg ab. Im Schritttempo fuhr er weiter. Er kam sich vor wie ein Indianer auf dem Kriegspfad. Im Kofferraum hatte er ein Jagdgewehr mit einer Schachtel Munition liegen. Sollte sich jetzt die Chance bieten, auf die er schon so lange wartete? Sollte ihm jetzt gelingen, was im Turiner Krankenhaus gescheitert war und wozu er in Mailand keine Gelegenheit gefunden hatte?

Als er vor sich ihren verlassenen Wagen sah, atmete er tief durch. Er schaltete den Motor aus und lauschte in den Wald. Plötzlich tutete es, und er hörte eine Maschine anspringen. Er stieg aus und hastete, geduckt und sich am Rand des Forstweges haltend, nach vorne, dorthin, wo das Geräusch herkam. Als er durch die Zweige den davonfahrenden Materialaufzug mit Sabrina und Hipp entdeckte, huschte ein triumphierendes Lächeln über sein Gesicht. Schnell schätzte er seine Möglichkeiten ab. Er rannte zurück zum Auto, öffnete die Heckklappe, zog Handschuhe an, zögerte kurz, griff dann nicht zum Gewehr, sondern zum Wagenheber und zum großen Kreuzschlüssel für die Radmuttern. Vor Nervosität glitt ihm der unhandliche Scherenheber kurz aus den Händen. Gleichwohl war er wenige Augenblicke später bei der Talstation angelangt, die sich in einem verwegenen Zustand präsentierte. Er stellte fest, dass der Kasten mit Sabrina und ihrem Begleiter zwischen den Bäumen verschwunden und nicht mehr zu sehen war. Er nahm den gusseisernen Kreuzschlüssel und steckte ihn kurz entschlossen zwischen die breiten Speichen des sich rasch drehenden Umlaufrades.

Fast wurde die Scheibe beim plötzlichen Stopp von der Achse gerissen, es tat einen fürchterlichen Schlag, das Stahlseil kreischte, eine Verankerung wurde aus dem Boden gefetzt, ein Metallteil flog knapp an seinem Kopf vorbei – aber erstaunlicherweise kam weder die Konstruktion zum Einsturz, noch riss das Tragseil. Offensichtlich hatte er die Ingenieurkunst Südtiroler Bergbauern unterschätzt.

Wie sich Sabrina und Hipp wohl jetzt fühlten? Vielleicht war schon alles erledigt und sie waren aus großer Höhe abgestürzt und mit ihrer komischen Holzschachtel auf dem Boden zerschellt? Vielleicht aber saßen sie noch drin und erfreuten sich relativ guter Gesundheit? Nun, dem konnte man abhelfen. Er nahm den Wagenheber und spannte ihn zwischen Tragseil und Umlaufrad, mit der Kurbel drehend spreizte er den Mechanismus langsam, aber sicher auseinander. Ein Ruck ging durch die Konstruktion. Nur noch wenige Umdrehungen, dann würde das Werk der Zerstörung vollbracht sein. Er musste nur aufpassen, dass er dabei nicht selbst zu Schaden kam. Und er musste hoffen, dass die Absturzhöhe ausreichte, um Sabrina endgültig in den Tod zu befördern. Was mit diesem Hipp geschah, war egal, aber vermutlich war es besser, wenn auch er …

43

Das finde ich nicht witzig, überhaupt nicht witzig!«, wiederholte Sabrina ihren letzten Satz.

»Ich auch nicht«, sagte Hipp. »Spätestens jetzt ist mir klar, dass Höhenangst eine durchaus sinnvolle Überlebensstrategie darstellt und dass man nach Möglichkeit immer mit beiden Füßen auf dem Boden bleiben sollte.«

»Die Erkenntnis kommt reichlich spät.«

»Halt dich fest!«

Entsetzt sah Sabrina, wie Hipp unter Einsatz seines Körpergewichts mit dem Transportkasten zu pendeln begann, ähnlich wie mit einer Schiffschaukel auf dem Jahrmarkt, den Schwung immer wieder aufs Neue mitnehmend

»Was um Gottes willen machst du denn jetzt? Willst du uns umbringen?«, kreischte Sabrina.

»Nichts liegt mir ferner. Halt dich nur richtig fest und zieh den Kopf ein.«

»Das kann nicht gut gehen, gleich stürzen wir ab!«

»Das glaube ich auch …«

»Spinnst du?«

»Aber vorher will ich einen Ast dieses Baumes zu fassen bekommen. Und dann steigen wir aus.«

»Das klappt nicht.«

Entgegen ihrer Überzeugung half sie beim Schaukeln. Hipp sah, wie sie dem Baum, mit dem sie kurz zuvor kollidiert waren, immer näher kamen, einige dünne Zweige streiften bereits über ihre Köpfe. Aber es war klar, dass es mit einem relativ sicheren Umsteigen nichts werden würde. Zu schwer war ihr Transportkasten und zu schnell pendelte er wieder zurück.

»Sobald ich's dir sage, umklammerst du diesen großen Ast und hältst dich an ihm fest. Vergiss diesen Kasten, du musst hier raus, du bist sportlich, du schaffst das.«

»Aber …«

»Keine Diskussion, noch zweimal, noch einmal, jetzt!«

Sabrina sah den Ast näher kommen. Er schien kräftig, jedenfalls stark genug, um sie zu tragen. Ohne weiter nachzudenken, dafür blieb keine Zeit, schlang sie in dem kurzen Augenblick, da er direkt über ihr war, beide Arme um den Ast. Sie spürte, wie der Kasten unter ihr wegsauste, wie ihr Hintern und ihre Füße plötzlich in der Luft pendelten. Jetzt hing alles von diesem verdammten Ast ab. Würde er halten oder war alles aus, zu Ende und vorbei? Aber der Ast, er hielt. Was war das doch für ein schöner, für ein wunderbarer, für ein göttlicher Ast. Sie würde ihn nie mehr im Leben loslassen. Mit einiger Anstrengung schaffte sie es, ihr rechtes Bein um den Ast zu legen. So, jetzt war sie relativ sicher. Aber wo befand sich Hipp? Sie spähte durch ihre Arme nach hinten und sah ihn immer noch in der Kiste schaukeln. Offenbar langte sein Gewicht nicht, erneut den Baum zu erreichen. Sabrina schloss die Augen, wie sie es als kleines Mädchen immer gemacht hatte, wenn sie sich vor etwas fürchtete. Ja, daran erinnerte sie sich plötzlich. Wenn ein großer Hund auf sie zukam oder ein Auto. Einfach die Augen schließen und an ihr Kinderzimmer denken. Was man nicht sieht, das gibt es nicht, das kann einem nicht gefährlich werden. Kein noch so großer Hund. Ist doch alles nur ein Film. Und ihr Kinderzimmer, das hatte rosafarbene Tapeten, und auf dem Schrank neben dem

Fenster saß ein brauner Teddybär und blickte sie mit großen Knopfaugen traurig an.
Sie hörte einen fürchterlichen Schlag, wie von einer riesigen Peitsche, sie hörte Zweige brechen – und weit unter ihr zerschellte Holz auf felsigem Untergrund. Nur die Augen geschlossen halten. Ist alles nur ein schlechter Film. Was man nicht sieht, das gibt es nicht. Sie sah sich als kleines Mädchen mit bloßen Füßen in einem Apfelbaum turnen. In der Veranda saß ihr Vater in einem Schaukelstuhl. Und ihre Mutter, ja, ihre Mutter, eine schöne Frau mit lockigem Haar, sie stand unter ihr und hielt sie fest, damit der kleinen Sabrina nichts geschah.

44

Bevor Mira Pertini ihren Mann im Krankenhaus besuchte, lief sie ziellos durch die Altstadt von Siena. Dass sie sich damit unter die vielen Touristen begab, die mit dem Reiseführer in der Hand den Weg vom Palazzo Pubblico über die Piazza del Campo hinauf zum Dom Santa Maria Assunta suchten, nahm sie überhaupt nicht wahr. Zu sehr war sie mit ihren Gedanken bei Luca. Vor dem Fonte Gaia stehend, wo alljährlich der legendäre Palio gestartet wurde, dachte sie an den beklagenswerten Gesundheitszustand ihres Mannes. Die halbseitige Lähmung nach seinem Schlaganfall besserte sich nur langsam. Die Ärzte machten ihr wenig Hoffnung, dass er je wieder würde normal gehen und sprechen können. Warum nur bürdete der Herrgott ihr eine solch schwere Prüfung auf? Zunächst der Unfalltod ihrer geliebten Tochter Eva-Maria, dann der Schlaganfall ihres Mannes und nun auch noch die Probleme mit der Tenuta. Wie nur sollte eine schwache Frau mit alldem fertig werden? Sie drehte sich um und sah hinüber zum Torre del Mangia. Am liebsten würde sie sich von diesem über hundert Meter hohen Turm hinunterstürzen auf die Piazza del Campo – aber das wäre nicht nur eine Todsünde, sondern damit würde sie auch ihren Luca gerade dann im Stich lassen, da er sie im Leben am meisten brauchte.

Einige Minuten später kniete sie in der Basilika San Domenico und betete dafür, dass sie die richtige Entscheidung traf. Nun, entscheiden musste Luca schon selbst, Gottlob war er dazu imstande, aber es lag an ihr, ihn entsprechend zu beeinflussen. Hoffentlich gelang es ihr, ihm die neuen Nachrichten schonend beizubringen. Das war am wichtigsten, schließlich durfte sich Luca nicht aufregen. Wie würde er es aufnehmen, dass ihr langjähriger Kellermeister gekündigt hatte und ausgerechnet zu diesem Tedesco wechselte? Dino hatte doch schon fast zur Familie gehört. Und dass ihnen die Banca Agricultura den Kredit gekündigt hatte, das würde Luca ebenso wenig verstehen. Schließlich war der Sachbearbeiter ein alter Schulfreund von ihm, aber die Anweisung kam von ganz oben, da konnte Alberto nichts machen. Ohne diesen Kredit war ihre Tenuta nicht überlebensfähig, das wusste sie, schließlich hatten sie im letzten Jahr nächtelang diskutiert, ob sie das Risiko eingehen sollten. Aber um wettbewerbsfähig zu bleiben, brauchten sie nun mal neue Gärtanks aus Edelstahl und mit Kühlung, außerdem einen großen Fasskeller, in dem sich die Luftfeuchtigkeit regulieren ließ. Das alles kostete Geld, viel Geld. Und dann kam diese katastrophale Weinernte im letzten Jahr, die aufgrund des Frostes im April und der reichlichen Regenfälle im Spätsommer eine so schlechte Qualität brachte, dass sie den meisten Wein als Rosso di Montalcino* würden verkaufen müssen. Leider brachte nur der teure Brunello* wirklich Geld. Sie bekreuzigte sich. Santa Maria, in nome del Padre …

Mira saß am Krankenbett und hielt Lucas Hand. Seine rechte Gesichtshälfte zeigte beim Sprechen keine Regung, nur das

Auge tränte. Doch wenigstens konnte er sich wieder artikulieren, leicht lallend, aber recht gut verständlich. Über das Wetter hatten sie gesprochen. Und um ihn zu erheitern, hatte sie erzählt, dass gestern in Montalcino auf der Piazza del Popolo eine junge Amerikanerin nackt getanzt habe. Es brauchte drei kräftige Polizisten, um ihre Darbietung zu beenden und sie mit einer Tischdecke aus dem Caffè Mazzini zu verhüllen. Lucas schräges Lächeln wurde durch einen Husten unterbrochen. Als der Anfall vorüber war, er wieder ruhig atmete und sie gerade beginnen wollte, ihm von Dino und dem Kredit zu erzählen, hob er zitternd die gesunde Hand und machte ein Zeichen, dass sie mit dem Gesicht näher kommen solle, damit sie ihn besser verstehe.

»Cara mia«, sagte er mit leiser Stimme, »ich wollte dich immer auf Händen tragen und dir ein sorgenfreies Leben bieten.« Sie wischte ihm den Speichel aus dem Mundwinkel. »Aber leider hat der Vater im Himmel anders entschieden. Ich kann es nicht ändern …«. Er machte eine lange Pause. »Heute Morgen hat mich Alberto von der Banca Agricultura besucht.«

»Du weißt es also schon?«

»Ja, ich weiß es. Auch dass uns Dino im Stich lässt.« Luca räusperte sich und fuhr fort: »Ich bin krank, ich kann mich um nichts kümmern, es tut mir alles so Leid. Die Tenuta del Leone ist seit Generationen im Besitz der Familie.«

»Eva-Maria ist tot, nach uns kommt niemand mehr. Nur dein Neffe aus Montepulciano.«

»Ricardo aus Montepulciano?« Wieder hustete er, diesmal energischer. »Ich hasse diese Poliziani. Ricardo lebt auf der falschen Seite des Val d'Orcia. Außerdem riecht sein Vino Nobile wie ein nasser Maremma-Hund voller Flöhe.«

Mira schmunzelte. Offenbar war ihr Mann heute gut drauf.

»Ricardo«, fuhr er fort, »nein, außerdem hat er kein Geld.«

»Luca«, sagte sie, »es gibt keinen anderen Ausweg, wir müssen verkaufen. Heute Morgen war Panepinto bei mir ...«
Plötzlich rang er heftig nach Luft. Mira wollte schon aufstehen, um die Schwester zu verständigen, aber Luca hielt sie mit erstaunlicher Kraft fest. Nach einigen Minuten hatte er sich wieder beruhigt. Sie tupfte ihm den kalten Schweiß von der Stirn.
Luca hob den Zeigefinger. »Ja, du hast Recht, wir müssen verkaufen. Von dem Geld bezahlen wir unsere Schulden und kaufen uns ein kleines Haus in der Maremma. Alles ebenerdig, damit ich mit dem Rollstuhl herumfahren kann. Von der Veranda aus kann ich das Meer sehen. Und du kochst mir meine Lieblingspasta, mit Scampi und Knoblauch.«
Mira tätschelte ihm die Hand. »Eine Casa colonica am Meer? Ja, das wäre schön.«
»Und die besten Flaschen Wein aus unserem Keller nehmen wir mit. Die reichen bis an unser Lebensende. Alberto hat gesagt, dass wir nicht viel Zeit haben. Eigentlich möchte ich nicht, dass du mit dem Tedesco sprichst. Er ist ein widerlicher Kerl. Ich darf gar nicht an ihn denken, mir wird sofort schlecht. Aber uns bleibt keine andere Wahl.«
»Sobald ich in Montalcino zurück bin, gehe ich zu ihm.«
Luca schüttelte langsam den Kopf. »Nein, nicht sofort. Ruf vorher Roberto an ...«
»Roberto Valentino in Amerika?«
»Sì, Roberto. Seine Mutter war meine Tante.«
»Ich weiß. Aber wie soll er uns helfen können? Er lebt am anderen Ende der Welt, er ist selber krank, und außerdem macht er sich Sorgen um Sabrina.«
»Ich erwarte keine Hilfe von ihm. Aber sprich mit ihm, erzähl ihm alles, auch was wir vorhaben.«
»Aber warum?«
»Weil er zur Familie gehört, darum. La famiglia è santa!«

45

Als Sabrina die Augen wieder öffnete, sah sie als Erstes die Rinde ihres lieb gewordenen Astes. Dann blickte sie in die Tiefe hinunter zum Boden, wo auf den Felsen die Trümmer des Transportkastens herumlagen. Holzbretter, die Überreste des Bänkchens, ein Bügel mit einer stählernen Rolle – alles, nur keine Beine, kein Arm. Sie atmete tief durch. Vermutlich hatte es Hipp hinausgeschleudert und er lag irgendwo zwischen den Bäumen. Die Ruhe im Wald war beklemmend. Plötzlich verstand sie, warum man von Totenstille sprach. Als ob auch der Wind schweigen würde. Kein Vogelgezwitscher, kein Knacken im Unterholz.

»Hipp, lebst du noch?« Ihre Stimme klang hohl und ohne Hoffnung.

Die Antwort kam umgehend. »Ich bin mir nicht ganz sicher, aber es spricht einiges dafür.«

Vor Freude hätte sie fast vergessen, sich weiter am Ast festzuhalten. Seine Stimme klang ganz nah.

»Wo bist du?«, fragte sie.

»Einige Meter unter dir. Ich hänge kopfüber in den Zweigen, sehr erbaulich.«

»Aber wie …?«

»Ein Akt der Verzweiflung. Ich bin kurz entschlossen aus dem Kasten Richtung Baum gehechtet. Übrigens keine Sekunde zu früh, unmittelbar danach hat sich unser Lift in seine Einzelteile zerlegt.«

Sabrina schluchzte. »Ich bin so glücklich.«

»Und mir sinkt langsam, aber sicher das Blut in den Kopf.«

»Ich kann mich an meine Kindheit erinnern. An meine Mutter unter einem Apfelbaum.«

»Tatsächlich?«

»Ja, und an meinen Vater im Schaukelstuhl.«

»Wunderbar, dann ist unser Survivaltraining ja sogar von Nutzen. Aber …«
»Ja?«
»Ich würde unsere Konversation gerne zu einem späteren Zeitpunkt fortsetzen. Zunächst sollten wir versuchen, heil von diesem Baum runterzukommen.«
»Ich lasse diesen Ast nie mehr los.«
»Wirst du wohl müssen. Ich sehe zwar alles auf dem Kopf, außerdem unscharf, weil ich meine Brille verloren habe, aber wenn ich mich nicht täusche, ist direkt unter deinem linken Bein ein weiterer dicker Ast. Da könntest du dich draufstellen.«
»Und wenn du dich täuschst?«
»Vertrau mir.«
»Schon wieder? Wird langsam zur lieben Gewohnheit. Wo ist dieser verdammte Ast?«
»Ein bisschen nach links, falsch, Entschuldigung, nach rechts, noch ein wenig, ja, jetzt hast du ihn.«
»Geklappt. So, jetzt sehe ich dich. O mein Gott, du hängst ja in den Zweigen wie ein toter Frosch an der Wäscheleine.«
»Mach dich nur lustig. Wir sollten uns beeilen.«
»Warum?«
»Weil man nie weiß, auf welche Ideen unser Freund an der Talstation noch kommt. Außerdem würde ich gerne meine Brille wiederfinden.«

Am Abend saßen Sabrina und Hipp erschöpft, aber glücklich auf dem Balkon ihres Hotelzimmers in Sankt Michael zu Eppan. Ihr tat der rechte Oberarm weh, das linke Knie war bandagiert. Er hatte einige Schrammen an den Händen und Armen, eine von Blut verkrustete Nase, außerdem schmerzte der Rücken. Aber von diesen Malaisen abgesehen waren sie wohlauf. Auch seine Brille hatten sie unversehrt wiedergefunden. Den Nachmittag hatten sie mit der Bergwacht verbracht, mit Sanitätern sowie einigen Gendarmen aus Meran. In diesem Durcheinander hatten sie auch den Pächter der Alm kennen gelernt. Die Polizei war der festen Überzeugung, dass der Materiallift aus purer Altersschwäche zusammengebrochen war. Hipp ließ sie in diesem Glauben. Aus Mitgefühl nahm die Gendarmerie von einer Anzeige wegen unerlaubter Nutzung der Materialseilbahn zur Personenbeförderung Abstand. Als schließlich alle gefahren waren, hatte Hipp erneut die Trümmer inspiziert. Etwa zwanzig Meter entfernt fand er einen verbogenen Kreuzschlüssel. Und wenig weiter einen Wagenheber. Beides zählte nach seiner Einschätzung wohl kaum zur Standardausrüstung Südtiroler Holzfäller oder Liftanlagenbauer.

Mit einem Gläschen Spumante stießen sie auf ihre Wiedergeburt an. Dabei sahen sie sich lange in die Augen, länger jedenfalls, als sie das bisher je gemacht hatten. Die Sonne war bereits untergegangen. Während sie schon im Dunkeln saßen, war der Himmel über der gegenüberliegenden Talseite in rötliches Abendlicht getaucht. Schön war der Blick auf die Silhouette eines Castells. Eigentlich hätten sie für diese Nacht ein Zimmer im Mountainresort Vigilius* reserviert gehabt, ein von Mattheo Thun gestaltetes Refugium zum kontemplativen Entspannen. Aber nach einer Gondelfahrt, die bei diesem Berghotel obligatorisch war, stand ihnen heute wirklich nicht mehr der Sinn. Da zogen sie es vor, im Ansitz Tschindlhof* festen Boden unter den Füßen zu haben.

»Was glaubst du?«, fragte Sabrina.

»Was soll ich glauben?«

»Wer uns nach dem Leben trachtet?« Denn dass sie heute Ziel eines Attentats geworden waren, davon war auch sie fest überzeugt.

»Denkst du, es war Bill?«

»Immerhin wusste er, dass wir nach Südtirol wollten. Und womöglich kennt er auch die frühere Alm deiner Mutter. Er käme also theoretisch in Frage.«

»Und praktisch?«

»Wohl eher weniger. Außerdem wissen wir nicht, ob der Angriff primär dir oder mir oder uns beiden gegolten hat.«

»Im Ergebnis zweifellos uns beiden«, sagte sie schmunzelnd, von ihrem bandagierten Knie auf seine malträtierte Nase sehend.

»Da hast du wohl Recht, aber bei militärischen Aktionen spricht man in solchen Fällen von Kolateralschäden.«

»Du meinst, mein armes Knie wäre ein Kolateralschaden?«

»Oder meine Nase, nicht zu reden von meinen zerschundenen Armen und den bohrenden Kreuzschmerzen. Jedenfalls dann, wenn der Anschlag dir gegolten hat, was leider wahrscheinlicher ist.«

»Wie auch immer, ich bin unserem Peiniger von Herzen dankbar.«

Hipp sah sie verständnislos an. »Das ist nicht dein Ernst?«

Sabrina lächelte. »Doch, denn ich kann mich wieder an meine Kindheit erinnern, wo ich zur Schule gegangen bin, an mein rotes Fahrrad, an meine Mutter, wie sie mit mir Tennis gespielt hat, an meinen Vater beim Angeln. Ich kann es mir nicht erklären, aber wie ich mich in Panik an den Ast geklammert habe, da ist die Erinnerung an meine Kindheit zurückgekehrt. Unser Hund hieß Barbaresco, und er hat mir immer das Gesicht abgeschleckt, igitt!«

»Barbaresco? Hieß nicht dein Pferd Chardonnay?«

»Ja, und unsere Katze Sangiovese.«

»Das nenne ich eine frühkindliche Prägung. Erstaunlich, dass dich dein Vater Sabrina genannt hat und nicht Cabernet Sauvignon oder Merlot. Aber im Ernst, das ist nicht ungewöhnlich, eine posttraumatische Amnesie kann durch eine weitere traumatische Erfahrung aufgehoben werden. Wie weit reicht deine Erinnerung in die Gegenwart?«

»Nicht weit. Sie endet irgendwo im Alter von zehn oder zwölf Jahren, so genau weiß ich es nicht. Wie Wasser, das am Strand im Sand versickert. Ich kann mich noch an mein erstes Pony erinnern und an eine rothaarige Freundin mit Sommersprossen, sie hieß Patsy und hat mich in der Schule abschreiben lassen.«

»Du hast abgeschrieben?«

Sabrina wurde rot. »Ja, vor allem in Rechnen.«

»Darauf sollten wir anstoßen.«

»Darauf, dass ich beim Rechnen geschummelt habe?«

»Und dass du dabei nicht erwischt wurdest. Nein, ich denke, wir haben bessere Gründe.«

Hipp nahm die Flasche Spumante von Ferrari* aus dem Eiskühler und füllte ihre beiden Gläser, die auf der hölzernen Brüstung ihres Balkons standen.

»Auf den guten Ausgang dieses Tages, dass wir alles mehr oder weniger heil überstanden haben, und darauf, dass unser Widersacher das Gegenteil von dem erreicht hat, was er wollte. Deine Erinnerung, sie kehrt zurück. Salute!«

Sabrina hob ihr Glas. »Und darauf, dass ich dir sehr, sehr dankbar bin.«

»Wofür? Meine Fähigkeiten als Bodyguard sind leider unterentwickelt. Wie man an deinem Knie sieht.«

»Halb so schlimm, ich lebe noch. Aber das meinte ich überhaupt nicht. Ich bin dir dankbar dafür, dass …«

Hipp legte ihr einen Finger auf die Lippen. »Lass gut sein. Trink einen Schluck vom Spumante und genieße den lauschigen Sommerabend.«

Minutenlang schwiegen sie und hingen ihren Gedanken nach. Während Sabrina die aufziehende Nacht genoss, ein Windlicht anzündete und es auf die Balustrade stellte, hatte sich Hipp bequem zurückgelehnt und die Augen geschlossen. Fast konnte man glauben, dass er schlief, aber plötzlich machte er mit der

Hand merkwürdige kreisförmige Bewegungen, die Sabrinas Interesse weckten. Schließlich langte er sich an die Stirn, um kurz darauf mit dem Zeigefinger Löcher in die Luft zu bohren. Jetzt richtete er sich auf und drückte beide Daumen gegen die Schläfen – immer noch mit fest geschlossenen Augen. Sabrina sah ihn verwundert an. Ein Lächeln huschte über seine Lippen, die angestrengten Gesichtszüge entspannten sich, er öffnete die Augen, zuckte zurück, als er Sabrina sah, nahm erstaunt seine Umgebung wahr, in der er sich offenbar erst wieder zurechtfinden musste.
Sabrina schüttelte beunruhigt den Kopf. »Fehlt dir was? Soll ich einen Arzt holen?«
»Ein roter Alfa Romeo«, murmelte Hipp ohne Zusammenhang, »mit zwei Türen.«
»Dein neues Traumauto?«
Er wendete sich Sabrina zu, schlug die Beine übereinander und grinste. »Nein, der Wagen unseres Freundes, der uns heute in den Tod befördern wollte.«
»Ein roter Alfa? Woher weißt du das plötzlich?«
»Ich bin die Strecke in Gedanken noch mal abgefahren. Die Weinstraße von Manincor über Girlan Richtung Bozen. Das sechste Auto hinter uns war ein roter Flitzer mit der charakteristischen Frontpartie von Alfa. Kurz vor Bozen war der Wagen verschwunden, eine rote Ampel hat uns getrennt. Der blaue BMW direkt hinter uns ist zur Autobahn abgebogen, der schwarze Fiat dahinter fuhr ebenso wie der Audi Richtung Bozen. Nach fünf Minuten auf der Straße nach Meran war der rote Alfa wieder da. Ist mit hoher Geschwindigkeit herangeschossen, um dann abzubremsen und uns in großem Abstand zu folgen. Leider fällt mir das erst in der Retrospektive auf ...«
Sabrina sah ihn fassungslos an. »Du hast die ganze Fahrt wie einen Film im Kopf?«
»So ungefähr, ist ja noch nicht so lange her. Zwischen Meran und

Naturns war mal ein Lastwagen zwischen uns. Als wir nach rechts in die Forststraße abzweigten, hatte der Alfa etwas den Anschluss verpasst, ist wahrscheinlich zunächst vorbeigefahren und hat dann umgedreht.«

»Wer saß am Steuer?«

»Keine Ahnung, war immer zu weit weg.«

»Hast du keinen Zoom im Kopf?«, fragte Sabrina frech.

Hipp lächelte. »Leider nein.«

»Dann gehört der gefundene Wagenheber also wahrscheinlich zu einem roten Alfa Romeo«, kombinierte Sabrina. »Das könnten wir überprüfen. Jetzt müssten wir nur noch wissen, wer ein solches Auto fährt.«

»Einen Kandidaten wüsste ich«, sagte Hipp.

Sabrina sah ihn erschrocken an. »Wer ist es?«

»Er fährt ein solches Auto, aber deswegen muss nicht er es gewesen sein ...«

»Wer?«

»Giovanni Martino!«

»Der Exfreund von Eva-Maria? Woher weißt du das?«

»Er war auf der Trauerfeier in Montalcino. Und wenn ich mir den Aufbruch am Friedhof in Erinnerung rufe, dann sehe ich Giovanni in einen roten Alfa steigen, der jenem von heute Nachmittag zum Verwechseln ähnlich sieht.«

»Giovanni Martino? Du hast ihn schon einmal dem Kreis der Verdächtigen zugerechnet. Vielleicht hat er Eva-Maria wirklich nicht verziehen, dass sie ihm den Laufpass gegeben hat. Okay, das soll es geben, krankhafte Eifersucht und so. Aber was sollte er gegen mich haben?«

Hipp zuckte mit den Schultern. »Denkbar, dass du ihn am Steuer des Autos gesehen hast, das euch von der Straße gedrängt hat. Dann müsste er dich als Zeugin so schnell wie möglich beseitigen, jedenfalls rechtzeitig, bevor du dein Gedächtnis wiederer-

langst. Und ebenfalls denkbar, dass er auch mit dir ein Verhältnis hatte …«
»Bist du verrückt? Das würde ich wohl wissen!«, reagierte Sabrina spontan.
»Sicher?«
»Nein, wahrscheinlich nicht«, antwortete sie kleinlaut.
»Egal. Motive lassen sich jedenfalls einige ausdenken.«
»Womöglich ist er eifersüchtig auf dich?«, sagte sie.
»Dazu gibt es keinen Anlass«, stellte er nüchtern fest, um dann fortzufahren: »Ich würde Giovanni gerne mal einen Besuch abstatten.«
»Warum überlässt du das nicht der Polizei?«
»Weil ich mir nicht sicher bin.«
»Ich komme mit.«
»Mal sehen. Aber gegenübertreten würde ich ihm gerne alleine.«
Nach einer längeren Pause sah Sabrina Hipp mit einem schwer zu deutenden Lächeln an. »Ich fände es ausgesprochen peinlich, wenn wir aus einem falschen Motiv heraus umgebracht werden würden.«
»Ich kann dir geistig nicht folgen.«
»Angenommen, Giovanni will uns wirklich aus Eifersucht umbringen, weil er sich unsterblich in mich verliebt hat und jetzt glaubt, dass ich mit dir …«
»Wie gesagt, völlig grundlos.«
»Das genau ist ja das Problem. Ich denke, wir sollten ihm wenigstens ein richtiges Motiv geben. Das sind wir unserem Mörder schuldig.«
»Bitte hör auf, ich habe deinem Vater ein Versprechen gegeben.«
»Ich habe doch noch gar nicht angefangen«, sagte sie.
Hipp sah, wie Sabrina aufstand, sich neben die Kerze stellte und langsam ihre Bluse aufknöpfte. Wie ist das unfair, dachte er, so erneut seine Willenskraft auf die Probe zu stellen. Er erinnerte sich

an jene Nacht in Mailand, als sie sich im Bett an ihn gekuschelt hatte, schon da hatte es einer außerordentlichen Anstrengung bedurft, die einem buddhistischen Mönch zur Ehre gereicht hätte. Die Bluse glitt zu Boden und auf rätselhafte Weise der kurze Rock gleich mit. Warum hatte sie darunter keinen Slip an? O mein Gott, diese wunderbare Figur. Spätestens jetzt war ihm klar, dass er in Kürze ein Versprechen brechen würde. Ihren nackten Körper betrachtend, suchte er halbherzig nach einem Ausweg.

»Wir sind beide verletzt …«

»Aber nicht dort, worauf es jetzt ankommt«, erwiderte sie und führte seine Hand zwischen ihre Schenkel.

»Wir sahen schon mal besser aus …«

»Ich finde einen Verband am Knie und Kratzer an den Armen ausgesprochen sexy.«

»Mir tut das Kreuz weh …«

»Da hilft Bewegungstherapie.«

»Man sollte nie als betreuender Psychologe …«

Ihre Brüste näherten sich seinen Lippen. »Ich möchte endlich wissen«, sagte sie, »wie es ist, sich an einen Liebesakt zu erinnern.«

»Ich gebe auf«, stöhnte er.

»Wurde auch Zeit.«

46

Er schob das Weinglas zur Seite und betrachtete die beiden Ansichtskarten auf dem Tisch. Sie waren bereits frankiert und adressiert. Was nur sollte er schreiben? Es fiel ihm schwer, sich zu konzentrieren, denn immer wieder musste er an den gestrigen Tag denken. Ein Tag, der so hoffnungsvoll begonnen hatte, der ihn dann aber erneut hatte scheitern lassen. Sabrina schien einen ganz besonderen Schutzengel zu haben, einen vom Format eines heiligen Michael oder Sankt Raphael. Denn wie sonst hätte sie dieses

Unglück überleben können? Ihm war noch vor Augen, mit welcher Gewalt die aus der Verankerung gerissenen Stahlseile ganze Baumwipfel gekappt hatten. Das war wirklich grandios gewesen, ein beeindruckendes Spektakel. Er hatte sich dann sehr schnell aus dem Staub gemacht, was auch richtig gewesen war, denn von der Alm aus, wo die Bretterbude der so genannten Bergstation zu Bruch gegangen war, hatte man sofort die Rettung und die Polizei verständigt. Er konnte sich noch gut an den schockähnlichen Zustand erinnern, als er Sabrina und Hipp einige Stunden später leicht humpelnd, aber ansonsten unversehrt in Naturns hatte aus der Apotheke kommen sehen.

Auf der einen Ansichtskarte war das Grödnerjoch abgebildet, auf der anderen die Kapelle von Hafling. Ob es klug war, Ansichtskarten aus Südtirol zu schicken? Besonders klug oder besonders dumm? Er kam zum Schluss, dass es wohl egal war. Mit wem sollte er anfangen? Leicht fiel ihm keine der beiden Karten. Aber es war wichtig, dass die Familie ein Lebenszeichen erhielt. So viel konnte man erwarten. Er nahm die Karte vom Grödnerjoch, drehte sie um und begann zu schreiben.

»Fabri, mein lieber Sohn. Die Wochen gehen ins Land, und immer noch genieße ich meine Freiheit. Ob du das verstehst? Ich hoffe es. In unserer Azienda hast du sicherlich alles im Griff, es verspricht ein gutes Weinjahr zu werden. Mir geht es von Tag zu Tag besser, ich fühle mich so jung und tatkräftig wie schon lange nicht mehr. Ich reise viel umher – und denke an euch. Bitte verzeih mir. Auf bald. Dein Vater.«

Traurig betrachtete er die geschriebenen Zeilen. Zu seiner eigenen Überraschung musste er weinen. Er nahm ein Taschentuch und trocknete seine Augen. Und nun die andere Karte mit dem Bild der hübschen Kapelle. Das Motiv passte, Luciana liebte Kirchen in jeder Größe und Form. Er überlegte kurz, dann fing er an.

»Luciana, meine liebe Frau. Ich weiß, dass ich dich maßlos enttäuscht habe. Aus tiefstem Herzen bitte ich um Vergebung, aber ich kann nicht anders. Gott sei Dank hast du Fabri, der dir in dieser schwierigen Zeit zur Seite steht. Du sollst wissen, dass es mir gut geht. Ich erhole mich von den langen Jahren schwerer Arbeit und fasse neuen Lebensmut. Ich werde wiederkommen, versprochen. Aber noch weiß ich nicht, wann. Ich nehme dich in die Arme. Küsschen. Dein Gianfranco.«
Er dachte über das gegebene Versprechen nach. Dann nahm er die beiden Karten und steckte sie in die Jackentasche. Er würde sie später in den Briefkasten werfen. Und jetzt? Seine Freiheit, die würde er erst unbeschwert genießen können, wenn Sabrina nicht mehr am Leben war. Nachdem seine bisherigen Versuche gescheitert waren, beschloss er, so bald wie möglich alles auf eine Karte zu setzen. Er hatte weder die Zeit noch die Nerven, dieses Spiel endlos fortzuführen. Mit dem Jagdgewehr im Kofferraum des Wagens konnte er gut umgehen, sehr gut sogar, es hatte ein leistungsfähiges Zielfernrohr – und er verfügte über ausreichend Munition.

47

Maresciallo Viberti war wieder einmal ausgesprochen schlecht gelaunt. Vor ihm lag der Faxausdruck des Mittagsmenüs seiner Lieblings-Osteria. Als Antipasti Patè di coniglio e barolo chinato, dann Crema di zucchine mit Mandeln, als Secondo Costata di vitello und zum Dessert Tiramisu allo zabajone ed amaretti. Eine halbe Flasche Barbera* inklusive. Bei ihm würde man sogar bei einer ganzen Flasche ein Auge zudrücken, das wusste er. Viberti nahm das Fax und zerriss es wehmütig in kleine Fetzen. Keine Antipasti, keine Crema di zucchine … Er hatte heute Mittag Bereitschaftsdienst. Der Maresciallo saß am Schreibtisch vor den Telefonen und wartete auf irgendeinen Notruf. Aber nichts geschah, gar nichts. Da hätte er auch zum Essen gehen können. Wenn später doch noch was passieren sollte, dann würde er körperlich geschwächt sein, aufgrund fortgesetzter Mangelernährung nur über ein eingeschränktes Leistungsvermögen verfügen. Aber das war dann nicht seine Schuld, sondern eine unmittelbare Folge dieses menschenunwürdigen Dienstplans.

Um sich zu beschäftigen, schlug Viberti den Ordner mit den Strafanzeigen auf, die er weiterzuleiten hatte. Eine lästige Tätigkeit, die in ihrer Sinnlosigkeit nur dem Hirn eines kranken Bürokraten entsprungen sein konnte. Warum schickte die Verkehrspolizei aus anderen Verwaltungsdistrikten ihre Anzeigen wegen Geschwindigkeitsübertretungen oder Falschparkens nicht direkt an die Fahrzeughalter? Nein, aus irgendeinem unerfindlichen Grund wurden alle Anzeigen aus ganz Italien, die Autofahrer mit Zulassung im Distrikt Alba betrafen, an dieses Büro weitergeleitet und von hier abgewickelt. Eine Art Amtshilfe für die Polizia Stradale. Un caso assurdo! Na egal, war nicht zu ändern.

Er nahm den ersten Beleg. Soso, der Dottore Manotti. Eine Anzeige wegen nächtlichen Falschparkens in einer Straße, die nach seiner Kenntnis in Mailands verrufenstem Rotlichtmilieu lag. Ob er diesen Hinweis als Aktennotiz dazuheften sollte, als schönen Gruß an seine Frau? Viberti grinste hämisch, stempelte den Beleg ab, kopierte ihn für die Ablage und gab ihn in den Postausgang.

Nun, was kommt als Nächstes? Al diàvolo! Diese Tätigkeit war ja heute wesentlich unterhaltsamer als sonst. Da hatte man doch Gianfranco Angelo, diesen alten Casanova, der so einfach seine Familie im Stich ließ, mit überhöhter Geschwindigkeit geblitzt. Viberti kicherte. Je älter, desto schneller. Wo war das gleich passiert? Superstrada 38 von Bozen nach Meran, kurz vor der Aus-

fahrt Andriano. In seinem roten Alfa Romeo 147. Una bella machina, die hatte er bei seinem Abschied auf Zeit mitgenommen, ebenso wie seine Ausweispapiere und Kreditkarten. Wahrscheinlich fehlten auch die Kondome aus dem Nachtkästchen, schließlich ließ es der gute alte Gianfranco jetzt richtig krachen. Viberti seufzte neidisch. Dann fiel ihm Carlotta ein, jenes von Gianfranco so sträflich vernachlässigte Vollweib in Asti. Was sprach dagegen, sie heute nach Dienstende erneut zu besuchen? So schlecht war der Tag vielleicht gar nicht, nein, falls Carlotta Zeit hatte, dann könnte er sich wirklich nicht beklagen. Und in diesem Fall war es auch besser, dass er sich mittags nicht den Magen voll geschlagen hatte.
Viberti stand auf und machte neben dem Schreibtisch einige Kniebeugen. Was sollte er mit der Anzeige machen? Sie Fabri oder Luciana zustellen? Damit die beiden als Nächstes nach Südtirol fuhren, um wie in Venedig aufgescheucht nach Gianfranco zu suchen? Warum konnte man den alten Knaben nicht für eine gewisse Zeit in Ruhe lassen? Wahrscheinlich hatte er eine Freundin in Meran und wollte schnell hin. Wenn sie im Bett nur annähernd so leidenschaftlich war wie Carlotta, dann konnte er gut verstehen, dass Gianfranco die Geschwindigkeit übertrat. Dafür war er eigentlich erstaunlich langsam gefahren. Viberti nahm den Beleg, knüllte ihn zusammen und warf ihn in den Papierkorb. »Goditi la tua libertà, vecchio furfante. Genieße deine Freiheit, alter Gauner …«

48

Beim Flug mit der Alitalia von Florenz nach Palermo auf Sizilien genoss Serafino Panepinto den Blick auf die Landschaft, die unter ihm vorüberzog. Bei den grünen Hügeln von Umbrien dachte er an Orvieto*, allerdings nicht an die alte etruskische

Stadt, sondern an den süffigen Weißwein, der ihm am besten »abbocato« schmeckte, also nicht ganz trocken, sondern mit einer leichten Restsüße. Weit rechts ahnte er die Albaner Berge. Ohne nachzudenken, assoziierte er Frascati*, ihm fiel der Est!Est!!Est!!!* ein vom weiter nördlich gelegenen Lago di Bolsena. Und die roten Dessertweine aus der Aleatico*-Traube.
Vor ihm tauchte der Vesuv auf, die Häuserdächer von Neapel glitzerten in der Sonne. Wo andere Menschen vielleicht an Pompeji denken würden, an römische Bäder mit eindrucksvollen Fresken und Mosaiken, da dachte Panepinto wie automatisch an den Lacryma Christi del Vesuvio*, an die Träne Christi, die es als Bianco, Rosato und Rosso gab.
Er stellte fest, dass die lange Arbeit im Weingewerbe, vor allem seine Tätigkeit für Lausitz, ihre Spuren hinterlassen hatte und seine Denkweise prägte. Man nannte das wohl eine Deformazione professionale. Nun, es konnte einem Schlimmeres passieren, als bei jeder Gelegenheit an Wein zu denken – und an schöne Frauen.
Während es hinausging aufs offene Meer und die Stewardess irgendetwas von Schwimmwesten erzählte, die unter den Sitzen verstaut seien, blickte er die Küste entlang gen Süden, dort, wo das aufstrebende Weinbaugebiet Cilento* lag. Weiter unten käme die Stiefelspitze und damit Kalabrien, ein Weinland, das sich schon bei den alten Griechen größter Wertschätzung erfreut hatte und heute unter anderem mit dem Cirò* aus der Gaglioppo*-Rebe für Aufsehen sorgte. Ja, der Süden Italiens, einst als Lieferant von Tankladungen undefinierten Weines mehr gefürchtet denn geachtet, absolvierte derzeit einen respektablen Qualitätsaufschwung. Wäre sein Chef nicht fast schon manisch auf Brunello* und damit auf Montalcino und die Toskana fixiert, er würde ihm empfehlen, im Mezzogiorno zu investieren, in Kalabrien oder in Apulien, wo der Negroamaro* oder der Primitivo* zur Höchstform aufliefen,

oder gleich in Sizilien, von wo der Weinbau schließlich erst nach Europa gelangt war.
Nach nur wenigen Minuten über dem Meer sah er sie schon auftauchen, jene Insel, die bei den Griechen Trinacria hieß, die in jüngerer Vergangenheit erst ihren schlimmen Ruf als Mafia-Territorium überwinden musste und ganz aktuell eine herrliche Wiedergeburt erlebte.
Vergeblich suchte er am Horizont den über dreitausend Meter hohen Ätna, der von den Sizilianern liebevoll Mongibello genannt wurde, diese Zuneigung aber gelegentlich mit heftigen Eruptionen und glühenden Lavaströmen zu erwidern pflegte. Dem Wein schadete dies nicht, ganz im Gegenteil, er mochte die Feuersteinnoten des Bianco, auch der Rosso von den Flanken des Ätna konnte eine ansehnliche Qualität erreichen.
Er freute sich auf Palermo, jene Stadt im Nordwesten Siziliens, die mit ihrer Schönheit schon Johann Wolfgang von Goethe verzaubert hatte, seitdem aber einiges an Ungemach und an städtebaulichem Verfall hatte hinnehmen müssen. Dazu hatte die Mafia ebenso ihren leidvollen Beitrag geleistet wie das schreckliche Erdbeben von 1968. Aber seit einiger Zeit schien all dies überwunden, Palermo fand in atemberaubendem Tempo zum alten Mythos der Conca d'Oro zurück, der goldenen Muschel am Fuße des Monte Pellegrino. Für Panepinto war Palermo gegenwärtig eine der faszinierendsten Städte Italiens. Nicht nur, weil Rosalia, die ihn hoffentlich sehnsüchtig erwartete, fast so feurig war wie der Ätna. Er freute sich auch auf das Abendessen mit Focacce, mit Arancine und Couscous. Dazu würde er einen Merlot von Planeta* trinken oder einen Cabernet der Abbazia Sant'Anastasia*, jener Abtei in Castelbuono, die vor über neunhundert Jahren von einem Grafen Ruggero d'Altavilla gegründet worden war.
Vorher aber hatte er noch einen geschäftlichen Termin zu erledigen. Er musste zwar akzeptieren, dass Lausitz seine Freun-

din schützen wollte, aber es gab ja noch andere Möglichkeiten, Weinlieferungen umzudirigieren. Sein alter Freund Battista hatte da eine vortreffliche Idee. Am Nachmittag würde er sich mit ihm im Hafenviertel La Kalsa treffen, vor der Kirche San Luca d'Assisi.

So ungefähr wusste er bereits, was Battista vorhatte. Nur zum Schein würden sie in Palermo eine Weinfirma für Import und Export gründen, mit Geschäftspapier, Visitenkarten und Eintrag in einigen relevanten Verzeichnissen. Dann würden sie bei renommierten Weingütern ganz offiziell einige Paletten bestellen und korrekt bezahlen. Das dafür nötige Startkapital musste Lausitz beisteuern. Solchermaßen gut eingeführt, würden sie etwas später in einer zeitgleichen Aktion bei denselben Weingütern wirklich große Mengen an Wein bestellen – mit dem entscheidenden Unterschied, dass sie diesmal nicht zahlen würden. Keinen Cent! Nach Erhalt der Ware, Battista dachte an Tausende von Kartons, würde sich ihre Firma in Luft auflösen. Nachforschung zwecklos. Es hatte sie nie gegeben. Panepinto freute sich schon jetzt über die dummen Gesichter ihrer Geschäftspartner. Bei Anruf? Kein Anschluss unter dieser Nummer! Das Büro? Eine Baugrube! Die Namen? Vielleicht geklaut aus Giuseppe Tomasi di Lampedusas *Gattopardo?* Ja, das war eine vortreffliche Idee, er liebte diesen Roman, und erst recht die Verfilmung von Luchino Visconti mit Burt Lancaster als Fürst Fabri Salina und Claudia Cardinale in der Rolle der schönen Angelica.

Wenn mit Battista alles glatt lief, würde er den Plan schon morgen seinem Chef präsentieren. Er hoffte, dass Lausitz sein unternehmerisches Denken zu schätzen wusste. Und übermorgen hatten sie bereits einen Termin mit Mira Pertini zwecks Verkauf der Tenuta del Leone. Offenbar hatte der alte Luca endlich zugestimmt. Ihm blieb ja auch keine andere Wahl. Es lief also alles wie geölt, liscio come l'olio. La vita può essere così bella!

49

Vor kurzem noch hatten sie vom Ponte Vecchio hinuntergesehen auf die trägen Fluten des Arno. Kaum zu glauben, dass dieser harmlos wirkende Fluss 1966 große Teile des Centro storico von Florenz überflutet hatte. In einer Stadt, die als Wiege der Renaissance wie kaum eine andere auf engstem Raum ein großartiges Kulturerbe vereint, schon aus kunsthistorischer Sicht eine unvorstellbare Katastrophe.

Jetzt standen Sabrina und Hipp in der Kirche Santa Croce vor dem Tabernakel von Donatello. Er erzählte, dass der französische Dichter Stendhal in Santa Croce unter der schweren Last des Florentiner Kunstgenusses mit Schwindelgefühlen und Herzbeklemmungen zusammengebrochen war. Vergleichbare Beschwerden würden in der Literatur seitdem als Stendhal-Syndrom beschrieben. Sabrina meldete Zweifel an, dass diese psychische Störung, die aus einer Überdosis von Botticelli, Tizian und Caravaggio resultierte, von den Krankenkassen anerkannt würde. Da wäre ihr verdrehtes Knie, das ihr beim Gehen immer noch Beschwerden bereitete, sehr viel überzeugender.

Von Südtirol waren sie heute Morgen hierher in die Toskana gereist. Nach einem Tag Pause, den sie in Eppan weniger aus Gründen der Rekonvaleszenz eingelegt hatten, vielmehr hatten die vorangegangenen Ereignisse bei Sabrina emotionale Spuren hinterlassen. Sie lächelte leise. Wobei sie nicht von einem Sabrina-Syndrom sprechen würde. Sie dachte an das Überleben des Seilbahnunglücks, aber auch und vor allem an das nächtliche Zusammensein mit Hipp, das sie als lustvolle Wiederentdeckung vergessener Leidenschaften erlebt hatte. Diese tief greifenden Erfahrungen hatte sie erst mal verarbeiten müssen – was am besten im Liegestuhl zu bewältigen war.

Nun standen sie also hier in Santa Croce vor dem Tabernakel mit

der Jungfrau Maria und dem Verkündigungsengel. Vielleicht sollten sie um höheren Beistand und kirchlichen Segen bitten, überlegte Sabrina. Schließlich befanden sie sich nicht wie ursprünglich geplant auf dem Weg nach Venedig, sondern unterwegs ins Chianti, wo Hipp Giovanni Martino besuchen und zur Rede stellen wollte. Ihren Vorschlag, dies gleich der Polizei zu überlassen, hatte Hipp ohne Angabe von Gründen entschieden abgelehnt. Hoffentlich, dachte sie, weiß er, was er tut.
Sie fröstelte. Irgendwie kam ihr diese Kirche unheimlich vor. Das mochte an den vielen Grabstätten liegen. Rossini, Ghiberti, Michelangelo, Machiavelli, Galilei – alle im Tod vereint. Ob ihre Skelette nächtens bei Vollmond zusammensaßen und über den Lauf der Gestirne diskutierten, über die Schöpfung und die Vertreibung aus dem Paradies? In diesem illustren Kreis der toten Genies würde Dante fehlen, sein Grab in Santa Croce bestand nur zum Schein, es war leer, seine Gebeine ruhten in Ravenna. Ein Diskurs zwischen Machiavelli und dem Schöpfer der *Göttlichen Komödie* über das Fegefeuer, im fahlen Licht des Mondes, im Angesicht der Fresken von Giotto, Lorenzo Ghibertis bronzene Visionen vom Sündenfall. Sie glaubte eine Arie aus Puccinis *Tosca* zu hören, Galilei hielt einen Apfel in der knöchernen Hand … Sabrina drehte sich um und begann zu rennen, die Schmerzen im Knie vergessend, sie musste hier raus, möglichst schnell, hinaus in die Sonne auf die Piazza.

Als sie wenig später an einem der Tische vor dem Caffè Rivoire* saßen, da ging es ihr schon wieder besser, ihr Atem hatte sich beruhigt, die Angstattacke war verflogen. Während Hipp mit seinem Freund Talhammer telefonierte, der in schöner Regelmäßigkeit anrief, um sich nach dem Fortgang der Ermittlungen zu erkundigen, sah sie hinüber zum Palazzo Vecchio, in dem einst die Medici residierten. Konnte es eine herrlichere Kulisse geben? Links der

David von Michelangelo, zwar nur eine Kopie, aber deshalb nicht weniger ausdrucksstark. Dass just in diesem Augenblick eine Taube auf seinem Kopf landete, tat seiner Anmut keinen Abbruch. Rechts die Loggia dei Lanzi mit ihren steinernen Skulpturen, davor eine Kutsche mit höchst lebendigen Pferden. Sabrina nahm das Glas mit der Cioccolata calda, der heißen Schokolade, die im Caffè Rivoire obligatorisch war.

Amüsiert hörte sie Hipp sagen, dass er »selbstverständlich« in der Angelegenheit der Weindiebstähle ermittle, »zugegeben, nicht besonders intensiv«, räumte er ein, aber er habe durchaus ein gutes Gefühl.

Worauf sich dieses wohl gründete? Er hatte in den letzten Tagen mit Sicherheit kaum einen Gedanken an diesen Fall verschwendet.

»Nein, tut mir Leid, noch habe ich keine heiße Spur.«

Er arbeite unter anderem an einem Fragebogen, berichtete er Talhammer, für die Mitarbeiter im Mailänder Büro. Sabrina glaubte ihm kein Wort.

»Nein, da sehe ich kein Problem«, sagte Hipp. »Wir tarnen das einfach als psychologischen Test im Rahmen der beruflichen Fort- und Weiterbildung. Auf diese Weise komme ich zu differenzierten Persönlichkeitsprofilen, die Aufschluss geben könnten ...«

Talhammer schien von diesem Vorschlag nicht sehr angetan. Wie er ja überhaupt, wie sie von Hipp wusste, die Mailänder Mitarbeiter für unschuldig hielt.

»Ja, natürlich«, ging Hipp auf ihn ein, »ich werde auch andere Möglichkeiten in Erwägung ziehen. Obwohl ...«

Sabrina kannte dieses Spiel. Gleich würde er eine Ausflucht suchen, um das Gespräch zu beenden.

»Mein lieber Karl, tut mir Leid, ich muss aufhören. Mein Auto steht im Halteverbot, und ich bekomme gerade einen Strafzettel. Sì, sì, subito.«

Hipp schaltete das Handy aus und steckte es entspannt in die Jackentasche.
»Unser Auto steht ganz ordnungsgemäß auf dem Parkplatz hinter dem Palazzo Pitti«, erwähnte Sabrina beiläufig.
»Tatsächlich?«

Am Nachmittag verließen sie Florenz und fuhren auf der Via Chiantigiana an Poggio Ugolino vorbei, den Rebstöcken folgend, gen Süden. Als sie eine Tafel mit dem Gallo Nero des Consorzio Chianti Classico passierten, erzählte Hipp eine Legende von zwei Reitern, die einst im sportlichen Wettstreit die Grenze im Chianti bestimmen sollten. Beim ersten Hahnenschrei sollten sie aufbrechen und von Florenz und Siena aus aufeinander zureiten. Dort, wo sie schließlich aufeinander trafen, würde fortan die Grenze zwischen den beiden verfeindeten Republiken verlaufen. Allerdings hatten die Sieneser nicht mit den Weinbauern auf dem Land gerechnet, die dem Reiter in Florenz einen völlig abgemagerten Hahn schenkten, ebenjenen Gallo Nero. Da dieser, vom Hunger gepeinigt, schon weit vor Tagesanbruch zu krähen anfing, war der Reiter aus Florenz bereits in Sichtweite von Siena, als ihm sein überraschter Rivale entgegenkam. Und so fiel das Chianti Classico schon im Mittelalter fast zur Gänze an Florenz.
Gallo Nero? Schwarzer Hahn? Sabrina konnte der Geschichte nur mit verminderter Aufmerksamkeit folgen, zu sehr war sie in Gedanken bei dem bevorstehenden Termin. Sie wunderte sich über Hipps Gelassenheit, waren sie doch unterwegs zu jenem Mann, der allem Anschein nach hinter den Anschlägen auf ihr Leben steckte. Wie konnte Hipp zunächst entspannt durch Florenz schlendern und jetzt über ein mangelernährtes Federvieh schwadronieren, wo doch die Stunde der Wahrheit nahte? War Giovanni Martino der Mörder von Eva-Maria? Hatte er die Nachtschwester Margherita auf dem Gewissen? War er es, der sie in Süd-

tirol hatte zu Tode stürzen wollen? Und wenn ja, warum? Aus blinder Eifersucht und jetzt, um eine unliebsame Zeugin zu beseitigen? Eine Zeugin, die sich an nichts mehr erinnern konnte! Was für eine Ironie des Schicksals.

»Der Gallo Nero wurde später zum Wappentier der Lega del Chianti. Und es war kein Geringerer als Cosimo III. de' Medici, der 1716 …«

Cosimo de' Medici? Der gute Mann war doch schon lange tot. Aber Giovanni Martino, der lebte. Wenn Giovanni wirklich gestehen sollte, wenn er erzählen sollte, was vorgefallen war an jenem Tag im Piemont, an dem Eva-Maria starb, ja, wenn er all dies zu Protokoll geben würde, dann war das vielleicht der Schlüssel zu ihrem Gedächtnis. Sabrina atmete tief durch. Es bedurfte nur einiger Hinweise, so hoffte sie, dann würde ihr alles wieder einfallen. Alles. Ob es ihr gefiel oder nicht.

In Castellina in Chianti angekommen, begleitete Hipp Sabrina zur Antica Trattoria La Torre* an der Piazza Castello. Von hier war es nicht weit zu Giovannis Enoteca. Er nahm ihr das Versprechen ab, ihm nicht zu folgen. Sollte er in einer Stunde nicht zurück sein, dürfe sie die Polizei benachrichtigen – aber dazu würde es nicht kommen, da könne sie ganz beruhigt sein.

»Und wenn Giovanni Martino gar nicht da ist?«, zog Sabrina diese Möglichkeit in Betracht.

»Er wird da sein. Ich habe vorhin angerufen.«

»Du hast was?«

Hipp lächelte. »Unter einem falschen Namen, als du für kleine Mädchen …«

»Pass auf dich auf.« Sie umarmte ihn und gab ihm einen Abschiedskuss.

Hipp ging die Via Fiorentina entlang, einige Stufen hinunter, wendete nach links, ging durch einen Torbogen, dann wieder rechts, schon sah er das Schild von Giovannis Enoteca. Er blieb vor dem Schaufenster stehen und betrachtete die feilgebotenen Weine: Chianti Classico vom Castello di Fonterutoli, einige Flaschen von der Fattoria Nittardi*, die einst Michelangelo Buonarroti gehörte, Fontalloro von Felsina* ... Nun, Giovanni Martino mochte ein unangenehmer Zeitgenosse sein, aber gegen seine Weinauswahl ließ sich nichts einwenden, ganz im Gegenteil, da war alles versammelt, was in und um Castellina Rang und Namen hatte.

Hipp steckte die rechte Hand in die Jackentasche und betrat die Enoteca. Dass der junge kräftige Mann, der gerade einige Flaschen ins Regal sortierte, Giovanni war, stand für Hipp außer Frage. Schließlich hatte er ihn schon einmal gesehen, bei Eva-Marias Trauerfeier. Nur dass er damals keine grüne Schürze trug. Ohne zu grüßen blieb Hipp mitten im Raum stehen und wartete ab. Sie waren alleine im Laden, das war gut so. Er war gespannt, wie Giovanni reagieren würde. Ein spontanes Erkennen würde ihn verraten, so einfach war das. Schon die erste Reaktion war so etwas wie eine Vorentscheidung.

Giovanni drehte sich um und sah ihn an. »Buon giorno, Signore. Wollen Sie sich umsehen, oder haben Sie einen besonderen Wunsch?«

Kein Zucken, nicht das geringste Anzeichen. Völlig ruhig. Erstaunlich.

»Buon giorno. Haben Sie auch Weine aus Montalcino?«

»Sie meinen Brunello? Natürlich, auch wenn ich Ihnen lieber einen Wein aus unserer Region verkaufen würde. Biondi-Santi*, Castello Banfi*, Pieve Santa Restituta* ...«

»Wie wär's mit einem Brunello von der Tenuta del Leone?«

Hipp sah, wie sich Giovannis Gesichtszüge von einem Augenblick auf den anderen verhärteten, wie die Augen schmal wurden und die Hände verkrampften.

»Warum? Was wollen Sie? Wer sind Sie?«, zischte Giovanni durch die Zähne.
»Wir sind uns schon mal begegnet. Bei Eva-Marias Beerdigung.«
»So? Ich kann mich nicht erinnern, außerdem beantwortet das keine meiner Fragen.«
Hipp bemerkte, wie sich Giovannis Muskeln anspannten. Fabri hatte erzählt, dass der verflossene Freund von Eva-Maria über einen leicht aufbrausenden Charakter verfüge und gelegentlich zu Aggressionen neige. Er wollte ihn provozieren, das schon, aber es lieber nicht auf eine ernsthafte Auseinandersetzung ankommen lassen. Da würde ihm der schwere Glasaschenbecher in der Jackentasche wenig helfen. Besser, er stellte ihn später wieder unversehrt auf den Tisch in der Antica Trattoria.
»Ich führe einige Ermittlungen im Zusammenhang mit Eva-Maria Pertinis Tod durch.«
»Sie sind, wie ich höre, Deutscher. Wir sind in Italien, was haben Sie hier zu ermitteln?«
»Im Auftrag von Signor Valentino.«
»Sabrinas Vater?« Giovanni wirkte überrascht.
Hipp zögerte. Er war nicht hier, um Antworten zu geben, es wurde Zeit, den Spieß umzudrehen.
»Sie kennen Sabrina?«, fragte er.
»Ja, das heißt, nein«, verhaspelte sich Giovanni.
»Wie soll ich das verstehen?«
»Nein, ich kenne Sabrina nicht, aber Eva-Maria hat mir von ihr erzählt. Und ich weiß, dass sie mit im Wagen war. Wie geht es ihr?«
Hipp achtete auf Giovannis Körpersprache. Nach seiner Überzeugung war diese bei guten Lügnern viel aufschlussreicher als der Gesichtsausdruck. Gerade noch hatte er gewirkt wie ein Raubtier kurz vor dem Sprung, leicht nach vorne gebeugt, das Gewicht auf dem linken Bein. Jetzt aber gab er diese offensive Haltung auf,

die hochgezogenen Schultern entspannten sich, der vorgestreckte rechte Arm pendelte locker nach unten. In Gefahrensituationen war der Mensch evolutionsbedingt entweder auf Angriff konditioniert, oder er suchte nach Fluchtmöglichkeiten – oder er erstarrte in Angst. Das Verhaltensmuster der plötzlichen Entspannung gab es unter Stress nicht. Hipp ahnte, dass er auf der falschen Fährte war.

»Es geht ihr relativ gut«, antwortete er.

»Freut mich.« Das klang ehrlich.

»Wie war es in Südtirol?«, fragte Hipp unvermittelt, der das Gespräch rasch zu Ende bringen wollte.

Giovanni sah ihn verwirrt an. »In Südtirol?«

»Ja, da waren Sie doch gerade.«

Giovanni schüttelte den Kopf. »Wer hat Ihnen denn diesen Blödsinn erzählt? Ich war seit fünf Jahren nicht mehr in Südtirol.«

Hipp hatte keine Zweifel, dass Giovanni die Wahrheit sprach. Eigentlich könnte er sich jetzt verabschieden und gehen. Aber eine Kleinigkeit interessierte ihn doch noch.

»Aber dass Sie einen roten Alfa Romeo fahren, das stimmt doch, oder?«

Jetzt war sie wieder da, diese lauernde Haltung, die nichts Gutes verhieß.

»Warum wollen Sie das wissen?«

»Einfach so, ich interessiere mich für Autos.«

»Das glaube ich Ihnen zwar nicht, aber ich sag's Ihnen trotzdem, ja, ich habe einen roten Alfa. Ein schönes Auto, liegt gut auf der Straße. Wollen Sie ihn kaufen?«

»Könnte ich den Wagen mal sehen?«

»Steht nebenan im Hof, ist offen. Sie können sich gerne reinsetzen. Das Lenkrad ist höhenverstellbar.«

»Wo finde ich den Wagenheber?«

»Den Wagenheber? Was soll der Blödsinn?«

»Ist doch wichtig, falls man mal eine Reifenpanne hat.«
»Im Kofferraum, glaube ich, unter der Bodenabdeckung im Ersatzrad. Und jetzt lassen Sie mich bitte in Ruhe, ich muss eine Weinlieferung auspacken. Arrivederci.«
Giovanni drehte sich um, nahm einige Flaschen aus dem Karton und stellte sie ins Regal, wobei er darauf achtete, dass die Etiketten gut zu lesen waren.
»Grazie mille, buona giornata!« Hipp verließ den Laden, fand den Hinterhof und den roten Alfa, öffnete den Kofferraum und hob die Bodenabdeckung hoch. Der Wagenheber war an seinem Platz. Er hatte nichts anderes erwartet.

50

Ti chiedo perdono dal profondo del cuore, ma non posso fare altrimenti.« Luciana las diesen Satz zum wiederholten Mal. »Aus tiefstem Herzen bitte ich um Vergebung, aber ich kann nicht anders.« Sie saß auf der Holzbank, die Fabri an ihrem Lieblingsplatz unter der alten Kastanie gebaut hatte, hielt die Ansichtskarte aus Südtirol in der Hand und dachte nach. Aus tiefstem Herzen bitte ich um Vergebung? Luciana schüttelte leise den Kopf. Nein, ganz so einfach durfte es sich Gianfranco nicht machen. Wirklich nicht. Wie konnte man sich von heute auf morgen aus dem Staub machen, seine Familie im Stich lassen und mit einer Putana bionda nach Venedig fahren? Dass er ihr nie treu gewesen war, das wusste sie, damit hatte sie leben gelernt. Aber wenigstens war er immer diskret geblieben. Das konnte man jetzt nicht mehr sagen. Jeder wusste, dass Gianfranco auf und davon war. Und sicherlich dachte man dabei an eine andere, eine jüngere Frau. Gewiss machten sich alle hinter vorgehaltener Hand über sie lustig. Luciana, die betrogene und verlassene Ehefrau. Nein, das hatte

sie nicht verdient, nicht nach so vielen Jahren. Glaubte Gianfranco wirklich, dass sie ihm so einfach vergeben würde? Sie drehte die Karte um und betrachtetet die Kapelle auf dem Photo. Wie heißt es in den zehn Geboten? Du sollst nicht ehebrechen! Gegen welche Gebote Gianfranco wohl sonst noch verstoßen hatte? Sie spürte, dass es damit nicht getan war, irgendetwas war passiert.
Luciana hob den Blick und sah über die Rebstöcke hinaus aufs hügelige Land. In der Ferne ahnte sie die schneebedeckten Gipfel der Alpen. Sie liebte dieses Fleckchen Erde, die Langhe, das war ihre Heimat, hier war sie verwurzelt. Auf dieser Bank zu sitzen, unter dem großen Kastanienbaum, das gab ihr die Kraft, die sie in dieser schwierigen Zeit brauchte. Sie war Fabri unendlich dankbar, dass er die Bank hier errichtet hatte. Er verstand ihre Gefühle und kannte ihre Sehnsüchte, ohne dass sie darüber sprechen mussten.
»Ciao Mamma. Hab ich mir doch gedacht, dass du hier bist.« Fabri nahm seine Mutter in die Arme, gab ihr einen Kuss auf die Wange und setzte sich neben sie auf die Bank.
Nach einer Minute des gemeinsamen Schweigens deutete er auf die Ansichtskarte in ihren Händen. »Steck sie weg. Es wird nicht besser, wenn du sie immer wieder liest.«
»Was macht Gianfranco in Südtirol? Verstehst du das?«
Fabri zuckte ratlos mit den Schultern. »Keine Ahnung, aber ich werde ihn fragen.«
Luciana sah ihren Sohn überrascht an. »Du willst ihn fragen? Wie?«
Fabri zögerte mit der Antwort. »Nun, er möchte nicht, dass ich dir was davon erzähle. Aber er hat angerufen, in der Cantina, vor einer halben Stunde …«
»Warum möchte er nicht, dass du mir von seinem Anruf erzählst?«
»Doch, das schon, ich soll dir sogar ganz herzliche Grüße ausrichten und dir sagen, dass er noch nicht die Kraft hat, mit dir zu spre-

chen. Noch nicht. Aber dass ich ihn am Samstag treffen werde, das soll ich für mich behalten.«

»Du triffst dich mit ihm?«

»Ja, er möchte es. Ich weiß auch nicht, warum. Er macht ein Geheimnis daraus. Es gebe was zu besprechen, und ich dürfe niemandem von unserem geplanten Treffen erzählen.« Fabri beugte sich zu seiner Mutter und nahm sie erneut in die Arme. »Aber ich muss es dir doch sagen …«

»Ja, mein Lieber, danke. Geht es ihm gut?«

»Ich denke schon. Er hat die Piazza dei Miracoli erwähnt …«

»In Pisa?«

»Scheint so, als ob er von Südtirol in die Toskana gereist wäre.«

»Erst Turin, dann Venedig, Mailand, Südtirol, jetzt Pisa. Gianfranco, was machst du nur? Warum reist du so viel herum? Das ist nicht gesund.« Luciana zog ein Taschentuch aus dem Ärmel und schnäuzte sich. »Wo will er dich treffen?«, fragte sie.

Fabri schüttelte den Kopf. »Ich habe schon gegen seine Bitte verstoßen und dir von unserer Verabredung erzählt. Aber ich darf dir wirklich nicht sagen, wo wir uns treffen. Das habe ich ihm hoch und heilig versprochen. Dir nicht und niemandem sonst auf der Welt.«

»Warum? Hat er womöglich Angst, dass ich mitkommen könnte?«

»Vielleicht.«

»Oder hat er was zu verbergen? Hat er was angestellt?«

»Unser Papà? Nein, bestimmt nicht!«

51

Es war neun Uhr abends. Sie saßen etwas außerhalb von Montalcino auf der Terrasse des Ristorante Boccon di Vino*. Vor ihnen versank das weite Tal langsam in der Dämmerung, auf den

Tischen wurden Kerzen angezündet, im Hintergrund hörten sie ein Klavierkonzert. Sabrina las die Speisekarte. Spaghetti al caprino, Tagliatini al tartufo scorzone, Filetto di tonno rosso in crosta .... Da fiel die Wahl schwer. Eines jedenfalls hatte sie in den letzten Tagen von sich gelernt – gutes Essen bereitete ihr ein sinnliches Vergnügen. Crespelline di castagne con baccalà? Nein, Stockfisch mochte sie nicht, auch das wusste sie. Dann schon lieber eine Crema di legumi con gamberoni. Und vorher ein Gläschen Spumante, schließlich hatten sie einen anstrengenden Tag hinter sich.

Hipp hatte den Stuhl zur Seite gedreht, die Beine übereinander geschlagen und sah hinüber zur alten Kirche mit dem Friedhof.

»Was ich essen möchte? Mir egal, bestell für mich einfach das Gleiche wie für dich. Der Wein? Ein Brunello? Natürlich, alles andere wäre in Montalcino eine Todsünde. Heute bist du der Mundschenk, wähl einen aus.«

Es war nicht schwer zu erkennen, dass er mit seinen Gedanken ganz woanders war. Dass Giovanni Martino als Täter nicht in Betracht kam, hatte Hipp ganz offenbar überrascht.

»Ein Brunello von der Tenuta del Leone?«, fragte Sabrina nach einiger Zeit.

Geistesabwesend antwortete Hipp: »Gerne.«

»Du hörst überhaupt nicht zu.«

»Doch. Ein Brunello von Luca Pertini. Gute Wahl.«

»Was ist mit Bill?«, wechselte sie das Thema.

»Dein Bruder? Was soll mit ihm sein?«

»Vielleicht war er es, der uns in Südtirol abservieren wollte?«

»Haben wir doch schon mal besprochen. Nein, er war es nicht.«

»Wie willst du das wissen?«

»Ich habe gestern mit ihm telefoniert, er ist in Los Angeles und hat ein überzeugendes Alibi.«

»Ein Alibi?«

»Ja, er hat mir erzählt, dass er in den letzten Tagen Vertragsverhandlungen mit einem großen Filmstudio geführt hat. Er hat mir Namen und Termine genannt. Das wird wohl stimmen, ist leicht nachzuprüfen.«
»Irgendwie bin ich erleichtert. Und jetzt?«
»Es muss noch jemanden geben, der einen roten Alfa fährt und vorgestern in Südtirol war.«
»Oder du hast dich getäuscht.«
»Getäuscht habe ich mich nicht, aber das mit dem Auto kann natürlich ein Zufall gewesen sein.«
»Seltsam, ich muss immer häufiger an einen älteren Mann auf einem Photo denken«, sagte Sabrina.
Er sah sie an und nickte. »Ich auch.«
»Du weißt, wen ich meine?«
»Ich denke schon. Gianfranco?«
»Ja, Fabris Vater. Auf dem Bild, das uns Fabri in Verona gezeigt hat, fand ich ihn zwar nicht unsympathisch, aber ...«
»Aber?«
»Immerhin, er könnte es sein. Aus welch kranken Motiven auch immer. Vielleicht sind wir uns im früheren Leben schon mal begegnet, vielleicht wollte er was von mir, und ich habe ihn abgewiesen, in seiner männlichen Eitelkeit gekränkt.«
Hipp winkte ab. »Nein, das würde allenfalls für eine Handlung im Affekt genügen, ist aber höchst unwahrscheinlich ein ausreichender Antrieb für mehrere Mordversuche, für den beharrlichen und fortwährenden Vorsatz, jemanden umzubringen. Falls es wirklich Gianfranco sein sollte, dann hat er ein anderes Motiv, glaub mir.«
»Was könnte das sein?«
»Diese Frage könntest allenfalls du selbst beantworten.«
»Ich habe es befürchtet. Aber noch bin ich nicht so weit.«
»Wir haben Zeit.«

»Hoffentlich. Apropos, was machen wir morgen?«

»Wir sind am Nachmittag bei Mira Pertini auf der Tenuta del Leone zum Kaffee eingeladen. Vorher besuchen wir Luca im Krankenhaus. Er wurde gestern von Siena hierher verlegt, damit es Mira nicht so weit hat. Dein Vater hat mich gebeten, mit ihm zu sprechen. Luca sieht sich nämlich gezwungen, sein Weingut zu verkaufen. Roberto hält das für keine so gute Idee.«

»Die Tenuta del Leone? Verkaufen? Sie befindet sich seit Generationen im Familienbesitz.«

»Mag sein, aber Eva-Maria ist tot, sie kann die Tradition nicht fortsetzen.«

»Ich glaube, ich bestell einen anderen Wein. Ein Brunello von der Tenuta del Leone macht mich depressiv.«

Hipp sah sie schmunzelnd an. »Das wäre schade, ausgesprochen schade.«

»Finde ich auch.«

52

Er hatte den roten Alfa 147 direkt unter der hohen Mauer abgestellt. Dazu hatte er vorher über eine Wiese fahren und hinter einen Baum rangieren müssen. Was den Vorteil hatte, dass man den Wagen von der Straße aus nicht sehen konnte. Er stand auf dem Dach des Alfa und spähte über den Mauersims. Die Position war ideal, geradezu perfekt. Die Äste gaben ihm eine hervorragende Deckung, und trotzdem hatte er durch die Zweige freien Blick auf die Terrasse der Tenuta del Leone, die keine hundert Meter entfernt lag. Er beobachtete, wie Mira den Tisch deckte. Teller, Tassen, Besteck, Servietten. Für drei Personen! Fast hätte er vor Freude in die Hände geklatscht. Für drei Personen, wie erwartet. Natürlich würden Sabrina und Hipp Mira Pertini einen Besuch abstatten, das war doch sonnenklar. Heute Vormittag waren sie im

Krankenhaus gewesen und hatten dort bei Luca ihre Aufwartung gemacht. Brav. Und in Kürze würden die beiden hier auf dieser Terrasse erscheinen. Mira brachte bereits den Kuchen. Es wurde höchste Zeit, sich vorzubereiten.
Er stieg vom Auto, öffnete den Kofferraum, zog Handschuhe an, nahm das Jagdgewehr mit dem Zielfernrohr heraus und wog es prüfend in der Hand. Eine schöne Waffe. Mit dieser Büchse konnte man ein Wildschwein aus einer Entfernung von mehr als zweihundert Metern erlegen, mit einem einzigen Schuss. Und Wildschweine waren zähe Biester.
Er kletterte zurück aufs Auto, verfluchte seine rutschigen Ledersohlen, schob das Gewehr über die Mauer und brachte es in Position. Beim Blick durch das Okular prallte er fast zurück, so nah hatte er Miras trauriges Gesicht vor dem Auge. Ihr würde er nichts tun. Auch dieser Hipp würde vermutlich ungeschoren davonkommen. Er hatte es einzig und allein auf Sabrina abgesehen. Nun, er hätte eine andere, weniger blutige Vorgehensweise vorgezogen. Ein Kissen im Krankenhaus, Gift im Tee, ein Unfall mit der Seilbahn. Aber seine Geduld war am Ende. Auch nervlich war er der ganzen Sache nicht mehr länger gewachsen. Die Zeit lief ab. Blieb als Trost, dass Sabrina nichts spüren würde. Der Schuss würde ihren Schädel einfach wegblasen, von einer Sekunde auf die andere, ohne Vorwarnung, die Kugel flog schneller als der Schall. Für Mira und Hipp mochte das zwar wenig appetitlich sein, zugegeben, auch für ihn selbst, trotz der sicheren Entfernung. Aber wahrscheinlich war dieser Tod für das Opfer humaner, als sich mit tödlichen Krämpfen auf dem Boden zu wälzen. Blieb die Frage, ob ihn im letzten Augenblick der Mut verlassen würde. Schließlich hatte Sabrina ein hübsches Gesicht, volle Lippen, schöne Augen, geschmeidiges Haar. Wenn sie ihn im Zielfernrohr anlächeln sollte, dann würde es schwer werden, sehr schwer. Aber auch dann würde er den Schuss abfeuern.

Er musste nicht lange warten. Schon sah er Mira ins Haus laufen, um wenig später mit Sabrina und Hipp auf der Terrasse zu erscheinen. Nur Sekunden brauchte es, bis er Sabrina im Visier hatte. Er musste der Versuchung widerstehen, sofort abzudrücken, das Risiko für einen Fehlschuss war noch zu groß. Sabrina war immer in Bewegung, schaute sich alles an, lief auf der Terrasse hin und her, wurde mal von Hipp verdeckt, duckte sich dann plötzlich, um irgendetwas aufzuheben. Jetzt drehte sie sich um, sah für einen Wimpernschlag genau in seine Richtung, unschuldig lächelnd, bezaubernd. Er schluckte, spürte einen Kloß im Hals. Er haderte mit seinem Schicksal. Diese Sabrina war eine wunderbare junge Frau, sie hätte wahrlich ein glückliches Leben verdient. Ähnlich wie Eva-Maria. Warum brachte ihn der Herrgott in diese Situation, warum nur? Noch vor wenigen Wochen war seine Welt in Ordnung gewesen, er fühlte sich zu Hause wohl, hatte seine Freiheiten, der Wein entwickelte sich prächtig. Gewiss, es gab gelegentlich Streitereien, aber damit konnte man klarkommen. Juventus Turin hatte eine Siegesserie – und dann, von einer Sekunde auf die andere, hatten sich die Ereignisse überstürzt, war alles außer Kontrolle geraten, musste er Dinge tun, zu denen er eigentlich gar nicht fähig war.

Endlich nahmen sie an dem Tisch ihre Plätze ein. Dass sich Sabrina mit dem Rücken zu ihm setzte, beruhigte ihn. Es war gewiss sehr viel einfacher, auf einen Hinterkopf zu zielen als frontal in ein Gesicht. Mit aufgelegtem Gewehr führte er das Fadenkreuz in die dunklen Haare. Warum konnte sie nicht ruhig sitzen? Offenbar sprach sie gerade mit Mira, dabei wackelte sie hin und her. So, jetzt schien sie zuzuhören, den Kopf hielt sie dabei endlich ruhig. Der Zeitpunkt war definitiv gekommen. Schon vorher hatte er den Abzug vorsichtig bis zum Druckpunkt durchgedrückt, jetzt genügte eine minimale Bewegung mit dem Zeigefinger. Der Schuss löste sich mit einem ohrenbetäubenden Knall. Er merkte, wie er auf dem

glatten Autodach seinen Halt verlor. Im Stürzen registrierte er mit maßloser Enttäuschung, dass es etwa eine Handbreit über Sabrinas Kopf in der Hausmauer hinter der Terrasse eine kleine Explosion gab, Putz und Mörtel spritzte durch die Luft. Er sah, wie Hipp aufsprang, zu Sabrina hechtete und sie zu Boden riss.
Mit dem Rücken voran landete er auf dem Autodach, das Gewehr immer noch in den Händen. Wie hatte das passieren können? Die Jagdwaffe war ein Präzisionsgewehr. Offenbar war das Zielfernrohr dejustiert. Er rutschte kopfüber über die Frontscheibe auf die Kühlerhaube, überschlug sich und kam schwer atmend vor dem Auto zum Liegen. Ihm fiel der Wagenheber ein. In Südtirol, da war er ihm kurz entglitten, hatte im Kofferraum das Gewehr gestreift. Sollte sich dabei das Zielfernrohr verstellt haben? Er rappelte sich auf. Via di qui, presto, nur weg, schnell weg! Das Gewehr ließ er liegen, sprang ins Auto, startete, legte den Rückwärtsgang ein und fuhr mit durchdrehenden Rädern um den Baum herum über die Wiese auf die asphaltierte Straße. Dass dabei an einem starken Ast der rechte Außenspiegel abriss, fiel ihm nicht auf. Genauso wenig wie die Tatsache, dass er mit dem linken vorderen Kotflügel die Mauer streifte, was rote Lackspuren hinterließ. Aber selbst wenn er es bemerkt hätte, es wäre ihm egal gewesen.

53

Dr. Lausitz, der mit einigen Gästen auf der Veranda saß, zuckte zusammen, als der Schuss fiel. Der Knall kam aus der Richtung der angrenzenden Tenuta del Leone. Hatte Luca sich endlich die Kugel gegeben? Quatsch, er lag ja im Krankenhaus. Und die Jagdsaison war noch nicht eröffnet. Er sah auf die Uhr. Fünfzehn Uhr vierzig. Er würde sich mit seinen Besuchern beeilen müssen. Um siebzehn Uhr hatte er eine Verabredung mit seinem Rechtsanwalt, um einige Papiere vorzubereiten, die sie morgen brauchten. Da hatte sich nämlich Mira Pertini angemeldet. Sie würde mit einem gewissen Herrn Hermanus kommen, der in ihrem Auftrag die Verhandlungen führen sollte. Ein Deutscher, der ihre Interessen vertrat? Wäre doch gelacht, wenn man den guten Mann nicht auf die richtige Seite ziehen konnte.

Die Mitglieder der kleinen Reisegruppe sahen ihn erwartungsvoll an. Richtig, er hatte sich erboten, ihnen etwas über italienischen Wein zu erzählen. Was waren das für seltsame Menschen? Sie kamen aus dem Ruhrpott, waren aus unerfindlichen Gründen wichtig, konnten vielleicht ein Kölsch von einem Malzbier unterscheiden, aber von Wein verstanden sie nichts, das spürte er. Lausitz musste grinsen. Irgendwie war er heute in ausgelassener Stimmung. Ob das an Melissa lag, die ihm das Aufstehen versüßt hatte? Oder beflügelte ihn der bevorstehende Kauf der Tenuta del Leone? Jedenfalls stach ihn der Hafer. Soso, dachte er, ihr Pappnasen wollt etwas über italienischen Wein erfahren, im Allgemeinen und im Besonderen, und dabei eure unwissenden Nasen in meine Gläser stecken? Er beschloss, der Veranstaltung eine besondere Note zu geben.

»Sie haben zur Begrüßung ein Glas Prosecco getrunken«, fing er an. »Ich hoffe, es hat Ihnen geschmeckt und das leichte Perlen hat Sie in eine angenehme Stimmung versetzt. Was der Name Prosecco bedeutet, muss ich Ihnen sicherlich nicht erzählen. Secco heißt? Richtig, secco heißt trocken. Prosecco steht also synonym für trockenen Schaumwein aus Italien, egal, aus welchen Rebsorten oder aus welcher Region.«

Dr. Lausitz erfreute sich am zustimmenden Nicken seiner Zuhörer. Diese Ignoranten würden ihm blind folgen.

»Wie etwas Italienischkenntnisse generell weiterhelfen«, fuhr er fort. »Sie haben gewiss schon vom Dolcetto gehört, das ist ein Rotwein aus dem Piemont. Leider bekommt man ihn gelegentlich trocken serviert, eine Schande, denn eigentlich muss er süß sein, ist ja logisch, schließlich heißt dolce süß. So einfach ist das: Ein trockener Schaumwein heißt auf Italienisch Prosecco, und der Dolcetto ist ein süßer Rotwein.«

Er blickte zu Dino hinüber, der heute seinen ersten Arbeitstag hatte und vor dem Tisch mit den geöffneten Flaschen stand. Offenbar konnte er etwas Deutsch, jedenfalls sah er ihn verwundert an.

»Dino, mein neuer Kellermeister, wird Ihnen nun einen Brunello aus meinem Weingut kredenzen. Sie wissen, dass der Brunello ein königlicher Wein ist, benannt nach Conte Brunello, der im 18. Jahrhundert die ideale Rebsortenmischung für diesen außergewöhnlichen Rotwein gefunden hat. Eine Frage in die Runde: Welche Rebsorten gehen im Brunello eine fast schon erotische Beziehung ein?«

Während Dino die Gläser füllte, sah Lausitz seine Gäste auffordernd an.

»Höre ich da Barolo? Sagen Sie es nur laut, richtig, die Barolo-Traube trägt wesentlich zum geschmeidigen Charakter des Brunello bei. Kann man sich übrigens leicht merken …« Lausitz kicherte. »Fängt beides mit B an. Nein, Barbaresco beginnt zwar auch mit B, hat aber im Brunello nichts zu suchen, da muss ich Sie enttäuschen. Cabernet, ganz hervorragend, ich merke schon, wir haben hier heute wirkliche Weinkenner unter uns, mein Kompliment. Ja, Cabernet ist auch drin. Die Rebsorte wurde von Napoleon aus Burgund in die Toskana gebracht und ist seitdem hier heimisch, vor allem in Montalcino. Nun, da alle Gläser gefüllt sind, bitte ich Sie, am Wein nur zu riechen. Keine Sorge, Sie dürfen ihn selbstverständlich in Kürze auch trinken. Deshalb sind Sie ja hier. Die Nase ist zwar nur ein unzureichendes Sinnesorgan und den Geschmackssensoren der Zunge weit unterlegen, aber sie vermittelt uns einen ersten Eindruck. Richtig, gut machen Sie das, schwappen Sie den Wein im Glas hin und her. Wie bitte? Ja, wenn er schön kreist, ist das natürlich besser, daran erkennt man den wahren Sommelier. Nun, was riechen Sie? Schwierig, nicht wahr? Gut, ich helfe Ihnen. Zarte Kirschnoten sind typisch für einen Brunello, ebenso Himbeeren, getrocknete Feigen und ein Hauch von Akazienhonig. Sie riechen Brombeeren mit einem Anklang von Johannisbeere?« Er schmunzelte. »Liebe gute Frau, wann haben Sie das letzte Mal Marmelade eingekocht?« Die Runde quittierte seinen Scherz mit allgemeinem Gelächter.

Lausitz schnupperte noch mal am Glas, prostete seinen Gästen zu – und trank es in einem Zug aus. Er schmatzte genüsslich, sprach von einem langen, die Sinne betörenden Nachklang, nicht ohne den verstorbenen Baron Philippe de Rothschild zu zitieren, der den Abgang poetisch als Seele des Weines beschrieben habe. Dann gab er seinen Gästen noch die Empfehlung, beim Brunello vor allem auf die herausragenden Jahrgänge 1992, 1994 und 2002 zu achten. Leider habe er heute nur einen nicht ganz so gelungenen 1990er offerieren können, was man ihm bitte verzeihen möge. Er wünschte noch eine gute Fortsetzung dieser Degustation, die ab jetzt sein Kellermeister Dino übernehme, er selbst müsse leider zu einem wichtigen Termin. Lausitz verbeugte sich. »Grazie und arrivederci. Mir hat selten eine Verkostung so großes Vergnügen bereitet.« Er verkniff sich den Hinweis, dass nichts, aber auch gar nichts in seinen Ausführungen richtig gewesen war.

54

Im Wohnzimmer der Tenuta del Leone war reger Betrieb. Ein Commissario, der aus Siena gekommen war, diskutierte wort- und gestenreich mit einem Beamten der Spurensicherung, der

ihm immer wieder einen abgebrochenen roten Rückspiegel vor die Nase hielt. Ein Waffenexperte inspizierte das sichergestellte Gewehr, wobei er dem Zielfernrohr besondere Aufmerksamkeit schenkte und sehr zu Miras Missfallen mehrfach eine Blumenvase über dem Kamin ins Visier nahm. Hipp stand mit dem Handy am Fenster und führte ein Gespräch nach dem anderen. Zwei uniformierte Polizisten drängten einen Journalisten aus dem Zimmer, der unbedingt Photos machen und die Überlebenden dieses mörderischen Attentats interviewen wollte. Immer noch etwas blass im Gesicht, saß Sabrina in einem alten Lehnstuhl und starrte auf die gegenüberliegende Wand. Dass vor ihr Menschen auf und ab liefen, nahm sie kaum zur Kenntnis. Zu sehr war sie damit beschäftigt, das soeben Erlebte zu verarbeiten.
Hipp drehte sich um, gab dem Commissario ein Zeichen und hielt ihm sein Handy hin. »Maresciallo Viberti von den Carabinieri in Alba möchte Sie sprechen.«
Mira brachte Sabrina einen Grappa und überredete sie, zur Beruhigung der Nerven wenigstens einen kleinen Schluck zu nehmen, solo un piccolo sorso.
Mit zufriedenem Gesicht legte der Waffenexperte das Gewehr auf den Tisch und zog die dünnen Gummihandschuhe aus. Der Commissario gab Hipp das Handy zurück, sprach mit dem Waffenmenschen, danach mit dem Leiter der Spurensicherung, der noch immer den Rückspiegel in den Händen hielt. Hipp ging zu Sabrina, setzte sich zu ihr auf die Armlehne und strich ihr beruhigend über die Haare.
Der Commissario gab diverse Anweisungen, ließ dann von einem Uniformträger die Terrassentür schließen, wendete sich schließlich Hipp und Sabrina zu und bat um Aufmerksamkeit.
»Allora, natürlich ist es zu früh, definitive Aussagen zu treffen, aber ich möchte Sie über den aktuellen Stand der Ermittlungen informieren. Primo ….« Er deutete auf den Tisch mit dem Ge-

wehr. »Der Schuss, der auf Signorina Valentino abgefeuert wurde, stammt aus dieser Waffe. Vorbehaltlich der ballistischen Prüfung, aber es gibt keinen begründbaren Zweifel. Gott sei Dank hat der Attentäter sein Ziel verfehlt. Wir fragen uns, warum, wo er doch die Waffe auf der Mauer auflegen konnte und über ein hochpräzises Zielfernrohr verfügte.« Der Commissario machte eine theatralische Pause. Offenbar gefiel er sich in der Rolle des scharfgeistigen Ermittlers. »Allora«, fuhr er fort, »unser Waffenexperte Vice Ispettore Borlotti schließt nicht aus, dass das Okular womöglich durch einen kleinen Schlag geringfügig verstellt wurde, und zwar um wenige Grade nach unten, wodurch der Schuss knapp über Signorina Valentinos Kopf hinweggegangen ist.«

»Grazie al cielo«, murmelte Mira.

»Secondo, auf diesem Gewehr sind Fingerabdrücke, etwas verwischt, aber völlig ausreichend. Sie werden den Täter zweifelsfrei überführen. Terzo, wir haben die gehämmerte Nummer des Gewehrs vom amtlichen Beschuss mit dem Verzeichnis der in Italien registrierten Jagdwaffen verglichen und den Besitzer bereits ermittelt.« Der Commissario lächelte triumphierend. Er nahm den Rückspiegel und hob ihn hoch. »Quarto, dieser Rückspiegel stammt von einem Alfa Romeo. Ich bin mir sicher, dass sich auch die Lackspuren an der Mauer dieser Marke zuordnen lassen. Quinto, dank Ihrer Hilfe«, er deutete auf Hipp, »und der Auskunft des Maresciallo Viberti in Alba wissen wir, dass der Besitzer dieses Gewehrs zugleich einen roten Alfa Romeo 147 sein Eigen nennt. Sesto, die Fahndung nach ihm läuft. Es ist also nur noch eine Frage der Zeit, bis ...« Der Commissario sprach den Satz nicht zu Ende, sondern kreuzte stattdessen vielsagend die Handgelenke.

»Sein Name?«, fragte Sabrina mit leiser Stimme.

»Ah, sì, naturalmente, il nome.« Im Raum war es totenstill. »Gianfranco Angelo!«

Mira erschrak. »Gianfranco? Fabris Vater?«

»Sì, der Vater von Fabri Angelo und Ehemann von Luciana. Zur Fahndung ausgeschrieben in tutto il territorio italiano.«

»Gianfranco?«, sagte Sabrina. »Also doch. Ich versteh's nicht. Warum um Himmels willen will mich Fabris Vater umbringen?«

Der Commissario rieb sich die Hände. »Keine Sorge, Signorina, sobald er in meinem Verhörzimmer in Siena sitzt, wird er es uns sagen. Questo è sicuro!«

Hipp meldete sich zu Wort. »In meinem Auto habe ich einen Wagenheber ...«

»Warum sagen Sie mir das?«, unterbrach ihn der Commissario sichtlich verwirrt. »Auch ich habe einen Cricco in meinem Auto.«

»Weil ich diesen Wagenheber gefunden habe – vor einigen Tagen in Südtirol. Da hatte es Gianfranco schon mal auf unser Leben abgesehen. Ich nehme an, dass auf dem Wagenheber seine Fingerabdrücke zu finden sind.«

»Certo, wir werden das überprüfen.« Er schnippte mit den Fingern. »Luigi, begleiten Sie Signor Hermanus zu seinem Auto und stellen Sie das Beweisstück sicher.«

Keine Stunde später war im Wohnzimmer wieder Ruhe eingekehrt. Die Polizei war abgerückt, und auch den aufdringlichen Journalisten hatten sie erfolgreich abgewimmelt. Hipp lehnte mit dem Rücken an der Wand und betrachtete Sabrina.

»Du siehst etwas mitgenommen aus«, sagte er.

»Ist das ein Wunder?«

»Nein. Vielmehr ist es ein Wunder, dass du noch lebst.«

»Erst der Autounfall, dann das Gift, vorgestern die Seilbahn, jetzt der Schuss, der mich verfehlt. Ich glaube, ich habe den besten Schutzengel, den man sich wünschen kann.«

»Glaubst du an Schutzengel?«

Sabrina nickte. »Früher nicht, jetzt schon.«

»Wir sollten ihn nicht überfordern.«
»Wen? Den Schutzengel?«
»Ganz genau. Gianfranco ist auf der Flucht. Vielleicht versucht er es noch einmal.«
»Wir werden uns verstecken, so lange, bis ihn die Polizei gefasst hat.«
»Das kann Wochen oder Monate dauern.«
Zum ersten Mal seit dem Schuss lächelte Sabrina. »Dann werden wir uns eben Wochen oder Monate verstecken. Ich kann mir das sehr schön vorstellen.«
»Ich auch. Aber das geht nicht. Ich habe vorhin mit deinem Vater telefoniert.«
»Du hast doch nicht ...?«
»Nein, habe ich nicht, sein Herz, ich hab ihm nichts von dem Schuss erzählt. Aber wir sind uns einig.«
»Worin seid ihr euch einig?«
»Dass ich dich morgen früh nach Florenz bringe. Von dort geht ein Flug mit der Alitalia über Mailand nach San Francisco. Das Ticket für dich liegt bereits am Counter, erste Klasse, Fensterplatz.«
»Wie bitte? Du willst, dass ich abreise?«
Hipp ging zu Sabrina und nahm sie in die Arme. »Ich will es nicht, das kannst du mir glauben. Aber es ist das Beste. Zu Hause bist du sicher. Gianfranco steht auf der Fahndungsliste, es wird ihm nicht möglich sein, in Amerika einzureisen. Sobald du bei deinem Vater bist, kann dein Schutzengel mal ein Nickerchen machen. Er hat es sich verdient.«
Sabrina sah Hipp mit großen Augen an. »Nach Hause? Meinst du wirklich? Und was ist mit uns?«
»Wir haben noch eine Nacht. Und sobald Gianfranco gefasst ist, sehen wir uns wieder.«
»Bestimmt?«

»Ganz bestimmt. Und wenn es länger dauern sollte, komme ich dich besuchen. Versprochen.«

Sabrina lief eine Träne über die Wange. »Es fällt mir schwer, mich an diesen Gedanken zu gewöhnen. An mein früheres Leben kann ich mich kaum erinnern, jedenfalls nicht an die letzten zehn, zwanzig Jahre. Umso wertvoller sind die Tage mit dir, das wird mir erst jetzt bewusst. Diese Tage sind meine ganze Erinnerung.«

»Aber mit jedem Tag kommt ein weiterer hinzu. Auch ohne mich. Du wirst dich übermorgen an morgen erinnern. Und irgendwann, glaub mir, auch an die letzten Jahre.«

»Vielleicht will ich mich daran gar nicht erinnern? Wäre doch möglich, oder?«

»Doch, willst du. Aber dazu musst du leben. Solange dieser verrückt gewordene Gianfranco auf freiem Fuß ist und dich aus welch bizarren Gründen auch immer ermorden will, ist das Risiko, hier zu bleiben, einfach zu groß. Bring den großen Teich zwischen dich und Gianfranco, bitte tu mir den Gefallen, mir und deinem Vater. Und deinem Schutzengel.«

55

Fast hätten sie in Florenz das Flugzeug verpasst. Hipp, der sich auf dem Rückweg nach Montalcino befand, musste schmunzeln. Sabrinas Verzögerungsmaßnahmen hatten schon im Bett begonnen. Später war sie zu ihm in die Dusche gekommen. Damit war der Zeitplan endgültig durcheinander geraten. Im Auto, kaum wollten sie losfahren, war ihr eingefallen, dass sie etwas auf dem Zimmer vergessen hatte, was sich kurz darauf als Irrtum herausstellte. Dass sie ihn auf eine falsche Straße lotsen wollte, hatte er gerade noch rechtzeitig bemerkt und im Ansatz vereitelt. Schließlich ihr freudiger Hinweis, dass sie ja überhaupt keine Ausweispapiere habe und schon deshalb hier bleiben müsse. Aber auch dieser Versuch ging ins Leere, denn bereits in Turin hatte er für Sabrina auf der amerikanischen Botschaft Ersatzpapiere besorgt. Diese steckten ebenso in seiner Jackentasche wie der Umschlag, den er von ihrem Vater bekommen hatte und der Bargeld sowie einige Kreditkarten enthielt. Als letzter Passagier war Sabrina schließlich an Bord gegangen, hatte ihm noch kurz zugewinkt, ein über die Hand gehauchter Kuss ... Hipp atmete tief durch und warf durch das geöffnete Schiebedach einen Blick zum Himmel, wo er einen Kondensstreifen entdeckte. Er würde doch nicht sentimental werden?

Pünktlich um fünfzehn Uhr betrat Hipp in Begleitung von Mira Pertini das Haus von Dr. Lausitz. Ein Mitarbeiter brachte sie in die Loggia, wo Dr. Lausitz bereits auf sie wartete und mit überschwänglicher Herzlichkeit begrüßte. Vor allem versuchte er von der ersten Sekunde an, Hipp für sich einzunehmen. Er ließ sich das gestrige Attentat schildern, schüttelte immer wieder entsetzt den Kopf. Dann bemühte er sich, mit einigen Scherzen gute Laune zu verbreiten. Panepinto brachte eine Flasche Rotwein.

Lausitz machte seinen Besuch mit Melissa bekannt. »Meine Freundin, die leider morgen zurück nach Mailand muss.«

Während sich Lausitz bei Mira mit gespielter Anteilnahme nach der Gesundheit ihres Mannes erkundigte, blickte Hipp zu Melissa. Sie lächelte, als sich ihre Augen trafen. Er hob eine Augenbraue. Wie von Zauberhand rutschte ihr ohnehin kurzer Rock ein Stückchen nach oben. Hipp grinste. Offenbar interpretierte sie seine Aufmerksamkeit als Flirtversuch. In Wahrheit dachte er scharf nach. Melissa hatte er schon mal gesehen, da war er sich ganz sicher. Obwohl, an diese langen Beine konnte er sich nicht erinnern, auch nicht an den bemerkenswerten Ausschnitt. Sollte er nur ihren Kopf gesehen haben?

Lausitz faltete theatralisch die Hände. »Liebe Signora Pertini, bitte richten Sie Ihrem Mann meine besten Genesungswünsche aus …«

Die Freundin musste morgen zurück nach Mailand? Hipp schloss die Augen, wohl wissend, dass sich Melissa darüber wundern würde. Wahrscheinlich hielt sie das für die ultimative Anmache. Er rief sich die Mappe der Mailänder Versicherung in Erinnerung, jene mit den Personalakten der Mitarbeiter. Er ließ die Passbilder Revue passieren. Das funktionierte ähnlich wie bei einem Computer, kurz anklicken, Datei schließen, nächstes Bild. Mann mit Brille, Mann mit Boxernase, Frau über fünfzig, Mann mit abstehenden Ohren, junge Frau, aber hässlich, Glatzkopf, Frau mit Besenfrisur, Mann mit Schnauzer, bingo, junge Frau, blonde Haare, volle Lippen. Melissa Stradari, 26 Jahre, Sachbearbeiterin, seit vier Jahren angestellt …

Hipp öffnete die Augen, Melissa zwinkerte nervös. Ja, das war sie, Melissa Stradari, in voller Schönheit. Kein Wunder, dass er sich an ihre körperlichen Vorzüge nicht erinnern konnte. In Personalakten fehlten eben oft die wichtigsten Informationen. Dr. Lausitz, dem ihre Blicke nicht entgangen waren, nahm Melissa mit Besitzerstolz in die Arme. »Diese Frau kann uns Männern den Kopf verdrehen, nicht wahr?« Er lächelte und gab ihr einen Kuss. Hipp musste schmunzeln. Dieser Lausitz unterschied sich in seinem Verhalten nur unwesentlich von einem männlichen Schimpansen in Äquatorialafrika. Die Botschaft war unmissverständlich: Du darfst mein Weibchen zwar bewundern, ihm auch schöne Augen machen, aber indem ich es demonstrativ umarme und küsse, zeige ich dir, dass es zu mir gehört, berühren verboten, denn ich bin das Alpha-Tier.

»Wie lange kennen Sie beide sich schon?«, fragte Hipp wie beiläufig.

»Leider erst seit einem knappen Jahr«, antwortete Lausitz. »Wir sind uns in Mailand auf einer Modenschau begegnet, wo Melissa mit einigen anderen hübschen Mädchen, übrigens alle ...«

Hipp war an der folgenden Schilderung des Paarungsrituals wenig interessiert, stattdessen ging er in Gedanken die Liste mit den Überfällen durch. Vor acht Monaten, eine Fuhre mit Spitzenweinen aus dem Friaul, gestohlen von einem Nachtparkplatz bei Verona. Nach den Unterlagen von Talhammer war dies der erste Diebstahl einer von seinem Mailänder Büro versicherten Ladung. Es hat also nur wenige Monate gedauert, überlegte Hipp, bis Lausitz finanzielle Vorteile aus seiner neuen Liebschaft ziehen konnte. Ein Alpha-Tier lässt nun mal sein Rudel gerne für sich arbeiten, trommelt sich gelegentlich vor Stolz an die Brust, lässt sich lausen – und ist ein Meister im Imponiergehabe.

Mit einem demonstrativen Blick auf seine mit Diamanten besetzte Rolex verwies Lausitz auf die Kostbarkeit der Zeit und wendete sich Mira zu.

»Signora Pertini, wie Sie wissen, bringe ich Ihrer Tenuta del Leone meine größte Wertschätzung entgegen. Wie mein Mitarbeiter Serafino Panepinto bereits mit Ihrem Mann besprochen hat, erklären wir uns bereit, Ihre Tenuta zu einem fairen Preis zu kaufen. Damit sind Sie auf einen Schlag all Ihre finanziellen Sorgen los, Sie können sich liebevoll um Luca kümmern, ihn gesund pflegen, die Trauer um Ihre Tochter überwinden und Ihr wohlverdientes Alter genießen. Und ich werde die Tenuta del Leone zusammen mit Ihrem ehemaligen Kellermeister Dino in Ihrem Sinne weiterführen.« Lausitz rieb sich zufrieden die Hände. »Und zu Weihnachten bekommen Sie immer eine Kiste mit dem neuesten Jahrgang. Na, wie klingt das?«

Mira schnäuzte sich und sah Hilfe suchend zu Hipp. Dieser war mit seinen Gedanken immer noch bei den gestohlenen Weinlieferungen. Eigentlich misstraute er solchen Zufällen, aber diesmal sah es

ganz so aus, als ob ihm die Lösung auf einem goldenen Tablett serviert würde.
»Lieber Herr Hermanus«, wechselte Lausitz zu Hipp, »bitte sagen Sie Signora Pertini, dass es für sie und ihren Mann wirklich das Beste wäre, wenn es zu einem Verkauf käme.«
»An welchen Preis dachten Sie?«, fragte Hipp.
Lausitz überlegte kurz, um dann eine Summe zu nennen, die nach Hipps Dafürhalten bei etwa der Hälfte des wahren Marktwerts lag.
Hipp nahm bedächtig das Glas, das Panepinto eingeschenkt hatte, und probierte vom Wein.
»Nun«, fragte Lausitz, »was ist Ihre Meinung?«
»Etwas zu viel Tannine«, antwortete Hipp, »und eine Spur zu warm.«
»Nicht der Wein, der Kaufpreis!«
Hipp lächelte. Sah ganz so aus, als ob der Schimpanse mit der Rolex ungeduldig werden würde. Er stellte das Glas ab, sah Lausitz in die Augen und sagte: »Der Preis scheint mir angemessen.«
Lausitz ließ sich seine Überraschung nicht anmerken. »Nun, dann wäre ja alles klar. Falls Signora Pertini keine Einwände hat, können wir also ...«
»Der Preis scheint mir angemessen«, wiederholte Hipp.
»Das sagten Sie bereits!«
»Aber nicht für die Tenuta del Leone«, fuhr Hipp fort, »die ist, wie Sie wissen, mindestens doppelt so viel wert, nein, sondern für Ihr eigenes Weingut. Ja, zu diesem Preis würden wir Ihre Fattoria gerne käuflich erwerben.«
Hipp genoss Lausitz' verdutzten Gesichtsausdruck.
»Entweder sind Sie verrückt, oder ich habe Sie gerade massiv missverstanden.«
Hipp grinste. »Natürlich führen wir Ihr Weingut mit unserem alten Kellermeister Dino ganz in Ihrem Sinne weiter. Und zu Weih-

nachten bekommen Sie regelmäßig eine Kiste mit dem neuesten Jahrgang.«

»Sie sind verrückt!«, stellte Lausitz fest, der polternd aufstand und seinen Oberkörper aufblähte. Wie ein Schimpanse in Äquatorialafrika, amüsierte sich Hipp. Ein Alpha-Tier fühlt sich angegriffen, nein, schlimmer noch, in seiner Bedeutung missachtet und vor den Augen seines Weibchens der Lächerlichkeit preisgegeben. »Sie sind völlig bescheuert!«, schrie Lausitz auf Deutsch. »Sie wissen wohl nicht, wer ich bin. Ich rette gerade Ihren Arsch, indem ich mich bereit erkläre, die Tenuta del Leone zu kaufen, die tief in der Scheiße steckt, und Sie armer Wicht machen den lächerlichen Vorschlag, stattdessen meine Fattoria kaufen zu wollen.«

Lausitz' Kopf war rot angelaufen. Mira sah erschrocken zwischen ihm und Hipp hin und her. Auch sie glaubte sich bei Hipps Vorschlag verhört zu haben. Sie waren doch hier, um in einem unverbindlichen Gespräch den Verkauf der Tenuta del Leone vorzubereiten und einen möglichst guten Preis zu erzielen, damit sie ihre Schulden bezahlen und von dem restlichen Geld leben könnten. Und jetzt machte dieser Hippolyt Hermanus einen solch aberwitzigen Vorschlag.

»Wie kommen Sie darauf, dass Sie gerade meinen Arsch retten?«, sagte Hipp mit leiser Stimme. »Ich sitze sehr bequem. Übrigens gibt es keinen Grund, sich so zu echauffieren. Ich habe Ihnen nur einen höflichen Gegenvorschlag unterbreitet. Das ist im Geschäftsleben so üblich.«

»Sind Sie denn überhaupt autorisiert …?«

»Ihr Weingut zu kaufen? Wer hat denn Sie autorisiert, die Tenuta del Leone zu kaufen?«

»Die Tenuta del Leone ist pleite, der Kredit ist gekündigt …«

»So? Interessant. Woher wissen Sie das alles so genau?«

Hipp erhob sich, reichte Mira die Hand, um ihr aufzuhelfen. Er

schenkte Melissa zum Abschied ein vieldeutiges Lächeln, nickte Panepinto zu und verbeugte sich vor Lausitz.
»Mich stört der Lavendel«, sagte Hipp.
»Wie bitte?«
Hipp deutete auf das Weinglas. »Zu viel Lavendel. Ist Ihnen das nicht aufgefallen? Arrivederci.«

56

Auf dem kurzen Flug von Florenz nach Mailand nickte Sabrina ein. Dabei träumte sie von Eva-Maria, von sanft geschwungenen Weinbergen, vom Fahrtwind, der ihr durch die Haare strich, von einem blauen Fiat … Der Traum beschleunigte sich, Bäume huschten vorbei, quietschende Reifen, ein zweites Auto, direkt hinter ihnen, eine Leitplanke, hastige, hilflose Lenkbewegungen … Kurz bevor die Turboprop-Maschine in ein Luftloch sackte und Sabrina jäh aus ihrem Traum riss, sah sie einen hageren Mann zwischen Rebstöcken stehen, der mit seinem zerfransten Hut einer Vogelscheuche ähnelte. Der Mann kam rasend schnell näher, dabei drehte sich alles, plötzlich war der Himmel unten und von oben stürzte ein Weinberg auf sie herab.
Sabrina umklammerte die Armlehnen. Erneut eine leichte Turbulenz. Was um Himmels willen war das gerade gewesen? Hatte sie sich im Halbschlaf tatsächlich an ihren Unfall erinnert? Woher sollte sie sonst wissen, dass Eva-Maria einen gelben Seidenschal trug? Und wo kam dieses zweite Auto her, das sie von hinten bedrängte? Welche Farbe hatte es doch gleich? Rot, richtig, rot war es. Rot wie der Alfa Romeo von Gianfranco Angelo. Aber warum nur? Warum?
Sie schloss die Augen, in der Hoffnung, dass sich der Traum fort-

setzen würde. Aber sie hörte nur das monotone Brummen der Flugzeugmotoren.

Am Flughafen Malpensa in Mailand angekommen, suchte sie nach dem Gate für ihren Anschlussflug über New York nach San Francisco. Sabrina lief an einem großen Plakat vorbei, auf dem für das Reiseland Piemont geworben wurde. Es kam ihr vor, als ob sie jemand Unsichtbares festhalten würde, als ob eine Stimme flüstern würde: Schau doch her. Hier, dein Traum! Sie blieb stehen und betrachtete das Plakat. Tatsächlich, die Weinberge kamen ihr auf seltsame Weise vertraut vor, auf dem Hügel das Castello mit den vier Ecktürmen, im Hintergrund die schneebedeckten Berge. Eine Straße schlängelte sich durch die Rebstöcke. Fehlten nur noch der blaue Fiat, der rote Alfa und der hagere Mann, der aussah wie eine Vogelscheuche.
Die Erinnerung, sie kam unablässig näher, das spürte sie. Aber wenn sie erst in diesem Flugzeug nach San Francisco saß, dann würde sie sich wieder von ihr entfernen – vielleicht für immer. Gewiss, Hipp und ihr Vater hatten Recht, ihr Schutzengel hatte sich wahrhaft eine Pause verdient. Aber sie konnte und wollte nicht weiterleben mit diesem großen schwarzen Loch in ihrer Vergangenheit. Wieder sah sie auf das Plakat. Sie musste zurück an den Ort, wo das Unglück passiert war. Zurück in die Langhe, nach Alba Barolo und Monforte, dort, wo die Rebstöcke voll mit Nebbiolo hingen, wo es nach Mandeln roch – wo Eva-Maria gestorben war, Gianfranco seine Familie verlassen und sie ihr Gedächtnis verloren hatte.

Keine drei Stunden später stieg sie in Turin aus dem Zug. Fabri erwartete sie am Bahnsteig, schloss sie in die Arme, nahm ihr die Tasche ab und führte sie zu seinem Wagen. Sie hatte ihn vom Flughafen in Mailand angerufen, er hatte sich sofort bereit erklärt, sie in

Turin abzuholen, mit ihr nach Monforte zu fahren und ihr baldmöglichst den Unfallort zu zeigen.
»Irgendwie ist mir nicht wohl dabei«, meinte Fabri auf dem Weg durch den Bahnhof. »Ich finde, wir sollten Hipp anrufen und ihm sagen, dass du nicht im Flugzeug nach San Francisco bist, sondern hier bei mir.«
Sabrina schüttelte energisch den Kopf. »Nein, genau das möchte ich nicht. Ich will endlich auf meinen eigenen Füßen stehen. Hipp hat sich rührend um mich gekümmert, aber ich muss lernen, mein Leben wieder selbst zu leben. Was soll mir schon passieren?«
Fabri sah Sabrina verzweifelt an. »Mein Vater ist auf der Flucht. Ich war mit ihm verabredet, er ist nicht gekommen. Jetzt sucht die Polizei nach ihm.«
»Nach Monforte wird er sich nicht trauen, hier kennt ihn doch jeder.«
»Ich kann es immer noch nicht glauben. Mein Vater soll auf dich geschossen haben? Wieso sollte er das tun?«
Sabrina hakte sich bei Fabri unter. »Genau das möchte ich herausfinden. Deshalb bin ich hier. Mit meinem Vater habe ich telefoniert. Ich habe ihm gesagt, dass ich erst in zwei Tagen kommen kann, weil ich bei der Zwischenlandung in New York aussteige und eine gute Freundin besuche, an die ich mich wieder erinnert habe.«
»Hast du?«
»Nein, natürlich nicht.«
»Gut gelogen. Meine Mutter erwartet uns zum Abendessen.«
»Schön, ich freue mich darauf.«
»Die Stimmung wird nicht die beste sein«, beugte Fabri vor.
»Das kann ich mir denken.«
»Übrigens, du kannst bei uns übernachten.«
»Danke, nein. Ich schlafe lieber in einem Hotel.«
»In Ordnung. Ich besorge dir ein Zimmer in der Villa Beccaris*.

Aber sperr gut zu. Ich bring dich hin und hol dich ab. Jetzt bin ich dran, auf dich aufzupassen.«
Sabrina lächelte. »Sieht ganz so aus. Also gib dir Mühe.«

57

Von Montalcino war Hipp noch am späten Nachmittag an Siena und Monteriggioni vorbei über Colle di Val D'Elsa und der Etruskerstadt Volterra zu dem kleinen Haus inmitten der alten Olivenbäume gefahren, wo erst vor wenigen Wochen alles angefangen hatte. Er erinnerte sich noch gut daran, wie er mit einem Buch über die Medici im Schoß in seinem Liegestuhl wohlig geschlummert und ihn der Anruf von Sabrinas Vater aus seinen süßen Träumen vom *dolce far niente* gerissen hatte.

In der Abendsonne betrachtete Hipp die Rosen neben der Pergola. Man musste kein Gärtner sein, um zu sehen, dass sie sich in einem beklagenswerten Zustand befanden. Keine Blüten, nur wenige Knospen, vertrocknete Blätter. Hipp zerrte den Schlauch herbei, was ein mittlerer Kraftakt war, denn aus unerfindlichen Gründen war er ewig lang, und begann, das Rosenbeet zu wässern. Er sah hinüber zum Orto, dem kleinen Gemüsegarten mit den verschrumpelten Tomaten, zum wilden Wein, der stark vergilbt am Haus emporrankte, zum jammervollen Oleander. So viel war sicher, morgen würde er sich bei Sandro in der Bar Centrale das Geld zurückholen, das er ihm bei seiner überstürzten Abreise für gelegentliches Gartengießen zugesteckt hatte.
Während er mit der einen Hand den Schlauch hielt, bediente er mit der anderen das Handy, um einige Telefonate zu führen. Dass ihn seine Gesprächspartner aufgrund des munteren Plätscherns mal auf der Toilette, dann in der Badewanne wähnten, störte ihn

nur wenig. Alle wichtigen Dinge waren ohnehin bereits besprochen, alle Arrangements eingefädelt. Von Montalcino bis Siena hatte er Talhammer von Dr. Lausitz erzählt sowie von seiner bezaubernden Freundin, die für Talhammers Versicherung in Mailand arbeitete und morgen wieder an ihrem Schreibtisch sitzen würde. Und er hatte ihm von seinem dringenden Verdacht berichtet, dass sich dieser zwielichtige Lausitz von Melissa alle Informationen aus den Versicherungsunterlagen geben ließ, die er für gelegentliche Eigentumsübertragungen benötigte. Noch vor den turmbewehrten Mauern Monteriggionis hatte er Talhammer überredet, in einen Plan einzuwilligen, der Lausitz überführen sollte. Von Monteriggioni bis Colle di Val d'Elsa hatte er mit Sabrinas Vater in Kalifornien telefoniert und ihm vom Gespräch mit Dr. Lausitz berichtet, das zwar etwas anders verlaufen war als ursprünglich gedacht, aber eine interessante Perspektive eröffnete. Bis hinauf nach Volterra hatte er mit Maresciallo Viberti gesprochen, der erstaunlich schnell verstand, worum es ging – offenbar wurde er gerade weder von einem Milchlamm mit Polenta noch von einer Degustation der letzten Barolo-Jahrgänge über Gebühr in Anspruch genommen. Viberti hatte sich sofort und mit großer Begeisterung bereit erklärt, bei Hipps Plan mitzuwirken. Nach Volterra, die Straße hinunter ins Val di Cecina, hatte er erneut mit Talhammer geredet und ihm die Einzelheiten erläutert.

Hipp stieg auf eine Mauer, um von dort eine Palme in den Genuss des Wasserstrahls kommen zu lassen. Wo wohl gerade das Flugzeug mit Sabrina war? Irgendwo über dem Atlantik, vielleicht auf Höhe der Azoren, egal, entscheidend war, dass sie sich mit jedem Kilometer weiter von den Gefahren der alten Welt entfernte. Und Gianfranco Angelo, Fabris mordlüsterner Vater? Ob er wusste, dass man bereits nach ihm fahndete? Ob er darüber nachdachte, welche Optionen ihm blieben? Würde er sich womöglich selbst stellen? Und was würde er dann zu Protokoll geben? Was waren seine

Motive, was war geschehen an jenem Tag, als Sabrina und Eva-Maria mit dem Auto verunglückten? Dass er dieses Rätsel noch nicht gelöst hatte, wollte Hipp überhaupt nicht gefallen, das beunruhigte ihn zutiefst. Nun gut, immerhin war Sabrina in Sicherheit. Auch hatte sie einen Teil ihres Gedächtnisses wiedererlangt, hatte gelernt, an sich zu glauben, war neugierig darauf, sich immer besser kennen zu lernen, hatte die traumatischen Erfahrungen der letzten Tage und Wochen gut weggesteckt, war zuversichtlich, nicht nur, was die Vergangenheit betraf, sondern auch die Zukunft. Aber was zum Teufel brachte einen ehrbaren Mann wie Gianfranco Angelo dazu, einer jungen Frau wie Sabrina nach dem Leben zu trachten? Welcher Hass war nötig, um mit einem Gewehr auf sie zu zielen und kaltblütig abzudrücken? Und wenn es kein Hass war, was war es dann?

Hipp sah, wie der Wasserstrahl immer dünner wurde und schließlich nach einigen letzten Tropfen vollends versiegte. Er sprang von der Mauer, lief ums Eck und öffnete die eiserne Klappe über dem Brunnen mit dem Brauchwasser. Eine hässliche Kröte glotzte ihn an. Tief unten glitzerte es zwar, aber ganz offensichtlich war der Pozzo leer. Nun, damit waren seine Bemühungen zur Revitalisierung der Anpflanzungen vorerst beendet. Er verabschiedete sich von der Kröte, dachte kurz darüber nach, dass er sich was Schöneres vorstellen konnte, als in diesen Brunnen zu fallen – und schloss die Klappe.

58

Um von Turin nach Monforte d'Alba zu gelangen, kann man zunächst über die Autostrada fahren, dann an Bra und Cherasco vorbei in die gepriesenen Hügel des Barolo. Fabri allerdings wählte die kurzweiligere Landstraße über Pralormo und Alba. Auf diese Weise bekam Sabrina einen besseren Eindruck

von der Landschaft. Außerdem führte die Strecke später an der Unfallstelle vorbei, die sie sich unbedingt ansehen wollte – obwohl Fabri meinte, dass dies doch bis morgen Zeit habe, sie solle sich nicht zu viel zumuten. Hinter dem Ort Canale machte Fabri einen kleinen Umweg und blieb nach einigen Kilometern am Straßenrand auf einer Parkausbuchtung stehen. Von hier hatte man einen weiten Blick über das Tal des Tanaro. Sie stiegen aus, Fabri legte vertraut einen Arm um Sabrinas Schultern und erklärte ihr mit patriotischem Stolz, dass der Fluss die Grenze zu den Langhe darstelle, zu den legendären Weinbauregionen des Barolo* und Barbaresco*, dass es aber auch diesseits gute Weine gebe, so zum Beispiel den Roero* oder den Arneis*, einen trockenen Weißwein. Er deutete den Abhang hinunter und zeigte gerade auf eine verfallene Hütte, als sich von hinten mit hoher Geschwindigkeit ein Kleintransporter näherte, plötzlich scharf bremste, nach rechts lenkte und direkt auf sie zusteuerte. Erschrocken drehten sie sich um. Die Augen aufgerissen, wäre Sabrina einem Reflex folgend am liebsten davongerannt, konnte sich aber gleichzeitig nicht bewegen. Obwohl sie den Fahrer nicht erkennen konnte, schoss das Bild von Gianfranco Angelo durch ihren Kopf. Es half ihr, dass Fabri immer noch seinen Arm um sie gelegt hatte. Der Transporter kam einen knappen Meter vor ihnen zum Stehen.
»Ciao, Fabri, come stai?«, grüßte der Fahrer, ein junger Mann mit strubbligen Haaren, fröhlich aus dem Fenster. »Ho visto la tua auto solo all'ultimo momento, fast hätte ich dein Auto übersehen, ich konnte gerade noch bremsen.«
»Ciao, Sergio, du Wahnsinniger hast uns vielleicht einen Schrecken eingejagt. Wo kommst du denn her?«
Sergio deutete auf den Laderaum hinter sich. »Ich liefere neue Barriquefässer für Filippo, du weißt schon. Übrigens, willst du mich nicht bekannt machen? Wer ist diese Schönheit in deinem Arm?«

»O, mi dispiace, das ist Sabrina Valentino, eine Freundin aus Kalifornien.«
»Doch nicht etwa?«
»Doch, genau!«
»Ich freue mich, Sie kennen zu lernen. Was machen Sie heute Abend?«
»Sie hat keine Zeit«, antwortete Fabri für Sabrina, die den ersten Schrecken zwar überwunden hatte, aber immer noch wie gelähmt schien.
»Peccato, forse domani, ich melde mich, ciao, Sabrina, arrivederci, Fabri.«
Sergio winkte und fuhr mit durchdrehenden Rädern davon.
Fabri sah Sabrina ins blasse Gesicht. »Tut mir Leid. Sergio fährt wie ein Irrer«, Fabri lachte, »vor allem, wenn er ausnahmsweise mal keine zerbrechlichen Flaschen geladen hat.«

Keine Stunde später standen sie erneut am Straßenrand. Diesmal hatten sie den Wagen kurz zuvor auf einer Wiese geparkt und waren die letzten Meter zu Fuß gegangen. Fabri zeigte in der Kurve auf die neue Leitplanke aus Metall und erklärte, dass die alte aus morschem Holz gewesen sei. Deutlich sah Sabrina die Schneise, die ihr Auto durch die Rebstöcke geschlagen hatte, und weiter unten ein zerstörtes Areal, in dem es offenbar gebrannt hatte.
Sie zitterte, als sie fragte: »Ist dort unser Auto, ich meine, ist dort Eva-Maria …?«
Fabri nickte stumm.
Sabrina konnte nichts dagegen tun, ein plötzlicher Heulkrampf zwang sie, sich neben die Straße in die Wiese zu setzen. Fabri stand mit gefalteten Händen an der Leitplanke. Sie dachte, dass er mehr Grund als sie hatte zu trauern. Schließlich konnte sie sich an Eva-Maria überhaupt nicht erinnern. Und Fabri? Wahrscheinlich war er in sie verliebt gewesen. Sabrina stand auf, ging auf der Straße zu-

rück, drehte sich dann um und lief den Bremsspuren auf dem Asphalt entlang auf die Leitplanke zu. Da auf der wenig befahrenen Straße gerade kein Auto kam, konnte sie sich auf dieses Experiment konzentrieren. Sie versuchte, sich den Traum aus dem Flugzeug in Erinnerung zu rufen. Der Fahrtwind, der ihr durch die geöffnete Seitenscheibe durch die Haare strich, Eva-Maria und ihr gelber Seidenschal. Die Leitplanke, die immer näher kam, hinter ihnen ein zweites Auto. Sie hörte Motorengeräusche, drehte sich um. Nein, kein roter Alfa, sondern eine große schwarze Limousine. Sie brachte sich in Sicherheit und sah dem Wagen hinterher, wie er an Fabri vorbei durch die Kurve fuhr. Fabri? Den hatte sie völlig vergessen. Er saß auf der Leitplanke und beobachtete sie. Sabrina versuchte zurück in den Traum aus dem Flugzeug zu finden. Hektische Lenkbewegungen, ein Himmel, der sich drehte, ein hagerer Mann inmitten von Rebstöcken …

Enttäuscht stellte sie fest, dass der Traum nicht wiederkehren wollte. Die Kurve, der Blick auf die Weinreben. Fehlanzeige.

Fabri kam auf sie zu. »Und? Kannst du dich an irgendetwas erinnern?«

Sabrina schüttelte den Kopf. »Nein, leider nicht. Es bleibt nur ein Traum.«

»Du brauchst Zeit …«

»Aber ich habe mir so viel davon versprochen. Ich war mir fast sicher, dass mir hier an Ort und Stelle alles wieder einfällt.«

»Vielleicht ist es gut so«, sagte Fabri. »Wahrscheinlich sind es keine schönen Erinnerungen. Und dein Unterbewusstsein schützt dich einfach davor, alles noch einmal zu erleben.«

»Ich möchte aber nicht davor geschützt werden«, entgegnete Sabrina trotzig. »Ich will mich erinnern, wie es passiert ist. Und ich will wissen, was vorher geschah und warum mich dein Vater töten will.« Sie sah ihn fragend an. »Du hast keine Ahnung, oder?«

»Nein, nicht die mindeste«, antwortete er. »Sabrina, glaub mir,

ich denke seit gestern an nichts anderes. Aber ich kann es mir nicht erklären. Niemand kann es sich erklären. Ich nicht, meine Mutter nicht, unsere Freunde nicht. Wir sind wie vor den Kopf geschlagen. Ehrlich gesagt kann und will ich es nicht glauben.«
»Es war sein Gewehr. Mit seinen Fingerabdrücken, das steht mittlerweile zweifelsfrei fest.«
»Ich weiß.«
»Bringst du mich bitte ins Hotel?«
»Gerne. Gegen acht hol ich dich ab. Meine Mutter macht ein Risotto al Barolo.«

59

Luciana stand in der bäuerlichen Küche am Herd und rührte mit einem Holzlöffel im köchelnden Reis. Sabrina sah Fabris Mutter aufmerksam zu. So schnell würde sie keine Gelegenheit mehr bekommen, die Entstehung eines authentischen Risotto al Barolo* in einer Cucina casalinga zu verfolgen. Fabri saß am Tisch, wo sie als Vorspeise eine Bagna cauda gegessen hatten, eine heiße würzige Sauce, in die frisches Gemüse und knuspriges Bauernbrot getunkt wurde. Dabei hatten sie einem stillen Einvernehmen folgend alle heiklen Themen vermieden, hatten weder über den Unfall noch über Gianfranco gesprochen. Stattdessen hatte Fabri versucht, seine depressiv wirkende Mutter mit Pettegolezzi aufzuheitern, mit Klatsch aus der Nachbarschaft. Während sich Sabrina darüber amüsiert hatte und tatsächlich ein wenig auf andere Gedanken gekommen war, hatte Luciana kaum gelächelt.
Sabrina beobachtete, wie Luciana erneut etwas Brühe in den Topf goss und dabei fortwährend weiterrührte. Fabri nahm die angebrochene Flasche Barolo und füllte sein Glas.
Der Reis wurde von den Arabern nach Valencia gebracht, von dort fand er während des Rinascimento, der italienischen Renais-

sance, seinen Weg in die Poebene. Für die norditalienische Spezialität Risotto, den »kleinen Reis«, wird häufig die Reissorte Arborio oder der feine Carnaroli verwendet. Luciana zog allerdings den im Piemont typischen Vialone vor. Weil sie sah, dass sich Sabrina für das Rezept interessierte, beschrieb sie ihr die einzelnen Schritte der Zubereitung. Vom Andünsten der klein geschnittenen Zwiebeln mit Butter und Rosmarin in der Kasserolle über das Ablöschen mit einigen Gläsern Barolo bis zum Hinzugeben des Riso, der kurz im Wein köcheln musste, dann in Etappen mit Fleischbrühe aufgegossen wurde, wobei man fortwährend rühren musste. Es solle nur immer so viel Brühe im Topf sein, erklärte Luciana, dass der Reis gerade bedeckt sei. Dann etwas Rosmarin hinzugeben, Parmesan, Muskatnuss und Pfeffer, erneut etwas Barolo. Die Kunst bestehe darin, die richtige Konsistenz zu treffen, keinesfalls zu trocken dürfe er sein, ein gutes Risotto müsse im schräg gehaltenen Topf fließen, am Löffel kleben bleiben und doch im Inneren al dente sein. Luciana steckte den Holzlöffel in das Risotto und ließ ihn los. »Vedi, per un pò rimane dritto. Er bleibt kurz aufrecht stehen, so muss es sein, dann ist das Risotto perfetto!«
»Perfetto e buonissimo, come sempre«, kommentierte Fabri vom Tisch und hob das Glas.

Nach dem Risotto al Barolo gab es Fagianella e nocciole, Fasan mit einer Soße aus Milch und fein gemahlenen Haselnüssen. Sabrina war es ein Rätsel, wie Luciana dies alles in so kurzer Zeit zuwege gebracht hatte, schließlich war ihr heutiger Besuch doch alles andere als geplant gewesen. Auch war ihr die Mühe peinlich, die sich Luciana machte. Aber Fabri flüsterte ihr zu, dass Kochen für seine Mutter die beste Therapie sei. Und es freue sie, dass es Sabrina so gut schmecke.
Fabri schenkte einen Barolo Chinato* in kleine Gläser, eine bittersüße Spezialität der Langhe, die gegen alle möglichen und un-

möglichen Beschwerden helfen soll. Beim Chinato wird der Barolo mit eingelegter Chinarinde, Zimt und Nelken aromatisiert. Jeder Weinbauer hat sein eigenes wohl gehütetes Rezept.
Luciana trank das Glas aus, griff zur Flasche und goss nach. Sabrina schien es, als ob sie sich Mut antrinken wollte. Tatsächlich begann Luciana kurz darauf von ihrem Mann zu erzählen. Was für ein lieber Marito er früher gewesen sei, nun gut, vielleicht etwas aufbrausend und wohl auch nicht immer treu, aber ihr trotzdem in Liebe zugetan, ausgesprochen fleißig und ehrgeizig, aufopferungsvoll um das Wohlergehen ihrer kleinen Familie bemüht. In der letzten Zeit hätten sich die Wutausbrüche gehäuft, aber sie habe das nicht weiter ernst genommen. Und nachts, da habe sich Gianfranco immer für alles entschuldigt. Dass er sie von einem Augenblick auf den anderen verlassen würde, das habe sie sich nie und nimmer vorstellen können. Wahrscheinlich sei er krank, nicht körperlich, sondern irgendwie im Kopf. Insano di mente, etwas geistesgestört, deshalb auch nicht zurechnungsfähig. Denn wie sonst könne es sein, dass er versucht habe, Sabrina zu erschießen? Luciana nahm ihre Hände und sah sie schluchzend an. Aber er habe es dann nicht übers Herz gebracht, sagte sie, weil er im Grunde eben doch ein guter Kerl sei. Deshalb habe er vorbeigeschossen.
Sie langte unter die Schürze und brachte eine Ansichtskarte mit dem Photo einer Kapelle zum Vorschein. »Von Gianfranco«, sagte sie, »er hat mir geschrieben, aus Südtirol.«
Sabrina bekam eine Gänsehaut. Sie sah die Trümmer des zerschmetterten Transportkastens, glaubte den Ast zu spüren, an den sie sich in Todesangst geklammert hatte.
»Aus tiefstem Herzen bitte ich um Vergebung«, las Luciana vor. Sie schnäuzte sich. »Wir müssen ihm alle vergeben, ich, Fabri und auch du, Sabrina. Obwohl es schwer fällt, ich weiß. Aber er ist krank, er kann nichts dafür.«
Sabrina sah Fabri an, der leise den Kopf schüttelte. Es war wohl

besser, dieses Flehen nach Entschuldigung und den Wunsch nach Vergebung unkommentiert zu lassen.
»Schau, was er geschrieben hat.« Luciana deutete auf die Karte. »Ich werde wiederkommen, versprochen.«
»Mamma …«
»Doch, Fabri, du wirst sehen. Er wird zurückkommen und er wird wieder gesund. Und dann sitzen wir gemeinsam auf der schönen Bank, die du gebaut hast, unter dem Kastanienbaum und schauen über unser herrliches Land.«
»Das wäre schön.«
»Sabrina, du musst morgen wiederkommen. Dann begleitest du mich zu meiner geliebten Bank. Ich sitze dort jeden Tag und denke über alles nach. Ab und zu kommt mich Fabri besuchen, aber der gute Junge hat so viel zu tun, er muss sich um alles kümmern, ist viel unterwegs …«
Sabrina nickte. »Ja, Luciana, das machen wir.«
Über Lucianas Gesicht huschte ein Lächeln. »Das ist ein magischer Ort, du wirst es spüren. Nirgendwo sonst fühle ich mich Gianfranco so nahe. Meine Seele öffnet sich. Die Erinnerung bekommt Flügel. Vielleicht wirkt der Zauber auch bei dir? Könnte doch sein?«
»Aber Mamma, du glaubst doch nicht im Ernst, dass sich Sabrina unter unserem Kastanienbaum plötzlich wieder an alles erinnern kann?«
»Perchè no? Wer weiß?«

60

Der Caffè corretto in der Bar Centrale hatte gut getan. Auch das dumme Gesicht von Sandro, als er von ihm das Geld fürs Gartengießen zurückverlangt hatte.
»Amico mio, mi devi credere«, hatte sich Sandro verteidigt, »io

ho bagnato ma questa maledetta siccità …« Eine fürchterliche Trockenperiode als Ausrede? Ja, natürlich, genau deshalb hätte Sandro gründlich wässern müssen.
»E poi mia madre, ha avuto un'insufficienza circolatoria …« Aha, eigentlich hatte ihn eine überraschende Kreislaufschwäche der Mutter vom Gießen abgehalten.
»E la mia macchina da caffè si era guastata …« Nun, immerhin funktionierte die kaputte Espressomaschine wieder.
Schließlich war Hipp auf das Angebot eingegangen, als Entschädigung und als »segno di buona volontà«, als Zeichen des guten Willens, bis zum Ende des Sommers für den täglichen Caffè corretto nichts bezahlen zu müssen. Das schien ihm eine durchaus vorteilhafte Vereinbarung zu sein. Vor allem, wenn man in Betracht zog, dass Sandro ohnehin nicht hätte häufiger gießen können, weil nämlich der Brunnen leer war. Aber auf diese einzig akzeptable Ausrede war er aus nahe liegenden Gründen nicht gekommen.

Auf dem Weg von der Piazza della Cisterna hinauf zu seinem Rustico wurde Hipp bewusst, dass er im Begriff war, in den Trott von vor einigen Wochen zurückzufallen. Lange ausschlafen, unrasiert ins Dorf schlendern, Caffè corretto schlürfen, Cornetto essen, mit Sandro plaudern, *Tirreno* kaufen … Er blieb stehen, drehte sich um und sah über die Hügel hinweg und den flachen Küstenstreifen hinaus aufs glitzernde Meer. Unten am Strand, da tummelten sich die Touristen, kämpften um ihre Liegestühle, einen Sonnenschirm, verbrannten sich auf dem heißen Sand die nackten Füße, wurden von Kindergeschrei malträtiert, mussten schwitzende, fettleibige Artgenossen ertragen. Und hier oben? Da wehte eine leichte Brise, war Vogelgezwitscher zu hören, spendete ein Wald mit Korkeichen Schatten, war keine Menschenseele zu sehen. Und dieser herrenlose Maremma-Hund, der gerade den Weg überquerte, der würde ihm schon nichts tun.

Er dachte einmal mehr über die zwischenzeitliche Unterbrechung seines *dolce far niente* nach. Über jene Wochen, die mit dem panischen Anruf von Sabrinas Vater begonnen hatten. Was wäre passiert, wenn er einfach hier geblieben wäre? Hätten sich die Dinge wesentlich anders entwickelt? Welchen positiven Beitrag hatte er geleistet? Sabrina hätte vermutlich auch von selbst ein klein wenig von ihrer Erinnerung zurückerlangt. Viel mehr war es ja ohnehin nicht. Gianfranco hätte auch ohne seine Präsenz vorbeigeschossen. Den Tod der Nachtschwester Margherita hatte er nicht verhindern können. Und auf Gianfranco als Täter wäre die Polizei wohl auch von selbst gekommen. Wobei sein Motiv immer noch im Dunkeln lag.
Nun gut, er hatte eine Theorie, das schon. Maresciallo Viberti, dem er sie vor einer Stunde am Telefon erläutert hatte, erschien sie überaus schlüssig. Dass nämlich Gianfranco, der, wie sie wussten, eine Schwäche für junge Frauen hatte, Eva-Maria in Liebe zugetan war und mit ihr eine Affäre hatte. Deshalb fand es Gianfranco überhaupt nicht lustig, dass Eva-Maria plötzlich nichts mehr von ihm wissen wollte und sich stattdessen für seinen eigenen Sohn zu interessieren schien. Gekränkte Eitelkeit eines alten Gockels. Als er – gerade von seinem Spaziergang zurückkehrend – die beiden jungen Frauen am Haus vorfahren sah, schwoll ihm, um im Bild zu bleiben, aus wütender Eifersucht der Kamm. Er wusste, dass sie nicht zu ihm wollten, sondern Fabri suchten, der sich gerade in der Cantina aufhielt. Aber er konnte Eva-Maria nicht in Gegenwart seiner Frau zur Rede stellen. Also rannte er zu seinem Auto, das hinter dem Haus geparkt war. Und als Luciana wieder im Haus verschwunden war, nahm er die Verfolgung auf. Er bemerkte, dass sich die beiden verfahren hatten und auf der falschen Straße fuhren. Somit bot sich die Gelegenheit, ihr Fahrzeug zu stoppen und mit Eva-Maria den Streit auszutragen. Er wollte, dass sie zu ihm zurückkehrte und Fabri den Laufpass gab. Wild

blinkend und hupend tauchte er hinter den beiden auf. Eva-Maria erkannte Gianfranco in seinem Auto. Aber statt anzuhalten, gab sie Gas und versuchte ihm davonzufahren. Sie wollte der Auseinandersetzung mit dem cholerischen Gianfranco aus dem Weg gehen. Dies erst recht in Gegenwart ihrer Freundin Sabrina. Aber Gianfranco ließ sich in seinem Alfa nicht abschütteln. Stattdessen setzte er kurz vor einer scharfen Kurve zum Überholen an, um vor den Fiat zu gelangen und so Eva-Maria zum Anhalten zwingen zu können. Aber das wahnwitzige Manöver ging schief, Gianfranco geriet ins Schleudern, sein Auto prallte gegen den Fiat und bewirkte auf diese Weise eine tödliche Richtungsänderung. Gianfranco und Eva-Maria stiegen verzweifelt in die Bremsen, die Räder blockierten, gleichzeitig kam die Kurve unaufhaltsam näher. Der Fiat durchbrach die hölzerne altersschwache Leitplanke, flog kurz durch die Luft, schlug im Weinberg auf … Gianfranco bekam sein Auto wieder unter Kontrolle, geriet in Panik, fuhr einfach weiter, hielt später an und sah aus der Ferne, wie das Auto explodierte.

Sollte er zurückfahren, sich der Polizei stellen? Er hatte Eva-Maria nichts antun wollen, im Gegenteil, er liebte sie doch. Wer würde ihm glauben, dass es ein Unfall war? Sein Leben lag von einem Augenblick auf den anderen in Trümmern vor ihm. Er hatte alles zerstört, was ihm lieb und teuer war. Er hatte Eva-Maria verloren, er würde ins Gefängnis müssen, zumindest wegen fahrlässiger Tötung angeklagt werden, seine Eskapaden würden bekannt werden, Luciana würde sich scheiden lassen – und er würde sich nicht mehr um seinen Wein kümmern können. In seiner Verzweiflung trat Gianfranco die Flucht an, fuhr einfach weiter, nur weg, schnell weg vom Ort des Grauens. Als er später die Nachrichten hörte, Fernsehen sah, die Zeitung las, realisierte er, dass ihn niemand gesehen hatte, dass offenbar kein Verdacht auf ihn fiel. Heimlich fuhr er zurück zum Haus, holte sich einige persönliche Dinge, legte den Ehering in die Schatulle – und verschwand. Es sollte einige Tage dauern, bis ihm klar wurde, dass er durchaus in sein altes Leben zurückschlüpfen könnte. Er musste nur die einzige Zeugin beseitigen – Sabrina. Und zwar bevor sie ihr Gedächtnis wiedererlangte. Bis dahin würde er gegenüber seiner Familie sein Fernbleiben als Lebenskrise inszenieren, sich gelegentlich melden und seine mögliche Rückkehr in Aussicht stellen. Aber noch hatte er Skrupel, ging zu zögerlich ans Werk, brachte es nicht fertig, Sabrina mit dem Kopfkissen zu ersticken, und hatte dann Pech mit der Blausäure. Er tröstete sich mit zwei Nutten in Venedig, nahm wieder ihre Spur auf, verfolgte ihn und Sabrina nach Südtirol, scheiterte erneut, diesmal mit seiner Attacke auf die Materialseilbahn. Die Zeit lief ihm davon, in der Toskana bot sich die letzte Chance, er setzte alles auf eine Karte, nahm sein Jagdgewehr – und verfehlte das Ziel.

Hipp hatte sich auf einen Baumstumpf gesetzt und dieses Szenario erneut durchgespielt. Ja, so oder ganz ähnlich könnte es sich zugetragen haben. Viberti jedenfalls hatte diese Theorie überzeugt. Der Maresciallo hatte nur bedauert, dass er nicht selbst auf diese »Teoria indiscutibilmente logica« gekommen war. Aber war das wirklich die Wahrheit? Wie passte Giovanni Martino ins Bild? Eva-Maria hatte ihm vor kurzem den Laufpass gegeben. Vielleicht, weil der alte Gianfranco darauf bestanden hatte? Ja, das könnte sein. Aber warum sollte sich ein junges hübsches Mädchen wie Eva-Maria mit einem Mann einlassen, der ihr Vater sein könnte? Für Viberti wäre dies wohl kein Gegenargument. Der Maresciallo war ja auch nicht viel jünger, fand aber seine Wirkung auf junge Frauen überwältigend. Hipp musste schmunzeln. Er machte Viberti gerade viel Arbeit, hatte er ihn doch bei der anstehenden Aufklärung der Lkw-Diebstähle eingespannt. Aber er hatte ihn richtig eingeschätzt. Wenn sich die Chance bot, sich mit einer erfolgreichen

Polizeiaktion auszuzeichnen, vermochte der Maresciallo durchaus Antipasti misti, Tajarin mit Zucchini und Panna cotta hintanzustellen – jedenfalls für einen überschaubaren Zeitraum.

Er erhob sich und setzte seinen Weg fort. Nun, immerhin war es ihm gelungen, hinter das Rätsel dieser Weindiebstähle zu kommen. Blieb wenigstens ein kleines Erfolgserlebnis. Wobei ihm durchaus bewusst war, dass er nicht allzu viel dazu beigetragen hatte. Der Zufall hatte ihm die Lösung auf einem silbernen Tablett serviert. Ach ja, es gab noch etwas Positives zu registrieren, nämlich die Tenuta del Leone. Hier hatte er hoffentlich ein gutes Werk getan, indem er verhindert hatte, dass dieser großspurige Lausitz Mira und Luca über den Tisch zog. Aber abgesehen davon?

Er griff wieder seinen ursprünglichen Gedanken auf. Wie hätten sich die Ereignisse entwickelt, wenn er nicht zu Sabrina nach Turin gefahren wäre und stattdessen einfach in seinem Liegestuhl weitergeschlafen hätte? Einen entscheidenden Punkt hatte er fast übersehen. Ihm wäre Sabrinas Bekanntschaft entgangen, und damit hätte er einige wunderschöne Augenblicke verpasst. Momente der Nähe, des Glücks, der erotischen Spannung. Aber was hatte es mit dieser Beziehung auf sich? Sie war nicht mehr als eine flüchtige Episode. Wieder in Amerika, würde Sabrina schnell in ihr altes Leben zurückfinden und die unglückselige Reise nach Italien und damit auch seine Person verdrängen. Das war richtig so, schließlich ging das Leben weiter. Blieb zu hoffen …

Er fischte das summende Handy aus seiner Jackentasche und meldete sich. Gab es so etwas wie Gedankenübertragung?

»Sabrina, schön, deine Stimme zu hören. Hattest du einen guten Flug?«

»Hallo, Hipp, mein Lieber, ja, der Flug war okay. Wie geht es dir?«

»Mir geht's gut, danke«, antwortete er, nicht sicher, ob das auch der Wahrheit entsprach.

»Vermisst du mich?«

Warum stellte Sabrina so eine abgedroschene Frage? Sollte er antworten, dass er sie nicht vermisse? Das wäre gelogen.
»Wo bist du?«, versuchte er der Antwort mit einer Gegenfrage aus dem Weg zu gehen.
»Ob du mich vermisst, wollte ich wissen.«
Das hätte er sich denken können, sie ließ nicht locker.
»Ein klein wenig, ja. Ich könnte jemanden gebrauchen, der in der Küche abspült.«
»Du bist ein Idiot.«
»Vielen Dank. Wie spät ist es bei dir? In Kalifornien muss es doch noch mitten in der Nacht sein?«
»Stimmt, aber ich bin nicht in Kalifornien, sondern in New York.«
»In New York? Was machst du denn dort? Dein Vater erwartet dich.«
»Er weiß Bescheid, ich habe mit ihm telefoniert. Mir ist eingefallen, dass meine beste Freundin in New York lebt …«
»Dir ist eingefallen?«
»Ja, das ist doch schön, es geht voran. Ich bleibe zwei Tage bei Angelina, dann fliege ich weiter.«
»Angelina?«
»Ja, so heißt meine Freundin. Mach dir keine Gedanken, hier in New York bin ich vor Gianfranco genauso sicher wie daheim im Napa Valley.«
»Das ist wohl richtig«, gab Hipp zu, »trotzdem …«
»Ich möchte«, unterbrach ihn Sabrina, »endlich damit anfangen, wieder eigenverantwortlich Entscheidungen zu treffen. Und ich will jede noch so kleine Chance nutzen, meinem Gedächtnis auf die Sprünge zu helfen.«
»Das ist absolut okay. Wie ist sie so?«
»Wer?«
»Deine Freundin Angelina.«
»Angelina? Sie ist wunderbar.«

»Das freut mich. Übrigens …«

»Ja?«

»Ich habe eine Spülmaschine. Und ich würde gerne mit Angelina tauschen.«

61

Seit über sechshundert Jahren sind in der Toskana die Marchesi Antinori* mit dem Weinbau befasst. Dass die Weinkellerei heute eine so herausragende Position einnimmt, verdankt sie aber nicht nur dieser langen Tradition, sondern vor allem der Spürnase von Marchese Piero Antinori. Mit dem Tignanello* setzte er sich in den siebziger Jahren mutig über alle Konventionen hinweg, verschnitt unbekümmert Sangiovese* mit Cabernet Sauvignon, damals eine Todsünde – und rief mit diesem schließlich viel gerühmten Edeltropfen die neue Gattung der Super-Toskaner ins Leben.

Weil Dr. Lausitz nicht nur den Tignanello sehr schätzte, sondern fast noch mehr den bukettreichen Solaia*, bei dem der Cabernet gegenüber dem Sangiovese die erste Geige spielte, kehrte er, sozusagen aus Gründen der Referenz, aber auch, weil es ihm dort einfach gut gefiel, in Florenz mit schöner Regelmäßigkeit in der Cantinetta Antinori* ein. Dort konnte er sich glasweise durch die großen Weine des Hauses trinken, dabei gepflegt speisen und die geschäftlichen Dinge des Lebens vergessen. So hatte er das auch für heute geplant, aber dann hatte ihn vor einer Stunde Melissas Anruf erreicht. Es war geradezu unglaublich, was sie ihm erzählte. So phantastisch, dass er entschied, seinen erst kürzlich gefassten Entschluss außer Kraft zu setzen. Er würde doch noch einen Weintransporter aus dem Verkehr ziehen, allen Risiken zum Trotz. Schließlich gab es Chancen, die boten sich nur einmal im Leben, die durfte man sich nicht entgehen lassen. Die Lieferung, deren Versicherungsunterlagen Melissa nach dem Urlaub auf ihrem Tisch vorgefunden hatte, war für ihn vergleichbar mit der Gemäldesammlung in den Uffizien. Sozusagen von Botticelli über Caravaggio und Tizian bis zu Giotto und Leonardo da Vinci. In der Sprache der Bacchusjünger las sich das so: Sassicaia* von der Tenuta San Guido*, Solaia* und Tignanello* von Antinori*, Cepparello von Isole e Olena*, Darmagi von Angelo Gaja*, Vigneto Arborina von Elio Altare*, Siepi vom Castello Fonterutoli* … Die Crème de la Crème der italienischen Spitzenweine, Barolo*, Barbaresco*, Brunello* … In allen Fällen die besten Jahrgänge, dazu längst vom Markt verschwundene Raritäten, legendäre Klassiker aus der italienischen Ruhmeshalle des Weines, und als ob das noch nicht genug wäre, eine sündhaft teure Sammlung antiker Weingläser, von den Medici, aus dem Vatikan, alles für einen amerikanischen Milliardär, zusammengetragen in einem Castello bei Alba, versichert in Mailand, abgehend morgen früh auf einem Lastwagen mit Ziel Frachthafen Genua.

Lausitz nahm einen Schluck vom sanft perlenden Millesimato, beugte sich nach vorne und sagte mit gedämpfter Stimme: »Serafino, das dürfen wir uns nicht entgehen lassen, du verstehst?«
Panepinto nickte energisch. »Ma certo, naturalmente questa è l'occasione del secolo.«
»Eine Jahrhundertchance? Ganz genau. Und du bist dafür verantwortlich, dass alles klappt, capice?«
Panepinto hob die Hände. »Dottore, come sempre. Wo soll …«, er sah zur Seite und räusperte sich, »wohin darf ich die Ware liefern?«
Lausitz lächelte. »Sie wäre für Banausen zu schade, findest du nicht? Also erwarte ich die Lieferung bei mir zu Hause in Montalcino. Ich glaube, ich werde meinen privaten Weinkeller völlig neu arrangieren.«
»Völlig neu, ich verstehe …«

»Ich muss mir noch einen Platz für die Gläsersammlung überlegen. Themenwechsel, was gibt's Neues bei der Tenuta del Leone? Hast du was über diesen Wahnsinnigen erfahren, wie hieß er doch gleich, Hippolyt Hermanus, diesen Halbverrückten, der den Verkauf der Tenuta del Leone blockiert und stattdessen meine Fattoria kaufen will?«
Da sich Lausitz bei den letzten Worten etwas erregt hatte, versuchte Panepinto die Stimme seines Herrn zu dämpfen. »La prego, dottore, a bassa voce …«, flüsterte er. »Allora, ehrlich gesagt, habe ich leider nicht viel herausbekommen. Aber wir sollten ihn nicht unterschätzen …«
»Was heißt unterschätzen? Hat er vielleicht Geld? Nein, hat er nicht. Die Tenuta del Leone ist pleite, basta!«
»Ich bin mir da nicht mehr so sicher …«
»Was willst du damit sagen? Verdirb mir nicht den schönen Tag!«
»Ich habe mit der Banca Agricultura gesprochen. Dort ist eine Zahlung auf das Konto von Luca und Mira Pertini avisiert worden …«
»Na und? Eine kleine Zahlung rettet ihnen nicht den Arsch.«
Panepinto hüstelte. »Ich sagte nichts von einer kleinen Zahlung. Wie ich gehört habe, soll es sich um einen hohen sechsstelligen Betrag handeln.«
Lausitz schaute ungläubig. »Habe ich richtig gehört? Sagtest du sechsstellig?«
»Sì, Dottore, und dabei soll es sich nur um die erste Rate handeln.«
»Wo kommt denn dieses Geld her? Jetzt versteh ich überhaupt nichts mehr.« Lausitz schlug mit der Faust auf den Tisch. »Da hat doch dieser Hippus Hermolyt seine schmutzigen Finger im Spiel …«
»Hippolyt Hermanus«, korrigierte Panepinto.
»Diese Schweinebacke versucht uns auszutricksen. Aber der wird

sich noch wundern.« Lausitz fuhr sich andeutungsweise mit dem Messer über die Kehle.

Panepinto sah beunruhigt zu den Nachbartischen. »Ich habe verstanden, ich werde mit ihm also ein ernstes Gespräch führen.«

Lausitz schüttelte den Kopf. »Serafino«, sagte er, jetzt ganz leise, »du hast mich nicht verstanden. Aber ein Schritt nach dem anderen. Morgen wickeln wir zunächst unsere Lieferung ab. Und danach werde ich dir erläutern, was es für eine tiefere Symbolik hat, wenn ich mit einem scharfen Messer …«

62

Maresciallo Viberti saß mit trauriger Miene hinter seinem Schreibtisch.

»Ich bin untröstlich«, sagte er, »gerade heute habe ich überhaupt keine Zeit. Und außerdem kommt Ihr Besuch überraschend, wirklich überraschend.«

»Aber trotz allem nehmen Sie sich doch gerade die Zeit, mit mir zu sprechen, Maresciallo. Das ist sehr freundlich von Ihnen«, erwiderte Sabrina.

Viberti schlug die Hände zusammen. »Signorina, ich spreche nicht vom Sprechen, wenn Sie verstehen, was ich meine. Es wäre mir unter normalen Umständen ein außerordentliches Vergnügen, Sie zum Mittagessen einzuladen.«

»Aber Maresciallo, damit hätte ich nie gerechnet.«

»Weil Sie mich nicht kennen, Signorina. Ein gutes Essen ist die beste Grundlage für ein gutes Gespräch, glauben Sie mir. Sie sagten, Sie wohnen in Monforte d'Alba in der Villa Beccaris?«

»Ganz richtig, Maresciallo.«

»Ein schönes Hotel. Aber was für ein Unglück. Ganz in der Nähe wäre die Trattoria della Posta*. Ich sage Ihnen«, Viberti schmatzte genussvoll, »die gefüllten Wachteln in Barolo-Sauce, einfach delicioso.«

»Wir können das ja nachholen.«

»Ein guter Vorschlag, Signorina, vortrefflich. Aber ich bin trotzdem überrascht, Sie hier zu sehen. Vom Professore habe ich gehört …«

»Professore?«

»Sì, Signor Hermanus. Ich nenne ihn mittlerweile Professore. Er macht einen außerordentlich klugen Eindruck auf mich, und außerdem ist es einfacher auszusprechen. Also, der Professore hat gesagt, Sie wären nach Amerika geflogen.«

»Sie sind in Kontakt mit Hippolyt Hermanus?«

»Naturalmente, in engem Kontakt. Wir haben erst vor einer Stunde telefoniert.«

Sabrina sah Viberti treuherzig an. »Sie müssen mir etwas versprechen.«

»Alles, Signorina, Ihnen kann ich keinen Wunsch abschlagen.«

»Sie dürfen Hippolyt Hermanus nicht erzählen, dass ich im Piemont bin. Er denkt wirklich, ich wäre nach Amerika geflogen.«

Maresciallo nahm einen Bleistift und drehte ihn zwischen den Fingern. »Das ist nicht gut, Signorina. Ich bin Amtsträger, der Wahrheit verpflichtet. Und der Professore hat mich in sein Vertrauen gezogen, da kann ich ihn nicht belügen.«

Sabrina beugte sich über den Tisch. »Sie sollen doch nicht lügen, Maresciallo, es nur nicht erwähnen, dass ich hier bin. Hipp wird gar nicht nach mir fragen, verstehen Sie.«

Viberti wog bedächtig den Kopf hin und her. Dann gab er sich einen Ruck. »Signorina Sabrina, wer kann Ihrem Charme widerstehen? Einverstanden. Solange der Professore nicht ausdrücklich nach Ihnen fragt, werde ich einfach vergessen, dass Sie hier waren. Es fällt mir nicht leicht, aber …«

»Maresciallo, denken Sie an unser Mittagessen.«

»Sì, sì, Signorina, Sie haben erkannt, dass ich ein weiches Herz habe. Aber nun verraten Sie mir, was Sie herführt?«
»Ich hoffe, dass ich im Piemont, hier, wo alles angefangen hat, mein Gedächtnis wiedererlange. Ich will die Lücke in meiner Erinnerung zwischen der Vergangenheit und der Gegenwart schließen.«
»Ich verstehe. Waren Sie schon am Unfallort?«
»Ja, Fabri hat ihn mir gezeigt. Aber der zündende Funke ist leider nicht übergesprungen.«
»Fabri, ein guter Junge. Er geht momentan durch schwere Zeiten. Erst macht sich der Vater davon, er muss sich alleine um das Weingut kümmern, außerdem seine Mutter trösten. Und jetzt wird nach seinem Vater wegen versuchten Mordes und fahrlässiger Tötung gefahndet. Non è facile.«
»Ich würde gerne wissen, ob Sie eine Theorie haben, warum mich Gianfranco umbringen möchte, wenn es denn so sein sollte.«
»Es spricht alles dafür, purtroppo. Sie wollen wissen, ob ich eine Theorie habe?« Viberti sah an die Decke seines Amtszimmers. »In der Tat, ja. Ich habe eine Arbeitshypothese entwickelt, die von folgender Annahme ausgeht …«

Maresciallo Viberti brauchte zehn Minuten, um Sabrina das Szenario zu beschreiben. Eigentlich wollte er noch erwähnen, dass er diese in höchstem Maße plausible Geschichte gewissermaßen im Dialog mit Hipp entwickelt hatte, aber als Sabrina ausdrücklich seinen Scharfsinn und seine Kombinationsgabe lobte, da war ihm dieser Vorsatz abhanden gekommen. Umgekehrt vermied es Sabrina, darauf hinzuweisen, dass sie das eine oder andere Detail schon mal von Hipp gehört hatte, allerdings nicht in dieser Geschlossenheit.

»Aber um ehrlich zu sein«, sagte Sabrina, »kann ich mir nicht so recht vorstellen, dass Eva-Maria ein Verhältnis mit Fabris Vater hatte.«

Viberti klopfte mit dem Bleistift auf den Tisch. »Signorina, warum nicht? Eva-Maria war ein hübsches Mädchen.«
»Das schon, aber Gianfranco ist doch viel zu alt.«
Viberti sah Sabrina verwundert an. »Finden Sie wirklich? Nach meiner Erfahrung gibt es bei Männern keine Altersgrenze.«
»Nach Ihrer Erfahrung?«
»Als Maresciallo bei den Carabinieri habe ich viel Erfahrung, glauben Sie mir. Durch meine Arbeit blättere ich jeden Tag im Buch des Lebens.«
»Selbstverständlich. Maresciallo, wann, glauben Sie, wird die Polizei Gianfranco Angelo …«
Das Telefon klingelte. Entschuldigend hob Viberti die Hand. »Pronto«, meldete er sich. Sekunden später klingelte der zweite Apparat. Der Maresciallo nahm auch diesen Anruf entgegen, um nun mit erstaunlichem Geschick beide Gespräche gleichzeitig zu führen. Dass es dabei um eine ganz besondere Weinlieferung ging, bekam sie sehr schnell mit. Was es in diesem Zusammenhang aber mit abgehörten Telefonaten, fingierten Papieren und einem Sondereinsatzkommando auf sich hatte, blieb ihrer Phantasie überlassen.
Als Viberti schließlich fertig war, sank er erschöpft auf seinen Stuhl zurück und lockerte seinen Krawattenknoten.
»Habe ich richtig verstanden?«, fragte Sabrina. »Geht es hier um Weinlieferungen, die …«
Viberti faltete beschwörend die Hände. »Signorina, tun Sie mir bitte einen Gefallen und verstehen Sie nichts, gar nichts. Zu Ihrer letzten Frage. Wir haben keine Ahnung, wann wir Gianfranco Angelo festnehmen werden. Passen Sie also weiter auf sich auf. Wenngleich ich sicher bin, dass Sie hier in keinster Weise gefährdet sind. Gianfranco kann sich hier nicht blicken lassen, jeder kennt ihn, jedes Kind, jede Katze, jeder Hund. Er wird einen Teufel tun.«

»Ja, hoffen wir es. Sobald Sie etwas Neues hören, Sie wissen, wie Sie mich erreichen?«
»Natürlich weiß ich das, verehrte Signorina. Und wenn ich es nicht weiß, weiß es Fabri, richtig?«
Sabrina nickte. »Ganz genau. Übrigens gehe ich heute Nachmittag mit seiner Mutter spazieren. Sie will mir eine Bank zeigen, unter einer Kastanie, eine Bank für magische Augenblicke.«
Viberti wischte sich über die Stirn. »Luciana ist eine liebe, herzensgute Frau, aber ich glaube, sie ist nicht mehr ganz richtig im Kopf.«
»Mag sein, aber ich habe es ihr versprochen.«
»Sie halten Ihre Versprechen? Das höre ich gerne«, sagte Viberti erfreut.
»Warum?«
»Unser Mittagessen in der Trattoria della Posta. Sie wissen schon, die gefüllten Wachteln in Barolo-Sauce.«

63

In den wenigen Minuten, die Hipp benötigte, um aus dem Haus eine Flasche Wasser und zwei Gläser zu holen, hatte der junge Avvocato aus Mailand den alten Bauerntisch in der Pergola zu einem Büro umfunktioniert. Ein Büro, bei dem Weintrauben von der Decke hingen und Flecken von Rotwein und Olivenöl die Arbeitsfläche zierten. Das Notebook war schon aufgeklappt und eingeschaltet, ein großer Block und eine Ledermappe lagen bereit, ein Montblanc-Füller, das Handy in Griffnähe, ein Taschenrechner, ein PDA, zwei Aktenordner. Hipp war beeindruckt. Dr. Balducci verschwendete keine Zeit. Das war gut so, umso eher konnte sich Hipp wieder in seinen Liegestuhl begeben. Aber dieser Termin war wichtig, weniger für ihn, vor allem für Luca und Mira Pertini. Die

Kanzlei von Dr. Balducci vertrat in Europa die juristischen Interessen von Valentino Winery, Napa County, Kalifornien, USA. Nach den langen Telefonaten, die Hipp gestern mit Sabrinas Vater geführt hatte, war dieser in wenigen Stunden, noch am späten Nachmittag, auf Hipps Vorschlag eingegangen und zu einer Entscheidung gelangt. Er hatte Luca in der Klinik angerufen und nach seinem freudigen Einverständnis sofort die Kanzlei in Mailand kontaktiert. Mit einem Anteil von vierzig Prozent würde sich die Valentino Winery an der Tenuta del Leone beteiligen, mit einer Option auf weitere elf Prozent. Ein Brunello hatte im breit gefächerten Sortiment von Roberto Valentino noch gefehlt. Und gleichzeitig war Luca Pertini all seiner Probleme ledig. Um den akuten Liquiditätsengpass bei der Banca Agricultura zu überbrücken, war eine erste Anzahlung bereits transferiert. Jetzt mussten die Details ausgehandelt, die erforderlichen Papiere besorgt, Verträge aufgesetzt, Unterschriften getätigt und ein Notartermin vereinbart werden. Vorher aber sollte Hipp diesen Dr. Balducci über die weniger justitiablen, gleichwohl wichtigen Hintergründe ins Bild setzen.

»Mr. Valentino erwähnte einen Mann mit zwielichtigem Charakter, einen gewissen, wie war doch gleich der Name?« Dr. Balducci blätterte nervös in seiner Mappe.

»Dr. Friedrich von Lausitz«, half ihm Hipp auf die Sprünge, »ein in der Tat unerfreulicher Zeitgenosse.«

»Dr. Lausitz, richtig, ein in Montalcino lebender Deutscher. In welchem Zusammenhang steht dieser Mensch mit unserer geschäftlichen Transaktion?«

»In keinem unmittelbaren, aber er ist sozusagen der Auslöser. Er hegt seit längerem den ausgeprägten, um nicht zu sagen krankhaften Wunsch, die Tenuta del Leone zu erwerben. Weil aber Luca Pertini nicht verkaufen wollte, vor allem nicht an ihn, setzte er ihm immer massiver zu, übte psychologischen Druck aus, schüchterte ihn ein, sorgte dafür, dass der Bankkredit aufgekündigt wurde, warb den Kellermeister ab, versuchte, zunächst den Tod von Eva-Maria auszunutzen, dann Pertinis Schlaganfall …«

»Ich werde sofort eine Strafanzeige veranlassen«, unterbrach ihn Dr. Balducci aufgeregt, »auch ohne gesicherte Beweislage.« Er griff zu seinem Handy. »Europa wächst zusammen, aber so weit sind wir noch lange nicht, dass ein Deutscher einem ehrbaren italienischen Weinbauern die Daumenschrauben ansetzt, nicht in Italien, nein. No, proprio no!«

»Bitte warten Sie einen Moment«, bremste Hipp Balduccis Tatendrang. »Es freut Sie vielleicht zu hören, dass ich einiges unternommen habe, um Lausitz nicht nur das Handwerk zu legen, sondern ihn für geraume Zeit aus dem Verkehr zu ziehen.« Hipp lächelte. »Sozusagen als Nachbarschaftshilfe und dessen ungeachtet, dass Lausitz bedauerlicherweise ein Landsmann von mir ist.«

»Scusi, so habe ich das nicht gemeint. Ich habe in meiner Erregung vergessen, dass Sie ja auch …«

»Macht nichts. Um fortzufahren: Gestern hatte ich in Begleitung von Mira Pertini das zweifelhafte Vergnügen, Herrn Lausitz kennen zu lernen. Ganz offenbar wusste er, dass der Tenuta del Leone das Wasser bis zum Hals steht, also hielt er seine Stunde für gekommen, wollte aber zudem die missliche Situation von Luca Pertini ausnutzen und den Kaufpreis höchst unseriös drücken. Da habe ich den Spieß einfach umgedreht, was vielleicht leichtsinnig war …«

»Den Spieß umgedreht, perfetto, das gefällt mir.«

»… und ihm nicht nur eine Absage erteilt, wozu ich im Grunde gar nicht autorisiert war, sondern ihm umgekehrt ein Kaufangebot für seine eigene Fattoria gemacht.«

»Ein schöner Schachzug, eine Finte, die den Gegner verwirrt, zu einem Fehler provoziert. Perfetto, das entspricht genau dem Verhandlungsstil unserer Kanzlei. Signor Hermanus, Sie können bei uns anfangen.«

Hipp lachte. »Nein, vielen Dank. Übrigens sollte das keine Finte sein, ich denke, wir haben wirklich eine Chance, uns die Fattoria von Lausitz einzuverleiben. Roberto Valentino jedenfalls wäre sehr damit einverstanden, die Weinberge grenzen aneinander, das Investment der Valentino Winery würde sich aufgrund des höheren Ertrags wesentlich besser rechnen.«

»Aber warum sollte Lausitz verkaufen?«, fragte Balducci.

»Unter anderem, weil er schon bald sehr viel Geld für Rechtsanwälte benötigen wird.«

»Viel Geld für Rechtsanwälte? Das höre ich immer gerne.«

»Mit etwas Glück«, Hipp sah auf die Uhr, »wird er in gut vierundzwanzig Stunden in Untersuchungshaft sitzen und für einige Jahre in seiner Bewegungsfreiheit stark eingeschränkt sein.«

»Perfetto. Was hat er angestellt?«

»Ich habe den dringenden Verdacht, dass er hinter einer Reihe von spektakulären Weindiebstählen steckt, die sich in den letzten Monaten ereignet haben. Was allerdings womöglich nur schwer zu beweisen ist.«

Balducci wedelte mit dem Handy in der Luft. »Kein Problem, wir nageln ihn fest, da können Sie sicher sein. Ich brauche alle Ermittlungsakten, die Namen der Geschädigten, nach italienischem Recht ...«

»Ihr Engagement in Ehren, werter Dr. Balducci, aber ich hoffe, dass wir unseren Sportsfreund auf frischer Tat ertappen werden. Ich habe mir nämlich erlaubt, ihm eine Falle zu stellen.«

»Eine Falle? Perfetto! Sie müssen doch bei uns anfangen.«

»Ich kenne da einen sehr fähigen Maresciallo bei den Carabinieri ...«

»Das gibt es?«

»Natürlich. Und auch eine Versicherung ist in den Plan involviert. Nun, ich möchte Sie nicht mit Details belasten.«

»Schade, ich liebe Details.«

»Jedenfalls sollten Sie bei Ihren Vertragsüberlegungen diesen Aspekt berücksichtigen und ein Augenmerk auf Dr. Lausitz richten sowie auf die Handlungsoptionen, die sich sehr schnell ergeben könnten.«

»Al cento percento. Wir werden uns nach erfolgter Verhaftung umgehend mit seinen Anwälten in Verbindung setzen und eine entsprechende Offensive starten. Ich muss mir nur zuvor von Mr. Valentino grünes Licht geben lassen.«

»Tun Sie das, er erwartet Ihren Anruf.«

»Perfetto. Ich muss weiter, ich brauche eine Unterschrift von Pertini. Außerdem habe ich einen Termin bei der Banca Agricultura. Und wenn ich in Montalcino diesem Dr. Lausitz begegne …«

»Dann halten Sie sich bitte zurück. Sie dürfen den Erfolg unserer Aktion nicht gefährden.«

Dr. Balducci lächelte schief. »Keine Sorge, das gehört zu unserem Geschäft. Aber vielleicht werde ich Signora Pertini raten, eine Anzeige wegen Nötigung zu erstatten. Ich möchte diesem Dr. Lausitz allzu gerne vor Gericht begegnen. Ich liebe es, arrogante Stronzi ins Kreuzverhör zu nehmen.«

»Könnte es sein, dass Sie ein kleiner Sadist sind?«

»Ein kleiner? Nein, als Anwalt bin ich ein wirklich großer Sadist.«

Hipp schmunzelte. »Darf ich ein Lieblingswort von Ihnen zitieren?«

»Das wäre?«

»Perfetto!«

64

Fabri hatte Sabrina und seine Mutter zur Bank unter der großen Kastanie begleitet, um sie dann alleine zu lassen, weil er dringende Büroarbeiten zu erledigen hatte.

»Ein magischer Ort«, flüsterte Luciana.

»Die Bank ist neu, oder?«, fragte Sabrina.

»Ja, Fabri hat sie mir gebaut, aber dieser Platz unter der Kastanie, er war schon immer etwas Besonderes, seit Generationen.«

»Auf jeden Fall ist der Blick überwältigend schön.«

»Hier hat mich Gianfranco das erste Mal geküsst«, sagte Luciana.

»Wie alt warst du damals?«

Luciana errötete. »Sedici anni. Gott, das ist lange her.«

»Ich war auch sechzehn«, sagte Sabrina, überrascht, dass sie das plötzlich so genau wusste. Jimmy, ein Junge aus dem Baseball-Team. Mit Sommersprossen. War vielleicht doch etwas dran an der Magie dieses Ortes?

»Du musst die Augen schließen.«

»Wie bitte?«

»Die Augen schließen«, wiederholte Luciana mit sanfter Stimme, »dann öffnen sich die Sinne, und die Erinnerung bekommt Flügel.«

Sabrina lehnte sich schweigend zurück, faltete die Hände im Schoß – und schloss die Augen. Sie hörte den leichten Wind in den Blättern rascheln. In der Ferne bellte ein Hund. Sie spürte das harte Holz im Rücken. Einmal mehr versuchte sie, in den Traum aus dem Flugzeug zurückzufinden. Das schleudernde Auto, die Leitplanke, der hagere Mann in den Rebstöcken … Aber stattdessen drängte sich Eva-Maria ins Bild, sie lief vor ihr her, drehte sich lachend um, sagte etwas und blieb doch gleichzeitig stumm, nahm das Ende ihres langen gelben Seidenschals in die Hand und drehte ihn kichernd wie einen Propeller. Plötzlich wurde es dunkel, ein großer schwarzer Vogel flog auf sie zu. Erschrocken schlug sie die Hände vors Gesicht. Jetzt war wieder Eva-Maria zu sehen. Sie rannte zu ihrem Auto. Hinter ihr lief eine zweite Person, kam ihr näher, strauchelte … Die zweite Person? Das war sie selbst, Sabrina. Nun hatten sie das Auto erreicht, sprangen hinein, fuhren mit durchdrehenden Rädern los. Sie sah Pappeln vorbeifliegen, eine Wiese mit roten Blumen, eine kleine Kirche ... Sabrina umklammerte die Bank. Es begann sich alles zu drehen, die Bäume, das Auto. Ein Gesicht kam näher, wurde aber im gleichen Maße unschärfer, löste sich in Nebel auf, bevor sie jemanden erkennen konnte. War das Cherubino gewesen, der sie aus dem Auto gerettet hatte? Oder Gianfranco? Nun wurde es wieder dunkel. Sabrina fürchtete sich vor dem schwarzen Vogel und öffnete schnell die Augen.

Kein schwarzer Vogel, der sie bedrohte, nein, der Traum, er war vorbei, die Wirklichkeit hatte sie wieder. Sie blickte über Rebstöcke auf friedliche Hügel, atmete die würzige Luft ein, hörte auf den Wind in den Blättern der Kastanie.

»Die Erinnerung bekommt Flügel«, sagte Luciana, »ich hatte Recht, oder?«

Sabrina nickte. »Die Flügel eines schwarzen Vogels.«

»Waren das keine guten Erinnerungen?«

»Nein, sie machen mir Angst.«

65

Einige Stunden später, am frühen Abend, spritzte Hipp seine Ape mit dem Gartenschlauch ab, aber nur flüchtig, viel Wasser hatte er nicht. Er wollte nach Bolgheri fahren, um in der Trattoria del Pittore* zu essen. Ein Cinghiale in Rotwein? Oder sollte er doch lieber nach Montescudaio ins Ristorante Frantoio*? Dort gab es vielleicht Baccalà, Stockfisch. Hipp musste unwillkürlich grinsen. Am besten rief er Viberti an, der würde ihn gewiss mit großer Leidenschaft beraten – auch wenn er weder das eine noch das andere Lokal kannte. Er drehte das Wasser ab. Das war überhaupt eine gute Idee. Er hatte vom Maresciallo schon seit Stunden nichts mehr gehört. Hoffentlich lief alles nach Plan.

Hipp räumte den Schlauch weg, ging ins Haus und rief in Alba an. Viberti war trotz der späten Stunde noch im Büro. Wie er berichtete, lief alles wie am Schnürchen. Die Polizei habe einige Telefonate zwischen Melissa und Lausitz abgehört, der Tedesco habe den Köder geschluckt. Eigentlich könne man ihn schon aufgrund dieser Gespräche verhaften. Leider würden die Tonbänder vor Gericht nicht anerkannt werden. Der Lastwagen mit der getürkten Lieferung stehe bereit. Der Fahrer lenke sonst einen Gefangenentransporter der Carabinieri. Er lege mehrere Stopps ein, um den Diebstahl zu erleichtern. Wie es scheine, habe im Auftrag von Lausitz ein gewisser Serafino Panepinto die operative Leitung. Und wenn sie sich bei einem weiteren Telefonat nicht verhört hatten, werde die gestohlene Lieferung direkt zu Lausitz gebracht.

»Perfetto«, sagte Hipp im Ton des Avvocato Balducci. »Maresciallo«, schloss er eine Frage an, »was würden Sie an meiner Stelle heute Abend lieber essen, Cinghiale in Rotwein oder Baccalà?«

»Ich bin nachher zu einem Fritto misto eingeladen, Lammleber, Hähnchenbrust, Artischockenschnitzel, frittiert in frischem Öl. Das wäre was für Sie. Dazu eine Flasche Barolo von Bartolo Mascarello. Buonissimo. Wie war noch mal die Frage? Cinghiale oder Baccalà?« Viberti schmatzte genießerisch. »Wildscheinbraten mit Rotwein übergossen, in einer Terrine mariniert, mit Rosmarin und Salbei? Nicht schlecht. Oder gesalzener Kabeljau, vielleicht mit Oliven, Knoblauch, geschälten Tomaten? Professore, das ist eine schwierige Entscheidung.«

Hipp grinste. Der Maresciallo enttäuschte ihn nicht.

Nach kurzem Nachdenken fuhr Viberti fort: »Wie wär's mit Involtini? Rouladen vom Rind, mit Speck, Knoblauch und geriebenem Parmesan?«

»Vielen Dank, Sie waren mir eine große Hilfe. Lassen Sie sich das Fritto misto schmecken.«

»Un attimo«, versuchte Viberti Hipp am Auflegen zu hindern.
»Ja?«
»Allora«, Viberti hüstelte verlegen, »è un po difficile.«
»Was ist difficile?«
»Ich habe etwas versprochen.«
»Das ist doch schön.«
»Così, così. Ich will dieses Versprechen nämlich umgehen.«
»Ohne es zu brechen?«
»Ganz genau!«
»Kann ich dabei helfen?«
»Ja. Stellen Sie mir einfach die richtige Frage. Zum Beispiel, ob ich jemanden getroffen habe?«
»Wie bitte? Wen sollten Sie getroffen haben? Doch nicht etwa Gianfranco?«
»Nein, natürlich nicht. Kein Mann. Und nicht so alt.«
»Eine junge Frau? Nun, Sabrina kommt nicht in Frage, sie ist ...«
»Fragten Sie mich gerade, ob ich Sabrina Valentino getroffen habe?« Viberti klang erleichtert. »Professore, das ist eine gute Frage, damit bin ich von meinem Versprechen entbunden. Sì, veramente, ich habe sie heute getroffen!«
Hipp wäre fast der Telefonhörer aus der Hand gefallen. »Das kann nicht sein, sie ist in New York, ich habe mit ihr telefoniert.«
»Tut mir Leid, Professore, Signorina Valentino hat sie angeschwindelt. Sie ist hier im wunderschönen Piemont. Keine Sorge, es wird ihr nichts passieren. Gianfranco kann sich hier nicht blicken lassen.«
»Aber warum?«
»Warum sie hier ist? Sie will ihr Schicksal in die eigenen Hände nehmen. Sie glaubt hier ihr Gedächtnis wiederzuerlangen. Sie ist in guten Händen. Fabri passt auf sie auf. Und Luciana hat Sabrina in ihr Herz geschlossen.«
»Wo wohnt sie?«

»In Monforte d'Alba in der Villa Beccaris«, antwortete Viberti.
Hipp hatte sich auf einen Hocker gesetzt und starrte fassungslos an die Decke. Wie konnte Sabrina ihn so hinters Licht führen? War sie von allen guten Geistern verlassen? Oder hatte sie sich urplötzlich in Fabri verliebt? Hipp schaffte es nicht, seine Gedanken in eine vernünftige Ordnung zu bringen.
»Und wo ist sie jetzt?«
»Soweit ich weiß, im Hotel. Luciana hat mir erzählt, Sabrina wäre erschöpft, wolle nichts essen, stattdessen früh ins Bett gehen.«
Hipp gab sich einen Ruck und stand auf. »Maresciallo, tun Sie mir bitte einen Gefallen. Überzeugen Sie sich davon, dass Sabrina wirklich im Hotel ist. Und schicken Sie sofort einen Wagen mit zwei Beamten zum Hotel und geben Sie Anweisung, ihr Zimmer keine Sekunde aus den Augen zu lassen. Und wenn sie aus dem Hotel geht, bekommt Sabrina Personenschutz, ob sie will oder nicht. Sagen Sie ihr, das hätte ihr Vater so angeordnet.«
»Professore, das ist nicht nötig. Gianfranco würde nie im Leben ...«
»Maresciallo Viberti«, Hipps Stimme bekam einen ungewohnt schneidenden Ton, »in fünf Minuten sitzen die Beamten im Auto, mit Blaulicht und bewaffnet. Haben wir uns verstanden!«
Fast konnte er hören, wie Viberti schluckte. »In Ordnung, Signor Hermanus, das Fahrzeug ist so gut wie unterwegs.«
»Vielen Dank, Maresciallo.« Hipp war wieder ganz ruhig. »Vielen Dank auch, dass Sie mir von Sabrina erzählt haben. Und bitte halten Sie mich über jeden ihrer Schritte auf dem Laufenden. Ich bin immer über mein Handy erreichbar.«
»D'accordo, Professore.« Und, um dem Gespräch ein versöhnliches Ende zu geben: »Was werden Sie jetzt zu Abend essen? Cinghiale, Baccalà oder Involtini?«
»Nichts von alledem, mir ist der Appetit vergangen.«

66

Das Auto hatte er in einiger Entfernung abseits der Straße hinter dichtem Buschwerk geparkt. Von dort war er zu Fuß durch einen Eichenwald, dann an Rebstöcken vorbei zum Hotel Beccaris in Monforte d'Alba geschlichen. Kein Mensch hatte ihn gesehen, das war wichtig. Zu bekannt war sein Gesicht in dieser Gegend. Jetzt saß er unter einem Haselnuss-Strauch und wartete darauf, dass es dunkel wurde. Er war zu früh dran, aber das machte nichts. Noch war er nicht so weit. Was er vorhatte, erforderte Mut, viel Mut.

Er hatte keine Ahnung, wie er Sabrina töten würde. Ob mit dem gebogenen Winzermesser, das er im Gürtel stecken hatte. Oder mit der Axt, die neben ihm in der Wiese lag. Oder mit der Drahtschlinge in seiner Jackentasche. Er nahm einen Schluck aus einer Grappaflasche. Schön war keine dieser Varianten, denn er würde Sabrina ganz nahe sein, ihren Atem hören, ihre Haut riechen. Einen Menschen im direkten Körperkontakt vorsätzlich umzubringen erforderte große Überwindung, das wusste er spätestens, seit er in der Klinik wie ein Idiot immer wieder um ihr Bett herumgeschlichen war, so lange, bis Sabrina schließlich aufwachte. Aber alle Versuche, sie aus sicherer Entfernung zu töten, waren jämmerlich gescheitert. Und jetzt? Die Uhr lief ab. Irgendwann würde sich Sabrina erinnern, und dann war alles vorbei.

Er nahm erneut einen Schluck vom Grappa. Dann betrachtete er seine Hände. Sie waren kräftig, wie bei allen Männern, die im Weinberg arbeiteten. Er könnte sie auch mit bloßen Händen erwürgen, kein Zweifel, am besten von hinten, damit er ihr nicht ins Gesicht sehen musste. Aber würde er es wirklich fertig bringen? Wie lange musste man zudrücken? Eine Minute, zwei oder drei? Nein, mit der Drahtschlinge wäre es zweifellos am einfachsten.

Einmal von hinten um den Hals gelegt und kräftig zugezogen, aus und vorbei. Die Axt war viel zu blutig, er war ja kein Schlächter. Nun gut, mit dem Messer würde es auch gehen, scharf genug war es. Entweder ein tiefer Stich zum Herzen oder die Halsschlagader.
Ihm wurde fast übel, als ihm bewusst wurde, worüber er so intensiv nachdachte. Was war aus ihm geworden? Ein Monster? Er sah hinüber zum Campanile, der sich hinter dem Hotel gegen den Abendhimmel abzeichnete. Kein Priester würde ihm je seine Sünden vergeben. Und an der Himmelspforte würde man ihn abweisen und ihm den Weg in die finstere Verdammnis zeigen. Aber was interessierte ihn das Jenseits, zunächst musste er im Diesseits klarkommen.

Durch ein Fernglas beobachtete er Sabrinas Hotelzimmer. Es brannte Licht, ab und zu sah er einen Schatten hinter dem Vorhang. Er stellte die Schärfe genauer ein. Der Vorhang bewegte sich leicht in der Zugluft, das Fenster war offenbar nur angelehnt. Er atmete tief durch. Sabrinas Zimmer war zwar nicht ebenerdig, aber der Eingang ging nach außen auf eine schmale Terrasse. Und von dort waren es nur wenige Stufen.
Er zog eine alte Skimütze über den Kopf, für die Augen hatte er Löcher hineingeschnitten. Jetzt die Handschuhe. Er nahm den Draht aus der Tasche, wickelte ihn um die Hände und spannte ihn. Ja, so würde es gehen. Und zur Not hatte er immer noch das Messer. Die Axt würde er liegen lassen.
Er warf einen Blick zum Himmel. Eine Wolke hatte sich wie auf Bestellung vor den zunehmenden Mond geschoben. Der ideale Zeitpunkt schien gekommen.
Schon wollte er aufstehen und gebückt losrennen, da nahm er plötzlich blaue Lichtreflexe wahr. Sie kamen von hinten, von der Straße. Sie wurden immer heller. Nun hörte er ein Motorengeräusch, dann scharfes Bremsen. Das Einsatzfahrzeug der Carabi-

nieri hielt direkt neben dem kleinen schmiedeeisernen Tor bei Sabrinas Eingang. Das Blaulicht wurde abgestellt. Zwei Männer stiegen aus. Einer sah sich auf der Straße um, der andere öffnete das Tor, ging über die Terrasse zu ihrer Zimmertür, vergewisserte sich, dass die Nummer stimmte, zog einen Gartenstuhl heran und setzte sich. Es sah ganz so aus, als ob er die Nacht über bleiben würde.

Obwohl ihn die beiden Carabinieri nie und nimmer sehen konnten, hatte er sich tief unter den Strauch gekauert. Er zitterte, dabei war ihm gar nicht kalt. Schließlich musste er weinen. In seine Skimütze rannen Tränen der Verzweiflung, der Hoffnungslosigkeit.

67

Hipp war mit der Ape hinunter ans Meer gefahren. Während er tagsüber den Strand nach Möglichkeit mied, jedenfalls in den Sommermonaten, mochte er es, spätabends barfuß und alleine am Wasser spazieren zu gehen, sich in einen der verwaisten Liegestühle zu legen, hinaus aufs dunkle Meer zu sehen und dem Rhythmus der Brandung zu lauschen. Er hatte eine Flasche Rotwein mitgebracht, auch ein Glas, das er jetzt bedächtig füllte. Er bohrte die Flasche in den Sand, nahm einen Schluck, stellte das Glas auf die Armlehne des Liegestuhls – und dachte nach. Was nur um Himmels willen hatte Sabrina veranlasst, statt nach Hause zu ihrem Vater ins Piemont zu fahren, ihn am Telefon schamlos zu belügen, von einer New Yorker Freundin namens Angelina zu erzählen, die höchstwahrscheinlich gar nicht existierte? Ging es ihr wirklich nur darum, ihr Gedächtnis wiederzuerlangen? Glaubte sie dies im Piemont und ohne seine Begleitung besser erreichen zu können? Hatte er etwas falsch gemacht?

Hipp gestand sich ein, dass er gekränkt war. Und enttäuscht. Er hatte Sabrina in den letzten Wochen in sein Herz geschlossen, hatte versucht, ihr zu helfen, hatte auf sie aufgepasst, war ihr näher gekommen, hatte mit ihr geschlafen. Dabei hatte Sabrina ihm das Gefühl gegeben, dass die Zuneigung durchaus gegenseitig war, vor allem in den letzten Tagen ihres Zusammenseins. Warum dann dieser Vertrauensbruch? Er könnte Sabrina anrufen und sie fragen. Aber das ließ sein verletzter Stolz nicht zu. Auch könnte er mit Fabri sprechen, ihn nach seinem Eindruck fragen und sich nach ihrem Wohlergehen erkundigen. Aber auch dazu hatte er keine Lust. War er vielleicht eifersüchtig? Nein, das nicht, jedenfalls nicht wirklich. Seinem Gefühl nach war Sabrina nicht wegen Fabri ins Piemont gefahren. Es war sogar gut, dass er dort war und sich um sie kümmern konnte.

Der Gedanke musste ihr auf dem Flug nach Mailand gekommen sein, spontan und ohne Kalkül. Womöglich war ihr irgendetwas eingefallen, und sie wollte im Piemont die Spur ihrer Erinnerung aufnehmen. Wie den Ariadnefaden in der griechischen Mythologie, der Theseus aus dem Labyrinth geführt hatte. Vielleicht hatte sie diesen Faden gefunden. Schön wär's. Aber lebte nicht ein Ungeheuer in diesem Labyrinth? Hipps Gedanken schlugen Kapriolen. Minotaurus, halb Stier, halb Mensch. War Gianfranco dieser Minotaurus? Musste Theseus ihn töten? Und wenn Sabrina in diesem Spiel Ariadne war, die Tochter von Minos, wer übernahm dann die Rolle von Theseus?

Hipp erinnerte sich an Vibertis Worte. Vielleicht stimmte es, dass sie ihr Schicksal endlich in die eigenen Hände nehmen wollte. Dagegen wäre nichts zu sagen. Aber warum hatte sie ihn angelogen? Die Antwort war einfach. Weil sie wusste, dass er damit nicht einverstanden gewesen wäre. Er hätte es ihr im Namen ihres Vaters verboten, zu ihrem eigenen Schutz. Und wenn sie doch gefahren wäre, dann hätte er sie begleitet, hätte ihr Ratschläge gegeben, wäre ihr kaum von der Seite gewichen – zugegeben, das war ver-

mutlich nicht gerade, was sich Sabrina unter Selbstbestimmung vorstellte.
Nachdem Theseus den Minotaurus getötet hatte, war er mit Ariadne über das Meer geflohen. Auf der Insel Naxos ließ er sie schlafend zurück und segelte alleine weiter. Wohl auch so etwas wie ein Vertrauensbruch, zudem ausgesprochen undankbar. Wer hatte Ariadne schließlich Trost gespendet? Wenn er sich nicht täuschte, war das Dionysos gewesen, der griechische Gott des Weines und der Ekstase. Des Weines? Hipp nahm einen Schluck aus seinem Glas. Er glaubte sich zu erinnern, dass Dionysos, aus dem in der römischen Mythologie Bacchus wurde, Ariadne später sogar zur Braut genommen hatte. Nun, diese Analogie brachte ihn nicht weiter. Wobei der Bezug zum Wein schon interessant war. Wie war er gleich darauf gekommen? Ach so, wegen des Fadens, den Sabrina im Piemont zu finden hoffte und der ihre Erinnerung aus dem Labyrinth des Vergessens zurück ans Tageslicht bringen sollte. Bei den Römern gab es die Bacchanalien, exzessive Trinkgelage, die schließlich verboten wurden. Aber der Kult des Dionysos, er hatte die Zeiten überdauert. Ebenso wie der Mythos Wein. Hipp nahm die Flasche und schenkte sich nach. Was hatte er eigentlich mitgenommen? Er sah auf das Etikett. Einen Barolo Percristina von Domenico Clerico* aus Monforte d'Alba. Keine schlechte Wahl. Vielleicht etwas zu teuer für einen Abend, an dem er dem Wein nicht die gebotene Wertschätzung entgegenbringen konnte. Monforte d'Alba? Da hatte er sich unbewusst in Sabrinas unmittelbare Nachbarschaft begeben. Er schwenkte das Glas und schnupperte an den Aromen, die sich in seiner Nase mit der salzigen Luft des Meeres vermengten. Domenico Clerico wusste, wie man großartige Weine machte.
Er lehnte sich zurück und sah hinauf zu den Sternen. Dabei dachte Hipp, dass auch er einen Ariadnefaden gut gebrauchen könnte, der ihn durchs Labyrinth zur Wahrheit führen würde. Die Wahr-

heit? Was war dran an seiner Theorie, über die er mit Viberti gesprochen hatte? Mit jeder Minute, die er länger über sie nachgrübelte, wurde ihm klarer, dass er sich auf dem Holzweg befand. Nein, so konnte es nicht gewesen sein. Aber was war dann geschehen? Hipp roch am Glas. In vino veritas? Ja, das wäre schön, wenn sich in diesem Percristina die Wahrheit spiegeln würde. Aber nichts dergleichen geschah. Stattdessen wurde er zunehmend müder. Das immer wiederkehrende Geräusch der Brandung wiegte ihn langsam, aber sicher in den Schlaf. Noch ein Schluck Barolo. Er schloss die Augen.

Es war fünf Uhr am Morgen, als Hipp aufschreckte. Er brauchte einige Sekunden, um sich zu orientieren. Die Nacht war bereits der Morgendämmerung gewichen. Ein Fischerboot zog tuckernd eine Spur über den Spiegel des glitzernden Meeres. Hipps Blick fiel auf die umgekippte Weinflasche, dann entdeckte er im Sand das Glas, das er offenbar im Schlaf von der Armlehne seines Liegestuhls gestreift hatte. Was war geschehen? Ja, richtig, er hatte etwas getrunken und dabei versucht nachzudenken. Mit welchem Ergebnis? Dass er den Ariadnefaden, der ihn zur Wahrheit führen würde, noch nicht gefunden hatte. Hipp sah erneut zur Flasche im Sand. Dann hinaus aufs Meer. Ihm fiel wieder alles ein – Theseus, Gianfranco, Minotaurus, Monforte d'Alba, Dionysos, Barolo, Viberti, Clerico … Hipp richtete sich auf. Ein Gedanke war urplötzlich durch seinen Kopf geblitzt, nur ganz kurz, aber mit einer brennenden Intensität. Der Gedanke, er war absurd, eigentlich unmöglich. Oder? Hipp stand auf und starrte hinaus aufs Meer. Nein, unmöglich war er nicht, ganz im Gegenteil, plötzlich passten alle Mosaiksteinchen zusammen. Sie ergaben ein Bild, auf das er schon viel früher hätte kommen können. Ein Bild, das ihm fast den Atem nahm. Und auch das Motiv war plötzlich klar. Hipp drehte sich um, fiel über den Liegestuhl, rappelte sich auf, vergaß die Flasche und das Glas und auch seine Schuhe. Er rannte über den Sand an den Reihen leerer Liegestühle mit den verschnürten Sonnenschirmen vorbei hinauf zum Parkplatz, wo seine Ape stand. Er dankte dem Herrgott, an den er eigentlich nicht glaubte, dass er Viberti verdonnert hatte, vor Sabrinas Zimmer eine Wache zu positionieren. Aber wenn er Recht hatte, befand sie sich dennoch in höchster Gefahr. Er dachte an Gianfranco und daran, was womöglich geschehen war. Wie hatten Sabrina und Viberti nur glauben können, dass sie in Monforte d'Alba sicher war? Wo doch Gianfranco …

Hipp hatte die Ape erreicht und startete den Vespamotor. Er brauchte ein schnelleres Fahrzeug. Warum nur hatte er den Leihwagen zurückgegeben? Zu dieser frühen Stunde hatte alles geschlossen. Hipp prügelte die Ape mit kreischender Maschine durch das nachtschlafene San Pietro in Palazzi, unter der Autobahn durch, einige Kilometer Richtung Volterra, dann die Serpentinen hinauf zu seinem Haus, wo er in der Küche sein Handy zu finden hoffte. Ihm fiel ein, dass Sandro im ersten Stock über der Bar Centrale wohnte. Sandro fuhr einen alten Lancia. Hoffentlich hatte er einen leichten Schlaf – und der Lancia genug Sprit bis zur ersten Autobahntankstelle.

68

Sabrina hatte eine unruhige Nacht hinter sich. Erst war sie schon am frühen Abend todmüde gewesen, war noch angezogen auf dem Bett liegend eingeschlafen. Dann hatten sie Geräusche vor ihrem Zimmer geweckt. Sie hatte jemanden husten hören, es kam ihr so vor, als ob ein Stuhl auf der Terrasse verschoben würde, und kurz darauf drangen durch das angelehnte Fenster gedämpfte Stimmen an ihr Ohr. Sabrina stand im Dunkeln auf, er-

tastete die schwere Nachttischlampe aus Messing, nahm vorsichtig den Schirm ab und zog den Stecker heraus. Mit dieser Waffe in der Hand schlich sie zum Fenster, spähte hinaus und entdeckte einen Mann, der vor ihrer Tür saß. Sie war sich nicht sicher, aber es sah so aus, als ob er eine Uniformmütze tragen würde. Gab es hier einen Nachtwächter? Hinter dem Fensterspalt an die Wand gepresst, die Messinglampe umklammernd, sprach sie den Schatten an. Erleichtert gab sich dieser als Appuntato bei den Carabinieri zu erkennen, der zusammen mit einem Kollegen von Maresciallo Viberti zu ihrem Schutz hierher beordert worden sei. Er schob den Dienstausweis durchs Fenster, nahm dankend eine Flasche Wasser aus der Minibar entgegen und wünschte ihr schließlich eine gute Nacht. Für ihre Sicherheit sei gesorgt.
Für ihre Sicherheit? Sie hatte sich nicht wirklich bedroht gefühlt. Fabri und Viberti hatten wohl Recht: Gianfranco müsse schon verrückt sein, um sich nach Monforte zu wagen. Verrückt? Vielleicht war er es? Jedenfalls schienen Maresciallo Viberti an seiner eigenen Einschätzung Zweifel gekommen zu sein, sonst hätte er nicht zwei Carabinieri abkommandiert.

Seltsamerweise hatte der Personenschutz nicht beruhigend auf sie gewirkt, ganz im Gegenteil. In der Nacht war sie immer wieder aufgeschreckt, hatte von einem schwarzen Vogel geträumt, der auf sie zuflog, sah Gianfranco, wie er mit dem Gewehr auf sie anlegte, glaubte das Holz des Astes zu riechen, an den sie sich verzweifelt klammerte. Und immer wieder war auch Hipp in ihren Träumen vorgekommen, der ihr eine Strafpredigt hielt. Mehrfach war sie in der Nacht aufgestanden, hatte sich kalt abgeduscht, dann wieder unter der Decke verkrochen und das Kissen über den Kopf gezogen.

Es war acht Uhr am Morgen, als das Telefon auf ihrem Nachttisch läutete. Maresciallo Viberti? Fabri? Zu ihrer großen Überraschung meldete sich Hipp. Nein, die Strafpredigt aus den Träumen ersparte er ihr, auch wenn er sich enttäuscht zeigte, dass sie ihn angelogen hatte. Aber bevor sie versuchen konnte, ihr Tun zu rechtfertigen und ihn um Entschuldigung zu bitten, fuhr er im Gespräch einfach fort, bat sie, jetzt genau zuzuhören. Er sei auf dem Weg zu ihr, berichtete er, nur noch zwanzig Kilometer bis Genua. Was er im Folgenden erzählte, ließ sie erschaudern. Zunächst konnte sie es nicht glauben, so absurd schien der Gedanke. Darauf wäre sie nie und nimmer gekommen. Oder vielleicht doch, hätte sie sich nur erinnert. Gianfranco …? War das wirklich möglich? Hipp zählte ihr eine Kette von Indizien auf, zerstreute Punkt für Punkt alle Zweifel. Um dann zu sagen, dass dies alles nur eine Theorie sei und nicht zwingend stimmen müsse. Was ihre Verwirrung endgültig perfekt machte. Dann erläuterte Hipp, was er vorhabe, und gab Anweisungen, wie sie sich zu verhalten habe. Mit ruhiger Stimme, fast im Plauderton – aber keinen Widerspruch duldend.

Sabrina hatte den Hörer aufgelegt und saß zitternd auf dem Bett. Plötzlich war sie froh, dass zwei Carabinieri auf sie aufpassten. Vor Tagen hatte Hipp mal von ihrem Schutzengel gesprochen und dass man diesen nicht überfordern dürfe. Wenn das stimmte, was Hipp gerade erzählt hatte, dann hatte sich ihr Schutzengel wirklich angestrengt. Wobei sie hoffte, dass er noch einige Stunden durchhalten würde.

69

Nachdem er mit Sandros Lancia bei Savona Richtung Turin abgebogen war, griff Hipp erneut zum Handy. Er erreichte Fabri beim morgendlichen Cappuccino mit seiner Mutter. Fabri zeigte sich erleichtert, dass Hipp von Sabrinas Anwesenheit im Piemont erfahren hatte. Er habe es von Anfang an befürwortet, ihn zu verständigen, aber Sabrina habe es nicht gewollt. Ob Fabri heute Zeit habe, sich mit ihm zu treffen, wollte Hipp wissen. Er würde gerne über Gianfranco reden. Er sei da auf eine Idee gekommen, die alles in einem anderen Licht erscheinen lasse. Fabri wollte umgehend Näheres erfahren, aber Hipp vertröstete ihn auf später. Da Hipp ungestört mit ihm sprechen wollte, vor allem ohne seine Mutter, für die das alles nur schwer zu ertragen war, verabredeten sie sich in der Cantina. Fabri sagte, dass er sich freuen würde, wenn Sabrina mitkäme.

Etwa an der Grenze zwischen Ligurien und Piemont, auf der Höhe von Montezemelo, erreichte Hipp Maresciallo Viberti. Dieser berichtete, dass der Lastwagen mit der exklusiven Fracht – Viberti konnte sich ein hämisches Kichern nicht verkneifen – soeben das Castello bei Alba verlassen habe. Wahrscheinlich komme ihm der Lkw demnächst entgegen. Es frage sich nur, ob dann noch der ursprüngliche Fahrer am Steuer sitze. Wieder ließ Viberti ein vergnügtes Lachen hören. Jedenfalls habe er alles im Griff. Der Helikopter sei in der Luft. Dem Lkw würden in gebührendem Abstand diverse Zivilfahrzeuge folgen.
»Tutto a posto«, sagte der Maresciallo, »nessun problema, Professore!« Er mache jetzt eine Passeggiata zur Piazza Risorgimento, trinke im Caffè Calissano* einen Latte macchiato und warte »tutto rilassato« die weiteren Ereignisse ab.
Hipp bedankte sich für die Bereitstellung der beiden Carabinieri zum Schutze von Sabrina. Was Viberti veranlasste, erneut die völlige Überflüssigkeit dieser Maßnahme hervorzuheben.
Hipp unterbrach ihn. »Maresciallo, mi dispiace, aber ich bin entschieden anderer Ansicht.« Dann berichtete er ihm von seiner neuen Theorie. Hipp führte die wichtigsten Argumente an und erläuterte seine Schlussfolgerungen. Als er fertig war, wartete er auf eine Reaktion. Aber die Verbindung blieb stumm.

»Maresciallo Viberti, sind Sie noch da?«
Statt einer Antwort hörte Hipp einen heftigen Hustenanfall. Dann war es wieder still.
»Viberti, nun sagen Sie doch was!«
»Non ci credo. È incredibile! È assurdo!«, verlieh Viberti seinem Zweifel vehement Ausdruck.
»Aber möglich wäre es, oder?«, hakte Hipp nach.
»Possibile? Può darsi!«, räumte Viberti zögerlich ein. »Aber selbst wenn, Professore, wie wollen Sie das beweisen?«
»Genau darum geht es. Helfen Sie mir dabei?«
Viberti stöhnte. »Allora, ich muss mich schon um den Lastwagen kümmern. Mit etwas Glück ist bis zum Mittagessen alles erledigt. Per occasione, hätten Sie Zeit? Nein? Das habe ich mir schon gedacht. Also, was müsste ich tun?«
Hipp erläuterte ihm seinen Plan, der zwar noch ziemlich unausgegoren war, aber in jedem Fall die Mitwirkung von Viberti erforderlich machte.
»D'accordo«, sagte der Maresciallo nach kurzem Nachdenken, »ich werde sehen, was ich machen kann. Obwohl ich mir fast sicher bin, dass Sie sich täuschen.«
»Wir werden sehen.«
»Gianfranco, Gianfranco. Das darf einfach nicht wahr sein.«

70

Während Hipp bei einer Stazione abbog, um zu tanken und einen schnellen Espresso zu trinken, öffnete Dr. Lausitz in Montalcino eine Flasche Spumante brut zero, um auf einen hoffentlich erfolgreichen Tag anzustoßen. In Mailand saß Melissa Stradari an ihrem Schreibtisch und lackierte sich die Fingernägel. Panepinto sah grinsend, wie der Fahrer des Lastwagens auf einem Parkplatz in einem Klohäuschen verschwand, während er die Tür der Zugmaschine unvorsichtigerweise hatte offen stehen lassen, wahrscheinlich steckte sogar der Schlüssel. Bill Valentino, der zu viel getrunken hatte, lief zur gleichen Zeit unruhig auf und ab. Roberto Valentino, der seit seiner Herzoperation vor dem Schlafengehen ein Valium nahm, lag im Bett und schlief. Luciana stand in der Küche und spülte ab. Fabri blätterte unkonzentriert in der Tageszeitung *La Stampa*. Luca Pertini wurde zur Nachuntersuchung in den Kernspintomographen geschoben. Seine Frau Mira saß mit Dr. Balducci zusammen, der einige Papiere zur Unterschrift vorbereitet hatte. Giovanni Martino, der verflossene Freund von Eva-Maria, stapelte in seiner Enoteca in Castellina in Chianti Weinkartons. Versicherungsvorstand Talhammer ließ sich einen Kaffee bringen und hoffte, dass Hipps Plan erfolgreich war und die Serie der Weindiebstähle endlich ein Ende nahm. Maresciallo Viberti dachte an den Latte macchiato im Caffè Calissano, die wohl den folgenden Telefonaten zum Opfer fallen würde. In der Toskana stand Sandro hinter dem Tresen und fragte sich, ob er seinen geliebten Lancia heil zurückbekommen würde. Sabrina duschte und drehte das Wasser langsam immer kälter. Cherubino ging in die Hocke, um am Rebstock einen Fehltrieb abzuschneiden. Und Gianfranco? Gianfranco konnte nicht wissen, was der Tag bringen würde.

71

Es war zehn Minuten nach zwei, als Hipp mit Sabrina bei der Azienda Agricola Angelo vorfuhr. Fabri hatte das Tor aufgelassen, obwohl heute eine Giornata di riposo war, ein Ruhetag, an dem alle Mitarbeiter frei hatten. Fabri kam ihnen lächelnd entgegen. »Benvenuto. Che bella giornata. Ich freue mich, dass Sabrina mitgekommen ist.«

»Ich habe versucht, es ihr auszureden«, sagte Hipp, »aber sie wollte unbedingt bei unserem Gespräch dabei sein.«
»Und sie pflegt ihren Kopf durchzusetzen, ich weiß. Sabrina, darf ich dir …«
Er hielt mitten im Satz inne. Sabrina stand regungslos vor der Azienda Agricola, wie es schien völlig geistesabwesend, als ob sie gänzlich alleine wäre. Hipp und Fabri warfen sich einen fragenden Blick zu. Hipp zuckte mit den Schultern. Sabrina machte einige schwankende Schritte zum Eingang, blieb stehen und sah sich hilflos um.
»Sabrina«, versuchte Hipp sie aus ihrem tranceähnlichen Zustand zurückzuholen.
Plötzlich drehte sie sich um und wollte weglaufen. Hipp stellte sich in den Weg und fing sie ab. Nur Sekunden später war der Spuk vorbei. Sabrina befreite sich aus seinen Armen, entschuldigte sich, sagte, sie habe plötzlich eine Halluzination gehabt, ganz ähnlich wie gestern mit Fabris Mutter auf der Bank unter dem Kastanienbaum. Hipp ergriff Sabrinas Hand und führte sie in die Cantina. Dort nahmen sie an einem großen Degustationstisch Platz. Fabri blieb stehen und lehnte sich an die lange Holztheke mit den vielen Flaschen und Gläsern.
»Wollt ihr erst ein Gläschen trinken?«, fragte er.
»Gerne«, antwortete Hipp.
»Ich habe hier einen wunderbaren Barbaresco«, sagte Fabri, drehte sich um, nahm eine bereits geöffnete Flasche, entfernte den Vakuumverschluss, füllte drei vorbereitete Gläser und stellte sie auf den Tisch. »Nun, mein lieber Hipp, Sie haben mir am Telefon gesagt, Sie wollten mit mir über meinen Vater reden. Sie hätten eine Idee, die …«
»Mittlerweile ist es mehr als eine Idee«, sagte Hipp, das Rotweinglas am Stil drehend. »Mich hat vor zehn Minuten Maresciallo Viberti angerufen. Er hat mich informiert, dass Ihr Vater soeben in Asti auf der Piazza Alfieri verhaftet wurde.«

Fabri wurde kreidebleich. »Mein Vater, Gianfranco? Verhaftet? Das kann nicht sein!«, entfuhr es ihm.
»Warum nicht?«, fragte Hipp mit hochgezogener Augenbraue.
»Weil, weil …«
»Weil Sie wissen, dass das unmöglich ist?«
»Ja, nein, ich meine …«, verhaspelte sich Fabri.
Hipp hielt ihm sein Handy entgegen. »Sie können gerne den Maresciallo anrufen.«
»Der Maresciallo ist ein Narr.«
»Finden Sie? Auf mich macht er einen vernünftigen Eindruck.«
Fabri schien in sich zusammenzusacken. »Ich kann nicht mehr«, sagte er, »mir wird alles zu viel. Ich schaffe es nicht.« Er sah auf die Gläser. »Wollt ihr nicht endlich den Barbaresco probieren, er hat ein raffiniertes Bukett, eine Duftkaskade von Lakritz und Himbeeren, etwas Schokolade, mit ausgeprägten Mandeltönen.«
Hipp roch am Glas. Er gab Sabrina, die gerade ihr Glas in die Hand nahm, ein Zeichen. »Nicht trinken. Stell den Wein wieder hin.« Und zu Fabri gewandt: »Ist das ein Wein im Stil Ihres Vaters, also traditionell gekeltert, auf althergebrachte Weise, oder trägt er Ihre moderne Handschrift?«
Fabri sah Hipp an. »Sie spielen auf unsere Weindegustation an? Ist einige Wochen her. Probieren Sie den Barbaresco. Sie sind doch so klug, Sie werden es schnell herausfinden.«
»Mir reicht die Nase. Dieser Barbaresco ist in der Tat außergewöhnlich. Wohl eher eine Kreation Ihres Vaters. Aber mir scheint, auch Sie haben Ihren bescheidenen Beitrag geleistet und den Wein sozusagen veredelt. Daher diese aufdringlichen Mandeltöne.«
»Nun probieren Sie schon!«, insistierte Fabri.
Hipp schüttelte lächelnd den Kopf.
»Sie machen es mir nicht leicht«, sagte Fabri.
»Sie machen es uns auch nicht gerade leicht«, entgegnete Hipp.

»Vielleicht interessiert es Sie zu erfahren, dass sich Sabrina wieder an den Tag ihres Unfalls erinnern kann«, fuhr er fort.
Fabri blickte zu Sabrina. »Stimmt das? Oder ist das auch gelogen?«
Sabrina nickte. »Ja, das stimmt. Ich kann mich noch nicht an alles erinnern, aber an das meiste. Hipp hat mir auf die Sprünge geholfen. Fabri, wie du weißt, sind es keine schönen Erinnerungen. Ich glaube, ich hätte sie lieber auf immer vergessen.«
»Ja, das wäre besser gewesen«, flüsterte Fabri.
»Deinen Vater kann man nicht verhaften …«, sagte sie.
Fabri schüttelte traurig den Kopf. »Nein, kann man nicht.«
»Weil er tot ist«, sagte Hipp. »Das ist er schon lange, nämlich seit dem Tag, an dem auch Eva-Maria ihr Leben verlor.«
Fabri machte einen schnellen Griff hinter die Theke und hatte plötzlich eine doppelläufige Schrotflinte in der Hand, die er auf Hipp und Sabrina richtete.
»Wenn ihr schon alles wisst, warum seid ihr dann hier? Glaubt ihr, ich lasse euch wieder gehen? Trinkt endlich euren Wein!«
»Ist da der Rest der Blausäure drin, mit der Sie Schwester Margherita umgebracht haben?«, fragte Hipp, den die Schrotflinte nicht weiter zu beeindrucken schien.
»Ja, ganz genau«, bestätigte Fabri mit schmalen Lippen. »Die Menge sollte reichen. Ihr müsst nicht lange leiden.«
»Was hast du mit Gianfrancos Leichnam gemacht?«, fragte Sabrina.
»Die ersten Tage hatte ich ihn in einem der leeren Gärtanks versteckt«, gab Fabri bereitwillig Auskunft. »Wo er heute ist, das sage ich nicht. Niemand wird ihn je finden. Sabrina, du musst mir glauben, ich habe es nicht gewollt, es war ein Unfall.«
»Mit Eva-Maria?«
»Ja, mit Eva-Maria und mit dir. Ihr Tod hat mir das Herz gebrochen. Aber genauso wenig wollte ich meinen Vater töten. Er war ein Choleriker, er ist auf mich losgegangen, hat mich geschlagen, wollte mich vom Hof jagen.«

»Ich hätte es mir denken können«, sagte Hipp, »damals, bei unserer Weinprobe. Der sprichwörtliche Konflikt der Generationen. Als Traditionalist war er nicht einverstanden mit Ihren Neuerungen wie Maische-Erwärmung, Umkehr-Osmose, Kryoextraktion. Sie sind nicht der erste Sohn eines Winzers, und Sie werden nicht der letzte sein, der sich deshalb mit seinem Vater überwirft.«

»Ich glaubte, er würde mich töten, er hatte plötzlich ein Messer in der Hand. Ich musste mich wehren. Wir haben in der Cantina große Eisenklammern für die Barriquefässer. Ich habe eine zu greifen bekommen. Plötzlich lag er vor mir, das Eisen hatte sich in seine Brust gebohrt. Es dauerte nur noch Sekunden, er hat Blut gespuckt, wollte sich aufsetzen, fiel um – und war tot.«

»Vielleicht wären Sie mit Notwehr durchgekommen.«

»Vielleicht, ja. Aber mir blieb keine Zeit zum Nachdenken, denn plötzlich habe ich Eva-Maria und Sabrina entdeckt. Sie standen am Eingang und hatten mit angesehen, wie mein Vater gestorben ist. Ich wollte es ihnen erklären ...«

»Aber dann sind wir davongerannt, Eva-Maria vorneweg, ich hinterher«, setzte Sabrina den Satz fort. »Wir sind ins Auto gesprungen und losgefahren.«

»Vor dem Haus stand Gianfrancos Alfa, ich bin euch gefolgt, wollte euch anhalten, alles erklären ...«

»Aber Eva-Maria weigerte sich zu stoppen«, sagte Hipp, »ist stattdessen immer schneller gefahren, dann kam die verhängnisvolle Kurve und Ihr wahnwitziger Versuch, den Fiat zu überholen.«

»Ich habe es nicht gewollt, wirklich nicht. Sabrina, du musst es mir glauben.«

»Fabri, ich glaube dir, aber das ändert nichts. Das macht weder deinen Vater noch Eva-Maria oder Margherita wieder lebendig.«

Obwohl Fabri tief betroffen schien, zwischen den abgehackten Sätzen schluchzte, vergaß er keine Sekunde mit der Schrotflinte auf Hipp und Sabrina zu zielen.

»Sie hatten Glück, es hat Sie keiner gesehen. Sie haben mitbekommen, dass der Fiat explodiert ist, dachten, beide Mädchen sind tot. Dann haben Sie Gianfrancos Leiche im Gärtank versteckt, den gefliesten Boden abgespritzt, alle Spuren beseitigt.«

»Aber ich habe überlebt«, flüsterte Sabrina.

»Ich selbst«, fuhr Hipp fort, »habe Ihnen im Turiner Krankenhaus von Sabrinas Amnesie erzählt. Da wussten Sie, es gab noch eine vage Chance. Sie mussten nur die einzige verbliebene Zeugin beseitigen, bevor sie ihr Gedächtnis wiedererlangte.«

Fabri nickte stumm.

»Und dann ist Ihnen der geniale Einfall gekommen, ihren Vater am Leben zu erhalten. Sie haben der Leiche den Ehering abgezogen, die Kassette unter dem Bett geplündert, sich selber eine SMS geschickt, eine weitere sogar an seine Freundin, von der Sie natürlich wussten. Sie haben Photos manipuliert, was am Computer ein Kinderspiel ist, Briefe und Ansichtskarten geschrieben. Viele Söhne können die Schrift ihrer Väter nachmachen, schon um Entschuldigungen für die Schule zu fälschen. Sie haben auf seinen Namen ein Zimmer in Venedig reserviert. Bei Ihrem vorgeblichen Gespräch mit dem Barkeeper in Harry's Bar waren Sie alleine.«

»Sie sind wirklich klug, aber das hilft Ihnen jetzt auch nicht weiter. Übrigens, meine Mutter hat sich über Gianfrancos Post gefreut.«

»Sie wussten, dass wir nach Südtirol fahren, das haben wir Ihnen in Verona erzählt. Und in Montalcino haben Sie mit dem Gewehr Ihres Vaters vorbeigeschossen.«

»Mir ist in Südtirol der Wagenheber aufs Zielfernrohr gefallen.«

»Und dann bin ich dir direkt in die Arme gelaufen«, sagte Sabrina, »ich dummes Huhn, weil ich zu dir Vertrauen hatte. Mich wundert, dass ich noch am Leben bin.«

»Mich auch«, zischte Fabri. »Am steilen Abhang bei Canale hat dich dieser Idiot von Sergio gerettet. Den Sturz hättest du nicht

überlebt. Aber keine Sorge, gleich ist es vorbei. Ich schieße nur ungern, mir wäre es lieber, wenn ihr den Wein trinken würdet.«
»Maresciallo Viberti weiß, dass wir bei Ihnen sind«, sagte Hipp.
»Interessiert mich nicht«, erwiderte Fabri.
»Aber vielleicht interessiert es Sie, dass er direkt hinter ihnen steht«, ergänzte Hipp.
Fabri lachte. »Glauben Sie wirklich, auf diesen blöden Trick falle ich herein?«
»Non è un trucco, caro Fabri, lascia cadere il fucile! È finita, basta.«
Langsam drehte Fabri den Kopf. Hinter der Theke stand nicht nur Viberti, sondern mit ihm ein Kollege im Kampfanzug. Er hatte ein kurzes, hässliches Gewehr im Anschlag, mit einem roten Laserstrahl, der präzise auf Fabris Schädel zielte.
»È finita«, wiederholte Viberti.
Fabri drehte sich nach vorne. »Vielleicht sehen wir uns wieder, Sabrina, in einem anderen, besseren Leben.« Er ließ die Schrotflinte fallen und ergriff blitzschnell sein Rotweinglas. Weder die Carabinieri, denen die Theke im Weg stand, noch Hipp, der am anderen Ende des großen Degustationstisches saß, waren schnell genug. Schon hatte Fabri das Glas geleert. Das Glas mit dem Barbaresco, dessen Bukett so ungewöhnlich intensive Mandeltöne aufwies.

72

Der Sattelzug mit dem blauen Scania als Zugmaschine und der unverfänglichen Beschriftung »Fratelli Calprano. Olio extra vergine« war bereits von der Superstrada Numero 2 abgebogen und fuhr von Torrenieri die letzten Kilometer hinauf nach Montalcino. Gemeinsam mit Panepinto, der schon vor einer Stunde eingetroffen war, erwartete Dr. Lausitz freudig erregt die kostbare

Lieferung. Nicht nur auf die Kisten mit den exklusiven Weinen war er gespannt, besonders interessierte ihn die Sammlung antiker Weingläser. Bald würde er wie einst Botticelli aus einem Kelch der Medici trinken. Oder er würde ein schweres, goldverziertes Glas in den Händen halten, das im 16. Jahrhundert Papst Klemens VII. gehört hatte. Was wäre das für ein schöner, geradezu perfekter Tag, wäre da nicht die höchst bedauerliche Tatsache, dass sich die Tenuta del Leone wohl tatsächlich seinem Zugriff zu entziehen schien. Von der Banca Agricultura hatte er von einem bemerkenswert hohen Zahlungseingang erfahren, der die akuten Liquiditätsengpässe mehr als behob. Und aus Mailand hatte sich ein junger Rechtsanwalt namens Dr. Balducci eingefunden, der eine beträchtliche Dynamik entwickelte, bereits beim Bürgermeister war, beim Katasteramt, bei Luca im Krankenhaus, bei Mira. Offenbar gab es einen finanzstarken Investor, der sich an der Tenuta beteiligte. Den Namen hatte er noch nicht herausgefunden. Auch war ihm bislang keine Idee gekommen, wie er diesen Deal verhindern könnte.

Der Fahrer hatte den Sattelzug hinter die kleine Lagerhalle rangiert. Lausitz beobachtete, wie die hydraulische Heckklappe geöffnet wurde. Ein Handhubwagen wurde unter die erste Palette geschoben. Lausitz entdeckte auf den Kisten das eingebrannte Rhinozeros von Albrecht Dürer, wobei er wie jeder Weinkenner sofort die berühmte Kellerei La Spinetta* der Brüder Rivetti im piemontesischen Castagnole delle Lanze assoziierte. Lausitz dachte gerade an den grandiosen Barbaresco Vigneto Starderi, da überstürzten sich die Ereignisse. Hinter den Kisten kamen im Lastwagen martialisch aussehende Beamte einer Spezialeinheit der Carabinieri zum Vorschein, die ihre Schnellfeuerwaffen im Anschlag hatten. »Nessuno si muova!«, rief ihr Anführer. »Mani in alto!« Nur Sekunden später rasten zwei Einsatzfahrzeuge durch die Einfahrt und kamen auf dem Kies schleudernd zum Stehen. Lausitz hob zitternd die Hände. Irgendetwas war hier massiv schief gelaufen. Wäre er nur nach seinem Instinkt gegangen und hätte mit diesen lächerlichen Diebstählen aufgehört! Als ob er es nötig hätte, Lastwagen zu klauen. Aber es hatte Spaß gemacht und war so einfach gewesen. Dank der Informationen von Melissa. Melissa? Wann er sie wohl wiedersehen würde? Ihre wunderbaren Brüste, die schlanken, muskulösen Beine …

»Lassen Sie mich in Ruhe!«, schrie Melissa Stradari, wild um sich schlagend, einige hundert Kilometer entfernt. In Mailand versuchten zwei Polizeibeamte ihr Handschellen anzulegen. Bisher vergeblich. Melissas Fingernägel hatten bereits blutige Spuren hinterlassen. Jetzt wehrte sie sich, einen hochhackigen Schuh in der Hand, mit der Spitze des Absatzes. Die Ehre der Polizisten ließ es nicht zu, Verstärkung anzufordern, also stürzten sie sich erneut auf sie. In der Tür stand Melissas Vorgesetzter, der das Getümmel mit einer Mischung aus Abscheu und Faszination verfolgte. Dio mio, was hat diese Frau für ein Temperament, dachte er, was für ein Feuer, che passione. Insgeheim hoffte er, dass die Polizisten ihr endlich das Kleid vom Leib rissen. Fast enttäuscht nahm er zur Kenntnis, dass plötzlich die Handschellen zuschnappten. Er nahm sich vor, Melissa im Gefängnis zu besuchen.

73

Fabri fiel das splitternde Glas aus der Hand. Er langte sich an den Hals, sein Atem ging kurz und stoßweise. Röchelnd sank er zu Boden. Der Scharfschütze der Carabinieri rannte hinaus zum Funkgerät, um die Rettung und einen Notarzt zu rufen, auch wenn er nicht glaubte, dass das noch viel Sinn machte. Viberti eilte Fa-

bri zu Hilfe. Aber er wusste nicht, wie man jemandem half, der sich gerade mit Zyankali vergiftet hatte. Hipp nahm Sabrina am Arm, sagte, dass sich nun die Carabinieri um alles kümmern würden und sie besser gehen sollten. Draußen vor der Azienda Agricola deutete Sabrina auf einen Fußweg, der zur nahe gelegenen Bank unter dem Kastanienbaum führte.
»Ich würde gerne ein paar Schritte gehen«, sagte sie, »und mich auf Lucianas Bank setzen. Gianfranco, Fabri ... Ich kann es immer noch nicht glauben. Außerdem zittere ich am ganzen Körper.«

Wenige Minuten später saßen sie schweigend auf dem kleinen Hügel. Hipp hatte seinen Arm um Sabrinas Schultern gelegt. Sie hörten Sirenen, die näher kamen. Ein Hubschrauber setzte über ihren Köpfen zur Landung im Hof der Azienda Agricola an. Dann war es wieder ruhig.
»Fabri, er war immer freundlich, lieb zu seiner Mutter, charmant und höflich. Wie ist es nur möglich, dass so ein feiner Mensch erst seinen Vater tötet, dann Eva-Maria, Margherita – und um ein Haar auch mich? Ich kann es einfach nicht verstehen.«
»Wie das möglich ist? Fabri hat es uns doch gerade erzählt. Ich glaube, er hat die Wahrheit gesprochen, jedenfalls hatte ich es mir genauso vorgestellt. Gianfranco hatte einen aufbrausenden Charakter, wurde leicht handgreiflich, dafür war er bekannt. Mit seinem wütenden Angriff auf Fabri nahm das Verhängnis seinen Lauf. Wenn man so will, trägt der Vater die erste Schuld. Zunächst war es eine Verkettung von unglücklichen Umständen. Die tödliche Notwehr. Die Tatsache, dass ihr beide die letzten Sekunden beobachtet habt. Der Verkehrsunfall. Eva-Marias Genickbruch. Dein Schädel-Hirn-Trauma. Und dann? Fabri hat verzweifelt nach einem Ausweg gesucht, fühlte sich in eine Situation gedrängt, in der er etwas tun musste, was ihm zutiefst widerstrebte. Aber er

glaubte keine andere Wahl zu haben. Das war ein tödlicher und unverzeihlicher Irrtum.«

Der Hubschrauber war wieder gestartet. Er kreiste jetzt über einem nahe gelegenen Waldstück. Weitere Sirenen waren zu hören. Auf dem Fußweg tauchten Polizisten auf, die auf sie zurannten.

»Haben Sie ihn gesehen?«, rief der erste. »Ist er hier vorbeigekommen?«

»Wer soll hier vorbeigekommen sein?«, fragte Sabrina.

»Fabri Angelo.«

»Aber Fabri ist doch ...«

»Er hat simuliert, es war kein Gift im Glas«, gab ihnen der Polizist eine knappe Erklärung. »Fabri Angelo hat Maresciallo Viberti niedergeschlagen und ist geflohen. Sie haben ihn also nicht gesehen?«

»Nein, haben wir nicht.«

»Zwei Mann rechts runter zum Wald. Der Rest mit mir.«

Sabrina sah Hipp bestürzt an. »Fabri hat simuliert? Es war also kein Zyankali im Glas?«

»Doch, in unseren Gläsern garantiert. Kein Barbaresco dieser Welt riecht so intensiv nach Mandeln.«

»Aber er hat alle drei Gläser aus ein und derselben Flasche gefüllt. Daran kann ich mich genau erinnern.«

»Stimmt, und demnach war das Zyankali nicht in der Flasche. Fabri muss vor unserem Kommen die Gläser präpariert haben. Zyankali ist nichts anderes als Blausäure und in gelöster Form fast farblos. Deshalb hätte er auch ganz entspannt mit uns anstoßen können.«

»Wusste er, das ich mitkomme?«

»Er hat mich am Telefon ausdrücklich darum gebeten und es wohl inständig gehofft.«

»Nicht, weil ich ihm so sympathisch bin, sondern um mich zu töten ...«

»Um uns zu töten«, korrigierte Hipp. »Und wenn's mit dem Wein nicht klappen sollte, dann halt mit der Schrotflinte.«
»Er hat uns alle getäuscht. Der Versuch, sich umzubringen, war angesichts der Ausweglosigkeit seiner Situation gut nachvollziehbar, sein Zusammenbruch so überzeugend …«
»Ja, Fabri hat erstaunliche schauspielerische Qualitäten. Aber was mich noch mehr beeindruckt, ist sein Improvisationstalent.«
Sabrina faltete die Hände. »Fabri lebt. Geht jetzt alles wieder von vorne los?«
»Was soll von vorne losgehen? Sabrina, entspann dich, es ist vorbei. So oder so. Es gibt für Fabri keinen Grund mehr, dich zu verfolgen, dir nur ein Haar zu krümmen. Die Wahrheit ist ans Licht gekommen. Jetzt geht es für ihn nur noch darum, seine Haut zu retten und sich der Verhaftung zu entziehen.« Hipp deutete auf den Hubschrauber. »Was ihm nicht leicht fallen wird.«
»Es ist vorbei? Wirklich? Bist du dir sicher?« Sabrina fiel es schwer, ihm zu glauben.
Hipp gab ihr einen Kuss auf die Stirn. »Ja, ich bin mir sicher. Es ist vorbei, alles ist vorbei.«

Epilogo

Auf dem Tisch stand eine fast geleerte Flasche Barbaresco Vürsù Starderi von La Spinetta*. Hipp und Sabrina saßen im La Ciau del Tornavento*, einem Ristorante in Treiso mit traumhaftem Ausblick und vorzüglicher Küche. Erst einige Stunden lagen die aufregenden Ereignisse in der Azienda Agricola Angelo zurück. Fabri war noch immer auf der Flucht. Maresciallo Viberti hatte sich von seinem Niederschlag erholt. Von ihm wusste Hipp, dass sich Dr. Friedrich von Lausitz und Serafino Panepinto in Untersuchungshaft befanden. Auch Melissa Stradari würde die Nacht auf einer harten Pritsche verbringen. Karl Talhammer von der Versicherung hatte ihm bereits zu diesem Erfolg gratuliert. Was ihm aber nicht besonders wichtig war.

Hipp sah zu Sabrina, die sich gerade die Carta dei dolci geben ließ. Hier im Tornavento, das würde ihr letzter gemeinsamer Abend sein, dachte er. Morgen Vormittag würde er Sabrina zum Flughafen bringen. Diesmal würde sie in San Francisco ankommen, bei ihrem Vater, der sehnsüchtig auf sie wartete. Ob er sie je wiedersehen würde? Was sollte sie veranlassen, allzu bald wieder nach Europa zu kommen? Die zurückliegenden Erlebnisse waren wohl kaum dazu angetan. Und die Anziehungskraft seiner eigenen Person wollte er nicht überschätzen. Hipp dachte nach. Nun, vielleicht gab es eine Möglichkeit. Irgendjemand musste sich schließlich um die Tenuta del Leone kümmern. Luca Pertini jedenfalls war dazu nicht in der Lage. Das wäre doch ein Job für

Sabrina? Er würde mal mit dem alten Valentino über diesen Einfall …

»Buona sera«, platzte Maresciallo Viberti in seine strategischen Überlegungen. »Ich bitte um Vergebung, tut mir aufrichtig Leid, dass ich Sie hier störe. Darf ich mich setzen?«

»Aber natürlich«, sagte Hipp, Sabrina einen entschuldigenden Blick zuwerfend.

Viberti zog einen Stuhl heran, nahm seine Uniformmütze ab und gab dem Kellner ein Zeichen. »Per favore una grappa. Grazie.« Mit wehmütigem Blick auf die leere Tischdecke stellte er fest: »Sie haben schon gespeist, natürlich. Wie immer komme ich zu spät, eine Tragödie. Ich sterbe noch mal an Unterernährung. Darf ich fragen, was Sie gegessen haben?«

»Amoretti di quaglia alle erbette aromatiche«, antwortete Sabrina.

»Amoretti von der Wachtel, magnifico. Aber Sie hatten doch hoffentlich vorher eine Pasta oder ein Risotto?« Viberti schaute besorgt. »Nicht zu vergessen die köstlichen Antipasti? Die Fiori di zucchini sind ein Hochgenuss. Und die Ravioli del plin unübertroffen.«

»Machen Sie sich keine Sorgen«, sagte Hipp, »wir hatten ein komplettes Menü. Aber um dies zu erfahren, sind Sie wahrscheinlich nicht gekommen.«

»Nein, nicht wirklich. Zunächst mal möchte ich mich persönlich bei Ihnen bedanken, Professore, dass Sie mir geholfen haben, zwei so wichtige Fälle aufzuklären.«

Sabrina lächelte. »Geholfen?«

Viberti rückte seinen Krawattenknoten zurecht und hüstelte verlegen. »Nun, mir ist klar, dass ich diesen Erfolg einzig Ihnen verdanke, Professore. Aber Sie wollten ja ausdrücklich im Hintergrund bleiben. Das ist Ihre Entscheidung, die ich respektiere. Bleibt als kleiner Wermutstropfen, dass uns Fabri entwischt ist …«

»Ihnen entwischt ist«, korrigierte Sabrina.
»Sie sind heute aber besonders genau, Signorina Valentino. Nun ja, zugegeben, es war allein meine Schuld. Ein peinliches Missgeschick.«
»Aber das ist nicht der einzige Grund Ihres Kommens, richtig?«, fragte Hipp.
»Sie haben wie immer Recht«, bestätigte Viberti. »Ich muss mich morgen Vormittag bei einer Pressekonferenz den Fragen neugieriger Journalisten stellen. Leider ...« Viberti nahm den Grappa entgegen, zuckte entschuldigend mit den Schultern und leerte das Glas mit einem Schluck. »Leider sind mir noch nicht alle Überlegungen klar ...«
»... die Sie höchstselbst als Maresciallo der Carabinieri angestellt haben und die schließlich zur Aufklärung der Fälle geführt haben«, sagte Hipp schmunzelnd. »Und jetzt wollen Sie wissen, was Ihnen so durch den Kopf gegangen ist, damit Sie auf alle Fragen antworten können?«
Viberti spielte nervös mit dem leeren Grappaglas. »Sì, sì, so könnte man es ausdrücken, vielleicht nicht ganz so direkt.«
»Also gut, was wollen Sie wissen?«, sagte Hipp, »schießen Sie los!«
»Dürfte ich vorher ...«
»Wollen Sie einen Blick in die Dessertkarte werfen?«, fragte Sabrina.
»Nein, vielen Dank. Aber der Carrello dei formaggi ist im Tornavento ganz hervorragend. Etwas Formaggio con le composte, Käse mit Kompott, ja, das würde mir nach diesem harten Tag gut tun.«

»Während Sie Ihren Käse essen, kann ich ja schon mal einige Hinweise geben«, sagte Hipp. »Stellen Sie sich vor, Sie hatten lauter kleine Teile eines Puzzles, das sie erst zusammensetzen mussten. So hat Fabri einmal erzählt, dass seine Mutter seit dem Verschwinden ihres Mannes jeden Abend Schlaftabletten nimmt …«

»Das hat er mir erzählt?«

»Nein, er hat es mir erzählt. Jedenfalls konnte er sich so des Nachts unbemerkt aus dem Haus schleichen, nach Turin fahren und den Mordanschlag auf Sabrina ausführen. Da er sie dort bereits besucht hatte, kannte er sich in der Klinik aus. Und er wusste von der roten Thermoskanne.«

»Natürlich, Fabri hatte ein Motiv, die Gelegenheit und die Ortskenntnisse. Wer denn sonst?«

»Genau. Hat man ihn erst mal im Verdacht, fügt sich alles zusammen. Luciana hat erzählt, dass Gianfranco den Reisepass mitgenommen hat. Kein Problem, Fabri musste ihn nur aus dem Nachtkästchen nehmen. Der zurückgelassene Ehering in der leeren Schatulle? Makaber, aber einfach, ich erwähnte es bereits. Fabri musste ihn nur der Leiche, die zu diesem Zeitpunkt noch im Gärtank lagerte, vom Finger ziehen und in der Schatulle deponieren. Der Streit mit seinem Vater um die richtige Philosophie des Weinmachens? Für Sie, Maresciallo Viberti, als Kenner der Szene ist der Generationenkonflikt unter Winzern ein bekanntes Phänomen …«

»Natürlich, ich erinnere mich an Elio Altare, der einst die großen Holzfässer seines Vaters mit der Motorsäge außer Betrieb gesetzt hat und prompt enterbt wurde.«

»Ein berühmtes Beispiel.« Hipp lächelte. »Eigentlich hätten Sie viel früher darauf kommen müssen.«

Viberti nahm ein Stück vom Taleggio und nickte. »Hätte ich, ja. Aber das Gleiche gilt auch für Sie, Professore.«

»So ist es. Aber Fabri hat uns geschickt an der Nase herumgeführt. Von wo hat Luciana den ersten Brief bekommen? Aus Turin. Fabri war in Turin, erst, um Sabrina zu besuchen, und dann, um sie umzubringen. Am Hospital hängt ein Briefkasten. Die Handschrift?

Luciana hat sich ja nichts sehnlicher gewünscht, als eine Nachricht von ihrem Mann zu erhalten. Warum also sollte sie an der Authentizität Zweifel haben? Das rote Hemd auf dem Photo und der blaue Himmel? Ein guter Einfall. Fabri wusste, dass sein Vater keine roten Hemden hatte. Aber es dauert am Computer keine zehn Minuten, auf einem alten Photo die Farbe des Hemdes zu ändern und den Hintergrund. Die SMS an Gianfrancos Freundin in Asti und an sich selbst? Auch clever. Abgeschickt von einem Cellulare con scheda prepagata in Turin, in der Nacht des Mordanschlags, zwei Stunden nach Mitternacht.«
Viberti nahm einen Block aus seinem Jackett und machte sich Notizen.
Hipp fuhr fort: »Die anonyme E-Mail aus Venedig? Das muss man Fabri lassen, er war sehr mobil, weshalb er auch häufig müde wirkte. Mit welchem Auto er gefahren ist? Natürlich mit dem Alfa seines Vaters, wie schon am Tag des Unfalls. Die Nummer von Gianfrancos Kreditkarte bei der Hotelreservierung in Venedig? Nichts leichter als das. Der Barkeeper in Harry's Bar, der Gianfranco gesehen hat? Diesen Barkeeper gibt es nicht. Das Attentat auf uns in Südtirol? Wir haben Fabri in Verona von unseren Plänen erzählt. Er musste nur seine Mutter nach Hause bringen und das Auto wechseln. Der Wagenheber? Finden Sie Gianfrancos Auto, ich bin sicher, dort fehlt er.«
Viberti räusperte sich und gestand: »Ich habe einen Strafzettel verschwinden lassen. Gianfranco ist in Südtirol zwischen Bozen und Meran am betreffenden Tag mit überhöhter Geschwindigkeit geblitzt worden.«
»Gianfranco? Sie meinen Fabri. Lassen Sie sich das Photo schicken, vielleicht erkennt man ihn darauf. Die Postkarte aus Südtirol, die uns Luciana gezeigt hat? Na klar, er war ja dort. Und er wollte den Verdacht einmal mehr auf Gianfranco lenken. Die Fingerabdrücke auf dem Jagdgewehr? Natürlich waren sie von Gianfranco, war ja

seins. Und Fabri hat Handschuhe angehabt, deshalb die verwischten Stellen. Der Fehlschuss? Das Zielfernrohr war verstellt, das wäre Gianfranco nie passiert. Die Lackspuren von Gianfrancos Alfa? Aber natürlich, Fabri ist ja mit seinem Wagen gefahren.«
Maresciallo Viberti schob sich ein Stück Fontina in den Mund, ein feiner Käse aus dem Aosta-Tal.
»Ich glaube, das reicht«, sagte er nach kurzem Nachdenken. »Ich habe selten einen so klaren und in sich schlüssigen Fall erlebt. Obwohl ich schon sagen muss, dieser Fabri, er hat es einem nicht leicht gemacht.« Und mit Blick auf Sabrina. »Danken wir dem Herrn, dass die bella Signorina noch lebt.«
»Dem Herrn und Hipp«, flüsterte sie.
»Haben Sie noch Fragen zu Dr. Lausitz und den gestohlenen Weintransporten?«, wollte Hipp wissen.
»Nein«, antwortete der Maresciallo. »Hier verweise ich auf den entscheidenden Tipp, den wir von einem privaten Ermittler erhalten haben, der im Auftrag der Versicherung Erkundigungen angestellt hat. Der Rest war eine perfekt koordinierte Polizeiaktion. Ich bin bereits dafür belobigt worden.«
»Sehr schön, das freut mich zu hören. Hoffentlich weiß man auch ihre Arbeit im Fall Fabri und Gianfranco Angelo zu würdigen.«
»Allora«, der Maresciallo rückte wieder verlegen an seinem Krawattenknoten, »es wäre natürlich besser, Fabri wäre mir nicht entkommen. Und leider fehlt die Leiche. Das kommt auch schlecht an. Ein Mord ohne Leiche ist immer verwirrend. Außerdem möchte Luciana ihrem Mann ein ordentliches Begräbnis angedeihen lassen. Sie verstehen, was ich meine?«
Hipp goss den restlichen Rotwein in Sabrinas Glas. Sie hatte in der Zwischenzeit ihre Dessertvariationen gegessen und dabei dem Gespräch aufmerksam gelauscht, ohne sich einzumischen.
»Haben Sie wirklich in allen Gärtanks nachgeschaut?«, fragte sie. »Und was ist mit den Barriquefässern, davon gibt es hunderte.«

»Barriquefässer? Nein, die haben wir noch nicht kontrolliert«, gab Viberti zu. »Sie fassen jeweils zweihundertfünfundzwanzig Liter«, überlegte er laut, »da passt ein erwachsener Mann wohl kaum rein.«

»Vielleicht wurde er geteilt«, sagte Sabrina.

»Geteilt? Aber Signorina, wie unappetitlich. Allerdings …«

»Sparen Sie sich die Mühe«, meinte Hipp, »in den Barriquefässern werden Sie Gianfrancos Leichnam nicht finden. Fabri war sich sicher, dass wir bei der Suche keinen Erfolg haben werden, sehr sicher.«

»Wie kann er das?«

Hipp dachte nach. »Ja, wie kann er das?« Er sah Sabrina an, dann den Maresciallo. Er nahm einen Stracchino von Vibertis Käseteller. Trank sein Weinglas aus. Stand auf, ging ans große Fenster. Verschränkte die Hände hinter dem Rücken. Kam zurück. Betrachtete seinen Stuhl, setzte sich wieder. »Ich glaube, ich weiß, wo Fabri den Leichnam seines Vaters versteckt hat«, sagte er unvermittelt. »Ich bin mir sogar ziemlich sicher.«

Viberti beugte sich nach vorne. »Professore, Sie werden mir langsam, aber sicher unheimlich.«

»Dazu besteht kein Anlass. Es ist ganz einfach. Sabrina, wo fühlt sich Luciana ihrem verstorbenen Mann am nächsten? Maresciallo, was hat Fabri unmittelbar nach Gianfrancos Tod mit eigenen Händen errichtet?«

»Die Bank«, flüsterten beide nahezu synchron, »unter dem alten Kastanienbaum.«

»Findet ihr nicht«, sagte Hipp, »dass das Betonfundament reichlich groß geraten ist?«

Der Maresciallo sprang auf und schüttelte Hipp aufgeregt die Hand. »Das Fundament der Bank, naturalmente! Grazie. Mille, mille grazie, Professore. Sie haben Recht, naturalmente, logico!«

Viberti umarmte Hipp und küsste Sabrina. »Ich muss sofort weg.

Scheinwerfer organisieren, einen Pressluftbohrer, die Pathologie.«
Viberti setzte seine Uniformmütze auf. »Professore?«
»Ja?«
»Und falls Ihnen heute Nacht noch einfallen sollte, wo sich Fabri versteckt hält, sagen Sie mir bitte sofort Bescheid. Versprochen?«
»Ich fürchte, lieber Maresciallo«, antwortete Hipp, »das ist und bleibt ganz allein Ihre Aufgabe.«
Sabrina lächelte vieldeutig. »Und außerdem wird Hipp heute Nacht keine Zeit zum Nachdenken haben. Versprochen!«
»Keine Zeit zum Nachdenken, ich verstehe. Signorina, che bello. Ich lasse Sie alleine. Erst die Leiche, dann Fabri. Nessun problema!«

FINE

Supplemento

Der folgende Anhang macht den Versuch, die wichtigsten Informationen zum italienischen Wein auf relativ wenigen Seiten zusammenzufassen. Was angesichts der Vielfältigkeit der italienischen Weinlandschaft ein einigermaßen aussichtsloses Unterfangen darstellt. Da es für die Konzentration aufs Wesentliche zudem kaum objektive Auswahlkriterien gibt (schon gleich gar nicht bei der Selektion der vorgestellten Weinerzeuger), hat sich der Autor deshalb von seinen eigenen Interessen und Vorlieben und auch vom allgemeinen Bekanntheitsgrad leiten lassen. Der Anhang erhebt also dezidiert keinen Anspruch auf Vollständigkeit. Trotzdem: Wer die folgenden Kapitel liest, zudem künftig gelegentlich in ihnen nachschlägt, der hat sich ein Basiswissen über italienischen Wein angeeignet, mit dem sich durchaus renommieren ließe.

Der Anhang ist nach Weinbauregionen gegliedert. Sie finden also beispielsweise die Stichwörter Barolo und Barbaresco unter Piemont, die beiden Rotwein-Legenden Tignanello und Sassicaia dagegen bei der Toskana. Sollten Sie bei der Zuordnung unsicher sein, hilft ein Register am Ende des Buches, in dem alle Weinbegriffe (Rebsorten, Anbaugebiete, Erzeuger) in alphabetischer Folge aufgelistet sind – mit dem Hinweis auf die betreffende Weinregion, wo Sie den Wein finden können. Außerdem wird im folgenden Weinführer mit Symbolen nach allgemeinen Informationen etwa zu Rebsorten und nach Weinerzeuger unterschieden.

Für alle Leser/innen, die anlässlich einer Weinreise den Spuren von Hipp und Sabrina, von Fabri und Maresciallo Viberti folgen möchten, sind in einem gesonderten Kapitel alle Hotels, Restaurants, Caffès und Enotheken aufgeführt, die als Originalschauplätze im Roman Erwähnung finden.

Und zu guter Letzt: Weil im Roman häufig gegessen wird, was womöglich Lust auf das eine oder andere Gericht macht, gibt es ein Kapitel mit den zugehörigen Rezepten – zum Nachkochen empfohlen!

WEINFÜHRER ITALIEN
GUIDA DEI VINI

In Italien haben schon in vorchristlicher Zeit die Etrusker mit Wein gehandelt. Unter den alten Römern hat der Rebensaft in Italien seine erste große Blütezeit erfahren. Mit den Legionen Roms wurde die Weinkultur nach Frankreich exportiert, nach Spanien und Deutschland. Dass der Wein in Italien bis heute eine so große Rolle spielt, hängt auch mit der Topographie des Landes zusammen: Italien ist – sieht man einmal von der Poebene ab – sehr stark von Hügeln geprägt, die in Verbindung mit dem Mittelmeerklima geradezu ideale Voraussetzungen für den Weinbau bieten. In der Produktion knapp hinter Frankreich ist Italien der größte Weinexporteur der Welt. Auf etwa 800.000 Hektar werden jährlich rund 55 bis 60 Millionen Hektoliter produziert. Darunter gibt es große Mengen schlichte Verschnittweine für den europäischen Massenmarkt. Aber eben auch mit einem (wachsenden) Anteil von rund 20 Prozent hochwertige DOC- (Denominazione di Origine Controllata) bzw. DOCG-Weine (Denominazione di Origine Controllata e Garantita), die strengeren Vorschriften zum Beispiel hinsichtlich zugelassener Rebsorten, Alkoholgehalt und Ertragsmengen genügen müssen. DOCG-Weine erkennt man auch am nummerierten Kontrollstreifen am Flaschenhals. Unter den DOC-Weinen rangieren in der Qualitätspyramide die Regionalweine der Kategorie IGT (Indicazione Geografica Tipica). Wobei hier gleich eine wichtige Einschränkung gemacht werden muss, denn perfiderweise laufen auch viele Spitzenweine Italiens, darunter die berühmten Super-Toskaner, unter IGT, weil sich die

Winzer etwa bei der Wahl der Rebsorten über DOC-Vorschriften kreativ hinwegsetzen. Da sie aber den Jahrgang angeben wollen, bleibt ihnen nur die Klassifikation als IGT-Wein, denn die einfachen Weine der untersten Kategorie VdT (Vino da Tavola) sind hinsichtlich Jahrgang und Rebsorte völlig anonym. IGT müssen dagegen neben dem Jahrgang auch über die Hauptrebsorte und die Herkunftsregion Auskunft geben, wobei Letztere oft recht weit gefasst ist (z. B. Biancho del Veneto).

Allein bei den DOC- und DOCG-Weinen gibt es in Italien rund 320 definierte Bereiche mit tausenden Winzern. Es ist also schon deshalb klar, dass in diesem Anhang kein umfassender Überblick über die italienischen Weine gegeben werden kann. Der Führer gliedert sich nach den großen Weinbauregionen:

- Abruzzen
- Aosta-Tal
- Apulien
- Basilikata
- Emilia-Romagna
- Friaul – Julisch Venetien
- Kalabrien
- Kampanien
- Latium
- Ligurien
- Lombardei
- Marken
- Molise
- Piemont
- Sardinien
- Sizilien
- Südtirol
- Toskana
- Trentino
- Umbrien
- Venetien

In alphabetischer Reihenfolge werden die wichtigsten Weine dieser Regionen, ihre charakteristischen Rebsorten und bekannten Erzeuger präsentiert. All dies soll der groben Orientierung dienen, Lust auf italienischen Wein machen, zum Probieren anregen – und zu Entdeckungstouren einladen.

Abruzzen

Von den fast 3000 Meter hohen Gipfeln des Apennin (Gran Sasso) senkt sich das Gebiet der Abruzzen hinunter zur adriatischen Küste. Seit den Etruskern wird hier Wein angebaut, heute bevorzugt Montepulciano, Sangiovese, Trebbiano und Malvasia. Die beiden großen DOC-Gebiete der Abruzzen sind nach den Rebsorten benannt: Montepulciano d'Abruzzo und Trebbiano d'Abruzzo.

Colline Teramane

Unterbereich von Montepulciano d'Abruzzo mit eigener DOCG und entsprechender Qualitätsorientierung.

Masciarelli

Vielfach ausgezeichnete Kellerei in den Abruzzen mit einer Linea Classica und zwei Spitzenweinen: dem Montepulciano d'Abruzzo *Villa Gemma* (als Bianco 80 % Trebbiano d'Abruzzo) und den nicht minder hochklassigen Weinen *Marina Cvetic* (u. a. Trebbiano d'Abruzzo, Chardonnay, Cabernet Sauvignon, Montepulciano d'Abruzzo).
San Martino sulla Marrucina (Chieti), Tel. 08 71 - 8 52 41
E-Mail: info@masciarelli.it
Internet: www.masciarelli.it

Montepulciano d'Abruzzo

Nicht zu verwechseln mit dem Vino Nobile di Montepulciano aus der Toskana (s. dort). Der Montepulciano d'Abruzzo wird primär aus der gleichnamigen Montepulciano-Traube gekeltert, kann im Charakter schlicht sein, hat aber das Potenzial für großartige, körperreiche Rotweine. Der Rosé aus Montepulciano heißt Cerasuolo.

Trebbiano d'Abruzzo
Variante der Trebbiano-Traube (Bombino) und gleichzeitig DOC für Weißweine aus den Abruzzen.

Valentini
Herausragende Kellerei in den Abruzzen mit ebenso feinem Trebbiano wie Montepulciano d'Abruzzo, außerdem köstlichem Cerasuolo (Rosé).
Loreto Aprutino, Via del Baio 2, Tel. 0 85 - 8 29 11 38

Aosta-Tal

Das Valle d'Aosta ist mit dem Monte Bianco und Courmayeur ein Dorado für Wintersportler und Bergfreunde. Die höchsten Weinberge Europas liegen im lang gestreckten Tal der Dora Baltea. Das Aosta-Tal (kleinste Weinbauregion Italiens) schlägt die Brücke nach Frankreich (Vallée d'Aoste), was sich auch in den Rebsorten ausdrückt. Es finden sich die piemontesischen Sorten Nebbiolo und Dolcetto ebenso wie französische (z. B. Chardonnay, Gamay). Hinzu kommen Schweizer Trauben und lokale Rebsorten wie Petite Arvine oder Petit Rouge. Die DOC heißt Valle d'Aosta.

Donnaz

Aus dem unteren Aosta-Tal (an Carema im Piemont angrenzend) kommt dieser Nebbiolo.

Enfer d'Arvier

DOC-Gebiet (u. a. Petit Rouge).

Les Crêtes

Costantino Charrère ist der berühmteste Winzer des Aosta-Tals. Hervorragend u. a. die Chardonnay Cuvée *Bois* und der *Coteau La Tour* (Syrah).

Aymavilles, Tel. 01 65 - 90 22 74
E-Mail: info@lescretesvins.it
Internet: www.lescretesvins.it

Malvoisie de Nus

Auch Nus Malvoisie Passito genannt, ein lang lagerfähiger, sherry-ähnlicher Dessertwein aus Malvoisie (Pinot Grigio). Ursprünglich ins Leben gerufen vom Dorfpfarrer von Nus.

Morgex

Der höchstgelegene Weinort Italiens ist für seinen Weißwein Blanc de Morgex et de la Salle bekannt.

Petite Arvine

Weiße, regionale Rebsorte.

Petit Rouge

Regionale Rebsorte, deren Name von den relativ kleinen roten Beeren herrührt.

Torrette

DOC-Gebiet mit Rotwein u. a. aus Petit Rouge.

Apulien

Apulien reicht vom Sporn bis zum Absatz des italienischen Stiefels, der Halbinsel Salento, und ist nicht nur für seine Trulli (Rundhäuser) berühmt, für seine Staufer-Burgen und die abwechslungsreiche Küste – sondern auch für die unglaubliche Menge Wein, die in dieser Region produziert wird. So ist die Rebfläche so groß wie alle Weinbaugebiete in Deutschland zusammen. Im umgekehrten Verhältnis zum Ertrag stand lange Zeit die Qualität der Weine aus Apulien. Sie wurden (und werden) in Tankwagen ausgeführt und füllen die Regale der Supermärkte. Gleichwohl zeichnet sich in Apulien seit einiger Zeit ein bemerkenswerter Wandel ab. Die Zahl hochwertiger (aber immer noch bezahlbarer) Weine nimmt kontinuierlich zu, wobei vor allem die Rebsorten Negroamaro und Primitivo für einen unverwechselbaren Stil sorgen.

Castel del Monte

Benannt nach der Burg des Hohenstaufers Friedrich II., kommen aus dieser wohl bekanntesten DOC Apuliens vielfältige Rot- und Weißweine (u. a. Aglianico, Cabernet Sauvignon, Uva di Troia, Chardonnay) – vor allem aber auch Rosé-Weine (Rosato) aus Bombino Nero, Aglianico und Uva di Troia.

Conti Zecca

Großes Weingut, erzeugt neben einer breiten Palette einfacherer Konsumweine den in Barriques gereiften Spitzenwein *Nero* (Negroamaro/Cabernet Sauvignon) sowie u. a. Primitivo, *Canta-*

lupi (Negroamaro, Malvasia Nera) und *Terra* (Negroamaro, Aglianico).
Leverano (Lecce), Via Cesarea, Tel. 08 32 - 92 56 13
E-*Mail: info@contizecca.it*
Internet: www.contizecca.it

Leone de Castris
Apulisches Weingut, das Rosé-Liebhabern durch den außergewöhnlichen *Five Roses* ein Begriff ist. Für Rotwein-Freunde gibt es u. a. den ausgezeichneten *Donna Lisa Riserva* (Negroamaro) und einige feine Primitivo. Beim Weißwein schließlich u. a. den Bianco *Donna Lisa* (Chardonnay).
Salice Salentino, Tel. 08 32 - 73 11 12
E-*Mail: info@leonedecastris.com*
Internet: www.leonedecastris.com

Negroamaro
Apulische Rebsorte (wörtl. Übersetzung: Schwarzbitter) für dunkle Rotweine, die in der Spitze eine sehr gute Qualität erreichen kann und traditionell in niedrigen Büschen (alberello) erzogen wird.

Primitivo
Diese ganz und gar nicht primitive Traube steht für Rotwein aus Apulien, gilt als Trend-Rebsorte und ist mit dem in Amerika so populären Zinfandel verwandt.

Rivera
Die Azienda Vinicola Rivera ist der bekannteste Weinerzeuger im apulischen Castel del Monte mit feinem Rosso (u. a. *Cappellaccio, Il Falcone*), Bianco (u. a. *Preludio No. 1, Fedora*) und Rosato (Castel del Monte Rosé).

Andria, Contrada Rivera, Tel. 08 83 - 56 95 01
E-Mail: info@rivera.it
Internet: www.rivera.it

Salice Salentino
Bedeutender DOC-Bereich auf Salento, dem Absatz des italienischen Stiefels. Mit Aleatico, Rosso, Bianco und Rosato.

Taurino
Mit dem *Patriglione* (Negroamaro/Malvasia Nera) hat Cosimo Taurino einen hoch gelobten Spitzenwein im Angebot. Kaum minder bemerkenswert u. a. der Salento *Notarpanaro*, der Weißwein I *Sierri* und der Süßwein *Le Ricordanze*.
Guagnano, Tel. 0 83 - 2 70 64 90
E-Mail: info@taurinovini.it
Internet: www.taurinovini.it

Tenute Rubino
Kellerei mit ausgezeichnetem Primitivo (Visellio, Punta Aquila), mit weißem und rotem Marmorelle – und dem roten *Torre Testa* aus der lokalen Rebsorte Susumaniello.
Brindisi, Via Medaglie d'Oro 15A,
Tel. 08 31 - 57 19 55
E-Mail: info@tenuterubino.it
Internet: www.tenuterubino.it

Tormaresca
Das Weingut gehört zu Antinori (Florenz) und glänzt u. a. mit dem Negroamaro *Masseria Maime*, dem Castel del Monte Rosso *Bocca di Lupo* (90 % Aglianico) und dem hoch geschätzten Chardonnay *PietraBianca*.

San Pietro Vernotico, Via Maternità ed Infanzia 21,
Tel. 08 31 - 67 10 46
E-Mail: tormaresca@tormaresca.it
Internet: www.tormaresca.it

Uva di Troia
Rebsorte, die zwar auf das antike Troja verweist, aber in Apulien verwurzelt ist und zu kräftigen Rotweinen führt.

Basilikata

In Süditalien zwischen Kampanien und Apulien am Golf von Tarent gelegen, mit einer kleinen Spitze zum Thyrennischen Meer, steht die Basilikata (Hauptstadt Potenza) als Weinland unverdienterweise im Schatten ihrer Nachbarregionen. Dass die Basilikata trotzdem gelegentlich für Aufmerksamkeit sorgt, liegt vor allem am vulkanischen Monte Vulture und der Rebsorte Aglianico.

Aglianico

Rote Rebsorte, die v. a. in der Basilikata (aber auch in Apulien und Kampanien) Bedeutung hat und ursprünglich aus Griechenland stammen soll (Ellanico).

Aglianico del Vulture

DOC an den Osthängen des vulkanischen Monte Vulture. Die Aglianico-Traube zeigt hier ihr ganzes (oft unterschätztes) Potenzial und bringt als Vecchio oder Riserva großartige Weine hervor.

D'Angelo

Kellerei in der Basilikata mit breitem Sortiment ansprechender Rot- (Aglianico del Vulture, u. a. *Canneto*) und Weißweine (u. a. *Vigna dei Pini*).

Rionero in Vulture, Via Provinciale,
Tel. 09 72 - 72v15 17
E-Mail: dangelowine@tiscalinet.it

Paternoster

Alteingesessenes Weingut am Monte Vulture in 600 Metern Höhe mit hervorragendem Aglianico del Vulture (u. a. *Rotondo, Don Anselmo*), frischem *Bianco di Corte* und süßem Moscato (*Clivius*).

Barile, Via Nazionale, Tel. 09 72 - 77 02 24

E-Mail: paternoster.vini@tiscalinet.it

Emilia-Romagna

Ihren Namen hat die Emilia-Romagna (mit der Hauptstadt Bologna) von der römischen Via Emilia. Sie führte von Piacenza über Parma, Reggio, Modena und Bologna bis nach Rimini. Damit wären schon alle wichtigen Städte der Emilia-Romagna genannt, hinzu kommen nur noch Ravenna, das etwas nördlich der Via Emilia an der Adria liegt, und Ferrara. Dank der fruchtbaren Poebene und den klimatisch bevorzugten Hängen des Apennin (Colli) ist die Emilia-Romagna auch für den Weinbau prädestiniert. Allerdings kommt hierbei häufig Menge vor Qualität. Seit jeher bekannt ist die Emilia-Romagna für den schäumenden und meist lieblichen Lambrusco. Von den Colli Piacentini kommt der rote Gutturnio (Barbera und Bonarda), von den Colli di Parma ein angenehmer Barbera. In der südöstlichen Romagna (die Emilia reicht von Piacenza bis Modena) wird bevorzugt Sangiovese und Trebbiano angebaut, außerdem kommt von hier mit dem Albana di Romagna der erste Weißwein, dem in Italien der DOCG-Status zuerkannt wurde.

Albana di Romagna

1987 ist der Albana di Romagna (aus nicht ganz nachvollziehbaren Gründen) als erster Weißwein Italiens als DOCG eingestuft worden. Die Albana-Rebe führt im Idealfall zu eleganten Weinen, die es von amabile bis secco gibt, außerdem als Passito von teilgetrockneten Trauben.

Castelluccio

Bekannt geworden mit dem großartigen Sangiovese *Ronco delle Ginestre*, offeriert die Kellerei mittlerweile ein breites Spektrum erstklassiger Weine wie den *Ronco dei Ciliegi*, den *Le More* oder *Lunaria* (Sauvignon Blanc).

Modigliana, Via Tramonto 15,
Tel. 05 46 - 94 24 86
E-Mail: info@ronchidicastelluccio.it
Internet: www.ronchidicastelluccio.it

Colli Bolognesi

Von den hügeligen Lagen rund um Bologna kommen beliebte Rot- (u. a. Barbera, Merlot) und Weißweine (u. a. Sauvignon, Riesling Italico).

Colli di Faenza, Imola, Parma, Rimini, Scandiano, Canossa

Alles eigenständige DOC-Bereiche der Emilia-Romagna, die auf Hügellagen in verschiedenen Spielarten Rot- und Weißweine mit regionalen Charakteristika erzeugen.

Gutturnio

Der Rotwein kommt von den Colli Piacentini und ist ein Verschnitt von Barbera und der lokalen Rebsorte Bonarda.

Lambrusco

Die Rebsorte, die in der Emilia heimisch ist, hat dem gleichnamigen moussierenden (meist halbsüßen) Rotwein in den 50er Jahren zu großer Popularität verholfen. Weil die nachfolgenden Kopfschmerzen aber meist zuverlässiger waren als die Qualität, hat der Lambrusco in deutschen Landen seitdem nicht das beste Image – womit man dem angenehmen, erfrischenden Zechwein längst Unrecht tut. Empfehlenswerter Lambrusco perlt nur leicht (frizzante), hat wenig Alkohol und ist – wie er von den Einheimischen getrunken wird – nicht lieblich, sondern trocken.

La Stoppa

Bekannter Erzeuger in den Colli Piacentini, u. a. mit feinen Weinen wie den *Barbera della Stoppa*, den ausgezeichneten Cabernet Sauvignon *Stoppa* sowie *Macchiona* und *Gutturnio* (beide Barbera/Bonarda).

Rivergaro, Tel. 05 23 - 95 81 59
E-Mail: info@lastoppa.it
Internet: www.lastoppa.it

Pagadebit di Romagna

Ob man mit diesem Wein seine »Schulden« bezahlen kann (wie der Name nahe legt), sei dahingestellt. Eine andere Erklärung wäre, dass die Reben auch in »schlechten« Jahrgängen tragen. Jedenfalls gilt der fruchtige Weißwein immer noch als Geheimtipp der Romagna.

Pignoletto

Weiße Rebsorte, die u. a. in den Colli Bolognesi heimisch ist.

Sangiovese di Romagna

Die Rotweintraube aus der Toskana ist auch in der Romagna sehr verbreitet und ergibt nicht allzu schwere, jung zu trinkende Weine, die von guten Erzeugern (wie z. B. Zerbina) ausgezeichnete Qualität erreichen können.

San Valentino

Dass man mit Rimini nicht nur einen Badeurlaub assoziieren sollte, sondern auch an Wein (Colli di Rimini) denken darf, demonstriert

die Kellerei San Valentino u. a. mit erstklassigem Sangiovese und dem Cabernet Sauvignon *Luna Nova.*
Rimini, Via Tomasetta 11, Tel. 05 41 - 75 22 31
E-Mail: valerobi@libero.it

Trebbiano di Romagna

Beliebter Konsumwein der Romagna. Ein frischer Bianco ohne übertriebene Ambitionen.

Vallona

Das Weingut ist bekannt für exquisite Colli Bolognesi wie den Merlot *Afederico*, für Cabernet Sauvignon und Weißweine aus Chardonnay und Pignoletto.
Castello di Serravalle, Via Sant'Andrea 203, Tel. 05 16 - 70 30 58

Zerbina

Die Kellerei demonstriert eindrucksvoll, dass man nicht nur in der Toskana, sondern auch in der Romagna aus Sangiovese Spitzenweine keltern kann. So den *Marzieno*, eine in Barrique ausgebaute Cuvée aus Sangiovese mit Cabernet Sauvignon und Merlot. Oder den sortenreinen Sangiovese *Torre di Ceperano*. Sehr empfehlenswert auch der Passito *Scaccomatto*.
Faenza, Via Vicchio 11, Tel. 05 46 - 4 00 22
E-Mail: info@zerbina.com
Internet: www.zerbina.com

Friaul – Julisch Venetien

Mit Venetien über die Jahrhunderte in wechselvoller Geschichte mal mehr, mal weniger stark verbunden, präsentieren sich Friaul und Julisch Venetien im Nordosten Italiens heute als eigenständige und selbstbewusste Region mit Udine (Friaul) und Triest (Julisch Venetien) als den beiden wichtigsten Städten. Obwohl aus Friaul durchaus auch bemerkenswerte Rotweine kommen (u. a. Merlot, Cabernet Sauvignon, Refosco), insbesondere aus dem wärmeren Westen, wird diese Region vor allem mit Weißwein assoziiert. Seit den 70er Jahren erfreuen sich die modern erzeugten, zum Teil in Barriques ausgebauten Weißweine (u. a. Chardonnay, Sauvignon Blanc, Pinot Grigio, Pinot Bianco und Tocai Friulano) im In- und Ausland hoher Wertschätzung. Hinzu kommen der Dessertwein Picolit und die zunehmend populären Weine aus der alten Rebsorte Verduzzo.

Carso

Die DOC liegt an der Adria (bei Triest) vor der Grenze zu Slowenien und erzeugt vor allem Rotweine, bei denen die Rebsorte Terrano (verwandt mit Refosco) prägend ist. Auch gibt es Weißweine wie Chardonnay, Pinot Grigio und Malvasia.

Collio

Renommiertes Anbaugebiet für Weißweine, grenzt an die Colli Orientali an.

Colli Orientali

Den Hügeln der DOC Collio kaum nachstehendes Anbaugebiet mit einem breiten Spektrum zugelassener Rebsorten (von Cabernet über Picolit bis Verduzzo), wobei auch hier die Weißweine dominieren.

Dorigo

Spitzenkellerei (Girolamo Dorigo) mit u. a. Refosco, Sauvignon Blanc, Chardonnay, Picolit Passito und Pinot Grigio.
Buttrio, Via del Pozzo 5, Tel. 04 32 - 67 42 68
E-Mail: info@montsclapade.com
Internet: www.montsclapade.com

Felluga, Livio

Die Weinkellerei Livio Felluga hat über Jahrzehnte einen entscheidenden Beitrag zum Aufschwung und zur internationalen Anerkennung der Weißweine aus Friaul – Julisch Venetien geleistet. Legendär der Bianco *Terre Alte*, eine Mischung aus Sauvignon, Tocai Friulano und Pinot Bianco. Von herausragender Qualität u. a. auch der Refosco oder der Bianco *Rosenplatz* (Chardonnay/Sauvignon).
Brazzano-Cormons, Via Risorgimento 1, Tel. 04 81 - 6 02 03
Internet: www.liviofelluga.it

Felluga, Marco

Unweit von Grado gelegene Kellerei mit u. a. feinem Tocai Friulano und dem bordeauxähnlichen Rotwein *Carantan*. Zu Marco Felluga gehören auch das Weingut Russiz Superiore und das Castello di Buttrio.
Gradisca d'Isonzo, Via Gorizia 121, Tel. 04 81 - 9 91 64
E-Mail: info@marcofelluga.it
Internet: www.marcofelluga.it

Friuli Grave

Größte DOC am Tagliamento mit breitem Rebsortenspektrum und Schwerpunkten u. a. bei Chardonnay und Merlot.

Jermann

Das Weingut Vinnaioli Jermann ist berühmt und hoch anerkannt für seine kreativen Weine, eine Vorliebe, die Silvio Jermann gelegentlich auch in den Namen zum Ausdruck bringt, z. B.: *Were dreams, now it is just wine!* Hervorzuheben sind der *Vinnae* (Ribolla Gialla, Riesling, Malvasia), der *Vintage Tunina* (v. a. Sauvignon Blanc, Chardonnay) und unter den Rotweinen der sortenreine *Pignacolusse* (Pignolo).
Farra d'Isonzo 21, Tel. 04 81 - 88 80 80
E-Mail: info@jermannvinnaioli.it

Picolit

Weiße Rebsorte, wird häufig für Süßweine verwendet.

Pignolo

Die fast vergessene Rotweinsorte erfreut sich derzeit einer Renaissance (v. a. Colli Orientali).

Refosco

Dunkle und kräftige Rotweinsorte.

Ribolla Gialla

Weiße Rebsorte, die als Verschnittpartner, aber auch reinsortig eingesetzt wird.

Tocai Friulano

Die Rebsorte hat in Friaul – Julisch Venetien eine lange Tradition, ergibt fruchtige Weißweine – und wird ihren Namen nach EU-Beschluss ändern müssen, um einer Verwechslung mit dem ungarischen Tokajer vorzubeugen.

Verduzzo

Alteingesessene Weißweintraube in Venetien und im Friaul.

Villa Russiz

Nicht zu verwechseln mit Russiz Superiore (gehört zu Marco Felluga) ist die geschichtsträchtige Villa Russiz im friaulischen Capriva (Collio) im Besitz eines Istituto, das die Gewinne aus dem Weinverkauf zur Unterstützung von Waisenkindern verwendet. Ausgezeichnet die Weißweine wie u. a. *Sauvignon de la Tour*, Chardonnay *Gräfin de la Tour* und Tocai Friulano. Mit langer Tradition auch die Rotweine aus französischen Rebsorten wie Cabernet Sauvignon.

Capriva del Friuli, Via Russiz 6, Tel. 04 81 - 8 00 47
E-Mail: info@villarussiz.it
Internet: www.villarussiz.it

Kalabrien

Kalabrien bildet die Spitze des italienischen Stiefels. Obwohl hier seit den alten Griechen Wein angebaut wird, hat dieser keinen besonderen Bekanntheitsgrad, wird vor allem vor Ort getrunken und von den Rebsorten Gaglioppo (rot) und Greco (weiß und rot) geprägt.

Cirò

Bekannteste DOC Kalabriens. Bestimmende Rebsorte für Rosso und Rosato ist Gaglioppo. Cirò-Bianco wird aus der Greco-Traube gekeltert.

Gaglioppo

Rote Rebsorte.

Greco

In Kalabrien (und Kampanien) beheimatete weiße (Greco Bianco) oder rote Traube (Greco Nero) griechischer Herkunft – daher der Name.

Librandi

Bekanntestes Weingut Kalabriens mit erstklassigem Gaglioppo (u. a. *Duca Sanfelice*) und der Gaglioppo/Cabernet-Cuvée *Gravello*.

Cirò Marina, Tel. 09 62 - 3 15 18

E-Mail: librandi@librandi.it

Internet: www.librandi.it

Kampanien

Kampanien hat mit der Hauptstadt Neapel, mit Pompeji und dem Vesuv, mit Capri und der Küste von Amalfi nicht nur touristische Highlights, sondern dank des vulkanischen Bodens auch beste Voraussetzungen für den Weinbau. Dies wussten schon die alten Römer, es geriet aber wohl später in Vergessenheit, denn lange Zeit spielten die Weine aus Kampanien keine besondere Rolle mehr. Erst in jüngster Zeit besinnt man sich wieder auf Qualität – und schöpft die Möglichkeiten aus, die die Region bietet. Die bestimmende Rebsorte ist die rote Aglianico (s. Basilikata).

Cilento

Hügelige DOC in der Provinz Salerno mit u. a. Aglianico.

Feudi di San Gregorio

International ausgerichtetes Weingut mit herausragenden Weinen wie den Taurasi *Piano di Montevergine*, den Merlot *Pàtrimo* und den Aglianico del Vulture *Efesto* (zur Feudi di San Gregorio gehören auch Weingüter in der Basilikata und Apulien).

Sorbo Serpico, Tel. 08 25 - 98 66

E-Mail: feudi@feudi.it

Internet: www.feudi.it

Fiano

Trockener, eigenständiger Weißwein aus der gleichnamigen Rebsorte (DOCG) von den Hügeln Avellinos.

Mastroberardino

Die Kellerei macht seit Jahren mit Spitzenweinen auf sich aufmerksam. So mit dem Taurasi *Radici* und dem Fiano *More Maiorum.*
Atripalda, Via Manfredi, Tel. 08 25 - 61 41 11
E-Mail: mastro@mastro.it

Montevetrano

Der Wein ist Kult – obwohl er aus Kampanien stammt. Die Cuvée aus Cabernet Sauvignon, Merlot und Aglianico räumt im *Gambero Rosso* regelmäßig drei Gläser ab.
San Cipriano Picentino, Tel. 0 89 - 88 22 85
E-Mail: montevetrano@tin.it
Internet: www.montevetrano.it

Taurasi

Langlebiger (tanninreicher) DOCG-Wein von den Hügeln bei Avellino aus der Rebsorte Aglianico.

Vesuvio

Vom vulkanischen Boden des Vesuvs stammt dieser Wein (DOC), der in der gehobenen Qualität als Lacryma Christi del Vesuvio (Träne Christi) ausgewiesen wird. Bianco (u. a. Greco), Rosato und Rosso.

Latium

Rund um die Hauptstadt Rom am Thyrrenischen Meer gelegen, ist Latium vor allem für Weißweine wie Frascati oder Est!Est!!Est!!! bekannt, wobei die Rebsorten Trebbiano (in verschiedenen Unterarten) und Malvasia dominieren. Natürlich gibt es auch Rotweine, die qualitativ sogar häufig höher eingeschätzt werden als die allgegenwärtigen Weißen. Die Weinregion gliedert sich vom Lago di Bolsena im Norden über Cerveteri und die Castelli Romani bis zu den Albaner Bergen (Colli Albani).

Aleatico
Rote, uralte Rebsorte, vor allem am Lago di Bolsena angebaut, wird als Dessertwein getrunken oder zum Liquoroso aufgespritet.

Castelli Romani
So heißen die Hügel vulkanischen Ursprungs, die schon in der Antike Rom mit Wein versorgt haben. Heute wird in dieser DOC v. a. Trebbiano, Malvasia, Sangiovese und Merlot angebaut.

Cerveteri
Nördlich von Rom gelegenes Weinbaugebiet mit Rotweinen aus der Montepulciano- und Sangiovese-Traube. Hinzu kommen Weißweine aus Trebbiano und Malvasia.

Cesanese

Rote Traube, wird v. a. in den Prenestin-Hügeln südöstlich von Rom angebaut.

Colli Albani

Die Colli Albani am Albaner See bei Rom sind bekannt für Weißweine aus Malvasia und Trebbiano.

Est!Est!!Est!!!

Die Geschichte wird gerne erzählt. Als im 12. Jh. ein nach Rom reisender Bischof seinen Diener vorausschickte, um nach geeigneten Übernachtungsmöglichkeiten mit gutem Wein Ausschau zu halten, notierte dieser an einer Hauswand in Montefiascone nicht nur ein »Est« (das ist es), sondern gleich drei mit entsprechenden Ausrufezeichen. Ob der Est!Est!!Est!!! je dieses Lob verdient hat, darf bezweifelt werden, aber der Weißwein vom Bolsena-See (Malvasia, Trebbiano) ist trocken, gut zu trinken und von zunehmend besserer Qualität.

Falesco

Kellerei in Montefiascone, die einen Est!Est!!Est!!! zur Höchstform bringt, v. a. aber mit dem Merlot *Montiano* seit Jahren Lobpreisungen erfährt.

Montefiascone, Tel. 07 61 - 82 56 69
E-Mail: falesco@leonet.it

Frascati

Der wohl berühmteste Wein Roms, ein trockener Bianco (Trebbiano, Malvasia), der frisch zu trinken ist, aber normalerweise keine besonderen Ansprüche stellt. Gibt es auch als edelsüßen Cannellino.

Mottura

Von französischen Weinen inspirierte Kellerei (Sergio Mottura), die besonders mit ihrem Grechetto *Latour a Civitella* für Aufsehen sorgt, aber auch einen sehr ordentlichen Orvieto (*Tragugnano*) zu bieten hat.

Civitella d'Agliano, Tel. 07 61 - 91 45 33

E-Mail: mottura@isa.it

Internet: www.motturasergio.it

Orvieto

Eigentlich Umbrien zugehörig, reicht das Orvieto-Gebiet bis nach Latium. Der Orvieto basiert auf den Rebsorten Trebbiano, Verdello und Grechetto. Er kann ebenso belanglos sein wie frisch und hochwertig (s. Umbrien).

Ligurien

Südlich an das Piemont (und an die Emilia-Romagna) angrenzend, folgt Ligurien als schmaler, sichelförmiger Küstenstreifen dem Golf von Genua – von Frankreich bis zur Toskana. Die oft steil zur Riviera abfallenden Weinberge sind nicht leicht zu bewirtschaften, entsprechend wenig Wein wird in Ligurien produziert. Das Angebot reicht von einfachen roten Landweinen über weißen Vermentino bis zu traditionellen Spezialitäten (wie z. B. den Dessertwein Sciacchetrà), die es zu entdecken gilt. Die wichtigsten DOC-Gebiete sind im Westen, beginnend mit der Riviera Ligure di Ponente und Dolceacqua, es folgen das Val Polcevera bei Genua, der Golfo del Tigullio, das Cinqueterre, die Colline di Levanto und Colli di Luni bei La Spezia.

Bosco

Regionale rote Traubensorte (u. a. im Sciacchetrà).

Cinqueterre

Auf den steilen Terrassen der »fünf Orte« im Südosten Liguriens (Provinz La Spezia) werden u. a. die Rebsorten Vermentino und Bosco angebaut. Eine Spezialität der Region ist der Sciacchetrà (s. u.).

Colli di Luni

Bei La Spezia an die Toskana angrenzend, kommt von den Luni-Hügeln v. a. ein oft vorzüglicher Vermentino.

Lupi

Kellerei in der DOC Riviera Ligure de Poniente mit u. a. feinem Vermentino und Pigato.

Pieve di Teco, Via Mazzini 9, Tel. 01 83 - 3 61 61

E-Mail: info@vinilupi.it

Internet: www.vinilupi.it

Nostralino

Als Nostrano oder Nostralino (nostra = von uns) kommen unspezifische, aber deshalb nicht schlechte Vini da tavola auf die Flasche, die aus regionalen Rebsorten gekeltert werden.

Ormeasco

Entspricht dem Dolcetto aus dem Piemont.

Pigato

Die weiße Rebsorte ist u. a. rund um Imperia heimisch.

Rossese

Rote Rebsorte (u. a. Rossese di Dolceacqua).

Sciacchetrà

Süßer Dessertwein aus den Cinqueterre, wird aus getrockneten Trauben (Vermentino, Bosco, Albarola) gekeltert, mindestens 17 % Alkohol. Kommt als Riserva nach drei Jahren auf den Markt.

Terre Rosse

Zählt zu den besten Weinerzeugern in Ligurien mit einem breiten Sortiment, aus dem u. a. ein Pigato und der *Solitario* (Cuvée aus Barbera, Grenache und Rossese) hervorstechen.

Finale Ligure, Via Manie 3, Tel. 0 19 - 69 87 82

Vermentino

Wie auf Sardinien sorgt die weiße Rebsorte Vermentino auch in Ligurien für charaktervolle Weine, die sich einer immer größeren Popularität erfreuen.

Lombardei

Dass die Weine aus der Lombardei häufig unterschätzt werden, ist nicht nur ein deutsches Phänomen, auch bei den Italienern selbst genießen die Gewächse aus der dicht besiedelten Region zwischen Gardasee im Osten, dem Po im Süden und dem Comer See sowie dem Lago Maggiore im Nordwesten relativ geringe Aufmerksamkeit. Das gilt aber nur insofern, als die Lombardei – ganz anders als zum Beispiel die Toskana oder das Piemont – kein ausgeprägtes Image als Weinregion erlangt hat. Was an der übermächtigen Wirtschaftsmetropole Mailand liegen mag. Die wichtigen Anbauregionen in der Lombardei werden gemeinhin isoliert betrachtet. So Oltrepò Pavese, ein ertragreiches Weinbaugebiet im Südwesten, das allerdings zunehmend auf Qualität setzt. Aus dem Veltlin (Valtellina) kommen hochwertige Nebbiolo-Weine – mit der Spezialität Sforzato (getrocknete Trauben). Am Südufer des Gardasees entsteht der trockene Weißwein Lugana, der auch in Deutschland sehr beliebt ist. Und mit Franciacorta hat die Lombardei ein absolutes Highlight zu bieten. Diese Region rund um Erbusco ist so etwas wie die Champagne Italiens. Von hier kommen exzellente Schaumweine, die es mit den großen Vorbildern aus Frankreich aufnehmen können und sich weltweiter Anerkennung erfreuen.

Bellavista

Mit seinen exzellenten Schaumweinen ist Bellavista weltweit bekannt geworden und hat wesentlich zum Image der Franciacorta bei-

getragen. Von fast legendärer Qualität ist der Franciacorta *Gran Cuvée Brut*. Hervorragend auch die nicht so im Mittelpunkt stehenden Stillweine (Terre di Franciacorta) wie *Convento dell'Annunciata* und *Uccellanda*. Dem Besitzer von Bellavista (Vittorio Moretti) gehören u. a. auch Weingüter in der Toskana sowie in Erbusco das Landhotel L'Albereta (s. dort).
Erbusco, Via Bellavista 5, Tel. 0 30 - 7 76 20 00
E-Mail: info@bellavistasrl.it
Internet: www.bellavistasrl.it

Ca' dei Frati
Die Kellerei mit Sitz in Sirmione an der Südspitze des Gardasees ist bekannt für erstklassigen Lugana (Trebbiano), wobei der *Brolettino* im Holzfass ausgebaut wird und als *Grande annata* zu seiner besten Form aufläuft. Interessant auch der *Pratto*, eine weiße Cuvée aus Trebbiano di Lugana, Chardonnay und Sauvignon.
Lugana di Sirmione, Via Frati 22, Tel. 0 30 - 91 94 68
E-Mail: info@cadeifrati.it
Internet: www.cadeifrati.it

Ca' del Bosco
Aus einem kleinen Familienbetrieb hat Maurizio Zanella seit den 70er Jahren mit großen Visionen und viel Ehrgeiz ein heute weltberühmtes Weingut der Luxusklasse aufgebaut. Sensationell der nach seiner Mutter benannte Schaumwein Franciacorta Cuvée *Annamaria Clementi* (ein halbes Jahr Barrique, danach fünf Jahre auf der Hefe in der Flasche). Ausgezeichnet auch der »normale« Franciacorta (z. B. als Brut, Dosage Zèro oder Satèn). Hinzu kommen exzellente Stillweine wie Terre di Franciacorta Chardonnay oder *Curtefranca* (Rosso und Bianco). Ca' del Bosco ist heute teilweise im Besitz der venezianischen Firma Marzotto.

Erbusco, Via Case Sparse 20,
Tel. 03 07 - 76 61 11
E-Mail: cadelbosco@cadelbosco.com

Ferghettina
Vom Weingut Ferghettina in Erbusco genießt unter Kennern vor allem der Franciacorta Satèn große Wertschätzung.
Adro, Via Saline 11,
Tel. 0 30 - 7 45 12 12
E-Mail: info@ferghettina.it
Internet: www.ferghettina.it

Franciacorta
Diese Region – zwischen Brescia und Bergamo südlich des Lago d'Iseo gelegen – hat sich in den letzten Jahrzehnten zu einer Spitzenadresse für hochwertige Schaumweine gewandelt. Dass man sich rund um Erbusco unverhohlen am Vorbild Champagner orientiert, wird schon bei den Bestimmungen der DOCG Franciacorta deutlich. Der Schaumwein muss nach der klassischen Methode (Flaschengärung) hergestellt werden, muss mindestens 18 Monate auf der Hefe in der Flasche reifen, darf nur drei Rebsorten enthalten (wie beim Champagner Chardonnay und Pinot Nero, außerdem Pinot Bianco), es gibt ihn von brut (trocken) bis sec (süß), ohne Dosage (also ganz trocken) heißt er non dosato oder auf gut Französisch pas dosé bzw. dosage zéro. Der Jahrgangs-Franciacorta wird Millesimato (analog Millesime in Frankreich) genannt. Und ganz wie in Frankreich gibt es auch einen Blanc de Blancs und Rosé. Hinzu kommt der Satèn (weniger Kohlensäure). Die berühmtesten Franciacorta-Schaumweine (die generell auf dem Etikett den inflationierten Begriff Spumante vermeiden) kommen von Ca' del Bosco und Bellavista (s. dort).

Garda

Weinbaugebiet (DOC) am Gardasee, das zum kleineren Teil auch nach Venetien reicht, mit vorwiegend sortenreinen Weinen u. a. aus Barbera, Chardonnay, Pinot Grigio und Garganega. Das Kerngebiet bei Brescia heißt Garda Classico.

Lugana

Dieses relativ kleine Anbaugebiet südlich des Gardasees (gehört z. T. zu Venetien) ist synonym für trockenen, frischen Weißwein von der Rebsorte Trebbiano di Lugana (gilt als Klon des in den Marken beheimateten Verdicchio). Wird gelegentlich in Holz ausgebaut, ist als Superiore mindestens ein Jahr alt und kommt auch als Spumante auf den Markt.

Monte Rossa

Mit dem vielfach ausgezeichneten Brut *Cabochon* erzeugt das Weingut Monte Rossa einen Schaumwein der Extraklasse und einen der besten Franciacorta überhaupt. Sehr gut auch der Satèn.
Bornato, Via Luca Marenzio 14, Tel. 0 30 - 72 50 66
E-Mail: info@monterossa.com
Internet: www.monterossa.com

Nino Negri

Das Weingut im nördlichen Veltlin ist bekannt für seinen famosen Valtellina Sfursat *5 Stelle.*
Chiuro, Via Ghibellini 3, Tel. 03 42 - 48 52 11
E-Mail: giv@giv.it
Internet: www.giv.it

Oltrepò Pavese

Wie der Name schon sagt, liegt dieses im Ausland noch erstaunlich unbekannte Anbaugebiet (DOC) jenseits des Po (südlich von Mailand bei Pavia). Das breite Spektrum der Weine reicht von Rosso (u. a. Pinot Nero, Barbera), Buttafuoco (eine »feurige« Variante des Rosso, häufig leicht perlend), Bonarda und Sangue di Giuda über Pinot Grigio, Riesling Italico und Moscato bis hin zu Chardonnay und Sauvignon.

Satèn

Schaumwein mit weniger Alkohol und Kohlensäure sowie geringerer Säure (reinsortig Chardonnay).

Sfursat

(s. Valtellina)

Terre di Franciacorta

Im Unterschied zur DOCG Franciacorta, die für den Schaumwein reserviert ist, kommen aus derselben Region mit der DOC Terre di Franciacorta Stillweine (Bianco und Rosso), die häufig auf international gefragten Rebsorten wie Chardonnay, Pinot Nero, Cabernet Sauvignon, Cabernet Franc und Merlot basieren.

Uberti

Das Weingut der Familie Uberti renommiert mit der ganzen schäumenden Palette des Franciacorta, vom Satèn *Magnificentia* bis zum Extra Brut *Comarí del Salem*. Erstklassig auch die stillen Weißweine Terre di Franciacorta Bianco (u. a. Chardonnay, *Bianco dei Frati Priori*).

Erbusco, Via E. Fermi 2,
Tel. 0 30 - 7 26 74 76
E-Mail: info@ubertivini.it
Internet: www.ubertivini.it

Valcalepio

Weinbauregion rund um Bergamo mit Bianco und Rosso u. a. aus Chardonnay, Pinot Grigio, Merlot und Cabernet Sauvignon.

Valtellina

Das Veltlin (Valtellina) im Norden der Lombardei grenzt an die Schweiz (gehörte früher zu Graubünden), ist ein kleines Anbaugebiet, in dem nur wenige Winzer selbst abfüllen, und hat mit dem Piemont gemeinsam, dass auch hier die Nebbiolo-Traube angebaut wird. Eine Spezialität ist der Sfursat (Sforzato), ein alkoholreicher Wein (über 14 %), der ähnlich wie der Amarone della Valpolicella (Venetien) aus getrockneten Trauben gekeltert und meist in Holzfässern ausgebaut wird.

Marken

Die Marken (Marche) grenzen im Süden an die Emilia-Romagna, im Westen an Umbrien. Die Region reicht vom Apennin bis zum Adriatischen Meer (Ancona). Was der Orvieto für Umbrien, ist der Verdicchio für die Marken. Er wird geprägt von der gleichnamigen Rebsorte Verdicchio (begleitet von Trebbiano und Malvasia). Im Schatten des Verdicchio entstehen in den Marken auch Rotweine, von denen der Rosso Piceno (v. a. Sangiovese) und der Rosso Cònero (v. a. Montepulciano) hervorzuheben sind.

Biancame

Rebsorte für frischen Weißwein (u. a. Bianchello del Metauro).

Boccadigabbia

Obwohl in den Marken gelegen, ist das Weingut auf französische Rebsorten spezialisiert. Mit Spitzenweinen wie den *Akronte* (Cabernet Sauvignon), *Pix Merlot*, *Girone* (Pinot Nero) und *Montalperti* (Chardonnay). Aber natürlich gibt es auch Sangiovese wie z. B. den *Saltapicchio*.

Civitanova, Tel. 07 33 - 7 07 28
E-Mail: info@boccadigabbia.com
Internet: www.boccadigabbia.com

Bucci

Eine der ersten Adressen für hochklassigen Verdicchio dei Castelli di Jesi Classico (u. a. Riserva *Villa Bucci*). Außerdem u. a. Rosso Piceno (Montepulciano/Sangiovese).

Ostra Vetere, Via Cona 30, Tel. 0 71 - 96 41 79

E-Mail: bucciwines@villabucci.com

Internet: www.villabucci.com

De Angelis

Neben Rosso Piceno (z. B. *Etichetta Oro*) und Chardonnay (*Prato Grande*) brilliert das Weingut Tenuta De Angelis mit dem Topwein *Anghelos*, eine Cuvée aus Sangiovese, Montepulciano und Cabernet Sauvignon.

Castel di Lama, Tel. 07 36 - 8 74 29

E-Mail: info@tenutadeangelis.it

Fazi-Battaglia

Traditionsbewusstes Weingut, das für Verdicchio dei Castelli di Jesi in der Amphoren-Flasche steht und mit *Titulus* sowie *Massaccio* zwei herausragende Verdicchio produziert. Außerdem u. a. Rosso Cònero (z. B. *Passo del Lupo*).

Castelplanio, Tel. 07 31 - 81 34 44

E-Mail: info@fazibattaglia.it

Le Terrazze

Fattoria mit einem Spitzenwein, der zwar auf den Namen *Chaos* hört, dem aber eine wohlkalkulierte Cuvée von Montepulciano, Syrah und Merlot zugrunde liegt. Außerdem exquisiter Rosso Cònero (*Visions of J*, *Sassi Neri*).

Numana, Tel. 07 17 - 39 03 52

E-Mail: a.terni@fastnet.it

Oasi degli Angeli

Die Spitzenkellerei konzentriert sich auf einen einzigen Wein, aber der hat Kultstatus: *Kurni!* Aus Montepulciano, der zum Teil getrocknet wird, einige Monate in Barriques gereift und auf längere Flaschenlagerung ausgelegt.

Cupra Marittima, Tel. 07 35 - 77 85 69
E-Mail: info@kurni.it
Internet: www.kurni.it

Rosso Cònero

Oft hervorragender Rotwein (DOC) vom Monte Cònero bei Ancona, bei dem die Rebsorte Montepulciano dominiert.

Rosso Piceno

Renommierter Rotwein (DOC) aus primär Sangiovese und mit Anteilen von Montepulciano.

Velenosi

Renommiertes Weingut für Rosso Piceno (u. a. *Roggio del Filare*) und den Vorzeigewein *Ludi* (Montepulciano/Cabernet Sauvignon/Merlot). Hervorragend auch der Chardonnay *Il Rève di Villa Angela* (Barrique) und der Sauvignon Blanc *Linagre.*

Ascoli Piceno, Via Biancospini 11, Tel. 07 36 - 34 12 18
E-Mail: info@velenosivini.com
Internet: www.velenosivini.com

Verdicchio

Die mit Abstand wichtigste Rebsorte in den Marken. Der gleichnamige Weißwein (der allzu häufig in amphorenähnlichen Flaschen vermarktet wird) kann sich in ausgezeichneter Qualität mit breitem Spektrum (von leicht und frisch bis voll und tiefgründig) präsentieren. Neben der Verdicchio-Traube finden sich im Verdicchio v. a. auch Trebbiano und Malvasia. Charakteristisch die grünlich-gelbe Färbung. Von den beiden DOC-Bereichen hat der Verdicchio dei Castelli di Jesi einen Classico-Bereich, während der Verdicchio di Matelica in geringeren Mengen produziert und gelegentlich als authentischer angesehen wird.

Molise

Die kleine Region Molise (Hauptstadt: Campobasso) bildet die Brücke von den Abruzzen nach Apulien. Ähnlich wie in den Abruzzen (bis in die 60er Jahre bildete Molise mit den Abruzzen eine Einheit) stehen die Rebsorten Montepulciano und Trebbiano sowie Malvasia im Vordergrund. Die Produktion ist stark ertragsorientiert, nur der geringste Teil kommt als DOC-Wein auf den Markt.

Biferno

DOC-Bereich bei Campobasso mit Bianco (u. a. Trebbiano, Malvasia), Rosso (v. a. Montepulciano) und Rosato (Montepulciano, Trebbiano).

Molise

DOC, die große Teile von Molise einschließt und in der von Montepulciano bis Chardonnay eine Vielzahl von Rebsorten zugelassen ist.

Pentro

Kleine DOC in der Provinz Isernia.

Piemont

Der Name Piemont bedeutet am Fuße der Berge (piè dei monti). Tatsächlich wird die Region hufeisenförmig von den hohen Gipfeln der Westalpen und dem ligurischen Apennin im Süden eingerahmt – was an klaren Tagen ein beeindruckendes Panorama ergibt. Im Westen an Frankreich angrenzend, mit der Hauptstadt Turin im Zentrum, präsentiert sich das Piemont im Süden als malerische Hügellandschaft. Historisch von den französischstämmigen Savoyern geprägt, hat das Königreich Piemont-Sardinien den Grundstein für den italienischen Nationalstaat gelegt. Was das alles mit Wein zu tun hat? Sehr viel, denn die bevorzugte geographische Lage hat nicht nur den Weinbau begünstigt, sondern auch den frühen Handel mit dem Rebensaft. Außerdem ist ein französischer Einfluss unübersehbar. Mit der Marquise Giulia Falletti hat eine gebürtige Französin den Barolo »erfunden«. Häufig werden in der Weinphilosophie des Piemont Parallelen zum französischen Burgund gezogen. Die Savoyer haben mit ihrer Vorliebe für Nebbiolo im Allgemeinen und für den Barolo im Speziellen für entsprechende Nachfrage gesorgt. Graf Benso Camillo di Cavour hat die hofeigenen Weinkellereien gefördert und bei großen Anlässen als »Wein der Könige« den Barolo kredenzt. Der Po schließlich markiert die nördliche Begrenzung der wichtigsten Weinbaugebiete rund um Alba und Asti. Bekannt ist das Piemont unter Weinliebhabern für das Dreigestirn der großen Bs: Barolo, Barbaresco und Barbera. Barolo und Barbaresco werden sortenrein aus der Nebbiolo-Traube gekeltert, wobei die Anbaugebiete südlich (Barolo) und nordöstlich

(Barbaresco) von Alba liegen. Der farbintensive Barbera (aus der roten Barbera-Traube) steht etwas im Schatten seiner großen Brüder, kann aber auch zu Spitzenweinen heranreifen. Als Tischwein ist der rote Dolcetto (synonym mit der Rebsorte) im Piemont allgegenwärtig. Die weiße Moscato-Traube schafft die Grundlage für den Asti Spumante und den Moscato d'Asti. Trockene Weißweine kommen vor allem aus der Region rund um Gavi im Südosten (Cortese) und zunehmend aus Roero (Arneis).

Alessandria

Gianfranco Alessandria überzeugt in Monforte d'Alba mit einem exquisiten Barolo (*San Giovanni*) und einem feinen Barbera (*Vittoria*). Auch gibt's von ihm einen Dolcetto und als kreative Komposition den *L'Insieme* (s. dort).
Monforte d'Alba, Loc. Manzoni 13, Tel. 01 73 - 7 85 76
E-Mail: info@gianfrancoalessandria.com

Altare

Elio Altare aus La Morra ist ein prominenter Vertreter der »Barolo-Boys«, die in den 80er Jahren mit ihren modernen Methoden (z. B. Gärung in Edelstahltanks, Ausbau in Barriquefässern) den Barolo aus der Lethargie gerissen und zu neuem Ruhm gebracht haben. Am bekanntesten ist sein Barolo *Vigneto Arborina*, begleitet vom nicht minder populären Langhe *Arborina* (ohne Lagenbezeichnung, Barrique), dem Langhe *Larigi* (Barbera), dem *La Pria* (Dolcetto) und dem *L'Insieme* (s. dort). Winzer des Jahres im *Gambero Rosso* 2005.
La Morra, Frazione Annunziata, Tel. 01 73 - 5 08 35

Arneis

Traditionsreiche, jedoch bis vor kurzem wenig bekannte Weißweintraube, die früher fast nur im Verschnitt mit Nebbiolo Bedeutung hatte, sich heute aber einer stark zunehmenden Popularität als eigenständiger Weißwein erfreut. Am bekanntesten der Roero Arneis bzw. Arneis di Roero.

Asti

Mit Asti wird meist spontan der Asti Spumante assoziiert, ein süßer Schaumwein (u. a. von Cinzano, Martini & Rossi), der nicht immer auf Begeisterung stößt. Dabei kann der spritzige Asti Spumante (DOCG) mit seinem relativ geringen Alkoholgehalt (7 %) und hohem Restzucker v. a. in seiner anspruchsvolleren Variante Metodo classico (Flaschengärung) durchaus Freude bereiten. Aber die Provinzhauptstadt Asti steht nicht nur für Asti Spumante, sondern ebenso für Barbera-Weine und für den trendigen Moscati d'Asti, der ebenso wie der Asti Spumante aus der Moscato-Traube (Muskateller) gewonnen wird, aber eine noch höhere Restsüße aufweist, weniger Alkohol hat (4,5 %), nicht so stark perlt und mit einem üppigen Aroma betört.

Barbaresco

Neben dem Barolo (in dessen Schatten er lange stand) ist der elegante Barbaresco der zweite große Rotwein Piemonts, der ausschließlich aus der Nebbiolo-Traube gewonnen wird. Das Anbaugebiet rund um die Orte Barbaresco, Neive und Treiso liegt etwas niedriger als im Barolo. Der Barbaresco hat eine kürzere Fasslagerzeit (ein Jahr) als der Barolo, kommt bereits nach zwei Jahren in den Handel (beim Riserva nach vier Jahren), ist normalerweise weniger kräftig, dafür eher konsumierbar und geschmeidiger. Eine große Rolle spielen die einzelnen Lagen (Crus), die sich in Boden und Mikroklima unterscheiden. Ähnlich wie im französischen Burgund fühlen sich die Barbareschini dem Terroir-Gedanken verpflichtet. Berühmte Erzeuger sind Angelo Gaja (der den Barbaresco als Spitzenwein weltberühmt gemacht hat), Bruno Giacosa in Neive und die Genossenschaft Produttori del Barbaresco.

Barbera

Noch häufiger als Nebbiolo wird im Piemont die Barbera-Traube angebaut, die einen frucht- und säurebetonten sowie vergleichsweise tanninarmen Wein hervorbringt. Gerade aufgrund seiner großen Verbreitung wurde dem Barbera lange Zeit von Weinkennern wenig Interesse entgegengebracht. Das änderte sich schlagartig, als Giacomo Bologna (s. dort) den Bricco dell'Uccellone herausbrachte, einen sortenreinen Edel-Barbera (in französischen Eichenfässern ausgebaut), der den anderen Winzern im Piemont den Weg wies. Heute ist Barbera ein international renommierter Wein (die Rebsorte wird u. a. auch in Süditalien, aber ebenfalls in Kalifornien und Argentinien kultiviert). Bekannte DOC sind Barbera d'Alba, Barbera d'Asti und Barbera del Monferrato. Es gibt den Barbera auch als Novello und Frizzante.

Barolo

Wohl kein Weinführer, der beim Barolo nicht vom »Wein der Könige« und »König der Weine« spricht. Tatsächlich war der Barolo nicht nur der Wein der königlichen Savoyer in Turin, er ist wohl (neben dem Brunello aus der Toskana) auch der international berühmteste Wein Italiens. Gewonnen wird er sortenrein aus der Nebbiolo-Traube (s. dort). Zum Anbaugebiet südlich von Alba gehören elf Gemeinden: Barolo, Diano d'Alba, Grinzane Cavour, Serralunga, Castiglione Falletto, Monforte d'Alba, Roddi, Verduno, La Morra, Novelle und Cherasco. Der Barolo muss mindestens zwei Jahre im Holzfass reifen und darf frühestens nach drei Jahren verkauft werden (Riserva nach fünf Jahren). Da der Barolo mit offensiven Tanninen aufwartet, sollte man ihm bei traditioneller Machart etwas Zeit geben (rund zehn Jahre). Dagegen präsentiert sich ein modern hergestellter Barolo schon in jungen Jahren in Bestform. Bekannte Erzeuger sind u. a. Altare, Clerico, Gaja, Giacosa, Cesare.

Bologna

Mit seinem legendären, in Barriques ausgebauten *Bricco dell'Uccellone* (mit 1982 als ersten Jahrgang) hat Giacomo Bologna den Barbera als Edelwein etabliert. Obwohl der Großmeister mittlerweile verstorben ist, hält sich die im Familienbesitz befindliche Kellerei Braida weiter im Spitzensegment. Dies u. a. mit besagtem Bricco dell'Uccellone, mit dem Lagenwein *Bricco della Bigottà*, dem *Ai Suma*, dem *Montebruna* (alle Barbera) und u. a. dem Dolcetto *Serra dei Fiori* und dem Moscato d'Asti *Vigna senza nome*.
Rocchetta Tanaro, Via Roma 94,
Tel. 01 41 - 64 41 13
E-Mail: info@braida.it
Internet: www.braida.it

Borgogno

Von Giacomo Borgogno & Figli (gegründet 1848) kommen seit Jahrzehnten wahre Klassiker des Barolo, die traditionell in großen Holzfässern ausgebaut werden und über eine große Langlebigkeit verfügen. Außerdem u. a. Barbera, Dolcetto, Grignolino, Gavi. Und nicht zu vergessen der Digestivo Barolo Chinato.
Barolo, Via Gioberti 1, Tel. 01 73 - 5 61 08
Internet: www.borgogno-wine.com

Brachetto

Traube, die vorwiegend im Montferrato angebaut wird und zu leicht perlenden und lieblichen Rotweinen führt (es gibt auch trockene Varianten).

Braida
(s. Bologna)

Caluso
Trockener Weißwein aus der Erbaluce-Traube. Die DOC Erbaluce di Caluso liegt nordöstlich von Turin.

Carema
Die DOC grenzt im Norden ans Aosta-Tal und ist bekannt für sortenreine Nebbiolo-Weine.

Cesare
Bis auf 1881 geht die Geschichte dieser berühmten Kellerei in Alba zurück, als der damals gerade zwanzigjährige und aus ärmsten Verhältnissen stammende Pio Cesare damit begann, einen eigenen Wein zu erzeugen. Er sollte einer der ganz Großen werden. Bald gewann er mit Barolo und Barbaresco die ersten Auszeichnungen. Zwanzig Jahre später war er wohlhabend und einer der berühmtesten Winzer des Landes. Heute renommiert die Kellerei Pio Cesare vor allem mit dem Barbaresco *Il Bricco* und dem Barolo *Ornato*. Hinzu kommen u. a. ausgezeichnete Chardonnay-Weine (*PiodiLei*, *L'Altro*), Roero Arneis und Barbera (*Fides*).
Alba, Via Cesare Balbo 6, Tel. 01 73 - 44 03 86
E-Mail: piocesare@piocesare.it

Chinato
Ein Barolo (Barolo Chinato), der mit Chinarinde und diversen anderen Zutaten (wie Zimt und Nelken) aromatisiert wird. Hat im Piemont eine lange Tradition, soll gegen die unterschiedlichsten Beschwerden helfen und ist als Digestivo eine Alternative etwa zu Amaro oder Grappa.

Clerico

Domenico Clerico zählt zu den Revolutionären, die dem Barolo mit kürzeren Gärzeiten und Ausbau im Barrique frisches Leben eingehaucht haben. Berühmt sein Barolo *Percristina*, der Barolo *Ciabot Mentin Ginestra* und *Pajana* sowie der Langhe Rosso *Arte* (eine im Barrique ausgebaute Cuvée aus Nebbiolo, Barbera und etwas Cabernet Sauvignon). Hinzu kommen u. a. Barbera (*Trevigne*) und Dolcetto (*Visadì*).

Monforte d'Alba, Località Manzoni 67, Tel. 01 73 - 7 81 71
E-Mail: domenicoclerico@interfree.it

Conterno, Aldo

Traditionswinzer aus Montforte d'Alba: Barolo (u. a. *Granbussia Riserva*), Barbera (u. a. *Conca Tre Pile*), Dolcetto und Chardonnay (*Printanié*).

Monforte d'Alba, Loc. Bussia 48, Tel. 01 73 - 7 81 50
Internet: www.poderialdoconterno.com

Conterno, Giacomo

Der Bruder von Aldo Conterno kreiert (neben Dolcetto und Barbera) mit dem *Monfortino* einen fast schon legendären Spitzen-Barolo.
Monforte d'Alba, Loc. Ornati 2, Tel. 01 73 - 7 82 21
Internet: www.conterno.it

Cortese

Im Piemont beheimatete, weiße Rebsorte, die strohfarbene Weine ergibt. So ist der Gavi (s. dort) ein sortenreiner Cortese.

Dolcetto

Im Piemont weit verbreitete, traditionsreiche Rotweintraube mit oft leichter Mandelnote. Wird jung getrunken (ein bis vier Jahre), ist ein beliebter Alltagswein und Essensbegleiter. DOC u. a. d'Alba, d'Asti, Diano d'Alba (südlich von Alba) und Dogliani (wo die Rebe ihren Ursprung haben soll).

Freisa

Rotweinrebe, aus der traditionell ein süßlicher Perlwein gekeltert wird. Mittlerweile gibt es ihn auch trocken und sogar als Stillwein, sodass die Palette jetzt vom lieblichen (amabile) Frizzante bis zum trockenen Rotwein reicht. Die DOC sind Freisa d'Asti und Freisa di Chieri.

Gaja

Angelo Gaja steht im Piemont wie kein anderer für (sündhaft teure) Weine der Spitzenklasse. Im *Gambero Rosso* führt Gaja denn auch unangefochten die ewige Bestenliste der Drei-Gläser-Weine an (für ganz Italien). Vorneweg natürlich der Barbaresco, den Angelo Gaja seit Ende der 60er Jahre fast im Alleingang aus einem Dasein im Schatten des Barolo in den Weinolymp geführt hat. International berühmt sind sein DOC Barbaresco (er stammt von 14 verschiedenen Weinbergen) sowie seine exquisiten Lagen *Costa Russi*, *Sorì San Lorenzo* und *Sorì Tildin*. Hinzu kommen die beiden herausragenden Barolo *Sperss* und *Conteisa*. Seit dem Jahrgang 1996 verkauft Gaja seine Lagenweine nicht mehr als Barbaresco und Barolo, sondern als »einfache« Langhe Nebbiolo. Was für unkundige Weinkäufer – die es allerdings in dieser Preisklasse kaum geben dürfte – die Orientierung etwas schwieriger macht und an die Super-Toskaner denken lässt, die ursprünglich sogar als schlichte Vini da Tavola etikettierten. Langhe Nebbiolo können bis zu 15 % andere Rebsorten enthalten. Von Angelo Gaja gibt es natürlich u. a. auch Chardonnay (*Gaia & Rey*, *Rossj-Bass*), Dolcetto, Barbera, Cabernet Sauvignon. Außerdem gehören Gaja längst weitere Kellereien, nicht nur im Piemont,

sondern z. B. auch in der Toskana (s. dort: Ca' Marcanda, Pieve Santa Restituta).
Barbaresco, Via Torino 36, Tel. 01 73 - 63 51 58

Gattinara
Der Rotwein aus der Nebbiolo-Traube kommt aus den Weinbergen bei Vercelli und kann eine sehr gute Qualität erreichen.

Gavi
Der bekannteste Weißwein des Piemont ist ein sortenreiner Cortese, der seine Heimat rund um den Ort Gavi im Südosten hat. Er ist frisch, trocken, hat eine angenehme Säure und Apfelaromen. Bekannt wurde der Gavi durch das Weingut La Scolca in Rovereto di Gavi. Die DOC Gavi di Gavi, für jene Weine direkt aus dem Anbaugebiet von Gavi, wurde mittlerweile offiziell ersetzt durch Gavi del Commune di Gavi.

Ghemme
Dem Gattinara ähnelnder (und geographisch angrenzender) Nebbiolo aus dem Weinbaugebiet der Ortschaft Ghemme.

Giacosa
Bruno Giacosa gilt als traditioneller Großmeister des Barolo und Barbaresco, der modernistischen Strömungen die Stirn bietet und klassische Weine hervorbringt, die sich eines legendären Rufes erfreuen. Neben dem DOC Barbaresco sind seine Barbaresco-Weine aus den Lagen *Santo Stefano*, *Asili*, *Rabajà* und *Gallina* zu nennen. Beim Barolo insbesondere der *Falletto*.
Neive, Via XX Settembre 52, Tel. 01 73 - 6 70 27
E-Mail: brunogiacosa@brunogiacosa.it
Internet: www.brunogiacosa.it

Grignolino

Die rote Traube wird bevorzugt im Monferrato angebaut und ergibt einen charakteristischen Wein (DOC), der rund um Asti und Alessandria viele Freunde hat (meist mit Anteilen Freisa).

Incisiana

Dass man mit seinen Weinen im Piemont auch als deutscher »Zuwanderer« reüssieren kann, stellt der Schwabe Florian Oelssner mit der Azienda Agricola Incisiana in Monferrato unter Beweis. Sein im Barrique gereifter Barbera d'Asti *Zerosso* (mit dem ersten Jahrgang 2000) hat auf Anhieb Preise eingeheimst und den Sprung auf Weinkarten in der Spitzengastronomie geschafft. Gemeinsam mit seinen Partnern produziert er außerdem als Zweitwein einen im Stahltank ausgebauten Barbera und die Barbera/Merlot-Cuvée *Valmasio.*

Incisa Scapaccino, Via Sant'Agata 10-12, Tel. 01 41 - 74 71 13
E-Mail: vinincisiana@aol.com
Internet: www.vinincisiana.com

La Spinetta

Giorgio Rivetti zählt gemeinsam mit seinen Brüdern zu den revolutionären Weinerneuerern im Piemont. Angefangen hat er in den 80er Jahren mit einem exquisiten Moscati d'Asti (*Bricco Quaglia*), es folgte der vielfach ausgezeichnete Barbera *Pin* (benannt nach seinem Vater). Heute präsentiert sich La Spinetta als eines der Spitzenweingüter im Piemont – u. a. mit den Barbaresco-Weinen *Vürsù Gallina*, *Vürsù Starderi* und *Vürsù Valeirano*. Hinzu kommt der Barbera *Gallina*. Außerdem werden u. a. Chardonnay und Sauvignon angebaut. Mit Hauptsitz in Monferrato hat La Spinetta nun auch ein Weingut im Barolo-Gebiet (Campè della Spinetta in Grinzane Cavour) sowie ein weiteres in der Toskana (Casanova della Spinetta in Terricciola bei Pisa).

Castagnole delle Lanze, Via Annunziata 17
Tel. 01 41 - 87 73 96
E-Mail: arivetti@libero.it

Levi

Noch mehr als sein Grappa ist die Person Romano Levi ein Mythos. Am roten Eisentor vor seinem Haus in Neive warteten seine Fans sehnsüchtig auf den Gnadenakt, eine der begehrten Flaschen kaufen zu dürfen (was durchaus scheitern konnte). Die naiv-surrealistischen Etiketten malte der alte Herr individuell mit der Hand. Den Grappa brannte er mit historischem Gerät, so wie er es von seinem Vater Serafino gelernt hatte. Er liebte seine Spinnweben und Ameisen, sprach mit den Karpfen im Teich. Viele seiner Flaschen, die allesamt Unikate sind, werden wohl nie geöffnet. Romano Levi ist im März 2005 gestorben.
Neive, Via Borgo Stazione (gegenüber dem Weingut von Bruno Giacosa)

L'Insieme

Der von Elio Altare ins Leben gerufene L'Insieme entsteht »gemeinsam« mit anderen Winzern (u. a. Gianfranco Alessandria) und wird als kreative Cuvée aus regionalen und internationalen Rebsorten inszeniert. Vom Erlös jeder Flasche geht ein erheblicher Prozentsatz in gemeinnützige Projekte.

Marchesi di Barolo

Traditionsreiches Weingut in Barolo (die Geschichte reicht zurück bis ins 19. Jahrhundert). Bekannte Spitzenweine: Barolo *Sarmassa*, Barolo *Estate Vineyard.*
Barolo, Via Alba 12, Tel. 01 73 - 56 44 00
E-Mail: marchesi.barolo@marchesibarolo.com
Internet: www.marchesibarolo.com

Mascarello

Bartolo Mascarello war eine Barolo-Legende (gest. 2005), die sich der traditionellen Machart verschrieben hatte und regelmäßig große Weine generierte. Das Weingut wird von seiner Tochter weitergeführt.
Barolo, Via Roma 15,
Tel. 01 73 - 5 61 25

Monferrato

Die Hügellandschaft rund um die Orte Asti und Alessandria ist eine übergeordnete DOC u. a. für Barbera-, Dolcetto-, Freisa- und Cortese-Weine.

Moscato d'Asti

(s. Asti)

Nebbiolo

Die Rebsorte u. a. des Barolo und Barbaresco ist uralt und im Piemont heimisch. Sie steht für körperreiche, robuste Rotweine mit reichlich Tanninen. Benannt womöglich nach dem charakteristischen Herbstnebel (nebbia) in der Langhe, blüht sie relativ früh im Jahr (ist entsprechend frostanfällig) und wird spät geerntet (was weitere Risiken birgt). Nebbiolo braucht nicht nur im Weinberg Zeit, sondern auch später. Er reift nur langsam, entweder traditionell in großen Fässern aus slowenischer Eiche (botti) oder in französischen Barriques, und braucht auch in der Flasche einige Jahre (oder Jahrzehnte) Ruhe. Von der Nebbiolo-Traube gibt es im Piemont viele Varianten wie etwa Lampia oder Bolla.

Nebbiolo d'Alba

Kontrollierte Ursprungsbezeichnung für Wein aus der Nebbiolo-Traube in der Provinz Cuneo, der nicht aus den beiden DOCG-Bereichen Barolo und Barbaresco stammt.

Pelaverga

Diese fast vergessene Rebsorte liefert einen Rotwein, der dort, wo er angebaut wird, nämlich in Verduno, in La Morra und in Roddi, viele Freunde hat.

Produttori del Barbaresco

Renommierte Kellereigenossenschaft mit ausgezeichnetem Spitzen-Barbaresco aus definierten Einzellagen (u. a. *Asili*, *Montestefano*, *Montefico*) sowie einfacherem Barbaresco und Nebbiolo Langhe für den täglichen Konsum.
Barbaresco, Via Torino 52,
Tel. 01 73 - 63 51 39
E-Mail: produttori@produttoridelbarbaresco.com
Internet: www.produttori-barbaresco.it

Roero

Weinbauregion auf der linken Seite des Flusses Tanaro (rund um Canale). Der rote Roero wird aus Nebbiolo gekeltert, bis vor kurzem mit kleinen Anteilen Arneis, kommt oft bereits im Jahr nach der Weinlese auf den Markt. Ab dem Jahrgang 2005 als DOCG anerkannt, dann reinsortig und strengen Produktionsrichtlinien genügend.

Roero Arneis

Im Trend liegender, oft markanter, würziger Weißwein aus dem Weinbaugebiet Roero (s. Arneis). Ab dem Jahrgang 2005 als DOCG.

Sori

So werden im Piemont die Parzellen in Hanglage genannt. Bric oder Bricco steht dagegen für »Gipfel« – die bevorzugte Lage für den spät reifenden Nebbiolo.

Spanna

Wo Spanna auf dem Etikett steht (z. B. im DOC-Bereich Colline Novaresi), befindet sich in der Flasche Nebbiolo (Spanna ist ein gebräuchliches Synonym).

Sardinien

Die nach Sizilien zweitgrößte Mittelmeerinsel liegt nicht nur mit ihren Badestränden und der exklusiven Costa Smeralda, sondern auch mit ihren Weinen im Trend. Dies vor allem mit den Weißweinen Vermentino und Nuragus sowie dem roten Cannonau. Darüber hinaus gibt es eine Vielzahl weiterer für Sardinien typischer Rebsorten (wie z. B. Monica, Carignano), die zum Teil aus Frankreich oder Spanien stammen. Die stark von Genossenschaften geprägte Weinlandschaft orientiert sich sowohl an hohen Erträgen für billige Konsumweine als auch an ausdrucksvollen Weinen im oberen Qualitätssegment.

Argiolas

Vor allem der fast schon legendäre Rotwein *Turriga* (Cannonau/Carignano/Bovale) hat diesen sardischen Weinerzeuger bekannt gemacht. Natürlich gibt's von Argiolas u. a. auch Vermentino (*Costamolino*), Monica (*Perdera*) und Nuragus (*S'Elegas*).
Serdiana, Tel. 0 70 - 74 06 06
E-Mail: argiolaspa@tin.it

Cannonau di Sardegna

Bekannteste Rebsorte Sardiniens, rot, häufig alkoholstark und traditionell (früher) süß. Heute dominiert der trockene Cannonau di Sardegna (DOC), den es auch als Rosé gibt. Die Traube ist identisch mit der ursprünglich aus Spanien stammenden südfranzösischen Grenache.

Cantina Sociale di Santadi

Unter den Kellereigenossenschaften Sardiniens sticht diese Cantina u. a. mit ihrem famosen *Terre Brune* (Carignano) hervor, außerdem Vermentino (*Cala Silente*) und dem Dessertwein Latinia (*Nasco*).

Santadi, Via Su Prano, Tel. 07 1 - 95 1 27

E-Mail: pgserafini@cantinadisantadi.it

Internet: www.cantinadisantadi.it

Carignano

Rote Rebsorte (mit Verwandten in Spanien und Frankreich), die im Süden der Insel über eine eigene DOC (Carignano del Sulcis) verfügt.

Monica

Neben Cannonau wichtigste rote Rebsorte auf Sardinien.

Nasco

Autochthone Rebsorte auf Sardinien (u. a. für Dessertwein).

Nuragus

Sardische Traube für trockene Weißweine.

Sella & Mosca

Riesiges Weingut (I Piani) im Nordwesten der Insel mit Cannonau und Vermentino. Spitzenmäßig u. a. der sortenreine Cabernet Sauvignon *Marchese di Villamarina* sowie der Sauvignon *Le Alenarie*.

Alghero, Tel. 0 79 - 99 77 00

E-Mail: welcome@sellamosca.com

Internet: www.sellamosca.com

Vermentino

Weiße Rebsorte, die von Spanien ihren Weg wahrscheinlich über Ligurien und Korsika nach Sardinien gefunden hat, wo sie heute den Weißwein dominiert (in Gallura DOCG).

Vernaccia di Oristano

Sherryähnlicher Aperitif und Dessertwein.

Sizilien

Nach Apulien verfügt Sizilien über die größte Rebfläche in ganz Italien. Dass dennoch außer dem Marsala bis vor kurzem kaum spezielle Weine mit Sizilien in Verbindung gebracht wurden, hat mit der ausgeprägten Ertragsorientierung zu tun. Der allergrößte Teil des sizilianischen Weins geht weiterhin in großen Tanks einem ungewissen Schicksal entgegen. Aber auch auf Sizilien ändern sich die Zeiten, mehr noch, die Insel liegt mit ihren Weinen plötzlich voll im Trend. Die eigentlich uralte rote Rebe Nero d'Avola gilt als neuer Stern am Firmament der Weinliebhaber. Und selbst der gute alte Marsala erwacht zu neuem Leben.

Abbazia Sant'Anastasia

Senkrechtstarter aus Palermo mit vielfach prämierten Weinen wie dem Cabernet Sauvignon *Litra.*

Castelbuono,

Tel. 09 21 - 67 19 59

E-Mail: info@abbaziasantanastasia.it

Internet: www.abbaziasantanastasia.it

Catarratto

Die zweithäufigste (weiße) Rebsorte Italiens ist auf Sizilien zu Hause und trägt dort u. a. entscheidend zum Marsala bei.

Cusumano

Renommiertes Weingut mit einer reichen Palette an Weinen, aus denen der *Sagana* (Nero d'Avola) und der *Noà* (Nero d'Avola/Merlot/Cabernet) hervorstechen.

Partinico, Tel. 0 91 - 8 90 34 56

E-Mail: cusumano@cusumano.it

Internet: www.cusumano.it

Donnafugata

Mit Tausendundeiner Nacht (*Mille e una notte*) beglückt das Weingut Donnafugata die Liebhaber sizilianischer Rotweine auf Basis der Rebsorte Nero d'Avola. Bekannt gut auch der Passito di Pantelleria *Ben Ryé*. Außerdem Merlot, Chardonnay etc.

Marsala, Via Sebastian Lipari,

Tel. 09 23 - 72 42 00

E-Mail: info@donnafugata.it

Internet: www.donnafugata.it

Duca di Salaparuta

1824 vom Fürsten (Duca) Alliata gegründet, offeriert das Weingut (gehört zum lombardischen Konzern Illva) heute ein breites Sortiment (u. a. Nero d'Avola, Cabernet Sauvignon, Merlot, Grillo, Syrah), das sich in zwei Qualitätskategorien unterteilt: *Corvo* für die einfacheren Weine und *Duca* für die Spitzenklasse.

Casteldaccia, Tel. 0 91 - 94 52 01

E-Mail: info@vinicorvo.it

Internet: www.vinocorvo.it, www.duca.it

Etna

Schon in der Antike waren die Weine von den Hängen des Ätnas berühmt, jetzt liegen sie ganz aktuell wieder im Trend – als Bianco aus der Carricante- oder Catarratto-Traube oder als Rosso aus Nerello siciliano.

Firriato

Auch international bekannter Weinerzeuger aus Sizilien. Viel gerühmt der rote *Camelot* (Cabernet Sauvignon/Merlot), der *Harmonium* (Nero d'Avola) und *Santagostino* (Nero d'Avola/Syrah).
Paceco, Via Trapani 4, Tel. 09 23 - 88 27 55
E-Mail: info@firriato.it

Grillo

Rebsorte, die im Westen Siziliens heimisch ist (kommt auch in Apulien vor).

Marsala

Likörwein (v. a. Catarratto, Grillo), der ähnlich wie Sherry und Portwein auf etwa 17 Vol.-% aufgespritet wird. Der Marsala, der im 18. Jh. von Engländern entwickelt wurde und den es von bernsteinfarben (oro) bis rubinrot (rubino) gibt, ist im Westen Siziliens zu Hause und erlebt derzeit in seinen verfeinerten Varianten so etwas wie eine Renaissance.

Morgante

Sizilianisches Weingut, das v. a. für einen herausragenden Wein steht: *Don Antonio* (Nero d'Avola).
Grotte, Tel. 09 22 - 94 55 79
E-Mail: morgante_vini@virgilio.it

Nero d'Avola

Alteingesessene rote Rebsorte, die urplötzlich voll im Trend liegt und tiefdunkle Weine ergibt.

Palari

Aus lokalen Rebsorten wie Nerello, Nocera und Acitana wird von Palari in der DOC Faro bei Messina der hervorragende Rotwein *Faro Palari* gekeltert, außerdem der im Charakter ähnliche Zweitwein *Rosso del Soprano.*

Messina, Tel. 09 06 - 3 01 94
E-Mail: vinipalari@tin.it

Planeta

Gleich vier Weingüter gehören zu diesem sizilianischen Spitzenweingut (*Sambuca, Menfi, Noto, Vittoria*). International renommiert sind u. a. der Syrah, der Cabernet Sauvignon (*Burdese*), der Bianco *La Segreta* (Cuvée), der Merlot und Chardonnay.

Menfi, Tel. 09 25 - 8 00 09
E-Mail: planeta@planeta.it

Tasca d'Almerita

Traditionsreiches Weingut (Markenname: *Regaleali*) in Sizilien (gegr. 1830), das seit den 80er Jahren mit modernen Weinen auch im Ausland für Furore sorgt. So zum Beispiel mit dem vorzüglichen Cabernet *Contea di Sclafani*, mit dem Nero d'Avola/Cabernet *Cygnus* und mit Chardonnay.

Palermo, Loc. Sclafani Bagni,
Tel. 0 91 - 6 45 97 11
E-Mail: info@tascadalmerita.it
Internet: www.tascadalmerita.it

Tenute Rapitalà

Großes Weingut (gehört zum venezianischen Weinkonzern GIV/ Gruppo Italiano Vini) mit den Spitzenweinen *Hugonis* (Cuvée aus Cabernet Sauvignon und Nero d'Avola) und *Solinero* (Syrah).

Camporeale, Tel. 09 24 - 3 72 33
E-Mail: giv@giv.it

Vecchio Samperi

Mit Sitz in Marsala ist Marco de Bartoli eine erste Adresse für Likörwein der Extraklasse. So der Marsala Superiore Vigna La Miccia oder der Riserva Vecchio Samperi (Grillo). Ausgezeichnet u. a. auch der Passito di Pantelleria und der Merlot/Syrah Rosso di Marco.
Marsala, Tel. 09 23 - 96 20 93
E-Mail: info@marcodebartoli.it
Internet: www.marcodebartoli.com

Südtirol

Als nördlichste Region Italiens hat Südtirol (Alto Adige = obere Etsch) mit der Hauptstadt Bozen nicht nur politisch einen Autonomiestatus, sondern pflegt auch bei den Weinen eine eigene Kultur mit regionalen Besonderheiten. Dabei stehen neben kommerziell wichtigen Konsumweinen (wie z. B. Kalterersee) zunehmend hochwertige Tropfen ehrgeiziger Winzer und Genossenschaften, die Südtirol viel Lob (u. a. im *Gambero Rosso*) und internationale Reputation einbringen. Über 80 % der Weine in Südtirol haben DOC-Status, eine Quote, mit der Südtirol in Italien auf Platz eins liegt. Geographisch wird Südtirol durch das nördliche Eissacktal bzw. Valle Isarco (u. a. Brixen, Klausen) charakterisiert, das westliche Etschtal (Vinschgau) über Meran bis Bozen, den Großraum Bozen und das nach Süden verlaufende Etschtal (Adige). Es gibt kaum geeignete Hanglagen, wo keine Rebstöcke gepflanzt wären (im Tal dominieren Obstbäume), oft auf vor Jahrhunderten angelegten Terrassen und in der traditionellen Form von Pergolen. Klassische, in Südtirol heimische Rebsorten sind Vernatsch, Lagrein und Gewürztraminer (benannt nach dem Ort Tramin). Häufig sind auch Pinot Nero und internationale Sorten wie Merlot und Cabernet Sauvignon. Bei den weißen Rebsorten Sylvaner, Müller-Thurgau, Pinot Bianco, Pinot Grigio (Ruländer), Sauvignon, Chardonnay und gelegentlich auch Riesling. Es gibt mit Südtirol/Alto Adige eine große, überregionale DOC. Daneben existieren diverse kleinere DOCs wie z. B. Kalterersee (reicht von Südtirol ins Trentino). Weine

wie Sankt Magdalener oder Bozner Leiten sind Unterzonen der allgemeinen DOC Südtirol/Alto Adige und werden auch aus der Vernatsch-Rebe gekeltert. Die meisten Winzer gehören in Südtirol Genossenschaften an, die eine entsprechend starke Position haben.

Eissacktaler

Eine der Unterzonen in Südtirol, die für sortenreinen Weißwein reserviert ist und den Rotwein Klausner Leitacher (aus Klausen/Chiusa), folgt dem Eissacktal (Valle Isarco) von Brixen über Klausen bis Bozen.

Etschtaler

Eigenständige DOC (Valdadige) entlang der Etsch zwischen Bozen und Trento/Trient.

Gewürztraminer

Nach dem Südtiroler Dorf Tramin (Termeno) benannte Traube, die auch als Traminer Aromatico bezeichnet wird. Die beiden Namen charakterisieren zutreffend den Duft des Weines. Er kann ausgesprochen üppig sein und lässt häufig Gewürznoten erkennen.

Haas

Mit großem Ehrgeiz kreiert Franz Haas Pinot-Nero-Weine, wobei er erklärtermaßen den großen Vorbildern im Burgund nacheifert, aber auch Pinot Grigio, Pinot Bianco und Lagrein Scuro. Vorzüglich sein Moscato und der Gewürztraminer.

Montan (Montagna), Via Villa 6,
Tel. 04 71 - 8 12 20
E-Mail: info@franz-haas.it
Internet: www.franz-haas.it

Kalterersee

Das Image des Rotweines aus dem Anbaugebiet rund um den Kalterersee leidet gelegentlich unter der großen Menge, in der er auf den (bevorzugt deutschen) Markt kommt. Dabei kann der jung und leicht gekühlt zu trinkende Kalterer durchaus Freude bereiten – vor allem, wenn er aus dem Kerngebiet stammt und sich Classico Superiore nennen darf. Hergestellt wird der hellrote Traubensaft aus der Vernatsch-Rebe. Der DOC-Bereich des Kalterer reicht bis ins Trentino (Caldaro).

Kellerei Bozen

Aus dem Zusammenschluss der Genossenschaften Sankt Magdalena und Gries 2001 entstandene Kellerei (Cantina di Bolzano) u. a. mit einem kräftigen Lagrein, mit Merlot, Sankt Magdalener, Cabernet Sauvignon und Sauvignon Blanc.

Bozen, Grieser Platz, Tel. 04 71 - 27 09 09
E-Mail: info@kellereibozen.com
Internet: www.kellereibozen.com

Kellerei Tramin

Die Kellereigenossenschaft Tramin (Produttori Termeno) produziert neben dem obligatorischen Sortiment an Konsumweinen (Vernatsch, Lagrein) vielfach prämierte Spitzengewächse wie den Gewürztraminer *Nussbaumer*. Hervorragend auch der *Stoan*, eine Cuvée u. a. aus Chardonnay, Gewürztraminer und Pinot Bianco. Der Kellermeister Willi Stürz ist 2004 vom *Gambero Rosso* zum »Önologen des Jahres« ernannt worden.

Tramin (Termeno), Strada del Vino 122,
Tel. 04 71 - 86 01 26
E-Mail: info@tramin-wine.it
Internet: www.tramin-wine.it

Kerner
Die Südtiroler Rebsorte ist eine Kreuzung aus Vernatsch und Riesling.

Kretzer
Südtiroler Synonym für Roséweine (Rosato) – z. B. Lagrein Kretzer.

Kuenhof
Weingut (Inhaber: Peter Pliger), oberhalb von Brixen gelegen, dem biodynamischen Weinbau verpflichtet, mit feinen Eissacktaler Weißweinen (u. a. Sylvaner, Gewürztraminer, Riesling, Veltliner).
Brixen, Mahr 110, Tel. 04 72 - 85 05 46

Kurtatsch
Die Kellerei Kurtatsch ist über die Landesgrenzen hinaus bekannt für ihren exquisiten Gewürztraminer (*Brenntal*), für Merlot (*Brenntal*), Cabernet Sauvignon (*Freienfeld*) und Lagrein Scuro (*Fohrhof*).
Kurtatsch (Cortaccia), Weinstr. 23, Tel. 04 71 - 88 01 15
E-Mail: info@kellerei-kurtatsch.it
Internet: www.kellerei-kurtatsch.it

Lageder
Alois Lageder gilt als Pionier für Südtiroler Qualitätsweine. Fast schon legendär sind seine hochklassigen Lagengewächse von der *Tenuta Löwengang*. Zum Familienbesitz gehören auch die Weingüter *Römigberg*, *Lindenburg* und *Casòn Hirschprunn* (spezialisiert auf Cuvée-Weine). Natürlich gibt es von Lageder nicht nur Spitzengewächse, sondern auch das klassische Sortiment der Südtiroler Weine für den Konsummarkt. Besuchenswert die Enoteca im Ortszentrum von Margreid.
Margreid (Magrè), Tenuta Löwengang, Grafengasse 9,
Tel. 04 71 - 80 95 00

E-Mail: info@lageder.com
Internet: www.lageder.com

Lagrein
Die in Südtirol weit verbreitete autochthone Rebsorte (mit Schwerpunkt Bozen) wird häufig mit Lagrein Kretzer assoziiert, einem frischen Roséwein. Tatsächlich ergibt der Lagrein, wenn er normal gekeltert wird, klassische, dunkle Rotweine (Lagrein Scuro), wobei die Traube häufig mit Vernatsch (Schiava), Merlot oder Cabernet verschnitten wird.

Manincor
Hervorragendes Weingut oberhalb des Kalterersees. Im Besitz von Michael Graf Goess-Enzenberg verbinden sich Tradition (historischer Ansitz von 1608) und Moderne – der spektakuläre Weinkeller wurde zwischen 2002 und 2004 unterirdisch in den Weinberg hineingebaut. Unter den Weißweinen stechen die *Réserve della Contessa* (Weißburgunder/Chardonnay/Sauvignon), die *Cuvée Sophie* (benannt nach der Gräfin) und der Sauvignon *Liebenaich* hervor. Bei den Rotweinen neben dem obligatorischen Kalterersee u. a. der Pinot Noir *Mason di Mason* und die Cuvée *Cassiano* (Merlot/Cabernet Sauvignon).
Kaltern (Caldaro), St. Josef am See 4,
Tel. 04 71 - 96 02 30
E-Mail: info@manincor.com
Internet: www.manincor.com

Meraner Hügel
Zum Weinbaugebiet im Etschtal auf den Hügeln (Meranese di Collina) bei Meran gehören u. a. auch Lana, Algund und Marling. Angebaut wird bevorzugt Vernatsch.

Muri-Gries

Die Benediktiner der Klosterkellerei Muri-Gries (Cantina Convento Muri-Gries) in Bozen sind v. a. bekannt für ausgezeichneten Lagrein (Scuro und Kretzer) und Pinot Bianco sowie Pinot Grigio.

Bozen, Grieserplatz, Tel. 04 71 - 28 22 87
E-Mail: info@muri-gries.com
Internet: www.muri-gries.com

Neustift

Die Stiftskellerei Neustift (Abbazia di Novacella) im Eissacktal bei Vahrn hat einen hervorragenden Ruf u. a. bei Sylvaner, Gewürztraminer, Müller-Thurgau, Veltliner. Der Paradewein der Abtei ist der Isarco Kerner *Praepositus.*

Vahrn (Varna), Stiftstraße 1,
Tel. 04 72 - 83 61 89
E-Mail: info@kloster-neustift.it
Internet: www.kloster-neustift.it

Pergola

Bei der für Südtirol typischen Reberziehung (Pergel) werden die Reben an horizontalen Stangen zu Laubengängen geformt, was die nach unten hängenden Trauben durch die Blätter vor Sonneneinstrahlung schützt, außerdem profitieren sie von der am Boden herrschenden Feuchtigkeit. Triebe und Rebschenkel werden hoch aufgebunden und bilden ein Dach. Die Ernte (südtirolerisch »Wimmen«) erfolgt händisch. Gebräuchlich v. a. für die Rebsorte Vernatsch.

Sankt Magdalener

Populärer Rotwein aus der Region der Landeshauptstadt Bozen (mit Karneid und Ritten) aus der Vernatsch-Traube. Der Classico kommt aus dem Ort Sankt Magdalena selbst.

Sankt Michael-Eppan

Die Kellereigenossenschaft Sankt Michael-Eppan in Eppan (Kellermeister: Hans Terzer) hat sich ihren ausgezeichneten Ruf v. a. mit Weißweinen wie Sauvignon Blanc (Spitzengewächs: *Sanct Valentin*) und Pinot Bianco (Lagenwein: *Schulthauser*) erworben. Natürlich wird auch Lagrein erzeugt, außerdem u. a. feiner Gewürztraminer, Pinot Nero und Cabernet Sauvignon.

Eppan, Strada Vino 17, Tel. 04 71 - 66 44 66
E-Mail: kellerei@stmichael.it
Internet: www.stmichael.it

Schreckbichl

Traditionsreiche Kellereigenossenschaft in Girlan mit sowohl guten Konsumweinen aus der klassischen Linie und ausgesuchten Weinen der *Praedium Selection* als auch mit vielfach prämierten Spitzenlagen der Edellinie *Cornell* (Etikett mit schwarzer Burg). Cabernet Sauvignon und Sauvignon Blanc (Spitzengewächs von Schreckbichl: *Lafòa*), Lagrein, Chardonnay, Pinot Bianco, Gewürztraminer u. a.

Girlan (Cornaiano), Weinstraße 8, Tel. 04 71 - 66 42 46
E-Mail: info@colterenzio.com
Internet: www.colterenzio.com

Tiefenbrunner

Die Schlosskellerei Tiefenbrunner in Kurtatsch hat in jüngster Zeit v. a. mit köstlichem Gewürztraminer und Chardonnay (beide *Castel Turmhof*) sowie Müller-Thurgau (*Feldmarschall*) auf sich aufmerksam gemacht. Außerdem u. a. Pinot Nero, Vernatsch und Lagrein.

Kurtatsch (Cortaccia), Via Castello 4, Tel. 04 71 - 88 01 22
E-Mail: info@tiefenbrunner.com
Internet: www.tiefenbrunner.com

Törggelen

Südtiroler Tradition, bei der im Herbst zu einer deftigen Brotzeit oder gegrillten Kastanien der neue, frisch gekelterte Wein getrunken wird. Der Begriff Törggelen leitet sich von Torggl ab, einer hölzernen Weinpresse aus vergangenen Tagen. Im Torggl, dem Raum im Erdgeschoss eines Weinbauernhauses, in dem die Weinpresse aufgestellt war, trafen sich Freunde und Nachbarn, um den Wein zu verkosten.

Überetsch

Hauptweinanbaugebiet Südtirols, das von St. Pauls über Eppan reicht.

Valle Isarco

(s. Eissacktaler)

Vernatsch

Die in Südtirol weit verbreitete rote Rebsorte Vernatsch (im Trentino: Schiava) ergibt leichte, süffige (Zech-)Weine. Es gibt die autochthone Sorte in den Unterarten Edel- (gentile) und Großvernatsch (grossa) sowie Grauvernatsch (grigia). Wobei der Grauvernatsch generell als am hochwertigsten gilt. Die mit dem Vernatsch verwandte deutsche Rebsorte Trollinger verweist im Namen auf die Tiroler Herkunft (Tirolinger); s. Kalterersee und Sankt Magdalener.

Vinschgau

Das Weinbaugebiet im oberen Etschtal westlich von Meran (Schlanders, Naturns) erzeugt Weiß- und Rotweine (vorwiegend Vernatsch).

Walch

Mit ihrem Bianco *Beyond the Clouds* (primär Chardonnay), dem Gewürztraminer *Kastelaz*, dem Chardonnay *Cardellino* und dem Caber-

net Sauvignon *Istrice* (mit Anteilen Cabernet Franc) ist Elena Walch aus Tramin auch international bekannt geworden.
Tramin, Andreas-Hofer-Str. 1, Tel. 04 71 - 86 01 72
E-Mail: info@elenawalch.com
Internet: www.elenawalch.com

Toskana

Zypressenalleen, Renaissance-Paläste, der David von Michelangelo, der Palio in Siena, der Schiefe Turm von Pisa – an spontanen Assoziationen hat es beim Stichwort Toskana wahrlich keinen Mangel. Weinliebhabern kommt wahrscheinlich reflexartig ein Brunello in den Sinn, ein Sassicaia oder ein renommierter Chianti Classico Riserva. Viel hat sich geändert in den letzten Jahrzehnten: Vom Ursprungsort bastumflochtener Fiasco-Flaschen (nomen est omen) hat sich die Toskana zum Vorreiter hochwertiger und kreativer Weine aufgeschwungen, wobei die heute schon legendären Super-Toskaner (wie Tignanello) den entscheidenden Impuls und weltweites Renommee brachten. Mengenmäßig in Italien auf keinem der vorderen Plätze gelegen, ist der Toskana bei Qualitätsweinen ein Spitzenplatz sicher. Sechs DOCG- und 34 DOC-Bereiche (die meisten Italiens) hat die Toskana zu bieten. Am traditionsreichsten und bekanntesten ist das Chianti-Gebiet mit dem Classico-Bereich – und weiteren sieben Unterzonen – zwischen Florenz und Siena. Hinzu kommen berühmte Weine wie der Brunello di Montalcino, der Vino Nobile di Montepulciano, Carmigiano oder der Vernaccia di San Gimignano. Die wichtigste Rebsorte in der rotweindominierten Toskana ist Sangiovese mit ihren diversen Unterarten (wie Sangiovese grosso für Brunello). Traditionell bedeutend sind die Trauben Canaiolo, Trebbiano und Malvasia (wurden früher mit dem Sangiovese zum Chianti verschnitten). Eine immer wichtigere Rolle spielen heute internationale Rebsorten meist französischer Herkunft wie Cabernet Sauvignon, Merlot und Chardonnay. Weshalb die Orien-

tierung in der Toskana nicht immer leicht fällt, denn fortwährend werden neue Weine und Rebsortenmischungen kreiert, die nicht in das Schema der DOC- und DOCG-Weine passen und so meist als IGT-Wein verkauft werden und nur für Kenner identifizierbar sind.

Ama

Das Castello di Ama zählt zu den vielfach ausgezeichneten Spitzenweingütern in der Toskana (u. a. Kellerei des Jahres 2005 im *Gambero Rosso*), wobei v. a. der Chianti Classico *Bellavista* und der Merlot *L'Apparita* großes Ansehen genießen. Vielfach gerühmt auch die beiden Chianti Classico *Castello di Ama* und *La Casuccia*. Vom Castello kommen auch der Pinot Nero *Il Chiuso* und der Chardonnay *Al Poggio*.

Lecchi di Gaiole in Chianti, Tel. 05 77 - 74 60 31
E-Mail: info@castellodiama.com
Internet: www.castellodiama.com

Antinori

Die in Florenz ansässigen Marchesi Antinori spielen seit Jahrhunderten eine dominierende Rolle beim toskanischen Wein. Das heutige Angebot reicht von den Super-Toskanern *Tignanello* (s. dort) und *Solaia* (s. dort) über diverse erstklassige Chianti Classico (z. B. *Tenute Marchese Antinori*) bis hin zum Vin Santo. Zum Weinimperium zählen viele renommierte Weingüter (z. B. Santa Cristina) nicht nur im Chianti-Gebiet, sondern u. a. auch in Bolgheri, in Montalcino (Pian delle Vigne), Montepulciano (La Braccesca) oder Umbrien (s. dort: Castello della Sala). In Florenz können glasweise alle Weine von Antinori in der Cantinetta Antinori verkostet werden (s. Ristoranti).

Florenz, Tel. 0 55 23 - 5 95
E-Mail: antinori@antinori.it
Internet: www.antinori.it

Banfi

Castello Banfi in Montalcino ist in amerikanischem Besitz und erzeugt in großem Stil nicht nur vielfach ausgezeichnete Brunello-Weine (u. a. *Poggio alle Mura*, *Poggio all'Oro*), sondern die ganze internationale Palette von Chardonnay bis Syrah. Mit Glasmuseum, Vinothek und einem Landhaus (Collupino) zur Nächtigung.

Montalcino, Tel. 05 77 - 84 01 11
E-Mail: banfi@banfi.it
Internet: www.castellobanfi.com

Biondi-Santi

Ferruccio Biondi-Santi war im 19. Jahrhundert der »Erfinder« des Brunello di Montalcino, indem er den Sangiovese-Klon nicht nur kultiviert, sondern als Erster und Einziger sortenrein auf Flasche gezogen hat. Über lange Zeit war das Weingut Biondi-Santi (Tenuta Greppo) denn auch ein Synonym für Brunello, ein Ruf, von dem es noch heute zehrt (mit entsprechender Preisgestaltung).

Montalcino, Tel. 05 77 - 84 80 87
E-Mail: bsanti@sienanet.it
Internet: www.biondisanti.it

Bolgheri

Der Ort ist berühmt für seine Zypressenallee, wird jedoch von Weinliebhabern sofort mit Sassicaia und Ornellaia assoziiert (s. dort). Aber aus der DOC kommen erfreulicherweise auch bezahlbarere Tropfen, die beim Bianco v. a. auf Trebbiano und Vermentino basieren, beim Rosso in erster Linie auf Sangiovese, Cabernet Sauvignon und Merlot (s. a. Grattamacco). Es gibt auch einen (in der Toskana eher seltenen) Rosato, einen Rosé aus Sangiovese, Cabernet Sauvignon und Merlot.

Brunello di Montalcino

In Montalcino, südlich von Siena, wird seit Jahrhunderten Wein produziert. Aber erst die Familie Biondi-Santi hat gegen Ende des 19. Jahrhunderts aus der traditionellen Sangiovese-Traube einen Klon namens Brunello (Sangiovese grosso) gezüchtet und den reinsortigen Brunello di Montalcino kreiert. Heute zählt der tiefrote, tanninhaltige und langlebige Brunello zu den international hoch angesehenen Spitzenweinen Italiens – leider mit entsprechenden Preisen. Dennoch gibt es v. a. in Amerika eine große Nachfrage. Der Brunello muss mindestens zwei Jahre im Holzfass reifen (Riserva: fünf Jahre). Etwas günstiger ist der Rosso di Montalcino, der jünger auf den Markt kommt und nur ein Jahr im Holzfass ausgebaut wird. Berühmte Weingüter für den Brunello sind u. a.: Biondi-Santi (Il Greppo), Case Basse, Castello Banfi, Cerbaiona, Pieve Santa Restituta, Castelgiocondo (gehört zu Frescobaldi).

Ca' Marcanda

Das neue Weingut von Angelo Gaja (s. Piemont) produziert mit *Magari* (Cabernet/Merlot) und *Promis* (Merlot/Syrah/Sangiovese) zwei ehrgeizige Rotweine der oberen Preiskategorie.
Castagneto Carducci, Tel. 05 65 - 76 38 09

Canaiolo

Nach Sangiovese die zweite traditionelle Rotweinrebe in der Toskana, die für den Chianti alter Prägung als Verschnittpartner obligatorisch war, aber auch heute zu vielen Weinen ihren Beitrag leistet.

Carmignano

Traditionsreiches Weinbaugebiet westlich von Florenz, in dem schon seit über 200 Jahren dem Sangiovese als Begleiter Cabernet Sauvignon zugeführt wird – was also nicht erst eine Erfindung der Super-Toskaner ist.

Case Basse

Gianfranco Soldera ist der große Traditionalist unter den Brunello-Winzern. Er lehnt kontrollierte Gärtemperaturen ebenso ab wie Barriques. Mit dem Ergebnis, dass sein Brunello wohl so authentisch ist wie kaum ein anderer – und von vielen Weinkennern als das Nonplusultra in Montalcino angesehen wird. Zweitwein: *Intestieti.*

Montalcino, Tel. 05 77 - 84 85 67
E-Mail: gianfranco.soldera@casebasse.it
Internet: www.casebasse.it

Chianti

Der Chianti-Wein hat seine Krise schon hinter sich. Im klassischen Behälter, dem bastumflochtenen Fiasco, war er in der Nachkriegszeit qualitätsmäßig auf die schiefe Bahn geraten. Es wurde wesentlich mehr Chianti verkauft, als im Chiantigebiet überhaupt hergestellt werden konnte. Schon äußerlich will der Chianti von heute mit dieser unrühmlichen Vergangenheit nichts mehr zu tun haben. Die Rotweine in der klassischen Bordeaux-Flasche genügen längst wieder hohen bis höchsten Ansprüchen. Seit 1967 ist mit dem DOC-Gesetz die Anbaufläche fest umgrenzt (DOC = Denominazione di origine controllata). Und seit 1984 beschränkt die DOCG-Regelung zusätzlich die Produktion (DOCG = Denominazione di origine controllata e garantita). Der Chianti wurde früher aus verschiedenen roten und weißen Rebsorten gekeltert, wobei die Relationen innerhalb bestimmter Toleranzen festgeschrieben waren. Nach der berühmten Formel des Barons Ricasoli aus dem 19. Jahrhundert dominierte die Sangiovese-Traube, hinzu kamen Canaiolo, Trebbiano, Malvasia und andere Sorten. Heute sind die weißen Traubensorten Trebbiano und Malvasia aus dem Chianti verschwunden (beim Riserva nicht mehr erlaubt), dafür sind für den Verschnitt mit dem weiterhin prägenden Sangiovese auch Sorten wie Cabernet Sauvignon und Merlot zugelassen. Auch darf ein Chianti mittlerweile ausschließlich aus Sangiovese bestehen. Alle Weine im Chianti-Gebiet, die sich nicht an die Vorgaben halten, laufen unter VdT (Vino da tavola) oder IGT (Indicazione Geografica Tipica). Mit dem Nebeneffekt, dass sich hinter IGT (eigentlich eine Klassifikation unter DOC) viele der hochwertigsten, kreativsten und teuersten Weine der Toskana verbergen – einfach deshalb, weil sie mit den Regeln gebrochen haben. Aber auch bei den regelkonformen Weinen ist Chianti nicht gleich Chianti. So gibt es im Chianti acht Unterzonen: Classico (im Herzen des Chianti zwischen Florenz und Siena), Rufina (kleines, aber feines Chianti-Gebiet nordöstlich von Florenz), Colli Fiorentini (südlich von Florenz), Montalbano (bei Montecatini), Montespertoli, Colline Pisane (bei Pisa), Colli Aretini (bei Arezzo) und Colli Senesi (rund um Siena). Es gibt mehrere Konsortien, darunter das »Consorzio Chianti Classico« mit dem Gallo Nero und das »Consorzio Chianti Putto« (außerhalb der Classico-Zone) mit einem Engelchen auf der Banderole.

Colli Aretini, Colli Fiorentini, Colline Pisane, Colli Senesi
Unterzonen des Chianti (s. dort).

Elba
Die Weine der Insel schaffen nur selten den Sprung aufs Festland, das müssen sie auch nicht, denn die Nachfrage vor Ort ist dank des intensiven Fremdenverkehrs groß genug. Der eisenhaltige Boden Elbas verleiht manchen Weinen einen besonderen Charakter (v. a. Sangiovese und Trebbiano).

Felsina

Die traditionsreiche Fattoria Felsina liegt im schon zu Siena gehörenden südlichen Teil des Chianti-Classico-Gebietes. Berühmt ist der vielfach ausgezeichnete *Fontalloro*, ein klassischer Vertreter der Super-Toskaner (Sangiovese, 18 Monate Barrique). Außerdem der Chianti Classico *Rancia Riserva*, hinter dem sich auch ein sortenreiner Sangiovese verbirgt, der Cabernet *Maestro Raro* und der Chardonnay *I Sistri* – alle in Barriques ausgebaut.

Castelnuovo Berardenga, Via del Chianti, Tel. 05 77 - 35 51 17
E-Mail: felsina@data.it

Fonterutoli

Das Castello di Fonterutoli macht einen hervorragenden Chianti Classico (*Castello di Fonterutoli*), der im edlen Wettstreit mit dem Merlot-Sangiovese-Verschnitt *Siepi* liegt. Der *Poggio alla Badiola* ist dagegen ein fast sortenreiner Sangiovese (mit kleinen Anteilen Merlot und Cabernet). Aus der Maremma kommt der *Morellino di Scansano*.

Castellina in Chianti, Via Ottone III, Tel. 05 77 - 7 35 71
E-Mail: fonterutoli@fonterutoli.it
Internet: www.fonterutoli.com

Fontodi

Die Tenuta Fontodi ist bekannt vor allem für ihren Spitzen-Sangiovese *Flaccianello della Pieve*. Aber auch die anderen Weine können sich sehen und schmecken lassen, u. a. der Chianti Classico *Vigna del Sorbo*, der Syrah *Case Via* und der Pinot Bianco *Meriggio*.

Panzano, Via San Leolino, Tel. 05 58 - 5 20 05
E-Mail: fontodi@fontodi.com
Internet: www.fontodi.com

Frescobaldi
Die Marchesi Frescobaldi sind seit dem 13. Jahrhundert mit dem Weinbau verbunden und damit in Florenz neben Antinori die bestimmende Weinfamilie. Hervorzuheben sind verschiedene Chianti Rufina (Spitzenwein: *Montesodi*), der *Pomino Bianco* (Chardonnay/Pinot Bianco) und Rosso, der *Pomino Il Benefizio*, der *Mormoreto* (Cabernet Sauvignon/Cabernet Franc/Merlot) und als Highlight der *Luce*, der von Frescobaldi in Montalcino gemeinsam mit Michael Mondavi (Kalifornien) hergestellt wird (s. Luce). Außerdem ist Frescobaldi Eigentümer von *Ornellaia* (s. dort).
Florenz, Via Santo Spirito, Tel. 05 52 - 71 41
E-Mail: info@frescobaldi.it
Internet: www.frescobaldi.it

Galestro
Da bei den Rotweinen in der Toskana der Anteil weißer Trauben auf dem Rückzug ist, kommt die relativ neue »Erfindung« des Galestro gerade recht. Der leichte (max. 10,5 %) und unkomplizierte Weißwein basiert vorwiegend auf Trebbiano (enthält aber z. B. auch Malvasia, Chardonnay).

Governo
In der Toskana traditionelle (aber mittlerweile wenig gebräuchliche) Methode, bei der dem Wein nach Abschluss der Gärung getrocknete Trauben zugegeben werden, was zu einer zweiten Gärung und einem eigenständigen Charakter führt.

Grattamacco
Kleines Weingut in bevorzugter Lage (in unmittelbarer Nähe von Sassicaia), das sich schon früh dem biodynamischen Weinbau verpflichtet hat. Da es den Besitzer gewechselt hat, heißt es jetzt offiziell

Colle Massari. Neben dem Grattamacco (Cabernet/Sangiovese/Merlot) gibt es mit dem Bolgheri Bianco auch einen Weißwein.
Castagneto Carducci,
Tel. 05 64 - 99 04 48
E-Mail: info@grattamacco.it
Internet: www.collemassari.it

Isole e Olena
Seit vielen Jahren eines der Spitzenweingüter im Chianti-Gebiet. Berühmt der Super-Toskaner (sortenreiner Sangiovese) *Cepparello*, hervorragend auch der Chianti Classico (mit Anteilen von Canaiolo und Syrah) sowie der Syrah und Cabernet aus der *Collezione de Marchi*. Bekannt ist auch der Vin Santo von Isole e Olena.
Barberino Val d'Elsa, Tel. 05 58 - 07 27 63

Luce
Das Weingut in Montalcino ist ein Gemeinschaftsunternehmen von Frescobaldi und Michael Mondavi (Kalifornien). Neben dem Edeltropfen *Luce* (Sangiovese/Merlot) gibt es den kleinen (und billigeren) Bruder *Lucente*.
Montalcino, Tel. 05 77 - 84 84 92

Malvasia
Weißweintraube, die in Italien weit verbreitet ist und häufig als Verschnittpartner u. a. für Sangiovese verwendet wird (früher auch im Chianti). Gibt es als Malvasia Nera auch als rote Traube und in Friaul als weißen Malvasia Istriana, der dort sortenrein ausgebaut wird.

Montalbano
Unterzone des Chianti (s. dort).

Montalcino
(s. Brunello)

Montecarlo
In der rotweindominierten Toskana ist Montecarlo (bei Lucca) traditionell bekannt für seinen Weißwein (Rebsorten u. a. Trebbiano, Vermentino, Sémillon). Empfehlenswerter Erzeuger u. a. Wandanna.

Montepulciano
(s. Vino Nobile di Montepulciano)

Montescudaio
Rund um den Ort, der nicht allzu weit von Bolgheri entfernt ist, werden in einer eigenständigen DOC u. a. Sangiovese, Cabernet Sauvignon, Merlot, Trebbiano und Vermentino angebaut. Empfehlenswerte Erzeuger u. a. Poggio Gagliardo, La Regola, Sorbaiano.

Morellino
Die Rebsorte ist eine Sangiovese-Variante und wird vor allem in der Maremma angebaut, dem flachen Küstenstreifen in der südlichen Toskana. Am bekanntesten (und stark im Kommen) der Morellino di Scansano aus einer Region südlich von Grosseto. In diesem Weinbaugebiet (DOC) wird zudem u. a. Grenache, Canaiolo und Malvasia Nera angebaut.

Nittardi
Die Fattoria Nittardi im Chianti wird hier nicht nur deshalb erwähnt, weil sie im 16. Jahrhundert im Besitz von Michelangelo Buonarroti war, sondern weil mit ihr zum ersten Mal ein deutscher Winzer (Peter Femfert) das Kunststück geschafft hat, im Weinführer

Gambero Rosso drei Gläser zu erobern – und zwar für seinen Chianti Classico Riserva. Außerdem zieren seit über 20 Jahren den *Casanuova di Nittardi* – dem Vorbild Mouton-Rothschilds folgend – Künstleretiketten. Die neueste Kreation: der Spitzenwein *Nectar Dei.*
Castellina in Chianti, Tel. 05 77 - 74 02 69
E-Mail: fattorianittardi@chianticlassico.com

Ornellaia

Mit der Tenuta dell'Ornellaia folgte Lodovico Antinori (Bruder von Piero Antinori) in Bolgheri dem großen Vorbild Sassicaia der benachbarten Tenuta San Guido. Heute gehört das Weingut zu Frescobaldi. Legendär der *Ornellaia* (Cabernet Sauvignon mit Anteilen Merlot und Cabernet Franc) und der reinsortige Merlot *Masseto.* Nicht ganz so teuer (aber kaum weniger gut) der *Le Volte* (Sangiovese/Cabernet/Merlot). Hinweis: Auf der Tenuta werden normalerweise keine Besucher empfangen.
Bolgheri, Tel. 0 56 57 - 18 11
E-Mail: info@ornellaia.it
Internet: www.ornellaia.it

Pian dell'Orino

Das kleine, aber feine Weingut der Südtirolerin Caroline Pobitzer und ihres Kellermeisters (und Ehemanns) Jan Hendrik Erbach grenzt in Montalcino an Biondi-Santi und kreiert einen bemerkenswerten Brunello mit viel versprechender Zukunft.
Montalcino, Tel. 05 77 - 84 93 01
E-Mail: info@piandellorino.it
Internet: www.piandellorino.it

Pieve Santa Restituta

Von diesem Weingut, das seit 1993 Angelo Gaja (Piemont) ge-

hört, kommen berühmte, körperreiche und langlebige Brunello-Weine, u. a. Rennina und Sugarille.
Montalcino, Tel. 05 77 - 84 86 10

Poliziano

Die Fattoria Poliziano produziert einen kräftigen Vino Nobile di Montepulciano, außerdem den Super-Toskaner (Cabernet/Merlot) *Le Stanze*.
Montepulciano, Tel. 0 57 87 - 3 81 71
E-Mail: info@carlettipoliziano.com
Internet: www.carlettipoliziano.com

Pomino

Eigenständige DOC innerhalb der Chianti-Rufina-Zone. Zugelassen sind u. a. die Rebsorten Pinot Bianco, Chardonnay, Sangiovese, Cabernet Sauvignon und Merlot. Das Anbaugebiet wird von Frescobaldi (s. dort) dominiert.

Querciabella

Weinkellerei in Greve, viel gerühmt für den Chianti Classico, für Cuvées wie *Camartina* (Sangiovese/Cabernet Sauvignon) und *Palafreno* (Sangiovese/Merlot) sowie den Chardonnay/Pinot Bianco *Batàr* (Barrique).
Greve in Chianti, Tel. 05 58 - 5 38 34
E-Mail: info@querciabella.com
Internet: www.querciabella.com

Ricasoli

Der »eiserne Baron« Bettino Ricasoli dachte sich im 19. Jahrhundert die berühmte und lange gültige Chianti-Formel aus (75–90 % Sangiovese, des weiteren Canaiolo, Trebbiano, Malvasia). Im Besitz eines Nachkommen befindet sich das Weingut Barone Ricasoli mit dem historischen Castello di Brolio. Hoch dekoriert der Chianti Classico *Castello di Brolio*, hervorragend auch der Sangiovese- und Cabernet-Verschnitt *Casalferro*, der Chianti Classico *Rocca Guicciarda* Riserva und der *Formulae* (primär Sangiovese). Besuchenswerter Weinshop.

Gaiole in Chianti, Castello di Brolio, Tel. 05 77 - 73 01
E-Mail: barone@ricasoli.it
Internet: www.ricasoli.it

Ruffino

Der große Weinerzeuger Ruffino deckt ein breites Sortiment ab, wobei er mit diversen Weinen in der Spitzenklasse vertreten ist, so mit dem Chianti Classico *Romitorio di Santedame*, mit dem *Modus* (Sangiovese/Cabernet Sauvignon/Merlot), dem Chardonnay *Solatia*, dem *Libaio* (Chardonnay/Sauvignon) und vor allem mit dem grandiosen Chianti Classico Riserva *Ducale Oro*.

Pontasieve, Tel. 05 58 - 36 05
E-Mail: info@ruffino.it
Internet: www.ruffino.com

Rufina

Unterzone des Chianti (s. dort).

Sangiovese

Nicht nur die klassische Rebsorte in der Toskana, sondern mit einem Anteil von zirka 15 % überhaupt die wichtigste rote Traube in Italien. Sie wird u. a. auch in Umbrien, der Emilia-Romagna und den Marken angebaut. Die Geschichte der Rebsorte lässt sich zurückverfolgen bis zu den alten Etruskern. Sie ist charakterisiert durch Fruchtaromen wie Kirsche und schwarze Johannisbeere, durch kräftige Tannine und eine präsente Säure. Von Sangiovese gibt es in der Toskana diverse Unterarten, so Sangiovese piccolo bzw. Sangioveto im Chianti, Sangiovese grosso (Brunello) in Montalcino, Prugnolo gentile in Montepulciano und Morellino in der Maremma.

Sassicaia

Schon das weiße Etikett mit der blau-goldenen Kompassrose lässt Weinkenner in Verzückung geraten. Der Sassicaia ist der wahrscheinlich berühmteste Rotwein Italiens. Er ist (leider) nicht nur teuer, sondern auch außerordentlich knapp. Der Name leitet sich von den vielen Steinen (sassi) im Boden des Weinbergs ab. Das Weingut Tenuta San Guido liegt bei Bolgheri und gehört dem Marchese Nicolò Incisa della Rocchetta. Kreiert wurde der Sassicaia (Cabernet Sauvignon) von seinem Vater, Marchese Mario Incisa. Zunächst war der Wein nur für den privaten Gebrauch bestimmt. Erst 1968 kam der Sassicaia kommerziell auf den Markt und galt sofort als Sensation. Zehn Jahre später schlug er in einem Vergleich alle anderen Cabernets der Welt. Heute ist der Sassicaia (80-85 % Cabernet Sauvignon, Rest Cabernet Franc), der in französischen Barriquefässern (zwei Jahre) zu seiner großen Klasse findet, eine Legende unter den neuen Weinen Italiens. Der einstige Revolutionär hat mittlerweile eine eigene DOC: Sassicaia di Bolgheri. Zweitwein: *Guidalberto* (Cabernet/Merlot/Sangiovese). Um Enttäuschungen vorzubeugen: Die Tenuta empfängt normalerweise keine Besucher, es gibt auch keinen Weinverkauf.
Bolgheri, Tenuta San Guido, Tel. 05 65 - 76 20 03
E-Mail: info@sassicaia.com
Internet: www.sassicaia.com

Solaia

Edler und sündhaft teurer Tropfen von Antinori (s. dort), der in Umkehrung der Rebsortengewichtung des Tignanello (s. dort) von Cabernet Sauvignon dominiert wird, der von Sangiovese begleitet wird und auf diese Weise seinen toskanischen Charakter bewahrt.

Tenuta San Guido
(s. Sassicaia)

Teruzzi & Puthod
Weingut in San Gimignano mit ausgezeichnetem Vernaccia, der beim *Terre di Tufi* mit Anteilen von Chardonnay verschnitten und im Eichenfass ausgebaut wird. Eine Spezialität ist der Weißwein *Carmen*, der aus der roten Traube (!) Sangiovese vinfiziert wird.
San Gimignano,
Tel. 05 77 - 94 01 43
E-Mail: info@teruzzieputhod.it
Internet: www.terruzieputhod.com

Tignanello
Der Spitzenwein Tignanello kommt aus dem Hause Antinori (s. dort), ist ein Verschnitt von primär Sangiovese mit etwas Cabernet Sauvignon, wird in Barriques ausgebaut und gilt als Urvater der Super-Toskaner.

Trebbiano
Die populärste Weißweinsorte nicht nur in der Toskana (war früher auch Bestandteil des Chianti), sondern in ganz Italien – vom Soave bis zum Frascati. Aufgrund des hohen Mengenertrages ist auch die regionale Spielart Trebbiano Toscano nicht immer eine Zierde ihres Geschlechts.

Valdichiana
Aus diesem Tal bei Arezzo ist vor allem der Bianco Vergine Valdi-

chiana bekannt, ein frischer Weißwein, der neben Trebbiano u. a. Chardonnay und Pinot Bianco enthält.

Val di Cornia

Aufstrebende Region in der südlichen Maremma bei Suvereto, in der vor allem Sangiovese und Cabernet Sauvignon kultiviert werden.

Vernaccia

Der Vernaccia di San Gimignano ist neben dem Montecarlo (s. dort) der wohl bekannteste Weißwein im klassischen Rotweinland Toskana. Als erstem italienischen Wein wurde dem Vernaccia 1966 die kontrollierte Ursprungsbezeichnung DOC zuerkannt (heute DOCG). Die Rebsorte wird rund um San Gimignano gekeltert, das Städtchen mit den berühmten Geschlechtertürmen im Val d'Elsa. Häufig wird dem Vernaccia etwas Chardonnay zugegeben. Bekannter Erzeuger u. a. Teruzzi & Puthod (s. dort).

Vino Nobile di Montepulciano

Das Renaissancestädtchen Montepulciano ist vor allem für seinen Wein, den Vino Nobile di Montepulciano, berühmt. »Vino Nobile« heißt »edler Wein«, was den Vino Nobile di Montepulciano schon deshalb zutreffend charakterisiert, weil er bei guten Winzern (aber nur bei diesen) in der Tat zu eleganter Größe gelangen kann. Der Name rührt aber daher, dass früher nur adlige Familien den Wein anbauen und keltern durften. Der Vino Nobile di Montepulciano wird ähnlich wie der Chianti dominiert von der Sangiovese-Traube, deren Unterart in Montepulciano Prugnolo gentile heißt. Hinzu kommen Canaiolo und Mammolo. Neben dem Vino Nobile di Montepulciano (er kommt nach zwei Jahren auf den Markt, Riserva nach drei) gibt es den Rosso di Montepulciano, der sich am Vorbild des erfolgreichen Rosso di Montalcino orientiert, etwas leichter und jünger trinkbar ist.

Vin Santo

Der Name »heiliger Wein« könnte darauf hindeuten, dass der Vin Santo früher als Messwein verwendet wurde. Der beliebte Dessertwein wird von vorgetrockneten Trauben (v. a. Malvasia, Trebbiano) gekeltert und mindestens drei Jahre in kleinen Fässern (Caratelli) gelagert, wo er ganz bewusst dem Temperaturwechsel der Jahreszeiten ausgesetzt werden. Seine Geschmacksnuancen reichen von süß bis trocken. Beliebt ist der Vin Santo auch zum Eintunken von Cantuccini (trockenes Mandelgebäck).

Trentino

Mit Südtirol als Bundesland (Trentino-Alto Adige) verbunden ist die südlichere und italienischsprachige Provinz Trento (Trient), die entlang des Etschtals eine eigene Weintradition pflegt, auch wenn es viele Gemeinsamkeiten mit Südtirol gibt, so den Vernatsch (Schiava). Auch sonst werden von Pinot Bianco bis Sauvignon ähnliche Rebsorten angebaut. Im Trentino kommen noch Teroldego hinzu, Marzemino und die Weißweinrebe Nosiola. Sehr verbreitet sind zudem die roten Trauben Pinot Nero, Merlot und Cabernet Sauvignon. Die Region Kalterersee, die von Südtirol ins Trentino reicht, heißt hier Lago di Caldaro.

Casteller

Heller, süffiger Rotwein aus der Provinz Trento von Weinbergen im Etschtal (mind. 80 % Schiava, außerdem Lambrusco, Merlot, Lagrein).

Cavit

Weinkonsortium, das einerseits durch große Mengen Konsumweine bekannt ist, seit einiger Zeit aber auch mit feinen Tropfen unter dem Label *Maso* für Aufmerksamkeit sorgt, zudem trockene Spumante aus Chardonnay im Sortiment hat.
Trento, Via del Ponte 31,
Tel. 04 61 - 38 17 11

Endrizzi

Seit Generationen im Familienbesitz befindliche Trentiner Kellerei, die u. a. einen feinen Teroldego macht, diesen auch mit Cabernet verschneidet (*Masetto*).

San Michele all'Adige,
Tel. 04 61 - 65 01 29
E-Mail: info@endrizzi.it
Internet: www.endrizzi.it

Ferrari

Der alteingesessene Spumante-Produzent ist nicht nur gut im Geschäft, sondern hat mit dem *Giulio Ferrari* auch einen (nach dem Firmengründer benannten) Riserva der Extraklasse im Sortiment, der sich neben den Spitzen-Schaumweinen aus der Franciacorta behauptet.

Trento, Via Ponte di Ravina 15,
Tel. 04 61 - 97 23 11
E-Mail: info@ferrarispumante.it
Internet: www.ferrarispumante.it

Foradori

Spitzenadresse im Trentino, vor allem für Rotwein aus der Teroldego-Traube – wie dem *Granato*, der seinem Namen alle Ehre macht und im *Gambero Rosso* immer wieder drei Gläser erobert. Außerdem u. a. die weiße Cuvée *Myrto*.

Mezzolombardo,
Tel. 04 61 - 60 10 46
E-Mail: foradori@interline.it

Lambrusco

Die Rebsorte aus der Emilia-Romagna (s. dort) wird auch im Trentino angebaut.

Marzemino
Autochthone Rebsorte aus dem Trentino. Ergibt leichte Rotweine.

Moscato
Unterschieden wird im Trentino zwischen Moscato Giallo (Goldener Muskateller) und Moscato Roas (Rosenmuskateller).

Nosiola
Leicht aromatische, nussige Weißweinrebe aus dem Trentino.

Pojer & Sandri
Zählt zu den besten Weinerzeugern im Trentino. Exquisit z. B. die Cuvée *Besler Biank* (u. a. Pinot Bianco, Riesling) und der Rosso *Faye* (Cabernet/Merlot/ Lagrein).
Faedo, Loc. Molini 4,
Tel. 04 61 - 65 03 42
E-Mail: info@pojersandri.it
Internet: www.pojersandri.it

Schiava
Die italienische und im Trentino gebräuchliche Bezeichnung für Vernatsch (s. Südtirol).

Spumante
Die Schaumweine (Spumante) aus dem Trentino sind kommerziell sehr erfolgreich, haben eine eigene DOC (Trento) und werden entweder mit der aufwändigen Flaschengärung (Metodo classico) oder in großen Stahltanks erzeugt. Oft ähnelt die Rebsortenmischung dem französischen Champagner: Pinot Nero, Pinot Meunier, Chardonnay. Natürlich ist der Spumante in Italien nicht auf das Trentino beschränkt, es gibt ihn nahezu aus jeder Weinregion und aus den unter-

schiedlichsten Trauben – entsprechend breit gefächert ist auch das Qualitätsspektrum.

Teroldego

Traditionelle Rotweinrebe im Trentino (Teroldego Rotaliano).

Zeni

Roberto Zeni (nicht zu verwechseln mit Zeni in Bardolino) ist ein populärer Weinerzeuger, der traditionell gute Weiße (u. a. Pinot Bianco) macht, aber auch mit Rotweinen vorwiegend aus der Teroldego-Traube (z. B. *Pini*) reüssiert.
San Michele all'Adige, Via Stretta 2,
Tel. 04 61 - 65 04 56
E-Mail: robezen@tin.it
Internet: www.zeni.tn.it

Umbrien

Umbrien (mit der Hauptstadt Perugia) schließt südlich an die Emilia-Romagna an und grenzt im Westen an die Toskana. Die Region wird vor allem mit dem Weißwein Orvieto (benannt nach der etruskischen Stadt) assoziiert. Die prägenden Rebsorten beim Orvieto (das Anbaugebiet reicht bis nach Latium) sind Grechetto, Trebbiano und Verdello. Neben dem Orvieto ist noch der Torgiano zu nennen, der als Rosso Riserva DOCG-Status genießt und dessen Rebsorten die Nähe der Toskana erkennen lassen (v. a. Sangiovese, Canaiolo, Trebbiano). Wichtig sind noch der Montefalco (Sagrantino), die Weine von den Colli del Trasimeno und diverse Weißweine mit hohem Grechetto-Anteil.

Caprai

Das Weingut Arnaldo Caprai ist bekannt für seinen exquisiten Montefalco Sagrantino (u. a. *25 Anni*, *Collepiano*).

Montefalco, Tel. 07 2 - 37 88 02

E-Mail: info@arnaldocaprai.it

Castello della Sala

Umbrisches Spitzenweingut, das zum Weinimperium der Antinori (Florenz) zählt. Legendär der *Cervaro della Sala*, der als einer der besten Weißweine Italiens gilt (Chardonnay/Grechetto). Aber auch alle anderen Weine wie der Orvieto Classico *Campogrande* oder der Chardonnay *della Sala* sind von allererster Qualität.

Ficulle, Tel. 07 63 - 8 60 51
E-Mail: castellodellasala@antinori.it

Colli Amerini

Südöstlich an Orvieto angrenzende DOC für Bianco, Rosso und Rosato.

Colli del Trasimeno

Im Trend liegende DOC rund um den Trasimenischen See (Bianco, Rosso, Spumante, Vin Santo) mit einem breiten Rebsortenspiegel von Grechetto, Trebbiano und Chardonnay bis Gamay und Merlot.

Grechetto

In Umbrien weit verbreitete Weißweintraube, sowohl sortenrein als auch im Verschnitt mit anderen Rebsorten v. a. für den Orvieto.

Lamborghini

Mit dem hochklassigen *Campoleone* (Sangiovese/Merlot) ist die Kellerei Lamborghini bekannt geworden. Der im Charakter ähnliche *Trescone* ist nach französischem Vorbild als Zweitwein positioniert.
Panicale, Tel. 07 58 - 35 00 29
E-Mail: info@lamborghinionline.it

Lungarotti

Giorgio Lungarotti hat für Umbrien den Torgiano (*Rubesco*) in den 60er Jahren groß und bekannt gemacht. Heute produziert die Kellerei Weine von Torgiano Rosso über Bianco bis Rosato. Auch Cabernet Sauvignon und die Cuvée *Giubilante*.
Torgiano, Tel. 07 59 - 8 86 61
E-Mail: lungarotti@lungarotti.it

Montefalco
Üppiger Rotwein aus dem Bergort Montefalco, der aus der Sagrantino-Rebe gekeltert wird (DOCG Montefalco Sagrantino).

Orvieto
Größtes und wichtigstes Weinbaugebiet (erstreckt sich bis Latium) rund um die hoch gelegene Etruskerstadt Orvieto (Classico-Gebiet). Für den strohgelben, süffigen Weißwein werden v. a. die Rebsorten Trebbiano, Verdello und Grechetto verwendet. Von lieblich (amabile, dolce) bis trocken (secco). Nach einer längeren Schwächephase, die sich allzu sehr am billigen Konsum orientierte, besinnt sich der Orvieto zunehmend wieder seiner traditionellen Stärken.

Sagrantino
Regionale Rotweinrebe.

Torgiano
Vom Erzeuger Lungarotti (s. dort) initiierte DOC (bei Perugia) für Bianco (u. a. Trebbiano, Grechetto, Chardonnay) und Rosso (u. a. Cabernet Sauvignon, Montepulciano). Die DOCG Torgiano Rosso Riserva lässt u. a. Sangiovese, Canaiolo und Montepulciano zu.

Venetien

Dass Venetien schon allein aufgrund der über Jahrhunderte währenden Größe und Macht Venedigs eine Kulturlandschaft von besonderem Rang ist, weiß jeder Italienreisende. Nicht so geläufig sind zuweilen die weit gefassten Grenzen dieser Region, die vom Ostufer des Gardasees hinaufreicht nach Cortina d'Ampezzo in den Dolomiten und im Süden hinunter bis zum breiten Flusslauf des Po. Von Verona erstreckt sie sich über Vicenza, Padua und Treviso bis nach Venedig, der Serenissima am Adriatischen Meer. Häufig unterschätzt wird auch Venetiens Bedeutung als Weinregion. Mengenmäßig an dritter Stelle hinter Apulien und Sizilien liegend, produziert Venetien die meisten DOC(G)-Weine Italiens überhaupt. Schon allein die Provinz Verona leistet dazu u. a. mit Soave, Bardolino, Valpolicella und Bianco di Custoza einen wesentlichen Beitrag. Hinzu kommen südlich von Vicenza die Colli Berici und die Colli Euganei bei Padua. Nicht zu vergessen u. a. Breganze und natürlich das Prosecco-Gebiet rund um Conegliano und Valdobbiadene. Dass bei der großen Menge an produziertem Wein trotz der zitierten DOC(G)-Bedeutung nicht alles von erster Qualität sein kann, versteht sich zwar von selbst – trübt aber gelegentlich das ansonsten so positive Erscheinungsbild dieser Region.

Adami

Bedeutender Erzeuger von Prosecco, der u. a. als schäumender Giardino, Cartizze oder als Tranquillo (Stillwein) in den Verkauf gelangt.

Colbertaldo di Vidor, Tel. 04 23 - 98 21 10
E-Mail: info@adamispumanti.it
Internet: www.adamispumanti.it

Alighieri
(s. Masi)

Allegrini
Renommierter Erzeuger von hochklassigem Valpolicella, Amarone della Valpolicella und Recioto (u. a. *Giovanni Allegrini*). Der außergewöhnliche *La Poja* wird sortenrein aus Corvina gekeltert.
Fumane di Valpolicella, Via Giare 9,
Tel. 0 45 - 6 83 20 11
E-Mail: info@allegrini.it

Amarone della Valpolicella
Dieser hoch geschätzte Wein macht nur einen geringen Teil der Valpolicella-Produktion aus. Die Trauben des Amarone sind identisch mit dem Valpolicella (s. dort), werden aber in Kisten, seltener auf Matten oder Holzgestellen getrocknet (Appassimento), bevor sie gepresst und vergoren werden. Daraus resultiert ein hoher Alkoholgehalt von 14-17 %. Der Wein wird zudem einige Jahre in Holzfässern gelagert. Sein Name geht auf den charakteristischen bitteren (amaro) Nachgeschmack zurück.

Anselmi
Roberto Anselmi hat als einer der Ersten demonstriert, welches Potenzial eigentlich im Soave bzw. in der Garganega-Traube steckt. Vorneweg mit dem in Barriques ausgebauten *Capitel Croce*, gefolgt u. a. von *Capitel Foscarino* und *San Vincenzo*. Hinzu kommen der exquisite Passito *I Capitelli* und der Cabernet Sauvignon *Realdà*.

Monteforte d'Alpone,
Tel. 04 57 - 61 14 88
E-Mail: capitelfoscarino@libero.it

Bardolino

Der rote Bardolino (u. a. Corvina, Rondinella und Molinara) wird am Ostufer des Gardasees angebaut. Die Classico-Region umfasst die Gemeinden Bardolino, Garda, Lazise, Affi, Costermano und Cavaion. Nach einer Lagerung von mindestens einem Jahr und bei entsprechender Mengenbeschränkung darf er sich Superiore nennen. Den Bardolino gibt es auch als Rosé (Chiaretto) und als jungen Novello, der noch im Erntejahr angeboten wird.

Bertani

Traditionshaus in Negrar mit alterungsfähigem Valpolicella und Amarone della Valpolicella, feinem Bardolino, Cabernet Sauvignon und Soave.
Arbizzano di Negrar, Tel. 0 45 - 6 01 12 11
E-Mail: bertani@bertani.net
Internet: www.bertani.net

Bianco di Custoza

Der unkomplizierte, frische und leicht würzige Weißwein (v. a. Garganega und Trebbiano Toscano) wird in der Provinz Verona rund um Custoza (Sommacampagna), aber auch in der Gemeinde Peschiera del Garda angebaut.

Breganze

Den Breganze gibt es als Rot- (u. a. Merlot, Cabernet Sauvignon) und als Weißwein (u. a. Tocai Friulano, Chardonnay, Pinot Bianco). Der Ort Breganze liegt nördlich von Vicenza.

Chiaretto
Italienischer Gattungsbegriff (nicht nur im Veneto) für Rosé-Weine (auch Ciaret oder Rosato).

Colli Berici
DOC südlich von Vicenza (u. a. Garganega, Merlot, Cabernet Sauvignon).

Colli Euganei
Weinbauregion bei Padua mit Bianco (u. a. Garganega), Rosso (u. a. Merlot) und Spumante (aus Prosecco, heißt hier Serprino).

Corvina
Wichtigste Rebsorte für den Valpolicella und Amarone, wird auch reinsortig ausgebaut.

Dal Forno
Romano dal Forno gilt als experimentierfreudiger Valpolicella-Erzeuger, dessen Amarone (*Vignetto di Monte Lodoletta*) zur absoluten Spitze zählt.
Illasi,
Tel. 04 57 - 83 49 23
E-Mail: az.dalforno@tiscalinet.it

Gambellara
An Soave angrenzendes Weinbaugebiet zwischen Verona und Vicenza mit artverwandten Weißweinen.

Garganega
Weiße Traube Venetiens, die vor allem im Soave und Bianco di Custoza Verwendung findet.

Grappa

Ob streng aus dem Italienischen als »die« Grappa abgeleitet oder dem deutschen Sprachgebrauch entsprechend mit männlichem Artikel versehen, ist dem Tresterschnaps gewiss egal. Der Digestivo wird aus ausgepressten Traubenschalen (Trester), also aus den Überresten des Weines gewonnen. Entsprechend war die Grappa früher ein Schnaps für arme Leute. Entscheidend für die Qualität und das Aroma ist der jeweilige Wein, aus dessen Trester Grappa destilliert wird. Gute Grappa reift jahrelang in ausgesuchten Holzfässern. Der Geburtsort der Grappa ist das Städtchen Bassano del Grappa am Fuße des Monte Grappa. Hier haben mit Nardini (s. Grapperia Nardini) und Jacopo Poli auch zwei der berühmtesten Grappa-Destillerien ihren Sitz. Zwar nicht im Veneto, aber im Friaul ist die Destillerie Nonino ansässig, die für viele Kenner als erste Grappa-Adresse gilt.

Maculan

Berühmt ist die in Breganze ansässige Azienda Agricola Maculan u. a. für ihren hervorragenden Breganze Bianco (Breganze di Breganze), für den Chardonnay *Riale* und den vielfach prämierten Cabernet Sauvignon *Fratta*. Der *Torcolato* gilt als einer der besten Süßweine Italiens.

Breganze, Via Castelletto 3, Tel. 04 45 - 87 37 33

E-Mail: info@maculan.net

Internet: www.maculan.net

Masi

Die Kellerei Masi im Herzen des Valpolicella ist mit dem traditionsreichen Weingut Serègo Alighieri verbunden und hat nicht nur hervorragende Amarone della Valpolicella (z. B. *Mazzano*, *Campolongo di Torbe*) zu bieten, sondern auch eigenständige Rotweine wie den *Osar* oder *Toar* sowie den Recioto Amabile *degli Angeli*. Hinzu kommen Weine aus Südamerika.

Sant'Ambrogio di Valpolicella, Via Monteleone 2,
Tel. 0 45 - 6 83 25 11
E-Mail: masi@masi.it
Internet: www.masi.it
Internet: www.seregoalighieri.it

Passito

Weine aus teilgetrockneten Trauben, mit dadurch höherem Alkoholgehalt und meist süßlich (s. Recioto).

Piave

Große DOC rund um Treviso mit u. a. Merlot, Cabernet Sauvignon, Chardonnay und Verduzzo.

Pieropan

Konsequent auf Qualität setzt das Haus Pieropan, dies sowohl beim Soave Classico als erst recht bei den Einzellagen *Calvarino* und *La Rocca*. Leonildo Pieropan gilt als Traditionalist und verzichtet ebenso auf den Ausbau in Barriques als auch auf Beimischung fremder Rebsorten (wie Chardonnay).
Soave, Via Camuzzoni 3, Tel. 04 56 - 19 01 71
E-Mail: info@pieropan.it
Internet: www.pieropan.it

Prosecco

Obwohl das häufig geglaubt wird, ist Prosecco kein Synonym für italienischen Schaumwein, sondern eine uralte Rebsorte, die rund um Conegliano, Valdobbiàdene, Montello e Colli Asolani und Colli Euganei heimisch ist. Prosecco aus dem Ort San Pietro di Barbozza (Valdobbiàdene) darf die Zusatzbezeichnung »Superiore di Cartizze« tragen. Den Prosecco gibt es traditionell auch als Stillwein, allerdings wird er heute meist zu Schaumwein ausgebaut. Prosecco wird leicht perlend als Frizzante (7-9 % Alkohol) angeboten und mit einem höheren Alkohol- und Kohlensäuregehalt als Spumante (11 % Alkohol). Der Geschmack reicht von amabile und dolce (sehr lieblich, fruchtig) über dry, extra dry bis brut (trocken). Während außerhalb der Prosecco-Region mehr die trockenen Varianten populär sind, bevorzugen die Einheimischen ihren Prosecco (der nun mal nichts mit »secco« zu tun hat) eher lieblich. Der im Vergleich zum Frizzante höhere Preis des Spumante ist nicht unbedingt auf eine bessere Qualität zurückzuführen, sondern auch auf die stabileren Flaschen (wegen des höheren Drucks) und die Sektsteuer, die beim Spumante anfällt.

Quintarelli

Mit seinem hervorragenden Valpolicella Classico Superiore (*Monte Cà Paletta*), mit seinem viel gerühmten Amarone della Valpolicella und dem Recioto versetzt Giuseppe Quintarelli Weinliebhaber in Entzücken – sofern sie keine Probleme mit den z. T. exorbitant hohen Preisen haben.

Negrar,
Tel. 04 57 - 50 00 16

Recioto

Beim süßlichen Dessertwein Recioto werden die Trauben nach der Lese einige Monate auf Matten getrocknet. Es gibt u. a. den Recioto della Valpolicella (als liebliche Schwester des Amarone della Valpolicella) und den Recioto di Soave.

Rondinella

Rotweinrebe in Venetien, die neben Corvina den wichtigsten Beitrag zu Bardolino und Valpolicella leistet.

Soave

Der leichte, trockene Weißwein Soave wird aus Garganega-Trauben mit einem Anteil Trebbiano di Soave (10-30 %) gekeltert (auch Chardonnay und Pinot Bianco sind als Verschnittpartner erlaubt). Er hat eine strohgelbe Farbe, schimmert zuweilen etwas grünlich. Charakteristisch ist ein leichtes Mandelaroma. Der hochwertige Soave Classico kommt von den vulkanischen Hanglagen der Gemeinden Soave und Monteforte d'Alpone. Wird der Soave erst ab dem 1. Juli des Jahres nach der Ernte auf den Markt gebracht und erfüllt er strengere Ertragskriterien, dann darf er sich Superiore (DOCG) nennen, nach zwei Jahren Riserva. Das umliegende Flachland ist dagegen eher für die Massenerträge der DOC zuständig.

Trebbiano di Soave

Weit verbreitete Rebsorte, die sich vom Trebbiano Toscano durch größere Ausdruckskraft unterscheidet und zum eigenständigen Charakter des Soave beiträgt.

Valpolicella

Corvina, Rondinella und Molinara heißen (wie beim Bardolino) die wichtigsten Trauben für den oft hochwertigen Valpolicella. Das Anbaugebiet liegt nördlich von Verona und hat als Zentrum die Gemeinden Negrar, Marano, Fumane, Sant'Ambrogio und San Pietro. Er hat eine rubinrote Farbe, ist meist trocken, hat viel Körper und oft ein leichtes Mandelaroma. Eine Besonderheit ist der schwergewichtige Amarone della Valpolicella und der süßliche Dessertwein Recioto (s. dort). Superiore nach einem Jahr.

Verduzzo

Alteingesessene Weißweintraube in Venetien und im Friaul.

Vinitaly

Die wichtigste Weinmesse Italiens findet alljährlich im April in Verona statt (Messegelände).

Zonin

Große (familiengeführte) Kellerei in Gambellara, mit einem breiten Sortiment an Konsumweinen, zudem hochwertigen Weinen wie dem Gambellara *Podere il Giangio*. Zonin besitzt Weingüter in ganz Italien und in USA.
Gambellara, Via Borgolecco 9, Tel. 04 44 - 64 01 11
E-Mail: info@zonin.it
Internet: www.zonin.it

RISTORANTI / ALBERGHI / ENOTECHI

Die genannten Restaurants, Hotels, Caffès und Enotheken verweisen auf Originalschauplätze im Roman.

Al Baco

In dieser alten Weinschenke (Bàcaro), etwas abseits der großen Touristenströme in Venedigs Sestiere Cannaregio gelegen, halten Fabri und seine Mutter Luciana nach Gianfranco Ausschau. Leider fehlt ihnen die Zeit, sich an den einfachen Holztischen niederzulassen.
Venedig (Cannaregio), Fondamente delle Cappuccine 3054,
Tel. 0 41 - 71 74 93

L'Albereta

Das elegante Hotel im Landhausstil ist ein Highlight der Franciacorta. Nicht nur, weil sich dort vortrefflich wohnen und entspannen lässt, man ist auch dem herausragenden Weingut Bellavista verbunden (das Hotel hat denselben Besitzer). Und man kann dort göttlich speisen: nämlich im Ristorante des Sternekochs Gualtiero Marchesi. Dass sich Sabrina und Hipp diesen Luxus leisten, hat therapeutische Gründe, denn Sabrina war hier schon mal mit ihrem Vater zu Gast. Woran sie sich freilich nicht mehr erinnert. Aber im Gästebuch stößt sie auf ihren Namen. (Ruhetag Rest.: Sonntagabend und Montag, DZ ab ca. 270,– Euro)
Erbusco (Brescia), Via Vittorio Emanuele 11
Hotel: Tel. 0 30 - 7 76 05 50

E-Mail: *info@albereta.it*
Internet: *www.albereta.it*
Restaurant: Tel. 0 30 - 7 76 05 62
E-Mail: *ristorante@marchesi.it*

Antica Trattoria La Torre

In dieser traditionellen Trattoria trifft man im Chianti halb Castellina – und in einem Kapitel auch Sabrina, die dort auf Hipp wartet, der wiederum einen schweren Glasaschenbecher der Trattoria in der Jackentasche hat.
Castellina in Chianti, Piazza Castello, Tel. 05 77 - 74 02 36

Boccon di Vino

Auf der Terrasse des Boccon di Vino vor den Toren Montalcinos sitzend, bestellt Sabrina eine Crema di legumi con gamberoni, während Hipp einmal mehr über den möglichen Täter nachdenkt – und Sabrina sogar die Wahl des Weines überlässt. Familiär geführtes Restaurant mit Panoramablick auf die Crete Senesi. (Ruhetag: Dienstag)
Montalcino, Loc. Colombaio Tozzi 201, Tel. 05 77 - 84 82 33

Bottega del Vino

In dieser traditionsreichen Osteria im Herzen des Centro storico von Verona treffen sich Sabrina und Hipp mit Fabri und seiner Mutter, die sich auf dem Rückweg von Venedig ins Piemont befinden. Neben der deftigen Küche schätzt Fabri in der Bottega del Vino das Angebot der Weine, das in und um Verona sowohl quantitativ als auch qualitativ nur schwer zu übertreffen ist. (Ruhetag: Dienstag)
Verona, Via Scudo di Francia 3, Tel. 0 45 - 8 00 45 35

Caffè Baratti & Milano

In dem traditionsreichen Turiner Kaffeehaus (gegr. 1875) entscheidet sich Hipp stilgerecht für ein Glas Bicerin (heiße Schokolade mit Kaf-

fee und Sahne). Sabrina nascht derweil von den berühmten Nougatpralinen Giandujotti. (Ruhetag: Montag)
Turin, Piazza Castello 29, Tel. 01 - 15 61 30 60

Caffè Calissano
Das Antico Caffè Calissano befindet sich unter den Arkaden der Piazza del Duomo in Alba. Nur einen kurzen Fußweg von seinem Büro entfernt, will Maresciallo Viberti hier eigentlich die weiteren Ereignisse gelassen abwarten. Aber dann erzählt ihm Hipp von einem ungeheuerlichen Verdacht.
Alba, Piazza del Duomo, Tel. 01 73 - 44 21 01

Caffè Florian
Seit 1720 gibt es dieses berühmte Caffè unter den Arkaden der Piazza San Marco in Venedig. Benannt nach seinem Gründer Floriano Francesconi, ist es das älteste noch existierende Kaffeehaus Italiens. Hier erfährt Luciana von Fabri, dass ihr verschwundener Mann erst vor drei Tagen in Harry's Bar gesehen wurde.
Venedig (San Marco), Piazza San Marco 56

Caffè Rivoire
In diesem Caffè gegenüber des Palazzo Vecchio in Florenz erholt sich Sabrina von ihrer Angstattacke in der Kirche Santa Croce. Da das Rivoire früher eine Schokoladenfabrik war, ist der heiße Kakao (cioccolata calda) eine sichere Empfehlung.
Florenz, Piazza della Signoria 5, Tel. 0 55 - 21 44 12

Cantinetta Antinori
Restaurant und Vinothek in Florenz. Im Palazzo von Antinori kommen Dr. Lausitz und Serafino Panepinto zusammen, um einen Coup zu besprechen. Dabei verkosten sie einige Weine von Antinori. (Ruhetage: Samstag und Sonntag)
Florenz, Piazza Antinori 3, Tel. 0 55 - 29 22 34

Castel Ringberg

Auf der Sommerterrasse mit Blick auf den Kalterersee hätten Sabrina und Hipp gerne zu Abend gegessen. Man hatte ihnen von der Crossover-Küche erzählt, die Asiatisches mit Südtiroler Spezialitäten kombiniert. Dazu hätte gut ein Wein von Elena Walch gepasst, deren Rebstöcke das Castell umgeben. (Ruhetag: Dienstag)

Kaltern (Caldaro), Sankt Josef am See 1, Tel. 04 71 - 96 00 10
E-Mail: info@castel-ringberg.com
Internet: www.castel-ringberg.com

Danieli

Mit der Zimmerreservierung im Hotel Danieli (unweit des Markusplatzes) lässt Gianfranco Angelo einen Hang zum Luxus und zu weiblicher Begleitung vermuten. Fabri und seine Mutter Luciana verarbeiten diese Erkenntnis auf der herrlich gelegenen Dachterrasse des Danieli bei zwei Espressi. (DZ ab ca. 450,– Euro)

Venedig (San Marco), Riva degli Schiavoni 4196,
Tel. 0 41 - 5 22 64 80
Internet: www.danieli.hotelinvenice.com

Do Mori

In diesem wohl bekanntesten Bàcaro von Venedig (in der Nähe vom Mercato di Rialto) suchen Fabri und seine Mutter nach Gianfranco. Das Do Mori hat keine Tische, dafür eine lange Holztheke. Mit guten Ombre-Weinen und feinen Cicheti (Baccalà, Folpeti ...). Donna Leon lässt hier ihren Commissario Brunetti einkehren. Dessen und Gianfrancos Vorliebe kann man sofort nachvollziehen, wenn einem beim Betreten die köstlichen Düfte der Küche in die Nase steigen. (Ruhetag: Sonntag)

Venedig (San Polo), Calle Do Mori, Tel. 0 41 - 5 22 54 01

Do Spade

Dieses venezianische Bàcaro existiert bereits seit 1415. So konnte sich

schon Casanova im Do Spade am Wein und (natürlich) an der Gesellschaft einer schönen Frau erfreuen. Aber Gianfranco suchen Fabri und seine Mutter hier vergebens.
Venedig (San Polo), Calle do Spade 860,
Tel. 0 41 - 5 21 05 74

Enoteca Fracchia
Wird häufig als beste Enoteca in Alba empfohlen, sehr gut sortiert, faire Preise. Hier wird Hipp nach Ende des Buches einige Flaschen für seinen Weinkeller erwerben.
Alba, Via Vernazza 9

Enoteca Regionale del Barbaresco
Die Enoteca befindet sich im Ortszentrum von Barbaresco in der kleinen Kirche San Donato (Zitat eines Dorfbewohners: »Früher hatten wir mehr Einwohner und brauchten zwei Kirchen, jetzt reicht eine«) und informiert ziemlich umfassend über die Produktion der Region.
Barbaresco, Via Torino 8a, Tel. 01 73 - 63 52 51

Enoteca Regionale del Barolo
In dieser großen Enoteca in der Burg von Barolo (mit Barolo-Museum) wäre Maresciallo Viberti zu einer Weinprobe eingeladen. Leider hat er keine Zeit, weil er eine Suchaktion organisieren muss. Hier hob einst Marchesa Giulia Falletti (mit Hilfe von Cavours Kellermeister Louis Oudart) den allerersten Barolo aus der Taufe. (Donnerstag geschlossen)
Barolo, Piazza Falletti, Tel. 01 73 - 5 62 77

Exploit
»Drinks & Dinner« von der unkomplizierten Art genießen Sabrina und Hipp in diesem Mailänder Szenerestaurant an der Porta Ticinese.
Mailand, Via Pioppette 3, Tel. 02 - 89 40 86 75

Harry's Bar

Dank prominenter Stammkunden wie Ernest Hemingway, Charlie Chaplin und William Somerset Maugham früh zu Weltruhm gelangte Bar in Venedig, die von Giuseppe Cipriani gegründet wurde und deren Tradition von seinem Sohn Arrigo Cipriani weitergeführt wird. Im dazugehörigen Sterne-Restaurant wurde 1950 das Carpaccio erfunden. In der Bar, wo einst die Geburtsstunde des Bellini schlug, stößt Fabri – wie er seiner Mutter erzählt – auf eine Spur seines entschwundenen Vaters. (Ruhetag: Montag)

Venedig (San Marco), Calle Vallaresco 1323,
Tel. 0 41 - 5 28 57 77

Hotel de la Ville

Exklusives Hotel in Mailand unweit von Dom, La Scala und der Via Monte Napoleone. Hier nächtigen Hipp und Sabrina auf Empfehlung ihres amerikanischen Vaters. (DZ ab ca. 300,– Euro)

Mailand, Via Hoepli 6, Tel. 02 - 8 79 13 11, Fax 02 - 8 79 13 11
E-Mail: delaville@sinahotels.it
Internet: www.delavillemilano.com

I Castelli

Modernes Hotel in Alba (Tiefgarage). Zwar etwas anonym, aber dafür in strategisch günstiger Lage, weil sich von hier bequem zu Fuß der Ort, seine Restaurants und Sehenswürdigkeiten erschließen lassen. Dabei kommt man fast unweigerlich bei den Carabinieri vorbei, wo Maresciallo Viberti sein Büro hat. (DZ ab ca. 90,– Euro)

Alba, Corso Torino 14,
Tel. 01 73 - 36 19 78, Fax 01 73 - 36 19 74
E-Mail: info@hotel-icastelli.com
Internet: www.hotel-icastelli.com

Il Frantoio

Hipp mag an diesem Restaurant in Montescudaio die gemütliche At-

mosphäre einer alten Ölmühle, die toskanische Küche und die ausgewählten Weine aus der Region. (Ruhetag: Montag)
Montescudaio, Via della Madonna 11, Tel. 05 86 - 65 03 81

Il Latini
Das urwüchsige Lokal in Florenz ist mittags wie abends meist bis auf den letzten Tisch besetzt. Von der Decke des alten Pferdestalles hängt Schinken, die Tischdecken sind kariert, der Hauswein steht schon in guten alten Fiasco-Flaschen bereit, das Essen ist deftig und gut. Eines der Lieblingslokale von Serafino Panepinto. (Ruhetag: Montag)
Florenz, Via dei Palchetti 6, Tel. 0 55 - 21 09 16

Keller am Keil
Buschenschank in einem Weinhof am Kalterersee, mit einigen Tischen im Freien, neuzeitlichem Interieur in historischen Gewölben, moderner Kunst – und kleiner (aber feiner) Speisekarte. (Nur abends, Ruhetag: Sonntag)
Kaltern, St. Josef am See 8, Tel. 04 71 - 96 01 62

La Ciau del Tornavento
Exklusives (Sterne-)Restaurant in Treiso, das nicht nur über eine anerkannt gute Küche verfügt (nebst den entsprechenden Weinen), sondern zudem mit einem herrlichen Ausblick erfreut. Für Sabrina und Hipp genau der richtige Platz, um auf die überstandenen Abenteuer anzustoßen – wäre da nur nicht Maresciallo Viberti. (Ruhetag: Mittwoch)
Treiso, Piazza Baracco 7, Tel. 01 73 - 63 83 33

La Salita
Bei Emilio (aus Liechtenstein) trifft sich in Monforte d'Alba alles und jeder – zum Essen (täglich wechselnde Gerichte), zum Probieren der Weine, zum Reden. So auch Maresciallo Viberti und Fabri. Mit moderner Gaststube und kleiner Terrasse im ersten Stock sowie Theke

und einigen Tischen im Erdgeschoss. Die Speisekarte steht handgeschrieben auf einer Acryltafel, gezahlt wird an der Bar. Kann schon sein, dass man dort berühmten Winzern wie Domenico Clerico und Gianfranco Alessandria begegnet. (Ruhetag: Montag und Dienstag)
Monforte d'Alba, Via Marconi 2a, Tel. 01 73 - 78 71 96

L'Oca Fola

Die »verrückte Gans« ist eine typisch piemontesische Trattoria unweit des Gerichtsgebäudes in Turin. Hier blättert Hipp in den Versicherungsunterlagen der Weindiebstähle. Und Viberti empfiehlt ihm am Telefon als Dessert Bonet, piemontesischen Schoko-Pudding. (Ruhetag: Sonntag)
Turin, Via Drovetti 6 g, *Tel. 0 11 - 4 33 74 22*

Locanda San Vigilio

Romantisches Hotel und Restaurant am Gardasee, in unvergleichlicher Lage auf der malerischen Landzunge Punta San Vigilio, mit nur wenigen Zimmern und noblem Ambiente. Wäre eine Empfehlung von Sabrinas Vater gewesen, aber leider war kein Zimmer frei. (DZ ab ca. 130,– Euro)
Garda, Punta San Vigilio,
Tel. 0 45 - 7 25 66 88, Fax 0 45 - 7 25 65 51
E-Mail: sanvigilio@gardalake.it
Internet: www.gardalake.it/sanvigilio

Madrigale

Zwei Kilometer von Garda entfernt quartieren sich Sabrina und Hipp für eine Nacht im Hotel Madrigale ein. Besonders der herrliche Blick auf den Gardasee hat es Sabrina angetan. Nur wenige Meter entfernt der Golfplatz Ca' degli Ulivi. Ideal auch für Ausflüge in die nahe gelegenen Weinberge von Bardolino und Valpolicella – wozu die beiden leider keine Zeit haben. Mit Schwimmbad und Sonnenterrasse. (DZ ab ca. 150,– Euro)

Marciaga, Tel. 0 45 - 6 27 90 01, Fax 0 45 - 6 27 91 25
Internet: www.gardalake.it/hotel-madrigale

Marklhof-Bellavista

Ein alter Ansitz, eine große Terrasse mit wunderbarem Ausblick (Bellavista!) auf den Bozener Talkessel, rundherum Rebstöcke und Obstbäume, eine Küche, in der Südtiroler Spezialitäten gepflegt werden, dazu Weine vom Kloster Neustift in Brixen (dem der Hof gehört) und natürlich von allen bedeutenden Weinkellereien der Region. Sabrina und Hipp fehlt die Zeit für einen Besuch. (Ruhetag: Sonntagabend und Montag)
Girlan (Cornaiano), Marklhofweg 14, Tel. 04 71 - 66 24 07
Internet: www.eppan.com/marklhof

Osteria dell'Arco

Maresciallo Viberti schätzt an diesem aus einer Enoteca hervorgegangenen Lokal in Alba die verfeinerten landestypischen Gerichte ebenso wie die umfangreiche Weinkarte. (Ruhetag: Sonntag und Montagmittag)
Alba, Piazza Savona 5, Tel. 01 73 - 36 39 74

Osteria Lalibera

Moderne Osteria in Alba mit kreativer Küche. Ist eines der Lieblingsrestaurants von Fabri. (Ruhetag: Sonntag)
Alba, Via Pertinace 24, Tel. 01 73 - 29 31 55

Peck

Mailands berühmtestes Delikatessgeschäft unweit der Piazza del Duomo, mit Caffè im ersten Stock und einer von Hipp sehr geschätzten Enoteca im Keller, die ihre ausgesuchten Weine vorwiegend in eindrucksvollen Großflaschen präsentiert. Nur wenige Schritte entfernt (in der Via C. Cantù 3) nehmen Sabrina und Hipp in Pecks Italian Bar ihren Lunch ein.

Mailand, Via Spadari 9
Internet: www.peck.it

Taverna del Pittore

Hierher fährt Hipp gerne zum Abendessen – wenn er nicht gerade damit beschäftigt ist, ein Verbrechen aufzuklären. Schon die Fahrt nach Bolgheri durch die schönste Zypressenallee der Welt ist ein Genuss, selbst in einer Ape. Und in der Taverna gibt's dann u. a. Ravioli, Wildschwein – und Weine aus Bolgheri. (Ruhetag: Montag)
Bolgheri, Largo Nonna Lucia 4, Tel. 05 65 - 76 21 84

Trattoria della Posta

Gepflegtes Restaurant in einem Landhaus außerhalb von Montforte d'Alba (an der Straße nach Roddino), mit traditionellen Gerichten und (natürlich) großer Weinkarte. Maresciallo Viberti ist untröstlich, dass ihm die Zeit für einen gemeinsamen Restaurantbesuch mit Sabrina fehlt. (Ruhetag: Donnerstag)
Monforte d'Alba, Località Sant'Anna 87, Tel. 01 73 - 7 81 20

Tre Camini

Lokal in Costermano oberhalb des Gardasees, in dem sich Sabrina vor dem Fleisch vom offenen Grill die Verdure crude in pinzimonio schmecken lässt sowie Gnocchi di patate al tartufo nero (Zubereitung s. Ricetti) bestellt. Zu finden ist das Lokal an der Straße zwischen Costermano und Affi. (Ruhetag: Montag)
Costermano, Loc. Murlongo, Tel. 0 45 - 7 20 03 42

Tschindlhof

Vom Ansitz Tschindlhof in Sankt Michael lassen sich bequem die Weindestinationen rund um Girlan, Bozen, Eppan und Kaltern erschließen. Sabrina und Hipp erholen sich im Tschindlhof von ihrem Seilbahnunglück – und kommen sich zwischenmenschlich entscheidend näher. Schöner Garten mit Pool. (DZ ab ca. 100,– Euro)

Sankt Michael (San Michele), Bergstraße 36,
Tel. 04 71 - 66 22 25, Fax 04 71 - 66 36 49
E-Mail: tschindlhof@rolmail.net

Vigilius Mountain Resort

Hoch oben auf dem Vigiljoch bei Bozen hat der Designer und Architekt Matteo Thun (www.matteothun.com) aus Holz und Glas ein Hotel für Puristen kreiert. Ein Platz für die innere Einkehr, abseits der Touristenströme. Weil das Hotel nur über eine alte Seilbahn zu erreichen ist, nehmen Sabrina und Hipp von einer Übernachtung Abstand – zu lebendig sind die Erinnerungen an das Unglück mit der Materialseilbahn. (DZ ab ca. 300,– Euro)

Lana, Tel. 04 73 - 55 66 00, Fax 04 73 - 5 566 99
E-Mail: info@vigilius.it
Internet: www.vigilius.it

Villa Beccaris

Stilvolles Hotel in der Barolo-Gemeinde Monforte d'Alba. Mit individuell gestalteten Zimmern (z. T. mit alten Deckenmalereien), romantischem Innenhof, einer Enoteca im Gewölbekeller, Pool im Garten und Garage. Dass Sabrina hier fast Opfer eines Mordanschlags wird, ist erstens nicht dem Hotel anzulasten und kann zweitens durch die Carabinieri verhindert werden. (DZ ab ca. 160,– Euro)

Monforte d'Alba, Via Bava Beccaris 1,
Tel. 01 73 - 7 81 58 / 9, Fax 01 73 - 7 81 90
E-Mail: villa@villabeccaris.it
Internet: www.villabeccaris.it

Villa del Quar

Luxuriöses Hotel in einer alten Patriziervilla nördlich von Verona, umgeben von einem großen Anwesen. Mit charmanter Atmosphäre, Pool, komfortablen Zimmern und Suiten. Wären Sabrina und Hipp

länger in Verona geblieben, hätten sie sich vermutlich hier einquartiert. (DZ ab ca. 260,– Euro)
Pedemonte (Verona), Via Quar 12,
Tel. 0 45 - 6 80 06 81, Fax 0 45 - 6 80 06 04
Internet: www.relaischateaux.com/delquar

Villa Sassi
Zum komfortablen Hotel umgebaute Villa im Turiner Vorort Sassi. Ganz nah zum Zentrum Turin (5 km) und doch abseits vom Trubel. Nach ihrem Klinikaufenthalt genießt Sabrina den großen Park und das Frühstück auf der Terrasse. (DZ ab ca. 220,– Euro)
Turin, Strada al Traforo del Pino 47,
Tel. 0 11 - 8 98 05 56, Fax 0 11 - 8 98 00 95
E-Mail: info@villasassi.com
Internet: www.villasassi.com

Vincafé
Vor diesem Caffè in Alba wird einem Studenten ein Rucksack geklaut. Maresciallo Viberti fühlt sich definitiv nicht zuständig – grober Leichtsinn wird bestraft.
Alba, Via Vittorio Emanuele 12

Zucca
An diesem Jugendstillokal in der Galleria Vittorio Emanuele II. kommt wohl jeder Mailand-Besucher zumindest vorbei. Sabrina sitzt hier mit Hipp und wartet auf Bill – an den sie sich nicht erinnern kann, obwohl er ihr Stiefbruder ist.
Mailand, Galleria Vittoro Emanuele II

*

Vorwahl für Italien aus Deutschland: 0039
(bei der folgenden Ortsvorwahl die Null grundsätzlich mitwählen)

RICETTE

Ungeachtet der jeweiligen Personenzahl an der betreffenden Stelle des Romans sind die folgenden Rezepte allesamt für vier Personen ausgelegt.

Agnolotti del plin (Piemontesische Teigtaschen)

Agnolotti werden im Roman häufiger serviert, so kommen sie auch beim Abschiedsessen von Hipp und Sabrina im La Ciau del Tornavento (s. dort) auf den Tisch. Die Agnolotti del plin ähneln den Ravioli, sind aber wie ein Sofakissen in der Mitte mit einem Knick (plin = Falte) versehen. Bei der Füllung gibt's natürlich viele Varianten, die hier präsentierte Mischung aus Hackfleisch, Spinat und Parmesan gehört zu den Klassikern. Zutaten: 300 g gemischtes Hackfleisch (Kalb, Schwein, Kaninchen), 300 g geputzter Blattspinat, 350 g Mehl, Butter, 100 g geriebener Parmesan, 2 Knoblauchzehen, 1 Zweig Rosmarin, 3 EL Olivenöl extra vergine, 6 Eier, Salz, Pfeffer, Muskatnuss, Salbei. Zubereitung: Hackfleisch in Olivenöl anbraten, Knoblauch zerdrücken, Rosmarin klein hacken, beides zum Hackfleisch geben und weiter dünsten. Spinat in kochendem Salzwasser kurz kochen, herausnehmen und abtropfen lassen, klein hacken oder pürieren. Hackmasse, Spinat, Parmesan und 2 Eier mischen, mit Salz, Pfeffer und Muskatnuss würzen. Ruhen lassen und inzwischen den Teig vorbereiten: Das Mehl mit 4 Eiern, 1 EL Olivenöl und Salz vermengen und dann so lange kneten, bis ein homogener Teig entsteht. Kurz ruhen lassen. Möglichst dünn (wichtig!) auf einer bemehlten Arbeitsfläche ausrollen. Die Füllung in kleinen Häufchen in regelmäßigen Abständen so auf den Teig setzen, dass er von einer Seite zugeklappt werden kann. Mit dem Teigrad quadratisch zuschneiden, umklappen, mit den Fingern gut andrücken und in der Mitte einen kleinen Knick anbringen. Die Agnolotti auf einer bemehlten Unterlage mit Küchentüchern abgedeckt kühl stellen und 1-2 Stunden ruhen lassen. Inzwischen die Butter schmelzen und die Salbeiblätter hinzufügen. Die Teigtäschchen in kochendes Salzwasser geben, 3-4 Minuten kochen lassen. Sobald sie an die Oberfläche gestiegen sind, mit einer Schaumkelle herausnehmen und abtropfen lassen. Auf vorgewärmten Tellern anrichten. Mit der Salbeibutter begießen und mit Parmesan bestreuen.

Brasato al Barolo
(Schmorbraten aus der Langhe)

Beim klassischen Schmorbraten der Langhe denkt Hippolyt in der Turiner Osteria L'Oca Fola über die gestohlenen Weinlieferungen nach. Natürlich gibt es den Brasato auch in anderen Regionen Italiens. Das Rezept lässt sich leicht variieren: Man wechsle einfach den Wein! Zutaten: 1 kg Kalbfleisch von der Schulter, 1 Flasche Barolo, 3 Schalotten, 1 Stück Sellerie, 1 Karotte, 3 Lorbeerblätter, 3 Knoblauchzehen, je 1 Zweig Rosmarin und Thymian, 4 Gewürznelken, 1 Prise Zimt, 5 schwarze Pfefferkörner, Olivenöl extra vergine. Zubereitung: Wein, Gemüse und Gewürze in eine Schüssel geben und das Fleisch darin 24 Stunden marinieren. Fleisch entnehmen und trocken tupfen, salzen und pfeffern. Mit dem Olivenöl von allen Seiten anbraten, Gemüse und Kräuter dazugeben und weiterschmoren. Nach und nach den Wein aufgießen. Nach ca. 2 Stunden das Gemüse und die Gewürze entfernen. Gemüse passieren (nach Gusto eventuell der Sauce beifügen) und mit Salz und Pfeffer abschmecken. Fleisch in Scheiben schneiden und mit der Sauce servieren. Als Beilagen Pane del forno oder Polenta.

Carne cruda all'albese
(Rohes Fleisch vom Rind)

Im Piemont im Allgemeinen und für Maresciallo Viberti im Speziellen ist Carne cruda als Antipasto fast unverzichtbar. Das »rohe Fleisch« wird in verschiedenen Spielformen serviert, gelegentlich als eine Art Tatar, häufiger in Scheiben geschnitten – aber nicht so artifiziell wie beim Carpaccio, sondern piemontesisch rustikal. Maresciallo Viberti hat es am liebsten, wenn etwas Trüffel darüber gehobelt wird. Natürlich muss es für ihn der Tartufo d'Alba sein. Was erstens nur im Herbst möglich ist und zweitens bedingt, dass er dazu eingeladen wird. Zutaten: 200 g Rinderfilet, 1 Zitrone, Olivenöl extra vergine, Salz, Pfeffer aus der Mühle, gegebenenfalls Alba-Trüffel. Zubereitung: Rohes Rinderfilet von Fett und Sehnen befreien, in dünne Scheiben schneiden und auf Tellern locker drapieren. Mit Zitronensaft und Olivenöl beträufeln, mit Salz und Pfeffer bestreuen. In der von Viberti präferierten Luxusvariante reichlich weißen Trüffel darüber hobeln.

Crema di Gianduja
(Nuss-Nougat-Mousse)

Fabri liebt dieses Dessert seit seiner Kindheit. Luciana hat dafür ein einfaches Rezept, dem die »Pasta Gianduja« des Konditors Pietro Ferrero zugrunde liegt, ein Brotaufstrich aus gerösteten Haselnüssen und Kakao, erfunden in den 40er Jahren – und heute berühmt unter dem Namen Nutella! Zutaten: 200 g Nutella, ½ l süße Sahne, Amaretti (Bittermandelmakronen), Amaretto (Mandellikör). Zubereitung: Nutella und ¼ l süße Sahne aufkochen und cremig rühren. 2 Stunden in den Kühlschrank stellen. Mit einem Handrührer aufschlagen, dann die restliche Sahne steif schlagen und vorsichtig unterheben. In einer Schüssel zunächst eine Schicht Creme einfüllen, diese mit Amaretti bedecken und mit dem Mandellikör beträufeln, dann wieder eine Schicht Creme, Amaretti, Mandellikör und zum Abschluss erneut eine Lage Creme. Einige Stunden in den Kühlschrank stellen. Um schließlich über das Phänomen nachzudenken, dass sich die Amaretti ganz von selbst zu feinen Bröseln dematerialisiert haben.

Gnocchi di patate al tartufo nero (Kartoffelnocken mit schwarzem Trüffel)

Die Kartoffelgnocchi mit schwarzem Trüffel lassen sich Hipp und Sabrina im Tre Camini (s. dort) schmecken, in Costermano am Gardasee. Im Folgenden das Originalrezept (für 6 Personen). Zutaten: 1 kg mehlige Kartoffeln, Muskatnuss, Salz, 100 g Mehl, 2 Eier, 200 g Mascarpone, doppelte Kraftbrühe, Trüffelöl, schwarzer Trüffel. Zubereitung: Kartoffeln kochen, schälen und durch eine Kartoffelpresse drücken. Muskatnuss und Salz dazugeben, mit Mehl und Eiern mischen. Die Masse auf einer bemehlten Arbeitsfläche zu einem glatten Teig kneten. Zu Rollen formen, in kurze Stücke schneiden, die dann zu kleinen Nocken geformt werden. Diese in kochendes Salzwasser geben. Sobald die Nocken an die Oberfläche aufsteigen, diese mit einer Schaumkelle herausnehmen. Die Sauce wird aus Mascarpone und Kraftbrühe (fondo bruno) unter Zugabe von Salz bereitet. Hinzu kommen einige Tropfen Trüffelöl. Die schon vorbereiteten Gnocchi di patate werden nun mit der Sauce gemischt, auf vorgewärmten Tellern angerichtet und mit darübergehobeltem Trüffel serviert.

Pici al ragù di agnello (Toskanische Nudeln mit Lammragout)

Diese für die Toskana typischen Nudeln, sie sind kürzer und dicker als Spaghetti, will Hipp gerade zubereiten, als ihn der Anruf von Sabrinas Vater erreicht. Da er sich bequemerweise fertiger Pici (gibt's in italienischen Feinkostgeschäften) bedienen wollte, hätte einzig das Ragù seine besondere Aufmerksamkeit erfordert. Im Folgenden (obwohl Hipp da solo ist) das Rezept für vier Personen. Zutaten: 400 g Pici, 30 g getrocknete Steinpilze, 1 Zwiebel, 2 Knoblauchzehen, Olivenöl extra vergine, 1 Karotte, 1 Rosmarinzweig, 250 g Hackfleisch vom Lamm, 1 EL Tomatenpüree, 1 Glas Weißwein, ½ Bund Petersilie, Salz, Pfeffer, Balsamico-Essig, geriebener Parmesan. Zubereitung: Getrocknete Steinpilze in lauwarmem Wasser einweichen, abtropfen lassen und klein schneiden. Steinpilzsud beiseite stellen. Zwiebeln und Knoblauch klein hacken. In einem Topf Olivenöl erhitzen, Zwiebeln und Knoblauch andünsten. Steinpilze, klein geschnittene Karotte und Rosmarin zufügen. Lammhack dazugeben und schmoren lassen. Tomatenpüree einrühren. Nach und nach mit Steinpilzsud und Weißwein aufgießen. Am Schluss klein gehackte Petersilie einstreuen, mit Salz, Pfeffer und etwas Balsamico-Essig abschmecken. Pici in Salzwasser al dente kochen und mit dem Ragù servieren, mit Parmesan bestreuen.

Risotto al Barolo
(Reis auf Albeser Art)

Fabris Mutter zeigt Sabrina, wie in der Cucina casalinga ein klassisches Risotto zubereitet wird. Das macht aufgrund des ständigen Rührens (mit einem Holzlöffel) einige Mühe. Weil sie sich im Herzen des Piemont befinden, bedarf es dazu einer Flasche Barolo. Die eine Hälfte kommt ins Risotto, die andere schon mal ins Glas – in diesem Fall in Fabris. Zutaten: 1 Zwiebel, 1 Knoblauchzehe, 1 Zweig Rosmarin, 80 g Butter, 400 g Reis (Arborio, Carnaroli oder Vialone), ½ Flasche Barolo, 1 l Fleischbrühe, geriebener Parmesan, Salz, Pfeffer, Muskatnuss. Zubereitung: Zwiebel und Knoblauch klein schneiden, in der Kasserolle mit der halben Menge Butter andünsten, Rosmarin klein hacken und dazugeben. Den Reis einstreuen und umrühren. Barolo dazugießen und bei kleiner Flamme weiterrühren. Nach und nach die heiße Brühe hinzufügen und beständig rühren. Der ganze Vorgang dauert 20 bis 25 Minuten, der Reis sollte noch Biss haben. Schließlich die restliche Butter unterheben, mit Salz, Pfeffer und Muskatnuss würzen. Nach Geschmack mit Parmesan verfeinern.

Südtiroler Spinatknödel

Knödel zählen in Südtirol zu den Grundnahrungsmitteln. Entsprechend tragen sie auch zu Sabrinas und Hipps Genesung nach ihrem Seilbahn-Unfall bei. Die Zubereitung birgt im Grunde nur ein Risiko – dass die Knödel im Salzwasser auseinander fallen. Sollte dies passieren, kommt Plan B ins Spiel: Die Knödelreste mit der Kelle flugs aus dem Salzwasser nehmen, abtropfen lassen und in der Pfanne mit Butter auf zwei Seiten anbraten. Zutaten Knödel: 2 Schalotten, 1 Knoblauchzehe, 1 TL Butter, 200 g Blattspinat, 2 Eier, 40 g geriebener Emmentaler, 1 EL Mehl, 150 g Knödelbrot, 50 ml Milch, Salz, Pfeffer, Muskatnuss. Zutaten zum Servieren: 100 g Butter, 60 g geriebener Parmesan, 1 Bund Schnittlauch. Zubereitung: Schalotten und Knoblauch klein hacken, in Butter anschwitzen. Spinat kurz in Salzwasser kochen, dann gut abtropfen lassen, ausdrücken und klein schneiden. Schließlich Knödelbrot mit den angeschwitzten Schalotten und dem Knoblauch, mit dem gehackten Spinat, mit Eiern, geriebenem Emmentaler, 1 EL Mehl und warmer Milch mischen. Mit Salz, Pfeffer und Muskatnuss kräftig würzen. 30 Min. ruhen lassen, dann Knödel formen. Die Knödel in kochendes Salzwasser einlegen und ca. 15 Min. leise köcheln lassen. Anrichten, mit brauner Butter begießen, mit geriebenem Parmesan und Schnittlauch bestreuen.

Tajarin con zucchini e pomodorini (Piemontesische Bandnudeln mit Zucchini und kleinen Tomaten)

Tajarin, so heißen die typischen Bandnudeln aus dem Piemont. Sie ähneln den Tagliatelle aus der Emilia-Romagna, haben einen hohen Eieranteil und werden mit den unterschiedlichsten Saucen serviert. Maresciallo Viberti liebt sie besonders mit Zucchini und Pomodorini. Und natürlich mit Haselnüssen, die in der Langhe fast obligatorisch sind. Zutaten: 400 g Tajarin, 2 Zucchini, 4 Eiertomaten, 50 g getrocknete Tomaten in Olivenöl, 2 Stangen Lauchzwiebeln, 50 g Haselnüsse gemahlen, frisch geriebener Parmesan, kalt gepresstes Olivenöl, einige Blätter Basilikum, Salz und Pfeffer. Zubereitung: Bei den Zucchini die Enden abschneiden, dann mit einem Kartoffelschäler der Länge nach in feinen Streifen komplett abhobeln. Sehr kurz in kochendem Salzwasser blanchieren, abtropfen lassen. Tomaten blanchieren, Schale abziehen und Tomaten in kleine Stücke schneiden. Getrocknete Tomaten und Lauchzwiebeln klein schneiden. Geriebene Haselnüsse in einer Pfanne ohne Fett kurz anrösten. Inzwischen die Tajarin bissfest kochen. In einer großen Pfanne Olivenöl erwärmen, Tajarin und alle Gemüse hinzufügen und vermischen, mit Salz und Pfeffer würzen, auf Tellern anrichten, mit Haselnüssen und Parmesan bestreuen sowie Basilikum darüber zupfen.

Der Autor bedankt sich bei allen, die ihm bei seinen Recherchen geholfen, das Manuskript auf Fehler durchgesehen und wertvolle Informationen beigesteuert haben. Ganz besonders bei Deborah Fuhrmann im Piemont. Und natürlich bei seiner lieben Frau Verena – nicht nur, aber vor allem auch für die köstlichen Rezepte. Bacino!

Alle Angaben in diesem Buch wurden vom Autor mit größter Sorgfalt zusammengestellt. Sollten sich dennoch Fehler eingeschlichen haben, bittet er dies zu entschuldigen. Außerdem unterliegen natürlich insbesondere Telefonnummern sowie Angaben zu Restaurants und Hotels häufigen Veränderungen. Der Autor kann keine Verantwortung für die Richtigkeit der Angaben übernehmen. Was die handelnden Personen im Roman betrifft, so sind diese natürlich frei erfunden. Jede Ähnlichkeit oder Namensgleichheit mit lebenden Personen wäre rein zufällig und unbeabsichtigt.

Besuchen Sie den Autor auf seiner Website:
www.michael-boeckler.de

Alphabetisches Wein-Register

Hier sind alle Weinbegriffe (Rebsorten, Anbaugebiete, Erzeuger etc.) des Anhangs zusammengefasst mit dem Hinweis auf die jeweilige Region, unter der sie zu finden sind.